ACQUA PASSATA

Questo libro è opera di fantasia. Nomi, personaggi, luoghi e avvenimenti sono frutto dell'immaginazione dell'autore o utilizzati in modo fittizio. Qualsiasi somiglianza con fatti, luoghi o persone reali, vive o defunte, è puramente casuale.

Edizione italiana pubblicata da
Amazon Publishing, Amazon Media EU S.à.r.l.
5 rue Plaetis, L-2338, Luxembourg
Aprile 2017

In copertina © Hemera Technologies/Shutterstock; © Mira / Alamy Stock Photo
Realizzazione a cura di Grandi & Associati, Milano
Progetto grafico a cura di PEPE *nymi*, Milano

Stampato da una delle seguenti società:

Amazon Distribution GmbH
Amazonstraße 1,
04347 Leipzig,
Germany

Amazon.co.uk, Ltd.
Marston Gate Distribution Centre, Badgers Rise,
Ridgmont, Bedfordshire MK430ZA,
UK

Amazon Fulfillment Poland Sp. z o.o.
Logistyczna 6, 5
5-040, Bielany, Wrocławskie,
Polen
Si veda ultima pagina per l'indicazione della società.

Prima edizione digitale 2017
ISBN: 9781503943896
www.apub.com

Il libro

Una colf dai fianchi robusti e dalla mente sottile capace di leggere la realtà più lucidamente di Sherlock Holmes.

Chiavari. In un vicolo della placida cittadina ligure, uno sconosciuto viene rinvenuto in fin di vita. Poche ore dopo, Alma Boero, quarantenne dallo sguardo acuto, poche parole e selvatica fierezza, trova il cadavere di una giovane editor nel palazzo dove lavora come colf.

A indagare sui casi è l'ispettore Jules Rosset, che resta presto folgorato dalle intuizioni della giunonica colf e dalla sua capacità di fotografare le persone scandagliandole attraverso le loro abitudini, la loro spazzatura, il loro modo di sistemare i calzini e dalle piccole e grandi manie che ogni essere umano custodisce gelosamente.

Quando alle indagini si aggiunge un nuovo mistero, Rosset capisce di avere per le mani uno strumento impareggiabile per sbrogliare la matassa di quegli eventi all'apparenza slegati tra loro e per evitare le reticenze investigative del questore: una colf insospettabile, discreta e affidabile, che può infilarsi nelle pieghe più intime delle vite altrui. Ma Alma – quattro figli, una suocera e un ex marito – è uno strumento tutt'altro che facile da usare.

L'autrice

Valeria Corciolani è nata e vive a Chiavari, con marito, due figli, un geco e un gatto di nome Elwood, in onore del personaggio dei Blues Brothers. Laureata in Belle Arti, lavora come grafica/illustratrice e conduce corsi nelle scuole per avvicinare i bambini all'arte e alla creatività. Si occupa di fotografia, allestimenti e complementi di arredo in eco-design. Zitta zitta, si mette a scrivere e nel 2010 pubblica per Mondadori il suo primo romanzo, *Lacrime di coccodrillo.* Nel 2012 si cimenta con il racconto *Il gatto l'Astice e il cammello* (Antologia "Giallo Panettone", Mondadori) e si diverte moltissimo, tanto che ne scrive un altro, *Mephisto* (Antologia "Animali noir", Falco Editore). Con Emma Books pubblica *Il morso del ramarro* (finalista al Premio internazionale di letteratura Città di Como 2015), il racconto *Pesto dolce – la ricetta della possibilità* e *La mossa della cernia.* Ah, giusto a onor di cronaca, il geco si chiama Attilio. *Acqua passata* è il suo primo titolo per Amazon Publishing.

VALERIA CORCIOLANI

ACQUA PASSATA

amazon publishing

«No, ministro.
Del resto i libri, come certo saprà, è raro che inducano ad agire.
In genere confermano solo quello che, magari inconsapevolmente, si è già deciso di fare.
Si ricorre a un libro per avere conferma delle proprie convinzioni.
In altri termini, per chiudere un capitolo.»

La sovrana lettrice, Alan Bennett

«Se non puoi superare un ostacolo, giragli intorno. Come fa l'acqua.»

Il canto di Penelope. Il mito del ritorno di Odisseo, Margaret Atwood

A Giulia Corciolani,
che mi ha insegnato a Vedere

1

Piove come Dio la manda.

Il tergicristallo della Fiat Panda azzurro Bahia rantola a intermittenza sul parabrezza appannato. Un suono vivo, sofferente. Quasi un guaito.

L'uomo allunga l'indice irsuto e tira giù la levetta, recidendo sul nascere l'ultimo lamento. Silenzio. Come aver sferrato il colpo di grazia a un animale ferito.

Sospira e apre due dita di finestrino.

Piove.

Forse un tuono, là oltre il palazzo, verso la collina. Ma il rumore dell'acqua ingoia tutto, può essersi sbagliato. Solleva il bavero del parka e chiude anche l'ultimo bottone.

Freddo porco.

E si sa, la Panda in quanto a spifferi non è seconda a nessuno.

Passa la manona da grizzly sul vetro per togliere la condensa e butta un occhio alla strada.

Le auto sfrecciano liquide sull'asfalto e le luci dei fanali si frantumano, seguendo le tracce vorticose delle sue dita. Il marciapiede è deserto.

L'uomo si appoggia al rigido sedile in similpelle beige e aspetta. Gli pare di non aver fatto altro nella vita. Uno viene al mondo e da lì in poi è tutta un'attesa: di cibo, di affetto, di vittorie, di una donna, di un lavoro, di diventare ricco, perché aspettare è la virtù dei forti, vedrai che prima o poi. E uno aspetta, aspetta e aspetta. E alla fine, a suon di aspettare, ti accorgi che sei morto, che Lei mica aspetta, neh, quando arriva, arriva. Come il Natale della pubblicità.

Ridacchia da solo per la battuta.

Che poi non ci sarebbe neppure troppo da ridere. Lui ha cinquant'anni suonati e guardalo qua: chiuso in una lercia Panda dell'83, in piena notte, infiocinato da correnti d'aria, sotto il diluvio universale, in uno sputo di città. Ad aspettare.

Infila tra le labbra una sigaretta al mentolo, sfrega il fiammifero sulla portiera, accende e poi aspira senza alcuna voluttà. Esser passati repentinamente dalle Gitanes senza filtro a questa roba senza nervo gli lascia sulla lingua solo il sapore dell'insoddisfazione. Soffia il fumo azzurrino e scuote la testa.

Bah, per cosa, poi.

Sospira.

Sarà l'atmosfera biblica da liocorni e coccodrilli, sarà il sonno, sarà la gran rottura di palle ma, insieme al rutto postumo della birretta che giace sgasata sul cruscotto, gli sale in gola anche una specie di magone umido e molesto.

Incassa il collo nel bavero non troppo pulito, pervaso dall'acuto desiderio del suo letto come l'ha lasciato questa mattina: tiepido, sfatto e con il gatto addormentato a tortello.

Sbircia il vecchio Casio incastonato tra i peli grigio-bruni del polso.

Le undici e dieci.

Lancia il mozzicone oltre le due dita di finestrino. La brace rossa disegna un arco, come una stella cadente ad annegarsi nel buio.

Afferra il cellulare dalla tasca e inizia a giocare, con uno sguardo ogni tanto alla strada lucida, più per scrupolo di coscienza che per la speranza di scorgere ciò per cui è lì.

Sospira.

Ancora otto ore scarse all'alba.

Ma l'uomo della Panda non sa che lui, quell'alba tanto attesa, non la vedrà mai.

2

Mai, mai e poi mai.
Eppure lo ha sempre saputo.
È una legge non scritta.
Tant'è che si è lasciata convincere come una cretina.
Spazzola con stizza i lunghi capelli color biondo-rame numero 7.4.
Inclina leggermente la testa davanti allo specchio e apre le ciocche rosse.
Centoventi euro due settimane fa e c'è già la riga impietosa della ricrescita.

Uff.
Scruta il viso struccato, che così pallido le pare ancora più largo e piatto.

Stringe la cintura della vestaglia, posa la spazzola e si siede esausta sul coperchio del water.

Lei, Fabrizia Recanati, editor di un certo peso (e non solo in senso figurato) di una delle maggiori case editrici italiane, ha fatto una enorme, colossale, fantasmagorica cazzata.
E adesso?

Appoggia la guancia al gelido marmo rosa cipria con cui è rivestito il bagno che ora, osservato da questa angolatura affranta, le pare pretenzioso e anche vagamente stucchevole.
Sbuffa.

Si alza e zampetta veloce a piedi nudi, fino a che non raggiunge il confortante tepore del parquet, che l'accompagna fino in camera da letto.

Controlla che le finestre siano tutte chiuse: è dal pomeriggio che diluvia da far spavento.

Di solito il rumore della pioggia la rilassa, ma stasera lo trova irritante e fastidioso come il rodìo del mal di testa.

Il piumone l'accoglie vaporoso e affidabile. Fabrizia inforca gli occhiali, apre il portatile e aspetta paziente che lo schermo blu prenda vita: vuole rimasticare per l'ennesima volta quella stramaledettissima email a cui deve rispondere.

Viene distratta dal suono del cellulare, inopportuno e sgradevole, come solo sanno essere i messaggi che giungono alle undici passate della sera.

Fabrizia scorre l'indice sul display, legge e solleva appena il sopracciglio.

Eccheppalle, proprio adesso deve venire. Non poteva aspettare domani? In fondo si tratta solo di qualche ora in più.

Sbuffa, schiaffa i piedi sul parquet e passa una mano a ravviare le ciocche biondo-rame numero 7.4.

Accende l'alogena del soggiorno, poi ragiona che è in pigiama, struccata e da due settimane nessuno toglie la polvere, perché lei è stata via e la tipa delle pulizie ha saltato il turno. Quindi opta per la lampada accanto alla libreria, un vedo non vedo più consono alla situazione.

Il calore del letto è svaporato in un amen, lasciando il posto a un alone di gelo che vince sulla trama leggera della vestaglia.

Un tuono le manda il cuore in gola.

Mamma mia, che serata di merda. Non vede l'ora che sia domani mattina.

Ma Fabrizia Recanati non sa che domani mattina sarà già cadavere da qualche ora.

3

Ora dimmi tu se si doveva incastrare a questo modo.

Alma inspira risucchiando l'ampio petto contro lo sterno. Niente. Il cursore della cerniera non si muove.

La cappa di cotone bluette resta così: sbilenca, con un lembo a sfiorarle l'orecchio e quello opposto a solleticarle la tibia.

Si osserva per un attimo riflessa nel vetro buio colato di pioggia.

Bon.

Vorrà dire che stanotte gli uffici della co.pi.f li pulirà conciata come la Carrà ai tempi d'oro di Fantastico, ha già perso fin troppo tempo dietro a 'sta cerniera e non ha intenzione di buttarne via altro.

Lega la bandana sui cortissimi capelli scuri; infila guanti, zoccoli e comincia.

Alma Boero, quarant'anni di giunonica fierezza, spinge per un breve tratto il grosso carrello, spruzza l'antipolvere sullo straccio, poi con metodo e competenza ripete il monotono rituale di sposta\solleva\lucida su ognuna delle trentadue scrivanie dell'ampio open space.

Ah, se n'era quasi dimenticata. Traffica un po' con il piccolo aggeggio, senza capire bene come funzioni. Gliel'ha messo in tasca uno dei gemelli, per farle ascoltare "un po' di roba giusta" mentre lavora. In realtà lavorare in silenzio le piace da matti. Con quattro figli (due coppie di gemelli, non sa perché ma le escono solo figli doppi) e una suocera logorroica ormai sedimentata nel suo tinello, be', diciamo che l'assenza di rumori diventa il paradiso. Però è un evento talmente raro che Paolo, sedici anni di radicato egoismo, pensi a qualcuno che non sia lui stesso medesimo, che lei non se l'è sentita di smorzargli l'entusiasmo. Si è goduta questo inaudito exploit di amor filiale e ora ascolterà (ammesso che riesca ad accendere 'sto coso) la colonna sonora che suo figlio ha scelto per lei.

Gli Avenged Sevenfold le graffiano i timpani, ma passato il primo sconcerto, deve ammettere che quasi quasi le piacciono.

Afferra i cestini dei rifiuti, li svuota, li spolvera e li ripone. Uno dopo l'altro, osservando scarti di vite rotolare nell'oblio.

Toc.

La confezione di cartone rossa rimbalza sul bordo del carrello e cade ai suoi piedi. Alma la gira con la punta dello zoccolo. Lindor, da duecento grammi. Vuota.

Guarda sotto le scrivanie. Come pensava. Appartiene alla postazione C2. Ci risiamo: il fetente l'ha lasciata di nuovo. Scrolla con decisione il cestino e una granata di Kleenex appallottolati conferma l'intuizione. Tre anni che fa le pulizie qui, e tre anni che C2 getta metà della busta paga in cioccolato e fazzoletti per colpa di un, di un.

Uff.

Alma espira con rabbia, le pulisce con cura il ripiano, le tempera le matite, le raddrizza la piantina depressa e la bagna. Poi fruga nel borsone appeso al carrello, estrae una boccettina e spruzza generosamente dappertutto, sedia girevole compresa. Arancio dolce, che rasserena e libera la mente. Vedi mai che la sciocca e ostinata C2, insieme alla mente, riesca pure a liberarsi del maiuscolo Stronzo. Una purga per il cuore dovrebbero inventare. Altroché, una roba da premio Nobel sarebbe, anzi da santo subito.

Sfiora con le dita guantate la fotografia attaccata di fianco al monitor con del nastro adesivo a pois rosa. La ragazza le sorride incerta, sotto un cappello arancione e il mare sfocato alle spalle.

Sciocca, sciocca, piccola C2.

Sospira mentre si china ad afferrare il cestino successivo.

Ma guarda, la D3 ha ripreso la dieta delle barrette, mentre il povero D4 ha ancora il mal di gola e ha ricominciato a mangiarsi le unghie. Toh, alla E1 invece deve essere successo qualcosa di bello. Alma posa i pugni sui fianchi abbondanti e contempla la pila di fascicoli scomposta, la discromia della fila di matite, la tastiera non allineata con il bordo della scrivania. L'ordine maniacale della postazione E1, una perfezione degna di un cyborg, ha subìto uno smottamento. Leggero, sì, ma significativo. Postazione da monitorare, quindi non raddrizza nulla di quella sintomatica disarmonia, pulisce e passa oltre.

La pioggia rimbalza fitta contro le vetrate, la notte è rotta solo da qualche lampo e brontolii di tuoni, ma gli Avenged Sevenfold la escludono da qualsiasi cosa che non sia la galassia della CO.PI.F.

Alma si infila ed esce da quei piccoli universi con affetto, rabbia, partecipazione. Perché lei, volente o nolente, con il suo lavoro entra a forza nelle vite degli altri.

Strizza il mop per dare l'ultima passata al pavimento.

Sono le undici e un quarto, piove che Dio la manda e l'autobus passa tra dieci minuti.

Deve muoversi.

Sfila dalla testa la cappa sbilenca, a casa dovrà intervenire con le pinze, sperando di non rompere la cerniera.

Infila il piumino, gli stivali, spegne le luci, agguanta la borsa, chiude tutto.

Il piccolo ombrello pieghevole si ammoscia come una foglia di lattuga sotto il peso del diluvio.

Alma corre, senza badare alle pozzanghere grosse come il Trasimeno.

Si schianta sul sedile dell'autobus, appoggia la fronte contro il finestrino e chiude gli occhi.

Alle otto deve andare a pulire dai Parodi e alle dodici ha un colloquio con la Bergamini, di matematica. Luca e Paolo hanno preso quattro nel compito scritto e due nell'interrogazione. Non sarà un incontro piacevole. E alle tre e mezza c'è da portare Marta e Maria a un compleanno, è il quinto in quindici giorni. Dieci anni di roba e hanno più vita sociale loro che una soubrette del Bagaglino.

Darebbe un braccio per saltare a piè pari all'ora di cena.

Sospira.

Ma forse le pare tutto insormontabile perché è buio e piove. Domani all'alba e dopo qualche ora di sonno sarà… Eh, sarà uguale a prima, non è che migliora marinando nella notte. Però per lei il difficile è tuffarsi nella bratta. Una volta che c'è dentro fino al collo, sa che in qualche modo ne deve uscire e bon.

Come sosteneva quella viziata della O'Hara in *Via col vento*: "Dopotutto, domani è un altro giorno". Va anche detto che la lagnosa Rossella non aveva per le mani tutti i casini che quotidianamente si affastellano nella inguaiata vita di Alma Boero. Ma è troppo stanca per polemizzare.

Alma non sa che i veri guai cominceranno proprio domani mattina.

4

Domani mattina proverà ancora a chiamarlo.

Adele Roversi in Modesti posa il telefono e resta seduta. È stanchissima. Si rende conto solo ora di avere i capelli bagnati, piccole gocce stanno maculando di scuro il velluto blu pavone della poltrona. Passa distrattamente la mano sul bracciolo umido. Vedrai che rimarrà l'alone, pensa, il velluto è terribile. Stranamente non le interessa più di tanto: si sente circonfusa da una sorta di fatalismo, un non so che di ineluttabile che la fa sentire leggera. Neppure quell'unica canna (fumata il secondo anno di università, durante quelle due scapestrate settimane a Londra nella primavera del 1981) le aveva regalato una serenità così deliziosamente rarefatta.

Vero è che non si finisce mai d'imparare.

Cinquantaquattro anni che fino a ieri le parevano centocinquanta e ora. Ora è come se fosse rinata.

Si guarda le mani.

No, non è vero.

In realtà si sente così bene perché è morta.

Probabilmente i morti si gingillano ancora per qualche tempo sulla terra per questo motivo: ci sei, ma non ci sei davvero. Prova a guardarsi intorno, muove le braccia e l'amata Limoges del tavolino accanto oscilla paurosamente prima di frantumarsi sul pavimento. Sbatte le palpebre fissando il disastro. Non le importa nulla. Stupendo.

Dovrebbe raccogliere i cocci, si righerà il marmo, ma non le interessa.

Lo farà Alma dopodomani. Un giorno sì e un giorno no Alma viene a rassettare e pulire una casa già perfettamente rassettata e pulita. Che gran sciocchezza, riflette Adele, solo per dire di avere la donna di servizio. Mah, diciamo anche per regalarsi, almeno a giorni alterni, qualcuno con cui parlare.

Già, perché l'osannato marito non è che offra tutta questa conversazione.

Se non è una cosa intelligente, la argina Cesare Modesti, l'osannato marito, appena prova a proferir verbo. E lei ha sempre quell'attimo di incertezza. Non che si ritenga una donna stupida, tutt'altro, proprio per questo si interroga sulla sagacità del proprio intervento prima di continuare. Ma quell'istante di dubbio vale agli occhi del marito come un'autocensura. Le volta le spalle e torna a quello che sta facendo. Stop. The conversation is over.

Sì, perché Cesare Modesti (modesto di nome ma non di fatto) è un osannatissimo scrittore perennemente impegnato a fare cose. Scrive e non può essere interrotto. Quando non scrive, pensa a cosa scrivere e non vuole essere interrotto. Legge e guai a interromperlo. O medita, o apre la mente a nuove correnti creative, o deve preparare l'intervista per, o l'intervento a favore di, o il discorso da fare alla. E poi il Silenzio, sì, come dimenticare questi eterni limbi fatti di passi felpati, starnuti trattenuti, telefoni staccati, TV spenta, sospiri ingoiati perché l'osannato marito ha bisogno di Silenzio.

Cesare ha scritto un unico libro di successo dieci anni fa. Un romanzo forte, dirompente, capitato nel posto giusto al momento giusto: un'apoteosi. Milioni di copie vendute in tutto il mondo, trasposizione cinematografica, acclamato e conteso da tutti i talk show e lui (che modesto non è proprio mai stato) si è trovato catapultato nel jet set intellettuale che fino a quel momento aveva solo invidiato. C'è da dire che l'osannato marito è stato sempre un gran bell'uomo: alto, sguardo grigio penetrante, capelli folti ora brizzolati, abbigliamento da intellettuale di sinistra, ma con il conto in banca di destra.

Che poi da dieci anni stia ancora dietro a scrivere il secondo libro, be', pare che non ci faccia caso nessuno. Sì, ha partorito una decina di stentati racconti, accolti tiepidamente dal pubblico e declamati dalla critica come un *autentico ritorno a una prosa ancestrale, scevra da scaltrezze commerciali.* A lei sono sempre apparsi per quelli che erano: inconsistenti, pretestuosi e noiosi. Che se non era per l'onda, non ancora esaurita, del primo romanzo qualsiasi editore ne avrebbe fatto aeroplanini. O carta da toilette.

Poi è stata la volta dei saggi sulla scrittura. Vendite discrete, ma solo perché adottati come testi d'esame in alcune facoltà di lettere moderne: una bieca manovra di adulazione da parte di colleghi cattedratici, ognuno col proprio mattone autocelebrativo da pubblicare, nel patetico tentativo di indurlo a intercedere per loro presso la casa editrice. Ma Cesare Modesti ha una visione molto ombelicocentrica del mondo, impensabile che leggesse il gesto dei colleghi come un do ut des: lui è il grande Scrittore, ovvio che le nuove generazioni si debbano formare sui suoi trattati.

Tempo due sessioni d'esame e i suoi testi sono stati prontamente sostituiti con altro.

E la seconda ristampa dei saggi, tolto un centinaio di copie acquistate dall'osannato marito medesimo ai fini di regalo, è finita al macero.

È come se il genio creativo del Modesti si fosse esaurito in quell'unico e perfetto capolavoro di dieci anni fa, nulla è rimasto di lui: né la scrittura potente, né l'asciuttezza della prosa, né l'irruenza della narrazione.

Ora è solo un borioso, presuntuoso, arrogante pallone gonfiato.

Stop.

Adele ridacchia, la morte le fa bene, per la prima volta vede suo marito per quello che è: un bel Niente.

Spesso si domanda perché stare ancora con lui. Una ragione vera non sa trovarla, ma una spiegazione c'è ed è molto semplice nella sua idiozia: lo ama.

Adele sente freddo, sarà che è morta da, guarda il piccolo orologio d'oro bianco, sì, da almeno due ore. Si alza dalla poltrona, si spoglia un pezzo alla volta, lasciando dietro di sé una cometa di indumenti umidi e spiegazzati a deturpare la perfezione del salotto. Li contempla per un attimo, prima di chiudersi alle spalle la porta del bagno.

Accende il phon e si osserva la faccia nello specchio appannato dai vapori della doccia. Per essere morta già da un po', non è così pallida. Si domanda come mai girino così tanti luoghi comuni intorno all'aspetto dei cadaveri; lei non ha mai avuto la pelle così tesa, luminosa e priva di occhiaie.

È tardi, è stanchissima. La camicia da notte è gelata. Guarda il lato vuoto del letto, dove l'osannato marito esige doppio guanciale e coperta leggera ai piedi, piegata in tre parti a fisarmonica per tirarla su con facilità all'occorrenza. Chissà come mai non risponde al telefono, si domanda Adele, non le ha detto che dormiva a Milano e non ha mai mancato di avvisarla per ritardi o cambi di programma. No, non per rispetto nei suoi confronti, ma per il suo egocentrico bisogno di creare l'attesa e per trovare, al rientro, il consueto rituale delle sue abitudini.

In una sera normale Adele avrebbe già setacciato ospedali e forza pubblica, ma oggi no. Questa meravigliosa indolenza che l'avvolge la fa affondare nel piumone fino al naso. All'osannato marito penserà domattina. Ammesso che non sia morta definitivamente e quindi. E quindi il Modesti non sarà più un problema suo.

Adele Roversi in Modesti chiude gli occhi nel profumato tepore del suo letto. Fuori il diluvio scroscia contro le persiane e qualche tuono brontola verso la collina.

Ma lei non sente più nulla.

Proprio nulla.

5

«Nulla li ferma, 'sti maiali, neppure il diluvio. Via di lì! Alfio, percaritàdiddio, che chissà quante malattie...» La signora Guastelli dell'interno cinque tira con forza il guinzaglio del suo Carlino, determinato a perlustrare ogni centimetro di quella cosa oscena e biancastra che lei (pur non avendoci mai avuto nulla a che fare, sia ben inteso!) cataloga immediatamente come un condom. E dire che fino a una decina di anni fa questa era una via così signorile, cosi *à la mode*. Palazzi moderni alternati a villette Liberty, le aiuole con gli aranci selvatici, il bel marciapiede largo con gli splendidi lampioni retrò scelti dalla penultima amministrazione comunale. Un gioiello di viale che conduce fino all'Entella, la *fiumana bella* citata anche nella *Divina commedia*.

E ora guarda.

La signora Guastelli dà un ultimo, decisivo strattone e Alfio, a malincuore, molla la preda per dedicarsi alle sue funzioni corporali.

Tutte le notti che Dio manda, via Trieste è un bordello. Nel senso di rumore e, ahimè, nel senso di luogo di perdizione. Tutte queste nere scosciate che gridano e litigano, per non parlare di queste nuove russe, o slave, o non sa bene cosa. Sa solo che blaterano in consonanti e sono più scosciate delle nere. Che poi non ce l'ha su mica troppo con loro, meschinette, bensì con quei luridi maiali che ci vanno insieme. E che poi lordano il viale con questi cosi immondi. Eppure la notte scorsa è stata una roba da tregenda: acqua a secchiate, tuoni, lampi. Infatti pensava che stamani, oltre al cielo terso, avrebbe trovato il marciapiede lindo e pulito, sia dal diluvio giustamente mandato da nostro Signore, sia perché le pareva che le condizioni meteo fossero state tali da scoraggiare faccende di quel tipo. Alla luce dei fatti le viene da supporre che non li fermerebbero neppure terremoti e cavallette.

Lo sa che il meretricio è vecchio come il mondo, non ne fa solo una questione di morale, è che le scoccia enormemente che lo facciano qui: nella sua via, davanti al suo palazzo, sotto il suo terrazzo. E lei è al secondo piano. Non ha bisogno di aggiungere altro. Poi, questo cretino di un cane che.

«Alfio! Via di lì. Molla! Cosa ha trovato ancora…»

La signora Guastelli tira con stizza il corto guinzaglio, ma il Carlino stavolta non demorde e grufola ansimando nello stretto vicolo laterale, con la virgola di coda che frulla all'impazzata.

«Ma che diav…» La signora Guastelli calca il cappello sui ricci violetti e si china per vedere meglio, trattenendo i lembi del paltò e la sciarpa schiacciata sul petto per evitare di sfiorare alcunché.

Il Carlino pare accanirsi su di un sacco di tessuto verdastro, la signora allunga la scarpa marrone stringata ad allontanare il cane con ferma determinazione, ma Alfio si volta, fissandola con i suoi occhi a palla, mentre le mostra il fiero malloppo che tiene tra i denti.

Che non è affatto un sacco, constata a malincuore la signora Guastelli, ma pare in tutto e per tutto un giaccone. Un giaccone ripieno, per giunta. E quello su cui Alfio sta grufolando con entusiasmo, altro non è che un arto con attaccata una mano tanto pelosa e poco aggraziata.

«Oggesùmmaria» sfiata la signora Guastelli arretrando di tre piccoli passi scomposti per non essere costretta a vedere altro.

Ecco, lo sapeva. Prima o poi doveva accadere che ci scappasse pure un cadavere, e bello morto, per giunta. Ora pioveranno anche zolfo e fuoco come a Sodoma e Gomorra. E lei si affaccerà dal terrazzo e riderà, sissssignore, eccome se riderà.

6

Eccome se riderà. E di gusto anche, quando lo vedrà brasato sui libri di matematica durante tutte le vacanze estive, lui e quell'altro besugo di suo fratello.

«Ma dai, ma'!» Paolo scrolla il testone rasato alle tempie, che lo fa sembrare ancora più lungo e allampanato. «Non è mica colpa nostra.»

«A no? E di chi sarebbe, di grazia?» Alma stringe gli occhi e lo fissa con i pugni ben piantati sui fianchi.

«È la Bergamini che...»

«La Bergamini un corno.» Alma lo sposta da una parte e spegne il gas sotto la caffettiera con un giro secco di polso. «Sempre a dar la colpa agli altri, voi. Se una ti ciocca un due e un quattro uno via l'altro, be', non mi sembra che ci siano dubbi: non sapevate un tubo e bon.» Accosta la finestra, estrae i panini messi a scaldare nel forno e li avvolge in un telo. Poi si ferma e chiude gli occhi: aspira l'aroma pieno del caffè, il profumo rotondo del pane caldo e la fragranza umida e pulita dell'alba. Una meraviglia.

«Allora? Qualcuno viene o no?»

Alma strizza le palpebre, cercando di trattenere la particella di felicità ancora per un attimo tra naso e gola. Poi si rassegna e la lascia andare.

* * *

«Ora, Alfonsina. Aspetti ancora un attimo e siamo da lei.» Alma sistema le tazze sul tavolo, infila la testa nella stanza mefitica dei gemelli e lancia un sonoro "Muoviti!", per sturare l'altro figlio dal letto; poi approda dalla suocera, affondata nella poltrona del tinello in attesa che qualcuno la disincagli dai cuscini per condurla in cucina.

«Chi tempo ha e tempo aspetta, tempo perde. Sappiatelo» sentenzia l'Alfonsina, che ha in bocca più proverbi che denti e una pazienza pari a zero.

Alma non risponde, sarebbe fiato sprecato. La suocera nasce così, esigente: sputa sentenze, è perennemente insoddisfatta e pervasa da una sottile, intelligente perfidia. Il tutto gonfiato dall'attuale condizione fisica, che la costringe a dipendere quasi completamente dagli altri, fatto che crea un drammatico connubio con le caratteristiche di cui sopra.

Alfonsina Passano è un'ottuagenaria di una certa cultura cresciuta nella totale venerazione del padre, stimato pittore di santini religiosi e grande conoscitore degli studi di Lombroso e Della Porta. Alfonsina ha quindi masticato rudimenti della fisiognomica sin dalla più tenera età e questa fissazione maniacale la porta a catalogare (senza appello) chiunque compaia nel suo raggio visivo. In ben sei anni di convivenza, volente o nolente, Alma ha subìto e assorbito queste lapidarie lezioni di fisiognomia spiccia, inglobandole suo malgrado in qualche anfratto del cervello. E purtroppo si sta rendendo conto che queste stupidaggini le vengono a galla più spesso di quanto vorrebbe.

«Ieri sera le due viperette hanno fatto il diavolo a quattro. Neppure la TV riuscivo a sentire. Sappilo.» Sputa rancorosa l'Alfonsina, trascinando i piedi gonfi arpionata al braccio robusto della nuora.

«Marta e Maria hanno paura del temporale» risponde secca Alma, che quando le toccano i figli si sente montare immediatamente la furia. «Probabilmente cantavano forte per non sentirlo.»

«Mah, dieci anni e avere ancora di queste fife. 'Ste creature vengono su strane. Sarà che non ci sei mai.» Alfonsina sente il braccio di Alma farsi di marmo. La sbircia di sottecchi e non ha bisogno di far ricorso al

Lombroso per leggerle in faccia la tempesta. È vero. Alma lavora come un mulo per tirare avanti la baracca. Lei contribuisce con la sua misera pensione di vedova di un ferroviere, ma quattro figli sono quattro bocche, quattro sport, quattro apparecchi per i denti, quattro da vestire, quattro da mandare a scuola. Per non parlare di bollette, trasporti pubblici, medicine. E meno male che non devono pagare l'affitto, anche se TASI, IMU e roba varia non cambiano di molto la faccenda. E poi, quel marito (suo figlio) che è andato nell'altro mondo lasciandola da sola. Insomma, non doveva dire così ad Alma. Ha sbagliato. Ma chi si scusa si accusa. Alfonsina si raddrizza per quanto può e alza il mento, quindi non lo ammetterà mai.

Alma allaccia il piumino ancora umido della sera prima, dà un bacio sugli occhi cisposi dei suoi quattro figli, un gelido "Buona giornata, Alfonsina" verso la poltrona del tinello che aderisce come un carapace alla tozza figura della suocera, afferra la borsa e si chiude la porta alle spalle. Ma non i pensieri.

7

Pensieri, parole, opere e. E si ferma qui, la quarta non c'è verso che gli venga in mente. È da quando si è svegliato che ci pensa. Non che sia questione di vita o di morte, la giornata continuerà bella uguale anche senza saperlo, ma ne fa una faccenda di principio.

Il signor Parodi si alza dalla poltrona, si aggiusta in vita i pantaloni di velluto a coste e va alla finestra. Il diluvio della notte precedente ha lasciato un cielo lustro e un'esplosione di colori come solo una tersa mattina di novembre sa dare. La striscia del mare riluce, le case brillano vivide e pulite, Chiavari brulica di vita e colore. Una poesia per gli occhi. Abbassa lo sguardo sul marciapiede e vede la signora Guastelli alle prese con quel martire del suo Carlino. Povera bestia, gli fa quasi pena.

Tant'è.

Pensieri, parole, opere e. Prova a ripetersi senza rifletterci troppo, come si fa con una di quelle formule a memoria che a furia di ripeterle alla fine ne perdi il senso.

Niente.

Potrebbe andare a cercare su Google.

No, ce la deve fare da solo, ne va del suo amor proprio.

Che legame ci può essere fra le tre parole da chiamare e la quarta. Ecco, un filo che unisce le opere alle... Trattiene il respiro, perché la sente: è lì che sta per affacciarsi alla mente e.

«Amedeo, hai sentito anche tu, stanotte?» gli recide di netto il bandolo la voce della moglie.

«Che è piovuto, Licia, sì, e anche tanto» risponde visibilmente irritato il signor Parodi.

«Ma no, non parlo della pioggia.» La signora Licia Parodi entra nel salotto agganciandosi gli orecchini. «Parlo della Recanati, dell'interno 14; ma sì, Amedeo, quella che lavora per la casa editrice.»

«Sì, ho capito. Perché, cosa avrei dovuto sentire?» Amedeo ha da circa due mesi cancellato definitivamente dalle sinapsi della sua corteccia cerebrale l'esistenza di Fabrizia Recanati. Cioè da quando si era accorto che la brillante editor, cui aveva affidato la sua raccolta di poesie stampata in documento Word formato A4, anziché promuoverne la pubblicazione presso la casa editrice (come lui, nemmeno troppo segretamente, sperava) ci foderava il secchio dell'umido. Il fatto che tale secchio sia esattamente ventuno per trenta centimetri non è un'attenuante.

«Mah» La signora Licia si zittisce per mettere il rossetto. «Mi è parso che nel suo appartamento ci fosse un discreto via vai.»

«Per quanto mi riguarda, potrebbe farsi anche l'intero corpo dei bersaglieri. Basta che poi spiumi il pianerottolo.»

«Amedeo! Non essere volgare. E poi fino a qualche tempo fa non eri proprio tu a dire la Recanati di qua, la Fabrizia di là, così in gamba, così intelligente, così giovane e già lavora da un editore di prestigio. Da dove esce tutto quest'astio?»

Eh, lo sa lui. Come lo sanno anche quelli della raccolta dell'umido.

«Be', tornando alla Recanati» continua imperterrita la signora Parodi, «ti dicevo che ci son stati rumori di porte, gente che saliva, gente che scendeva. Voci, gemiti e colpi. Che se non sapessi che ci abita lei, in quella casa, mi verrebbe da dire che ci hanno aperto un bordello.»

Amedeo si astiene dai commenti. Lui non si è accorto di nulla, e poi non ce la vede proprio Fabrizia Recanati nel ruolo dell'entraineuse: faccia piatta, sedere piatto, petto piatto. Insomma, per quanto deplorevole, è decisamente più appetibile l'offerta delle peripatetiche giù da basso.

«Ma che fai, esci?» domanda il signor Parodi, accorgendosi solo ora che la moglie è vestita di tutto punto, orecchini, rossetto, scarpette mezzo tacco comprese.

«Sì, te l'ho detto ieri, devo andare dalla podologa. Ho questo dito del piede che. Ah, ecco Alma. Le puoi aprire tu, Amedeo? Buongiorno Alma, scusa neh, ma son di corsa e devo uscire. Tanto c'è qui l'Amedeo che.»

Il signor Parodi bofonchia un saluto diretto più al tappeto dell'ingresso che alla donna che sta entrando. Vuoi vedere che ora gli tocca stare a casa con quella delle pulizie? E dai, porcaccia la miseria, lui si rompe.

«No, Licia, senti scusa» raggiunge la finestra da dove la moglie sta scrutando in basso con una certa apprensione.

«Amedeo, guarda, c'è la Guastelli del cinque che.»

«Ma lascia perdere la Guastelli, sempre a dare il tormento a quel povero cane.»

«No, Amedeo, è successo qualcosa, è tutta agitata. Guarda, ha pure mollato il cane. Non è da lei, la Guastelli il Carlino non lo molla mai. Bisogna andare giù, Amedeo. Magari sta male, su, che se le viene un coccolone finiamo nei guai per quella cosa là. Dai, come si dice. L'omissione di soccorso. Ecco. Ma che fai lì impalato come un ebete? Amedeo!»

«Trovata, Licia. Trovata!»

«Ma trovata cosa, cosa?»

La faccia del signor Parodi si apre in due, tagliata da un largo sorriso.

«Le omissioni, Licia! Pensieri, parole, opere e omissioni. Ma guarda te, che devo ringraziare il coccolone della Guastelli.»

La signora Parodi lo fissa per un attimo. Ha la netta sensazione che con il pensionamento suo marito si sia rincretinito. Bah, scrolla la testina bionda e lo scavalca.

«Vieni tu, Alma, ché l'Amedeo mi pare un tantino *fumé* stamattina.»

8

Stamattina ha fatto la solita colazione di sempre: tè verde (antibatterico naturale), pane integrale di segale (per l'intestino) con poca marmellata di mirtillo (che neutralizza le nitrosammine cancerogene), un pezzo di focaccia (per l'umore) e un cucchiaio di succo d'aloe (per la colite e la gastrite). Eppure l'ispettore capo Jules Rosset non si sente affatto bene.

Si studia attentamente nello specchio del piccolo bagno del suo ufficio: stessa faccia spigolosa di sempre, stesse occhiaie di sempre, stessi capelli biondastri e mal buscati di sempre. Le orecchie, ecco, le orecchie forse gli sembrano un po' più grandi di sempre. Cosa vorrà dire? Aveva letto qualcosa riguardo alla crescita delle orecchie, ora non sa mettere insieme i pezzi, ma è sicurissimo che c'entrasse la morte. Avverte l'ansia salire su dalla pancia per poi esplodergli nello sterno, ricoprendolo con il solito vischioso sudore.

Un testone rosso, arruffato e baffuto spunta nell'angolo sinistro dello specchio. Rosset ha un piccolo sussulto e lo guarda perplesso. Da questa angolazione Solari gli pare un seicentesco San Giovanni decollato che, in virtù del rude aspetto vichingo, crea un singolare ossimoro di sacrale ferocia.

«Mi scusi, ispettore» il santo vichingo si schiarisce la voce titubante, «ma ci sarebbe da fare un salto in via Trieste. Pare che abbiano trovato uno. Steso in un vicolo. Con un colpo in testa.»

«Ok, arrivo. Ah, Solari, delle orecchie cosa sa, lei?»

«Mah, sinceramente, ispettore, uomo, vicolo e botta in testa è per ora tutto quello che abbiamo. C'entrava anche un certo Carlo o Carlino o Carletto (forse un bambino?) ma orecchie no, non sono state citate. Però la telefonata che abbiamo ricevuto è stata alquanto confusa. Direi che è meglio recarci personalmente in loco, la via sarà neanche a cinquanta metri dal commissariato.»

«No, riguardo alle orecchie, intendevo dire. Le mie, Solari, le sembrano più grandi?»

«...»

«Non importa. Andiamo» sospira l'ispettore Rosset, agguantando al volo la sciarpa che era rimasta appesa allo schienale della sedia. Abituato al gelo secco della sua Valle d'Aosta, l'inverno umido della Riviera lo ha preso in contropiede. Ha perennemente freddo, ma non un freddo normale: una roba cattiva e mordace, che si insinua malvagia nelle ossa e non si schioda più. E sono otto mesi ormai che bazzica per la Liguria, dovrebbe averci fatto il callo. Invece, guardalo qui, già lo attanaglia al petto dopo solo tre passi.

«È che si veste sbagliato, ispettore.» Scrolla il testone Solari, vedendolo combattere con la cerniera del giaccone. «Quella roba lì sarà tecnica finché vuole, ma non protegge dall'umido salato del mare. Guardi me.»

Rosset esamina scettico il maglione a coste e la giacca di spesso panno blu che inglobano il corpo massiccio del suo assistente capo. No, dubita fortemente che dipenda tutto dall'abbigliamento. Secondo lui è più una questione di geni e cromosomi: Solari è stanziale ligure da otto generazioni e con ogni probabilità una di queste deve anche aver subìto un'incursione normanna in senso biblico. Altrimenti non si spiega. Solari pare il cugino primo di Erik il Rosso, quindi non c'è gara.

Chiude con un colpo secco la zip e si mummifica nella sciarpa.

Imboccano via Trieste. Una discreta folla raggrumata sotto un palazzo, sul lato sinistro della strada, non lascia dubbi: lì ci sono uomo, vicolo, botta in testa e piccolo Carlo che stanno cercando, e meno male ci sono pure due vigili della polizia municipale.

«È ancora vivo.» La vigilessa si volta di scatto colpendolo in piena faccia con la grossa treccia scura. «Ops, mi scusi...» Si sposta di lato per lasciargli spazio. «E l'ambulanza sta arrivando. Lo ha trovato una signora del palazzo, i vicini hanno fermato il mio collega che passava di qui con la bicicletta. Abbiamo tenuto lontano i curiosi in attesa del vostro arrivo» incalza rapida, forse per distrarlo dalla fustigata.

L'ispettore Jules Rosset si guarda in giro, massaggiando la guancia colpita. Il gruppetto compatto sulla destra ha tutta l'aria di essere gente del palazzo: una signora di mezza età bionda ed elegante, un'altra più anziana con un piglio che è tutto un programma, un signore sulla settantina che non si è nemmeno infilato una giacca e ora si guarda in giro domandandosi se può salire a mettersela. Leggermente in disparte sta un pezzo di donna spessa e monolitica, dai capelli cortissimi e lo sguardo tagliente, che tiene stretto un candelotto di cane con il muso arricciato e gli occhi sgranati.

«Solari» soffia nella sciarpa scozzese l'ispettore, avviandosi verso il vicolo, «ma non è che il piccolo Carlo è in realtà un cane Carlino?»

«Eh, potrebbe» fa lui, grattandosi i baffoni color carota e lanciando un'occhiata al cagnetto recalcitrante.

«Eh, facciamo che lo è proprio. L'avrà trovato lui l'uomo nel vicolo. Che a proposito, guarda» Rosset si china sull'uomo, stando attento a non muoverlo, «i colpi sono due. Uno alla nuca, a destra, e uno sulla fronte, però a sinistra. E non troppo forti, solo un bozzo, niente sangue.» Rosset lo circumnaviga. L'uomo è prono, un braccio è aperto sul marciapiede, mentre l'altro rimane nascosto sotto il corpo. Anche le gambe gli danno da pensare: sono flesse e leggermente raccolte. Come se.

«Come se fosse chinato a guardare qualcosa e pum» medita a voce alta Jules Rosset. «Ecco, Solari, piegati in avanti, così, quasi a novanta gradi. Bravo, come a scrutare in basso. Perfetto. Ora se ti arrivo alle spalle e ti colpisco così...» Tocca con il palmo aperto la nuca arruffata del suo assistente capo. «Infatti. Cadi arrotolato come un bruco. Proprio come il nostro amico. È il secondo colpo che non capisco. Dovrebbe essere anche lui a destra, o al massimo al centro, ma non a sinistra. E invece…»

La sirena dell'ambulanza trancia l'aria tersa insieme alle elucubrazioni dell'ispettore.

«Solari, pensa tu a…» Rosset sventola la lunga mano ossuta a sferzare l'aria. Ambulanze, disinfettanti, dottori, ospedali, malattie: tutta roba dove lui, da moderato ipocondriaco, sguazza, ma che gli mette anche un'ansia tremenda. Che già con la storia delle orecchie più grandi ha avuto la sua dose di angoscia, stamani.

Lascia lo stretto vicolo e si avvia verso il gruppetto degli inquilini.

L'ispettore sospira rassegnato. Ora lo attende l'incombenza che odia e nello stesso tempo ama di più. Volente o nolente, il suo lavoro lo costringe a infilarsi a forza nelle vite degli altri: irrompe nei loro universi; ne aspira macchinalmente le vite, gonfiandosene come una spugna e costringendosi a non formarsi alcuna opinione, alcun preconcetto, alcun giudizio. Si obbliga a conservare la sua mente libera fino al momento in cui un'evidenza o un'incongruenza gli impongono la svolta.

Ha bisogno di uscire dall'ufficio, di lasciarsi condurre dalle proprie impressioni, di immergersi nel quotidiano di queste vite, nei loro vizi, nelle loro passioni.

Nelle loro teste.

Cercando di capire.

E questo gli piace molto, moltissimo. È come vivere altre vite, altre storie: belle, brutte, complicate, terribili, ma comunque diverse dalla sua. Che ora gli appare vuota, brulla e gelida. Una steppa. È da quando Clelia ha chiesto la separazione che. Che niente. Sospira.

Poi c'è l'altro aspetto della faccenda. Cioè la parte che detesta. Infilarsi nelle vite degli altri vuole dire entrarci proprio, fisicamente. È che lui ama scandagliare, annusare, scrutare, ma vorrebbe farlo come un ragno, un topo notturno, una cimice dei letti. Come un ectoplasma che infesta bonariamente la casa per un po', giusto il tempo necessario, senza che nessuno se ne avveda, senza invadenza, con rispetto. E invece no, deve irrompere, inquisire, interrogare, rovistare, forzare reticenze, violare intimità. Essere un uomo dell'ordine, che crea il disordine.

C'è di buono che entrare a capofitto in un caso lo scardina completamente dalle sue fisse e lo fa sentire un po' meno *mangagnà*, meno acciaccato, insomma.

Per quanto 'sta cosa delle orecchie. Mah.

9

Mah.

Non è che si senta poi così diversa da ieri. Adele Roversi guarda la sveglia.

Però, ha dormito. E tanto. Sono già le otto passate.

Si mette a sedere, tirandosi il piumone fino al petto. Pizzica la pelle del braccio, fa qualche grinza, ma non peggio del solito. Insomma, essendo morta, credeva di perdere i pezzi come la sposa cadavere di quel delizioso film di Tim Burton. E invece.

Niente.

Vuoi vedere che non è così morta come pensava?

Eppure.

Adele si alza, ha persino fame, cosa inusuale per lei che di solito fa colazione con un espresso e stop.

È che ora, se non è morta, deve pensare a cosa preparare per pranzo, per cena, organizzare la spesa, passare in tintoria a ritirare le giacche dell'osannato marito. Ah, darsi anche da fare per ritrovarlo, l'osannato marito, ché da ieri mattina non ne sa più nulla.

Adele Roversi sospira, preferiva la vita di quando era morta.

I suoi vestiti della sera prima sono ancora abbandonati a terra, in un umido sentiero che unisce il salotto al bagno. Li scavalca, con una punta di senso di colpa. La meravigliosa noncuranza da cui si sentiva pervasa la sera prima si sta ritirando. Sente riemergere l'Adele succube del perfezionismo cosmico: secoli di matriarcato familiare che hanno marchiato a fuoco il suo DNA.

Scavalca di nuovo il mucchio di indumenti uscendo dal bagno. Fa una corsetta verso la cucina, per vincere la tentazione di chinarsi a raccoglierli.

A quanto pare ieri sera ha preso una cantonata: non è affatto morta.

Le verrebbe da aggiungere un "purtroppo", ma la sua educazione religiosa (oltre alle parole e alle azioni) le tarpa anche i pensieri. E nel confiteor sono comprese pure le omissioni, un arcaismo che lei traduce semplicemente con: disattenzioni.

Perché se tieni a qualcosa, ci stai attento, non te ne dimentichi.

E lei tiene molto a Cesare Modesti, l'osannato marito. E allora come mai continua a dimenticarsi che è sparito? Non ha ancora provato a telefonargli. Una disattenzione inaudita.

Il cellulare è staccato.

Cerca tra i contatti il numero della facoltà milanese dove l'osannato marito doveva tenere la conferenza.

Non ne sanno più nulla dalle 13 di ieri.

Cosa bisogna fare in questi casi? Si domanda spalmando marmellata di arance sulla terza fetta biscottata. Nei libri gialli e nei telefilm non fanno che ripetere che ci vogliono un tot di ore prima di considerarla una vera scomparsa.

Che poi cosa significa *scomparire*?

La linguista compulsiva sopita in lei la costringe a mollare la fetta biscottata per agguantare lo Zingarelli:

> ***scomparire*** *v. intr.* ***1. a.*** *Sottrarsi alla vista, non esserci più, cessare di esistere, estinguersi, cadere nell'oblio o in disuso.* ***b.*** Di persona o cosa, non esserci più, essere introvabile, etc.

Le fa un certo effetto pensare al Modesti come a una specie in via d'estinzione, o come un qualcosa che cade nel dimenticatoio così a lungo che.

Ha un brivido.

No, perché lei son ventiquattr'ore che il Modesti se lo scorda di continuo.

Ed è strano, perché Cesare Modesti è una presenza che avverti comunque, anche se non c'è.

Fruga nella borsa per cercare l'agenda, magari in questo suo stato di negligenza confusionale ha scordato che l'osannato marito aveva impegni anche nei giorni successivi.

Nulla a parte lo spettacolo al Teatro della Corte di ieri sera. Fanno sempre l'abbonamento per due persone e tre quarti delle volte ci va da sola. Potrebbe dirlo a qualche amica, ma le scoccia far vedere che il Modesti non è in realtà 'sta cosa meravigliosa che tutte le invidiano. Va lo stesso e nella poltrona vuota ci mette borsa e cappotto, che alla Corte c'è un caldo che si muore e tenersi tutto sulle gambe le toglie metà del piacere.

E comunque Cesare Modesti sembra sparito per davvero.

Quindi?

Tamburella le dita sull'agenda.

La apre sotto la B di Boero. È che Alma le pare così pragmatica, così lineare, così efficiente, così… Mah, forse perché è l'unica con cui si sfoga per davvero, l'unica che conosce il lato oscuro dell'osannato marito, oscuro nel senso non è illuminato dai riflettori. Quello vero, insomma.

Sì, Alma saprà cosa fare.

10

Cosa fare per tenere a freno il molesto cagnetto? Si domanda leggermente preoccupata la signora Parodi, visto che il Carlino, con quelle sue corte zampette unghiute, sta raspando come un ossesso sul lucido marmo del suo soggiorno.

Sono saliti qui, all'interno 11 dei Parodi, perché quel signore lungo e magro che si è qualificato come ispettore capo (con un nome d'oltralpe che ora non ricorda), vuole fare loro delle domande. Quindi la signora Licia ha detto ormai definitivamente addio al suo appuntamento con la podologa e si appresta a fare gli onori di casa. Ha mandato Alma in cucina a preparare il caffè, senza riflettere sul fatto che così il Carlino, chiuso fino a quel momento nella morsa d'acciaio delle sue potenti braccia, sarebbe stato libero di scorrazzare per casa, dato che sulla Guastelli (ancora un pochino sottosopra) non ci si poteva contare. Ci sarebbe l'Amedeo, ma le basta un'occhiata per capirlo, è bello che andato. Già le era parso alquanto *fumé* prima del fatto; ora, con questo risvolto noir della faccenda, si ritrova un marito, oltre che fuori fase, pure circonfuso dallo spirito di *CSI*. Totalmente inutile, quindi.

Il Carlino ha preso a dedicarsi con perizia al rosicchiamento del tavolino vittoriano in radica di noce. La signora Parodi volge lo sguardo intorno, in una muta e disperata ricerca di soccorso. Lo trova in quel lampione di ispettore dalla faccia spigolosa alla Vincent Cassel che, ancora bardato di sciarpa e giacca, agguanta il botolo e, tenendolo in braccio, si siede sul divano. Ma che gentile, pensa la signora, che già si aspettava un burocrate grezzo e sbrigativo. La sua stima cresce a dismisura quando si accorge che l'ispettore sta pure immolando le ginocchia ossute alle frenesie grufolanti del Carlino.

La signora Licia gli sorride con l'occhio lucido di traboccante riconoscenza, totalmente conquistata.

* * *

E una. Segna mentalmente Rosset, incasellando la signora Parodi tra gli alleati.

Ora deve ponderare con chi proseguire. Questa fase è molto importante. Se si tratta di un tête à tête, è tutto più semplice; ma qui ne ha ben quattro da sedurre, e rischia di perdere la fiducia degli altri se ne gestisce male anche uno solo.

L'ispettore Jules Rosset prende tempo. Ha anche un caldo paradossale, neppure la sciarpa si è levato, e ora che 'sto Carlino gli si dimena in braccio la cosa si fa piuttosto complicata. Inizia una laboriosa manovra di svestizione e intanto valuta i presenti. Comincerà dalla padrona del cane, il signor Parodi non vede l'ora che si tolgano tutti dai piedi per tornare tranquillo alle cose sue. Meglio pasturarlo ancora un po', come con le trote.

«Quindi è il suo Carlino l'eroe del giorno» la prende larga Rosset, ma la signora Guastelli non abbocca e dà fiato alle trombe, attaccando una filippica sulle peripatetiche del viale che, sugli stranieri che vengono qui pensando di, su quei maiali di clienti uh, lo sporco, gli schiamazzi e ora pure un cadavere. Che non le interessa che in realtà non sia del tutto morto, alza l'indice imperioso a recidere sul nascere ogni intromissione, non era quello il punto. È che da anni ormai non si fa più vita e che.

«Ha perfettamente ragione, signora» riesce a inserirsi Rosset, «la questione è a monte ed è ben più complessa.»

La Guastelli ammutolisce, vuoi vedere che dopo tanto penare ha finalmente per le mani l'uomo giusto? Slaccia il loden e snoda la sciarpa mohair, per l'emozione le è salito uno sciupun di caldo.

«Non basta dare un volto all'aggressore e finirla lì» continua l'ispettore che, certo di avere imboccato il sentiero giusto, lascia la posizione di guardia e parte dritto con l'affondo. «Qui si tratta di ridare a una splendida via il decoro che merita.»

La signora Guastelli avvampa di soddisfazione e si sfila definitivamente il paltò, schiantandosi soddisfatta sulla poltrona in cretonne a fiori.

E due, conta Rosset.

Intanto, come previsto, il signor Parodi si è pasturato per benino nell'attesa: passeggia impaziente, si siede, accavalla una gamba, poi l'altra, si alza, va alla finestra, guarda giù, borbotta commenti a bassa voce. Il signor Parodi ha analizzato i fatti e formulato una sua teoria. Che è di rapida soluzione e soprattutto non comprende la sua presenza.

Ma l'ispettore sa che ci sono due tecniche per la pesca alla trota: si lancia e si attende immobili che il pesce abbocchi; oppure si può recuperare con il mulinello a velocità differenti, fermandosi di tanto in tanto ad aspettare che la trota si incuriosisca per gli strani movimenti dell'esca. Perché la trota ha un comportamento differente rispetto agli altri pesci di fiume: è curiosa e ottusamente testarda, s'incaponisce su una cosa e non molla sino a che non la trova. Esattamente come il signor Amedeo.

Il signor Parodi parte svogliato e indolente, non è da cattura fatta di immobili attese.

Rosset gli dà lenza e poi gira di mulinello nel discorso, spostando l'esca di qua e di là, con apparente casualità.

E zac, ecco che l'Amedeo, stuzzicato nell'amor proprio, s'intriga a inseguire la camola che l'ispettore gli fa balenare: lui è l'uomo informato sui fatti. Il signor Parodi, preso all'amo, si spreme, si prodiga in dettagli e intuizioni, offrendosi (spontaneamente) per congetture passate, presenti e future.

E tre.

Rosset comincia a essere stanco.

E c'è ancora l'ultima da espugnare, ma quanto ci mette a fare 'sto caffè?

Alma entra in quel momento con il vassoio carico di tazzine bordate d'oro, in accordo perfetto con lo stile Old England del salotto. L'ispettore alza la testa. Si fissano per un lungo attimo, come due felini che si studiano a vicenda per valutare se lanciarsi nella lotta o battere in ritirata. Rosset riconosce in quegli occhi neri e fermi il suo stesso sguardo, le sue stesse fatiche, la sua stessa ostinazione. E di colpo si sente esausto.

Ecco, sospira Rosset, con lei non sarà affatto semplice.

11

Semplice per lei la vita non lo è mai stata. Non che si lamenti, per carità, però diciamo che pensava di aver già dato. Alma posa il vassoio e lascia alla signora Parodi il compito di versare il caffè.

Ora vorrebbe solo chiamarsene fuori. In fondo lei, l'uomo trovato nel vicolo dietro al palazzo, mica lo conosceva. Mai visto in vita sua. Ci si è trovata in mezzo solo perché il martedì e il venerdì viene a pulire dai Parodi. Alma sente bruciarle sulla schiena lo sguardo chiaro dell'ispettore. Non che si stupisca, gli insegnamenti della suocera le vengono a galla di moto proprio e una faccia triangolare tutta spigoli come quella non lascia dubbi: l'ispettore è uno tutto di testa, che non può impedirsi di scrutare e osservare, uno rapido a cogliere. Alma si appoggia allo stipite e lo sbircia di sottecchi: mento aguzzo e tempie larghe, eh, uno così capisce immediatamente cosa inventarsi per attirare le simpatie e far salotto. Basta vedere come si è lavorato i Parodi facendo breccia pure sulla Guastelli, che è un osso duro, durissimo. Ma dall'Alfonsina ha anche imparato che narici strette su un volto triangolare raccontano malinconie impastate di rimpianto ed è quasi sicura che si tratti di un tipo solitario. E poi eccole lì, quelle rughe verticali sulla fronte, Rosset è uno pieno di manie, scontento ed eternamente contrariato. E vive solo. Magari non per scelta, comunque è certa di non sbagliare, lo ha capito alla prima occhiata.

Alma a volte vorrebbe liberarsi da questa sua, sua… non sa neppure bene lei come definirla, iperpercezione? Forse. Fatto sta che ultimamente questo penetrare nelle vite altrui, questo coinvolgersi suo malgrado, le pesa e la sfianca.

Perché lei in queste case, di queste vite, scopre inevitabilmente cose. È come trovarsi tra le mani i loro destini. E poi dover scegliere. Scegliere se lasciare che tutto vada seguendo gli eventi, oppure decidere di far deragliare il destino, assecondando il suo metro di giustizia. O comunque verso la direzione che le garba di più.

Sua suocera dice che lei accomoda i destini a suo piacimento. E che sono cose che non si fanno, che è roba che spetta a qualcun Altro.

Alma lo sa. Ma è più forte di lei. E poi ne ha parlato anche con don Andrea Bacigalupo: quello che fa lei è sbagliato? Be', allora il Signore Iddio non doveva farla così brava a infilarsi nelle vite degli altri. Bon.

Ne ha già a sufficienza delle sue, perché tuffarsi a capofitto anche nelle grane altrui.

Il don si è fatto una risatina, ammettendo che il suo ragionamento non faceva una grinza, ma che magari il buon Dio aveva dei progetti su di lei e sui suoi talenti. Sì, insomma di stare un po' a vedere. Che le vie del Signore.

Sono infinite, appunto. E invece Alma vorrebbe proprio finirla qui. Non vedere, non intuire, non scoprire, non accorgersi più di nulla.

Ora è stanca. Tremendamente stanca.

In più è tardi, l'attende un incontro non semplice con la professoressa di matematica di quei due caproni dei gemelli, ha dormito sì e no cinque ore e deve ancora cominciare a fare i lavori qui dai Parodi. E poi controllare i compiti di tutti e quattro i suoi figli, il pranzo, la cena, la spesa, stirare, la suocera da rassettare, per non parlare della pulizia serale di ben due studi in centro. Ah, non dimentichiamoci la festa di compleanno dove deve portare Marta e Maria. Sospira, deve pure pensare al regalo. Insomma, con tutto il rispetto, preferiva se quel tipo si faceva accoppare due palazzi più giù. O, meglio, se non si faceva accoppare affatto.

Le vibra in tasca il cellulare e si defila per rispondere, perché con quattro figli e una suocera acciaccata c'è sempre da stare sul chi vive e.

E no, non si aspettava proprio né che fosse la signora Adele, né che cercasse proprio lei per aiutarla a rintracciare il marito. Alma rimette il cellulare in tasca, valutando il da farsi. No, perché stamattina le manca pure di dover ritrovare i mariti altrui, proprio lei, che non era stata nemmeno capace di tenersi stretta il suo. E poi come si fa a smarrire uno come Cesare Modesti? Alma sbuffa piano e posa gli occhi sull'ispettore. Ecco, riflette, ce l'ha qui sotto mano, potrebbe chiedere a lui per il Modesti. Ma qualcosa che ha percepito nel tono della signora Adele le fa ritenere che non sarebbe una buona idea. In otto anni che la conosce, non l'ha mai sentita così... mah, così a briglie sciolte, ecco. Non le viene altro paragone. Quindi, non sapendo bene come collocare questa repentina metamorfosi della signora Roversi in Modesti, se ne starà zitta, buona e bon. Incrocia le braccia e si appoggia al muro, in un blocco di compatto silenzio.

L'ispettore Jules Rosset posa la tazzina, stando attento a non svegliare il Carlino che gorgoglia sulle sue ginocchia. Lancia un'ultima occhiata alla donna che sta appoggiata al muro, splendida e arcigna come una statua maori. È quasi certo che lei potrebbe fornirgli l'unica visione utile dell'intera faccenda, ma ormai ha deciso. Sospira. Le chiederà solo i dati personali e stop.

Per ora.

12

«Per ora tutto qua.» Il suo assistente scelto Ugo Solari posa un sacchetto pieno di oggetti sulla scrivania, poi continua il resoconto.

«Il nostro uomo è in terapia intensiva per commozione cerebrale e ipotermia di terzo grado con conseguenti scompensi cardiaci. La doppia botta in testa gli ha fatto solo perdere conoscenza, se non fosse che stanotte pioveva come Dio la manda, be', probabilmente si sarebbe ripreso dopo un po' e se la sarebbe cavata con due bernoccoli e un gran mal di testa. Invece gli si è inzuppato il giaccone che, unito al freddo della notte, gli ha fatto un bel cappottino di gelo, lasciandolo lì stecchito come un merluzzo. Fino a che non l'ha trovato il Carlino. Questo è quanto.» Solari si siede e comincia ad accarezzarsi i baffoni rossi. Lo aiuta a pensare, dice.

Rosset estrae dal sacchetto un portafoglio sdrucito e lo apre.

«Agostino Ferro, nato a Savona, il 15 luglio 1964.» Scorre con lo sguardo la carta d'identità dell'uomo trovato nel vicolo dal Carlino della Guastelli. «Toh, qui dice che è una guardia giurata.»

«Non più. Ho controllato, nel 2004 si è licenziato. Ufficialmente, per un problema alla schiena che gli impediva di stare troppe ore in piedi. Invece si racconta che gli abbiano dato un generoso ben servito pur di toglierselo dai piedi.» Solari smette di accarezzarsi i baffi per infilarsi in bocca una caramella.

«E come mai?»

«Eh, di preciso non si sa» risponde Solari con un risucchio al profumo di rabarbaro. «In compenso pare che si sia messo in proprio.»

«Vuoi dire che con i soldi della buona uscita si è aperto una cosa sua?»

«Già.» Solari deglutisce e fa schioccare la lingua per staccare i residui zuccherosi dai denti. «E cosa può pensare di fare uno che è stato guardia giurata per più di vent'anni?» Allunga una mano e s'infila in bocca una seconda caramella.

«Mah, azzarderei un classico, tipo l'investigatore privato.»

«Esatto. Da manuale. E pure senza licenza. E visto che non gliela davano, lui si arrangiava offrendo i suoi servizi a prezzi concorrenziali.»

«Quindi si può ipotizzare che fosse lì per conto di qualcuno, per spiare qualcuno. Ma se era lì per... E piantala con quelle caramelle, Solari, cacchio.» Rosset dà un colpo secco alla manona lentigginosa del suo assistente, facendo cadere la terza caramella. «E porca vacca. Sempre lì a biascicare e sorbire. Ti preferivo quando fumavi.»

Solari si appoggia allo schienale della seggiola, incrocia le braccia e inchioda gli occhi alla finestra, offeso più che mai.

Rosset, nell'attesa di poter riprendere il dialogo (il suo assistente è molto permaloso, ma c'è di buono che gli dura poco), osserva la fotografia di Agostino Ferro. Non gli dice nulla di più di quanto vede: faccia larga e mal rasata, capelli scuri appiccicati al cranio, pieghe amare e profonde ai lati della bocca. Il signor Ferro non deve essere uno dal sorriso facile. Pare una foto segnaletica, come quelle della maggior parte dei documenti d'identità, del resto.

Guarda l'ora, non sono nemmeno le undici. È appena tornato dal rendez-vous in casa Parodi e gli pare di avere davanti un sacco di tempo. Dà un leggero colpo di tosse e sbircia i baffi di Solari: se da circonflessi son tornati dritti, vuole dire che la tempesta è passata.

«Ti volevo raccontare quel poco e niente che ho raccolto dagli inquilini del palazzo e poi, se hai voglia, facciamo un salto all'indirizzo di Ferro, che ne dici?» tenta Rosset.

«Smghrft» grugnisce Solari, che non vuole ancora capitolare del tutto.

«Bene.» L'ispettore posa il documento, estrae il flaconcino di Amuchina dalla tasca e si pulisce meticolosamente le mani. «Lo prendo come un sì.»

* * *

«Be', mi pare che dai Parodi e dalla Guastelli non sia emerso nulla più di quanto già conosciamo» commenta stitico Solari, dopo il resoconto dell'ispettore.

«Già» ammette Rosset. Che c'è una recrudescenza del fenomeno delle lucciole lo sanno da mo', purtroppo, in pratica da quando le ordinanze antiprostituzione sono state dichiarate illegittime. Insieme a polizia municipale e carabinieri, hanno attivato delle azioni di disturbo, come frequenti controlli dei documenti e appostamenti nelle vie più gettonate. Ma è come un tergicristallo durante un nubifragio come quello della notte scorsa: passa e toglie l'acqua, ma subito il parabrezza torna bagnato, uguale a prima. Frustrante. Prendiamo una casalinga: pulisce, lava, cura la casa, prepara da mangiare, per vedere poi il suo lavoro sporcato, disfatto, digerito e cacato nel giro delle ventiquattro ore successive. Ecco, per le forze dell'ordine è pressoché uguale. Solo che nel 90% dei casi lo sporco che raccolgono viene rimesso in circolo immediatamente e senza alcun lavaggio. Neppure un ciclo delicato. Come passare l'aspirapolvere per bene e poi svuotare il sacco spargendo di nuovo tutto il contenuto per casa.

Ecco, è questo che non gli va giù. È il peggio del peggio che nessuna casalinga, nessun addetto alle pulizie, nessuna persona con un minimo di buon senso accetterebbe mai.

E subito il suo pensiero, non sa perché, va alla monolitica Alma Boero.

Chissà cosa ha colto lei della vita del civico 37 di via Trieste. Deve trovare assolutamente il modo di parlare con lei. Ma come intaccare quella rocciosa reticenza? Ci vorrebbe un incontro casuale, in territorio neutro.

Eh, mica semplice.

Rosset si massaggia la nuca: ha questa cervicale che gli dà il tormento. Domina l'impulso di far scivolare le mani a controllare la dimensione delle sue orecchie. Non ha ancora scoperto se sono foriere di brutte notizie come teme o…

«Ispettore.» L'agente del centralino si affaccia nell'ufficio, sturandolo dal pensiero delle orecchie. «No, è che» colpetto di tosse, «ci sarebbe un ritrovamento in via Trieste, 37.»

«Oh, Canessa, che cacchio dici? Guarda che ci siamo appena stati!» abbaia Solari.

«No, cioè, sì. Ma questo è uno nuovo. Anzi una. Al quinto piano. Ha chiamato un certo Parodi Amedeo.»

«Ma se eravamo lì nemmeno mezz'ora fa» esala incredulo Solari.

«Spero solo che non sia successo mentre ero al piano di sotto a bere il caffè abbracciato al Carlino» sospira l'ispettore, infilando il giaccone. Allunga la mano allo schienale della sedia, dove di solito lascia la sciarpa. Che non c'è. Guarda sotto la scrivania, sull'attaccapanni (vedi mai che in un rigurgito di precisione), nulla. Ma dove diavolo è finita? Fa mente locale. Vuoi vedere che.

«Porca vacca, ho pure lasciato la sciarpa dai Parodi.» Sbatte la porta ed esce nell'aria frizzante e pulita di questa mattina di inizio novembre, che se già era iniziata male, sta continuando malissimo.

13

Era iniziata male, sta continuando malissimo.

Alma si siede sullo scalino del pianerottolo e appoggia la fronte sulle ginocchia.

Ci mancava pure questa.

Prima quell'uomo trovato dietro al palazzo e ora. Sospira.

L'ispettore di polizia era uscito da pochi minuti da casa dei Parodi e la signora Guastelli, dopo essersi scolata due caffè uno dopo l'altro, rinvigorita nel fisico e nell'umore, aveva finalmente deciso di portare lei e il Carlino ai piani inferiori.

Ma non si sa come né perché, appena aperta la porta il Carlino, anziché prendere le scale verso il basso o, come di consueto attendere l'ascensore, ha dato uno strattone e si è fiondato al piano superiore. La signora Guastelli è rimasta lì, con il braccio ancora teso, incredula, a guardare il guinzaglio verde sparire su per la tromba delle scale.

Poi si è riscossa e ha incominciato a urlare "Alfio, Alfio, Alfio" con timbro pregno di sdegno e di rimprovero, come solo lei e pochi altri sanno fare.

«Alma, per piacere, puoi andar tu a recuperare quella bestia. No, perché stamattina altrimenti non ne usciamo» l'ha pregata la signora Parodi, che cominciava a dare segni di snervamento.

Alma ha trovato il Carlino a raspare come un ossesso davanti alla porta blindata dell'interno 14.

«Dai, stupido cane, non hai già avuto la tua dose di emozioni?» gli ha sibilato, tirandolo per il guinzaglio. «Oh, sto parlando con te. Togli il muso da quella porta e andiamo.» Alma si è chinata per afferrarlo dal collare, appoggiandosi con la spalla alla porta, che inaspettatamente si è aperta facendola finire bocconi su di un peloso tappeto color tortora.

«Ecco, ci manca ancora che ci infiliamo nelle case degli altri, adesso. Che giornata di me…» ha alzato gli occhi e il resto della frase le è morto in gola.

* * *

«Fatemi capire bene» ricapitola paziente l'ispettore Jules Rosset. «La signora Fabrizia Recanati abita qui dal…» Sfoglia il piccolo quaderno dove prende gli appunti.

«Dal 2012» lo anticipa il signor Parodi, che se lo ricorda bene: da quella fatidica data ha iniziato a coltivare e a plasmare le sue speranze editoriali. «E comunque, in questo caso sarebbe più consono l'imperfetto.»

«Prego?» Rosset arriccia le sopracciglia, non afferrando il nesso.

«Non abita, ma *abitava*. In quanto la Recanati ormai è…» Muove la mano in aria segnando la croce.

«Amedeo!» esclama la signora Parodi inorridita. «Ma che cosa dici?»

«Ma è una questione di grammatica, Licia, mica una cattiveria. La Recanati è morta stecchita, no? E allora si adopera l'imperfetto. Punto.» Chiarisce limpido il signor Parodi.

«Boh, a me pare una precisazione di cattivo gusto» mormora la signora Parodi, ciancicando il fazzoletto prima di asciugarsi per l'ennesima volta gli occhi.

«Grammatica a parte» l'ispettore stringe gli occhi, sforzandosi di riannodare i fili con un minimo di logica, «la signora Recanati frequentava qualcuno, aveva un fidanzato, amici che la venivano a trovare?»

«Be', non è che noi si sta lì a spiare i vicini.» La signora Parodi si soffia il naso e ci pensa su. «Ma a volte, sa, nell'ascensore.»

Rosset se ne era già accorto: la signora Licia Parodi ha la fastidiosissima abitudine di non terminare mai le frasi. E a lui ora verrebbe da scrollarla per farle uscire le cose tutte in una volta e possibilmente per intero.

Ma non può. Quindi si arma di santa pazienza e si prepara a un duro lavoro di trivellazione e collegamento dati.

«Mi diceva dell'ascensore. Infatti, voi state al quarto piano e la Recanati al quinto. Giusto?»

«Sì. Anche perché al quinto c'è praticamente solo lei. All'interno 13 ci sta una coppia di Milano che viene solo un mese d'estate e a volte a Pasqua. Il 15 era della povera signora Petracchi, che è morta tre anni fa. Il figlio lavora e vive in Svizzera da più di dieci anni, già ci veniva poco quando la madre era viva, ora.»

«Ora?» la sprona l'ispettore, più aggressivo di quanto vorrebbe.

«Ora non si è più visto. Credo che ci sia ancora dentro tutta la roba della Petracchi. Che era anche tanta. La casa più stivata che io abbia mai visto.» La signora Licia scrolla la testina bionda e fa un lungo sospiro.

«Bene.» Rosset incomincia a temere che non ce la farà mai a sapere cosa diavolo c'era in quel maledetto ascensore. «Dato che al quinto piano ci stava solo la Recanati…»

«Sì, ispettore, le dicevo che a volte incontravamo qualcuno che non scendeva al nostro piano, ma continuava per il quinto. E allora.»

«Era chiaro che andasse dalla Recanati» conclude esausto Jules Rosset. «E questo qualcuno era? Donna, uomo…»

«Mah, dipende. Il più delle volte era un fattorino con dei plichi. Sa, Fabrizia Recanati lavorava per una famosa casa editrice. Viaggiava molto per lavoro e poi andava tre giorni alla settimana a Milano, dalla casa editrice. Faceva, com'è che si dice, Amedeo? Ah, sì, era un'editor. Che poi prima di conoscerla non sapevamo neppure che esistesse questa professione, vero, Amedeo?»

Grugnito d'assenso del signor Parodi, che già gli era parsa una gran rottura di palle la faccenda dell'uomo giù nel vicolo, e ora si è aggiunta pure la Recanati cadaverizzata sul parquet.

«Dunque, signora Licia, mi diceva... oltre il fattorino» s'intromette l'ispettore per tornare a bomba.

«Ecco, sì. Fattorini, in realtà. Ma più o meno le stesse facce che si alternavano. Poi poco altro. Per Natale e ricorrenze, dei fiori, cesti regalo. Cose così. Ma non si faccia l'opinione che fosse una tipa poco sociale» si sente di puntualizzare la signora Parodi. «La Recanati usciva spesso la sera e tornava anche tardi. No, è che l'ascensore.»

«L'ascensore cosa?» esala sfinito Rosset.

«È che fa rumore quando passa al piano. Insomma, se sale si sente. Nel silenzio della notte, poi. Solo recentemente c'è stato.» La signora Licia fa un gesto vago con la mano.

«Qualcosa di diverso?» sollecita l'ispettore.

«È che ultimamente accadeva che la sera salisse nuovamente l'ascensore al quinto piano quando la Recanati era già su. E che lì restasse fino a tardissimo, a volte anche per tutta la notte. Come se.»

«Come se qualcuno si fermasse a passare la notte da lei.» Rosset si passa la mano sulla cervicale, è stanchissimo. «E ha mai visto chi fosse?»

«Sinceramente, no. Mi viene da dire che ci stava tutta la notte solo perché al mattino presto l'ascensore scendeva dal quinto e si sentivano comunque al piano di sopra i passetti della Recanati. E quindi.»

«Quindi presumibilmente la Recanati aveva un amante o un fidanzato» medita l'ispettore, «ma dal tenore un poco clandestino della faccenda, sarei più propenso a pensare a un amante.»

E l'amante apre un caleidoscopio di possibilità. Primo fra tutti, giustificare la presenza di un investigatore privato, cioè l'Agostino Ferro trovato nel vicolo, davanti al palazzo.

«Della notte scorsa cosa mi potete dire?» domanda al signor Parodi, giusto per muovere l'esca e ridestargli la trotesca curiosità.

«Mah, pioveva come Dio la manda.» Il signor Amedeo passa la mano tra i radi capelli grigi, sfila gli occhiali, li pulisce con meticolosa cura con l'angolo del maglione beige. Sistema la cravatta e controlla che i bottoncini del colletto siano allacciati. Rosset lo osserva con un misto di fastidio e ammirazione. Sì, perché fosse per lui, vivrebbe ventiquattr'ore su ventiquattro in tuta o in pigiama, quindi vedere un suo simile scegliere coscientemente di trascorrere le giornate azzimato di tutto punto, be', gli smuove la stima.

«Quindi non vi siete accorti di nulla, nessun movimento inconsueto» lo incalza.

«Non ho detto questo» precisa il signor Parodi. «Ho specificato che quando piove molto, gli altri suoni passano in secondo piano.»

«Ma Amedeo!» schizza inviperita la signora Parodi. «Se stamani ti ho raccontato che. Oh, insomma, il fatto che tu non abbia sentito niente non vuole dire mica. Sembra quasi che tu voglia minimizzare per non ammettere che.»

«Ammettere cosa, signora Parodi, la prego...»

«Ma niente, che...» La signora coglie l'occhiata truce dell'ispettore, così prosegue spedita: «Le dicevo, appunto, che ieri sera al piano della Recanati c'è stato un discreto via vai. Sali, scendi, porte che si aprivano e si chiudevano, colpi, voci, gemiti. E infatti, come dicevo stamani all'Amedeo, se non sapessi che ci abita (abitava, ho capito, abitava! Piantala Amedeo, perché guarda!) la Recanati, insomma, pareva un bordello. È che Amedeo non ha sentito niente e per non ammetterlo dà la colpa alla pioggia». Sbuffa risentita, spiluccando il golfino d'angora per non incrociare lo sguardo furente del marito.

«Bene. E che ora era, più o meno?»

«Mah, la prima volta le otto e mezza, c'era ancora il TG. E poi è sceso qualcuno, non so, verso le dieci e mezza, credo. Stavo guardando la *ficscion* della suora, sa, quella con Sofia Ricci. C'era la pubblicità e così, nell'attesa, mi sono preparata una tisana. Dalla cucina e dalla camera da letto l'ascensore si sente di più.»

«E dopo?»

«Be', da lì a poco è finita, così sono andata a letto. Leggo sempre un po' prima di dormire e come le dicevo in camera si sentono di più sia l'ascensore sia quello che accade nel salotto della Recanati. Sì, perché lei è in affitto, e i proprietari avevano buttato giù la parete tra la seconda stanza e il salotto, per ricavare un salone grande. Un *open speis*, come dicono. Una roba più da giovani. È lì che.»

«Sì?» L'ispettore deglutisce bile.

«Eh, è lì che dopo le undici ho sentito parlare forte e ridere. Passi veloci avanti e indietro e poi pam, pum e gemiti. Come se facessero cose sul pavimento.»

«L'altra voce era maschile?»

La signora Parodi resta un attimo interdetta. Dato che la sua visione copulativa contemplava solo maschio e femmina, senza altre possibili sfaccettature, non si era posta il problema. Anche se a pensarci bene…

«In realtà la seconda volta ho sentito solo la voce della Recanati e anche la risata era la sua. La persona che di solito andava a trovarla» fa un piccolo respiro, imbarazzata, «l'amante, insomma, era sicuramente un uomo. Non si capivano le parole, ma lui aveva un tono, come dire…»

«Da bassotuba» interviene il signor Parodi, forse per recuperare la precedente défaillance. «Basso, greve e ostinato. Come in un concerto di Richard Strauss. Inconfondibile.»

«Chiarissimo, signor Parodi. Quindi si può ragionevolmente supporre che la seconda volta non fosse lui l'ospite della Recanati.»

«Qualcuno c'era di sicuro, ma o ha parlato a voce bassa, o non ha parlato affatto e si è limitato a.» La signora Parodi sventola la manina in aria a significare cose turche.

Jules Rosset scrive sul suo quadernetto, poi si volta verso Alma, che non ha più detto una parola da quando sono scesi nel salotto dei Parodi.

«Signora Boero, potrebbe essere così gentile da raccontarmi per benino cosa ha visto appena si è aperta la porta dell'interno 14?»

Alma sospira rassegnata e comincia.

«Le sembrerà buffo, ma la prima cosa che ho visto è un tappeto a pelo lungo color tortora. Ci sono finita praticamente con la faccia sopra. Le posso dire che non era stato sbattuto di recente e che ci avevano camminato sopra con delle scarpe bagnate. Che la Recanati si tingeva i capelli e che faceva la pedicure, dato che la seconda cosa che ho visto sono stati i suoi talloni: lisci e curati come quelli di un neonato. Sul momento ho pensato che stesse male. Poi ho visto quello sguardo spalancato sul nulla. E lì, prima ancora di scoprire il sangue e tutto il resto, ho capi…»

«Venga su con me.» Rosset l'afferra per un braccio e se la tira dietro. Lo sapeva, se lo sentiva che la Boero era una miniera di informazioni. Gongola tutto soddisfatto facendo gli scalini due a due.

14

Due rampe di scale e sbuffo come un mantice. Sono davvero fuori forma, pensa con un filo di apprensione l'ispettore Jules Rosset.

«Ah, eccoti Solari, foto fatte e rilevamenti fatti?» ansima, appoggiandosi allo stipite. «Sì, stanno finendo di radunare la roba. Ah, stanno per arrivare Ferrero e la Guerini.» Solari sposta una valigetta dall'ingresso per farli entrare.

«E no, porca vacca» sbuffa Rosset. «Procuratore e medico legale sono alle costole, abbiamo poco tempo. Venga, signora Boero. Ecco, si metta qui, comoda e rilassata, e mi dica cosa vede.»

Alma inarca un sopracciglio e lo guarda perplessa.

«A parte il fatto che non mi viene proprio di rilassarmi con un morto ammazzato davanti.» Occhiata eloquente verso il corpo di Fabrizia Recanati, ancora prono sul parquet del soggiorno. «Cosa dovrei vedere, mi scusi?»

«Cose.»

«In che senso, *cose*?» ribatte Alma stizzita.

«Tipo: da cosa ha capito che la Recanati si tingeva i capelli?»

Alma si china sul tappeto color tortora dell'ingresso e raccoglie un lungo capello biondo rame.

«Ha la radice di colore diverso. Ma non pensi che io sia Wonder Woman solo per questo, ci sono semplicemente caduta con il naso sopra quando sono finita qui dentro.»

«Ma non importa!» si scalda l'ispettore. «Qualsiasi altro notava un capello (se lo notava) e stop. Io parlo di Occhio maiuscolo, parlo di Spirito d'Osservazione, parlo di fare due più due. Talloni da pedicure compresi. Quindi ora si guardi in giro e mi dica cosa vede.»

«È che tra venti minuti avrei un colloquio con l'insegnante dei miei figli» prova a dire Alma.

«Nessun problema. Solari? Prendi nota della scuola dei figli della signora Boero, avvisa che la suddetta signora è impegnata a dare il suo contributo alla società e che la professoressa, come si chiama?»

«Bergamini, Enrica Bergamini. Di matematica» sospira Alma.

«Ecco, che la professoressa Bergamini fissi un nuovo appuntamento. Perfetto. Segnato tutto, Solari? Benissimo, ora torniamo a noi. Prego.» Rosset si fa da parte e le lascia il campo libero.

Alma fa qualche passo nel soggiorno, cercando di non incontrare lo sguardo vuoto di Fabrizia Recanati. L'ispettore la segue curioso.

«E non mi stia con il fiato sul collo ché mi viene il nervoso. Che già è stata una mattinata che gliela raccomando!» sbotta Alma, avvicinandosi alla parete che divide il salotto dalla camera da letto.

La donna è stesa lì davanti, sulla sinistra, tra la grande libreria e il tavolo di cristallo.

Ora che i fotografi hanno finito, la stanza è tornata come l'aveva trovata lei due ore prima: illuminata dalla luce intensa del pianerottolo e da una lampada caduta a terra, vicino ai piedi della Recanati.

Alma si appoggia al muro.

Non ce la fa. Non le viene proprio di. E poi, quest'atmosfera da chiaroscuro sepolcrale, ma cosa pretende che veda 'sto ispettore qua. Che già tirarla così per il braccio su per le scale, ma come si è permesso?! L'ha lasciato fare solo perché è un poliziotto, altrimenti un manrovescio non glielo levava nessuno.

Se almeno la stanza perdesse quest'aria da night club.

«Scusi, si potrebbero tirare su le tapparelle?» domanda Alma. Rosset fa un segno a Solari e il sole invade la stanza.

Alma sente l'oppressione sparire insieme alla penombra, non fosse per la vestaglia della Recanati che ora le sfiora il piede, quasi quasi le sembra di trovarsi in una situazione normale. Inspira. Ecco, deve pensarlo come un appartamento di quelli che di solito pulisce. Un'altra vita, un altro piccolo universo, un'altra intimità da svelare.

«Posso fare di testa mia?» domanda a bruciapelo con i pugni piantati sui fianchi robusti.

«Be', dipende da cosa intende per testa sua.» Mette le mani avanti Rosset, preso alla sprovvista. «È che stanno per arrivare qui il procuratore Ferrero e il medico legale. Quindi sposti il meno possibile gli oggetti e soprattutto non tocchi la Recanati.»

Alma alza gli occhi al cielo. «Ma le pare che mi metto a rivoltare un cadavere? Insomma, vuole che Veda maiuscolo, come dice lei, o no?»

L'ispettore fa sì con la testa.

«E allora devo aprire gli armadi e guardare bagno e spazzatura. Mi dica lei se posso. Altrimenti la finiamo qui. Che sarei anche più contenta» puntualizza secca.

Jules Rosset stringe gli occhi e si mordicchia le guance.

«Nessun problema. Però deve mettere questi» le sventola davanti un paio di guanti. «E io devo venire con lei. Non posso giurare di non starle con il fiato sul collo.» Rosset alza le braccia davanti all'occhiata truce di Alma. «Ma le posso promettere che farò del mio meglio.»

Alma inizia a muoversi per l'appartamento come fa di solito durante il suo lavoro. Fabrizia Recanati era moderatamente disordinata, ma seguiva una certa logica. Questa logica veniva stravolta solo nell'armadio dei detersivi, scope e spazzoloni (quindi con ogni probabilità non si occupava lei delle pulizie) e in minima parte anche negli armadi, fra i capi stirati (e quindi neppure stirava). Guarda nei cassetti del comodino, solleva il portatile posato sopra il piumone, poi apre una stretta anta a specchio in camera da letto. E lo vede.

Resta un attimo senza fiato. Allunga una mano e sgancia la gruccia, per osservare meglio. Magari sbaglia, pensa, come si fa a dire che sia proprio lo stesso. Guarda la forma delle maniche, la grande fascia chiara e, soprattutto, il particolare disegno: un sobrio intreccio di azzurro polvere e nero. Identico. No, non può credere che sia un caso.

«È una vestaglia?» domanda Rosset, facendola sussultare. «Particolare, sembra quasi uno di quei cosi giapponesi, come si chiama, aspetti… un kimono! Cosa ci fa nell'armadio della Recanati?»

«Boh!» Alma lo rimette velocemente dentro e chiude l'armadio. «La signora Parodi ha detto che la Recanati viaggiava tanto. Magari è stata in Giappone e l'ha comprato come souvenir. Non mi pare una cosa tanto strana.»

Rosset allunga una mano per riaprire l'anta, ma lei si è già diretta verso il bagno e non può (e non vuole) lasciarla sola.

Alma con lo sguardo registra asciugamani, disposizione degli oggetti, cosmetici, tubetti mezzi spremuti e soprattutto come; lo stesso fa in cucina (sfiorata da uno strano sorriso, mentre sbircia il bidone dell'umido), nel frigo e nelle altre stanze dell'appartamento.

E Fabrizia Recanati non è più una sconosciuta con i capelli aggrovigliati in una piccola pozza di sangue. Alma avverte alla base dello sterno la consueta sensazione di calore, la piccola bolla di affetto che le sale ogni volta che entra nella vita di qualcuno.

Solo che oggi è diverso.

È entrata in una vita che non ha più vita.

E non pensava che potesse fare tanto male.

Si volta verso l'ispettore. È lì, con le lunghe braccia annodate sul torace magro e le sopracciglia arricciate, in attesa che lei dica qualcosa.

Lo odia.

Lo odia per averla trascinata dentro il mondo della Recanati, per averla coinvolta, per il dolore piatto e monocorde che ora le ha invaso il cuore. Lo odia anche per quello che ha scoperto dentro l'armadio della camera da letto. E che ora non sa come gestire. Insomma, lo odia e basta.

«Sembra che sia stata colpita con qualcosa di pesante e appuntito.» Solari è chino sul corpo della Recanati.

Rosset si guarda in giro per vedere se una possibile arma del delitto possa trovarsi ancora lì. E incrocia lo sguardo ostile di Alma.

«Allora, non mi racconta nulla?» domanda, sulla difensiva.

Alma fa una piccola smorfia e tira su le spalle.

«Niente più di quanto può capire lei da solo. E poi ha tutta 'sta gente che le ha raccolto impronte, peli, briciole, salive; che setaccerà computer, cellulare, mettendo nero su bianco l'intera vita di questa povera ragazza. Non capisco perché diavolo mi ha portata qui a trivellare fra le sue cose» sbuffa. «Salvo per farmi stare di merda, non vedo quale altra utilità...»

L'ispettore si mordicchia le guance, come ogni volta che è pensieroso. Se fumasse ancora la pipa, sarebbe lì a rosicchiarne il cannello. Forse dovrebbe tenersene comunque in tasca una spenta, neh, mica per riprendere il vizio, ma solo per non martoriarsi a sangue le ganasce.

«Signora Boero, dal suo punto di vista può anche sembrare così, ma le assicuro che si sbaglia. Tutto l'ambaradan che lei ha citato serve, sì, ma come supporto. L'intuizione resta sempre l'unico vero motore di un'indagine. E io, se non mi impasto fisicamente nella vicenda, non carburo.»

«Buon per lei» risponde acida Alma. «Continuo a non capire cosa c'entro io. Questo è compito suo, il mio lavoro è un altro e, se non le dispiace, avrei anche da fare.»

Jules Rosset si succhia le guance magre e ondeggia avanti e indietro sui talloni, meditabondo. La Boero ha ragione, non sa come gli sia girato stamattina. Tra l'altro, se arriva il giudice Ferrero e la becca qui, sono dolori. Mah, sarà che la sua vita sta andando letteralmente a puttane. Passa la mano ossuta sulla faccia e tira un lungo respiro.

Alma lo guarda. Lo odia e nello stesso tempo gli fa quasi tenerezza, con quelle rughe verticali che gli incidono la fronte larga.

«Lì sul tavolo di cristallo...» Alma sa già che se ne pentirà. «Venga qui.» Tira la manica dell'ispettore e lo fa chinare a filo sul piano trasparente, contro la luce vivida della finestra. «È da un po' che qui nessuno pulisce. Vede quel rettangolo privo di polvere? Ecco, lì c'era qualcosa che ora non c'è più. O l'ha tolto la Recanati o l'ha preso qualcun altro.»

«L'assassino dice?» Rosset valuta la dimensione del riquadro pulito. «Mah, potrebbe sembrare un grosso volume, un libro, insomma. Ma un libro, per quanto pesante, non ammazza una persona. Ammesso che si tratti dell'arma del delitto. Magari era prezioso. O forse...»

Alma scuote la testa.

«No, sui libri non si dà la cera. Qui, dove era posato l'oggetto, il cristallo è opaco e...» Si china ad annusare. «L'odore di cera è inconfondibile. Potrei dirle anche la marca.»

L'ispettore osserva con attenzione il tavolo, stringe gli occhi e succhia le guance. Eppure, la forma è inequivocabilmente quella di un volume aperto.

«Ma se fosse stato un libro antico, che so, con la copertina di pelle? Non si dà la cera anche sulla pelle?» domanda titubante.

«Sì, ma questo odore è di un'altra cosa.» Alma lo fissa con sguardo fermo e sicuro. «Si tratta di cera per legno. Marca Legno Vivo. Senza ombra di dubbio. È un liquido per detergere e lucidare i mobili di legno. Non è un prodotto professionale, si acquista in ogni supermercato e non è neppure così speciale. Dai Parodi, per esempio, adopero una cera solida che è tutta un'altra cosa. Tornando a noi, vede?» Si avvicina al cristallo, segnando con il dito le ombre opache. «Essendo molto liquido, bisogna lasciarlo asciugare. Questo inconveniente non dà particolari problemi sui mobili: ha tutto il tempo di evaporare per conto suo. Il problema si presenta se lo si adopera, per esempio, su di un soprammobile. Bisognerebbe far asciugare bene la base d'appoggio prima di riposizionarlo. Non facendolo, si unge anche il ripiano sottostante. Che ora andrebbe sgrassato con un detergente specifico.» Alma si raddrizza e sfila i guanti di lattice. «Posso affermare, con un discreto margine di sicurezza, che fino a ieri qui c'era un oggetto di legno a forma di libro aperto. Bon.»

Jules Rosset le fa un piccolo sorriso sghembo, il massimo che riesce a produrre da un po' di mesi a questa parte.

«Grazie, Alma. So quanto le è costato tutto questo e mi dispiace di averle dato l'impressione, più che legittima, di essermi approfittato di lei. Posso fare qualcosa per sdebitarmi?»

«Sì.» Alma si tira su la zip del maglione. «Lasciarmi andare, ho l'autobus tra dieci minuti e no, non voglio che mi accompagniate a casa. Sampierdicanne è un quartiere dove c'è affetto e partecipazione genuina, ma nessuno si fa mai gli affari propri. Se arrivo con la volante, non faccio più vita. La saluto, stia bene.»

Rosset la guarda scendere le scale, fiera e aggraziata, nonostante la mole. Che poi non è mica grassa, si sorprende a valutare, la Boero è semplicemente giunonica, matronale. E soda. Quando le ha preso il braccio, gli è sembrato di tenere tra le mani uno Jambon de Bosses. Sarà la razza, lo ha sempre pensato guardando le Olimpiadi: hanno dei fisici spaziali, superiori a tutti. Sì, perché nonostante il nome italiano su un cognome ligure al mille per mille, la donna che se n'è appena andata è la copia sputata della strepitosa rapper Queen Latifah, che suo figlio Alberto adora. Alma Boero è nera.

15

«È nera con fibbia d'oro, vedi? Ma se tu vuole ho anche blu, marone, tuti colori, tuto quello che tu vuole.» Adele Roversi sorride imbarazzata, lei non ha mai comprato nulla dagli ambulanti, in realtà ha sempre cercato di evitarli con un misto di disagio e diffidenza. Quindi non sa come liberarsi di questo ragazzo magro dalla pelle scura e la faccia butterata, che a tutti i costi vuole affibbiarle una borsa. Lei non vuole comprare nulla, si è disgraziatamente fermata qui davanti solo per controllare il cellulare e vedere se il Modesti aveva richiamato o inviato un messaggio. Nulla. Se almeno arrivasse Alma.

«Gucci originale, giuro» continua a ripeterle il tipo, estraendo borse di ogni forma e colore da un lercio sacco di plastica blu.

«No, ma senti» si sorprende a chiedere Adele. «Tu da dove vieni? E perché sei venuto qui, in Italia intendo, a fare questa cosa?» Adele indica con la mano il grande telo rubino ricamato a disegni colorati, coperto di borse, portafogli, cinture. Tutto griffato e sistemato con cura all'ombra di un pitosforo della passeggiata a mare.

«Da Pakistan.» Il ragazzo posa il sacco e la guarda. «Vengo da Pakistan. Tu sai dov'è, capisci perché io venuto via.»

Adele fa cenno di sì con la testa. Anche se geograficamente parlando si sente piuttosto lacunosa, sa di poter collocare lo stato in un punto imprecisato a sinistra dell'India, ma nulla di più.

«Un viaggio lungo oto giorni. La barca era grande, ma picola per tuta la gente che c'era. Niente mangiare, per non vomitare. E io vedeva uomini vechi, done con pancia e sicuro che non potevano farcela. Io giovane, forte, ma pensato tante volte che io muoio. Ma ora sono qui, vivo.» Il ragazzo fa un sorriso che a lei pare luminosissimo. «Lavoro bruto? Non importa. Gente trata male? Non importa. Casa bruta? Non importa. Soldi pochi? Non importa. Io qui vivo e libero. Può pensare con mia testa e usare mia testa. Per me questo belisimo. Il resto? Non importa.»

* * *

Adele Roversi in Modesti siede al tavolino e posa a terra il sacchetto: due borse di pelle che ha pagato meno di quanto avrebbe voluto e un portafoglio che Hanif, il ragazzo pakistano, ha voluto regalarle a tutti i costi. Lo sa che, con ogni probabilità, questi oggetti provengono da robe losche di bieco sfruttamento. Ha visto fior di servizi in proposito, che mostravano scantinati e hangar stivati di creature obbligate a lavorare venti ore al giorno. Avrebbe voluto dare solo il denaro a Hanif, senza comprar nulla, ma ha avuto paura di deludere quello sguardo luminoso e fiero. Uno sguardo che lei, se mai lo ha avuto, aveva dimenticato.

E poi gli ha invidiato la sublime filosofia del Non importa, quel senso di gratitudine alla vita, così com'è e senza falsi sentimentalismi. La pura gioia di essere vivi. E in un paese libero. Punto.

Strano, riflette Adele, aver questi pensieri così nobili e vitali, quando fino a poche ore prima le dispiaceva quasi di non esser morta.

Adele fissa il mare davanti a lei: appena increspato e di un blu topazio da lasciare senza fiato. Portofino è lì, placidamente adagiato sull'acqua, come un drago preistorico. Pare quasi che respiri. Come respirano i gozzi, coperti dal telo a strisce bianche e azzurre che si solleva e si abbassa mosso dal vento leggero. Sono vive le barche del porto, dove ognuna dondola a modo suo; sono vive le palme, i pitosfori e le panchine che tremolano nella luce di questo terso mattino.

Tutta questa esplosione di vita la fa sentire in imbarazzo. Le pare un grido d'accusa. Un mormorio di rimprovero.

Come se sapessero.

Sfila il giaccone e lo posa sulla sedia vuota. Siamo a inizio novembre e pare aprile.

Adele inspira con forza il respiro salmastro del mare.

È il periodo dell'anno che ama di più, una fine d'estate che dura sino a Natale. Certo, quando cala il sole il freddo umido si fa sentire, e le giornate di pioggia (vedi stanotte) sanno convincerti che è autunno inoltrato, ma poi ti esplodono davanti questi colori da cattedrale. E ti domandi perché non lo fai tutti i giorni che Dio manda di venirtene sul mare. Chissà, forse certe cose sarebbero potute andare in modo diverso. Adele porta i capelli indietro e lascia che il sole scivoli sulla fronte, le palpebre, gli zigomi. Giù sino al collo. Vorrebbe che scendesse ancora di più, a raggiungere le zone ghiacciate e morte (queste per davvero) del suo corpo.

È strano come gli eventi, le situazioni, stupidi scarti di tempistica, insomma, come una sciocchezza possa cambiare il corso di più vite insieme. Ci ha pensato tante volte a come sarebbe stata le sua se non avesse aperto quel maledetto libro.

Chiude gli occhi e lascia che il suo respiro prenda il ritmo della risacca e della moltitudine di respiri che la circonda.

Ecco, per la prima volta si sente veramente parte di qualcosa. E le viene da piangere.

Si asciuga gli occhi. Che cretina. Sarà stato Hanif con il suo sguardo da sopravvissuto a smuoverle la sfera emotiva.

Adele vede arrivare il cameriere e, in un rigurgito di borghese vergogna, spinge con il piede il sacchetto gonfio di borse, per farlo sparire sotto al tavolo.

Che ipocrita che sono, pensa mescolando il caffè, mi lascio pervadere da buoni sentimenti e da quella famosa misericordia che ti fa scoprire attraverso il prossimo la presenza di Dio (elementari, medie e superiori dalle suore marcelline sono cose che lasciano il segno) e poi nascondo le borse sotto al tavolo perché mi vergogno di far vedere che le ho comprate taroccate. Che poi, alla luce dei fatti, il peccato dell'ipocrisia dovrebbe essere l'ultimo dei suoi pensieri.

Già, il suo pensiero dovrebbe andare all'osannato marito che non ha ancora dato segni da, guarda l'orologio, quasi ventiquattr'ore.

Adele Roversi posa la tazzina e prova a chiamare ancora. Nulla, sempre staccato. Ha chiamato anche la società Autostrade e nessun incidente ha coinvolto una Mercedes classe A grigia nella tratta percorsa abitualmente dal Modesti.

A meno che.

Medita Adele.

Non sarebbe la prima volta che l'osannato marito si prenda delle libertà extraconiugali. Ma se così fosse, dov'è finito?

Il cellulare le vibra fra le mani.

È Alma.

Adele paga il caffè, afferra il grosso sacchetto e lascia il giaccone slacciato. Farà ancora un pezzo di passeggiata a mare e poi taglierà per il sottopasso. Alma la sta raggiungendo a casa.

16

Casa sua ultimamente è un pianto, ammette Rosset, ma l'appartamento di Agostino Ferro è di una desolazione senza pari.

Hanno scoperto che da sei mesi Ferro ha disdetto il contratto d'affitto del piccolo ufficio di via Nazario Sauro, quindi sono venuti direttamente qui in corso Lima, nella speranza di cavare qualcosa di simile a un movente a giustificare l'aggressione dell'investigatore privato.

«La Fabiani ha detto qualcosa?» domanda Rosset, che prima di venire qui ha dovuto smistare le burocrazie riguardanti l'omicidio della Recanati.

«Semplicemente che lei è il solito codardo maschilista del cazzo» riporta Solari con voce neutra. «Ma non se la prenda, ispettore, in fondo la Fabiani proprio tutti i torti non li ha, ogni volta tocca a lei far da Caronte e accompagnare i parenti delle vittime nel regno dei morti.»

Rosset abbozza, ma l'agente Sara Fabiani è caruccia, dolce ed energica al medesimo tempo, insomma, è perfetta per il ruolo. Perché portare la notizia ai parenti e convocarli per il riconoscimento del corpo non fa per lui. Probabilmente non è un compito piacevole neppure per gli altri, vedi la Fabiani, ma sinceramente se ne frega: avere dei sottoposti, oltre che responsabilità, deve pur dare qualche vantaggio.

Gestire lacrime, disperazione, trovare le parole giuste, un minimo di umano conforto. Rosset ha un brivido di rifiuto. No, non ce la può fare. Lui rifugge da ogni discussione, da ogni chiarificazione, da qualsiasi cosa che possa generare nel suo interlocutore uno scompenso emotivo.

Perché dare una cattiva notizia ti rende in qualche modo responsabile del dolore altrui, e questo dolore, quasi sempre, provoca manifestazioni che richiedono una qualche consolazione. In pratica, si innesca il meccanismo perverso per cui tu sei colpevole di aver creato sofferenza e quindi tocca a te donare conforto.

Ed è qui che lui entra in modalità fuga.

Tanto vale scappare prima.

Per questo motivo Jules Rosset per troncare ogni relazione ha adottato la tattica del buco nero. Nel senso che sparisce facendo perdere le proprie tracce (non risponde al telefono, ai messaggi, al citofono, si nega in ufficio, sceglie percorsi non abituali, evita i consueti locali), nella speranza che i fatti parlino per lui e la partner in questione si arrenda di fronte all'evidenza, ponendo il fatidico prefisso ex a siglare definitivamente il loro rapporto.

Ovviamente questa strategia non funziona sempre e le donne sanno essere caparbie e terribilmente vendicative. Ma qualsiasi cosa è preferibile a scene da tragedia greca, infarcite di lacrime e lamentazioni varie, che scaturirebbero poi in un confronto diretto.

Certo che quando è toccato a lui, be', deve ammettere che ascoltare Clelia snocciolare con voce chiara e pacata tutto ciò che non funzionava nel loro matrimonio è stato come affettare dodici anni di vita insieme con un yanagi-ba giapponese e farne un sashimi da dare al gatto.

Una dissezione tranchant che non dava adito a speranze o a false interpretazioni. Un'analisi definitiva e senza appello.

Un matrimonio finito in cinquantadue minuti e una manciata di secondi. Giusto il tempo di far sciogliere il ghiaccio nel suo Frozen Genepy.

Nonostante siano passati ormai cinque anni, quando la vede sente la steppa del cuore ritirarsi, lasciando lo spazio a teneri e primaverili virgulti emotivi.

C'è da aggiungere che Clelia, pur se moderatamente odiosa, è sempre stata bellissima. E questo non aiuta affatto.

E il cuore è pur sempre un muscolo, quindi ci pensa Clelia a riportar le cose in chiaro, soppesandolo e tagliuzzandolo ogni volta con precisione chirurgica.

In tutto questo c'è pure Alberto: sedici anni di tormentata intelligenza impastata di rabbiosa adolescenza. Un composto più instabile della nitroglicerina.

Per questo Jules ha chiesto il trasferimento qui, in riviera. Clelia e Alberto vivono a Rapallo, dove la sua ex moglie lavora come ortopedico nel reparto di traumatologia dell'ospedale.

Otto mesi che ha lasciato la questura di Aosta. Otto mesi che la sua casetta di Gimillan con le finestre affacciate sul Gran Paradiso è diventata solo meta di qualche fine settimana invernale.

Ma ora è qui per scoprire qualcosa di Agostino Ferro, investigatore privato tramortito in un vicolo durante una notte buia e tempestosa di inizio novembre.

E buttarsi a capofitto in altre vite è l'unico modo che ha per non pensare alla sua.

* * *

L'impianto centralizzato pompa calore a manetta e Solari slaccia il giaccone di panno con la frenetica foga di chi sta per esplodere. Riprende fiato e si guarda in giro per trovare un angolo dove posarlo.

«Appendilo alla maniglia della porta, mi sa che è l'unica soluzione» gli suggerisce Rosset, poi fa una rotazione su se stesso di trecentosessanta gradi per una visione completa di questi cinquanta metri quadri di puro squallore. Il divano letto è ancora aperto, con le coperte scivolate per tre quarti su un pavimento che da un po' non vede una scopa, tantomeno uno straccio. Giornali sportivi e fumetti sono accatastati su di una cassettiera in laminato che funge anche da comodino, libreria e (a giudicare dalla quantità di minutaglia senza nesso logico) pure svuotatasche.

Il resto dell'appartamento pare sia stato arredato lanciando i mobili in aria come bastoncini del Mikado, lasciandoli lì dove il caso ha voluto che cadessero.

Aleggia un odore corposo di fumo stantio, salsiccia alla griglia, abiti umidi e dopobarba. Una miscela che prende alla gola e imprime il cilicio alla testa.

E insieme all'emicrania gli monta pure un filo di sconforto.

«Tornando alla Fabiani» dice Rosset mentre infila i guanti di lattice e slaccia il giaccone, «le donne sono più brave a sbrigare le rogne emotive, chi volevi che ci mandassi, quell'orango di Canessa? No, è una roba da donna: bella presenza, sorriso partecipe e ciglia umide.»

«Infatti la Fabiani ha ragione.» Solari apre il frigo e lo richiude disgustato. «Lei è un maschilista.»

«Ora, solo perché uno riconosce nell'altro sesso alcune predisp...» Rosset sente qualcosa di tiepido e invadente sfiorargli la caviglia. «Eccheccaz!» Sussulta spaventato.

Due occhi gialli lo fissano curiosi e vagamente diffidenti, mentre una coda si arrotola alla sua tibia, lenta e sinuosa come una biscia.

Il gatto rosso lo misura ancora per qualche secondo, poi gli dà una leggera testata sulla rotula e infine si siede a pochi centimetri dalle sue scarpe, come in attesa di una controrisposta adeguata.

«Toh, un gatto!» esclama Solari divertito. «E sembra pure che lei gli piaccia. Strano, di solito i gatti sono molto selettivi in fatto di umani.»

«Con questo cosa vorresti dire, scusa? Mi pare evidente che questo è il felino di Ferro, forse ritieni che io sia peggio di lui?» ribatte Rosset che, tolto il guanto, avvicina le dita al naso rosa e umido del gatto.

«Mah, non saprei.» Solari si inginocchia per guardare l'animale che sta annusando con circospezione un ispettore teso come una corda di violino. «Nel senso che di Ferro non ne so nulla. In compenso, conosco bene lei.»

«Mrghf» grugnisce Rosset, tentando una goffa carezza che il gatto evita con millimetrica e ostentata precisione. «Il fatto che a volte sia un po' scontroso non vuol mica dire che sono cattivo.»

«Cattivo forse no.» Solari vorrebbe snocciolare il lungo elenco di irascibile, egoista, pignolo, impaziente, scorbutico, ipocondriaco, selvatico, etc. Poi incontra lo sguardo accigliato del suo ispettore e si contiene in un diplomatico: «Diciamo che ha un carattere particolare».

«Mi sa che 'sto gatto ha fame» cambia volutamente discorso Rosset. «Sarà da ieri sera che non mangia. Vieni, micio, che ora ti troviamo qualcosa. Solari, tu che sai sempre tutto, secondo te: un investigatore privato del tutto sprovvisto del concetto di ordine dove potrebbe aver riposto il cibo di questa povera bestia?»

Ah, sbuffa tra sé e sé Solari. Tra le qualità dell'ispettore si era dimenticato di citare il feroce sarcasmo. L'avrà rimosso per legittima difesa. Fa un piccolo sospiro e inizia a cercare.

17

Cercare Cesare Modesti è stato solo il pretesto, Alma voleva sincerarsi sul mutato stato mentale della signora Adele e soprattutto verificare il tarlo che le è partito in casa Recanati.

E ora che sa?

Far finta di niente e continuare la sua vita di sempre (già di per sé piuttosto pregna di preoccupazioni e guai) o…? Sbuffa.

Dopo quasi due ore in casa Modesti ne riemerge con:

A) La conferma che la signora Adele abbia realmente deragliato verso una percezione vagamente New Age che non le appartiene. Ha persino temuto che avesse assunto o fumato per sbaglio roba strana, ma in casa non ha trovato nulla a comprovare ciò. Sinceramente avrebbe preferito poter incolpare sostanze estranee, piuttosto che avvalorare la sua sensazione: cioè che la trasmutazione della signora Adele Roversi in Modesti sia imputabile a qualcosa di forte come uno choc. Che non è bello, specialmente se unito alla presunta scomparsa di un coniuge.

B) La quasi certezza che Cesare Modesti non sia affatto scomparso come vuole far credere. E questa certezza va di pari passo con la strana scoperta in casa di Fabrizia Recanati, l'editor uccisa stanotte al piano di sopra dei Parodi.

C) Due bellissime borse che la signora Adele le ha regalato, dopo averle comprate da un ambulante che ora chiama per nome come se fosse suo nipote. La stessa signora Adele Roversi in Modesti che dona l'otto per mille alla Chiesa, elargisce fondi per le Missioni, fa volontariato alla Caritas e poi cambia strada per non incrociare rom, senegalesi, magrebini che le incutono timore, inquietudine e pure un po' di repulsione.

Qualcosa non quadra.

«Ma allora quando la vedi la Bergamini di mate?» la sturano dalle sue riflessioni Luca e Paolo.

Davanti al variegato pubblico della sua famiglia, Alma ha raccontato lo stretto necessario delle sue avventure mattutine, senza omettere la presenza di un ferito e di un morto.

Al termine del suo resoconto, i due gemelli hanno commentato con un entusiastico "Fico!" (più per lo scampato incontro con la prof di matematica che per i fatti in sé), le due gemelle Marta e Maria hanno mugugnato preoccupate che la festa di compleanno di Azzurra cominciava tra due ore e lei, per 'sta cosa di polizia, non aveva ancora comprato il regalo, mentre alla suocera premeva essenzialmente la descrizione fisiognomica dell'ispettore, possibilmente anche delle due vittime.

Alma versa due dita di vino in un bicchiere e osserva la luce sfaccettarsi in esagoni di rubino.

Non si capacita.

Passi la suocera, annodata a filo doppio alle sue fisse, ma non le va giù che ai suoi figli la morte violenta appaia come una cosa normale, secondaria, estranea. Così egoisti da pensare gli uni allo scampato pericolo e le altre due all'eventuale ritardo a una stupida festa. Mentre lei.

Alma chiude gli occhi. L'immagine della Recanati riversa sul parquet è incastonata vivida e feroce nella sua retina, ma soprattutto nelle sue viscere. Le è entrata dentro di prepotenza, con le sue piccole manie, le sue debolezze, le sue passioni e le sue abitudini. Per dar corpo a Fabrizia Recanati le manca solo il suono della voce e la luce degli occhi. E quelli, lo sa, non li avrà mai. È unicamente questo forse, che le dà la reale percezione che la Recanati sia davvero morta. Più del sangue, più delle braccia scomposte, più della presenza di quell'ingombrante ispettore con le sue pretese. Maledetto lui, se l'avesse lasciata in pace. Si passa le mani sugli occhi, come a levarsi un fastidio, ma tutto resta lì.

«Ma'? Sei arrabbiata?» le domanda Paolo, sedici anni costellati di estenuanti braccio di ferro e scontri, ma l'unico a cui nulla sfugge. «Ti dispiace per quella ragazza? La conoscevi? Le avevi mai parlato?» incalza a raffica, mangiandosi come sempre le parole. Come faceva suo padre.

Alma raccoglie quello sguardo color del muschio denso di domande e di perché, le folte sopracciglia corrugate sul naso dritto, la piega tesa delle labbra piene, i brufoli rossi a marchiare di tempestosa adolescenza la pelle ambrata.

E finalmente capisce.

Capisce che se l'ispettore Rosset non l'avesse obbligata a scrutare l'intimità di Fabrizia Recanati, per lei sarebbe stato esattamente come per i suoi figli: la morte di una sconosciuta, una sfortunata vittima degli eventi e della brutalità. Una delle tante, in fondo, a cui riservi un pensiero di rammarico quando ti agganci con il sottile filo dell'immedesimazione. Ma è un filo tenue, quasi inesistente, che viene reciso e soffiato via dalle tue impellenze quotidiane. Perché tu sei viva, chi ami è vivo. E il resto è solo altro fuori da te.

Orribile, ma è inutile stare a raccontarsela: se il male colpisce lontano da te, l'indignazione del primo momento lascia subito spazio all'indifferenza.

Alma non resiste, allunga le braccia, agguanta la testa a porcospino rigida di gel e se la stringe al petto. Aspira con forza l'odore di suo figlio e là, rintanato tra i miasmi della pubertà, lo percepisce ancora: il profumo di bimbo, di innocenza, di purezza. Di vita.

«Dai, ma', smettila che mi spettini» si lamenta Paolo, ma intanto resta lì, affondato nel petto tiepido e rassicurante di sua madre, nella tana delle tane dove si rifugerebbe più di quanto ammette anche a se stesso.

«Dai, ora basta.» Alma si alza. «Abbiamo ancora da sparecchiare, sistemare nonna Alfonsina, ci aspetta una festa e anche un regalo da prendere (non mi date il tormento, Marta e Maria, che non mi sono scordata) e voi due vi voglio brasati sui libri di matematica almeno fino all'ora di cena.»

«Ecco» borbotta l'Alfonsina, strascicando i piedi verso il salotto. «Una povera vecchia diventata solo una voce di un elenco di cose da fare, infilata tra lo sparecchiare e le commissioni. Che tristezza.»

«Oh, Alfonsina, adesso non prenda tutte le cose a rovescio.» Alma le sistema la coperta sulle gambe e le avvicina il tavolino con telefono, acqua, lavoro a maglia e telecomando. «Sa perfettamente che non è così. E poi mi creda: la parte della vittima non le si addice.»

«Il tuo sarcasmo non mi sfiora, sappilo. E a proposito di vittime: tanti discorsi e poi non mi hai mica detto che faccia ha quell'ispettore. Conto proprio niente qui dentro.» Scuote drammaticamente la testa, l'Alfonsina.

Alma si raddrizza, alza un sopracciglio e si scontra con l'occhio ostile della suocera.

«Se proprio vuole saperlo, l'ispettore ha la faccia di uno che non si accontenta mai, neppure per sbaglio.»

«E allora son dolori, mia cara. Dovevi ragionare, prima di metterti a fare la Fletcher» ridacchia caustica l'Alfonsina. «La stoltezza se stessa castiga, ricorda» sentenzia lapidaria.

Ecco, sospira Alma, in questi frangenti comprende (e un pochino invidia) chi sceglie di sparire, di svaporare nel nulla. Così, d'emblée, senza lasciare traccia.

Lei non lo farebbe mai, uno in famiglia basta e avanza, pensa finendo di sistemare la suocera.

Ma…

18

«Ma guarda come gli piace!» esclama tutto contento Rosset.

«Eh, vorrei vedere. Culatello di Zibello, settanta euro al chilo» borbotta Solari, estraendo con parsimonia le fette dal panino che costituiva il suo pranzo, per trasferirle tra le feline fauci. Dopo una vana ricerca di cibo per gatti, dopo aver aperto tonno, carne in scatola, gamberetti in salamoia e alici sott'olio, per ottenere solo annusatine di circostanza, finalmente il micio sta mangiando a quattro palmenti con persino un accenno di fusa.

«Bisognerà che qualcuno se ne occupi, almeno fino a che Ferro non riprende conoscenza» medita Rosset. «Non è che può stare in questo buco d'appartamento tutto solo.»

«Non guardi me!» Mette le mani avanti Solari, cercando di salvare almeno qualche fetta di culatello, che di mangiare pane nudo e crudo proprio non gli va. «Ho già tre figli, due tartarughe d'acqua e una specie di topo russo che caca più di un cavallo. Se porto un'altra bestia in casa, mia moglie chiede il divorzio.» Con la coda dell'occhio vede Rosset irrigidirsi. Il bello è che lo sa: pronunciare *divorzio* e *moglie* in una sola frase davanti all'ispettore può avere effetti collaterali devastanti per il suo già instabile umore. Ma ormai gli è scappata e tornare indietro non si può.

«Gli dobbiamo dare da bere, che il Culatello mette sete» tenta di distrarlo Solari. «Mentre finisco di immolare il mio pranzo, provi a guardare se trova una scodella o un contenitore dove mettergli l'acqua.»

Rosset si alza a perlustrare la trascurata dimora di Agostino Ferro, apre qualche sportello, tira cassetti, spalanca un'anta.

«Tombola.»

«Trovato qualcosa per l'acqua?» domanda Solari, sganciando le unghie del gatto dal suo pollice: il Culatello è finito e il felino non l'ha presa bene.

«No, ma qui c'è uno schedario. Come supponevamo, Ferro aveva spostato l'ufficio nel suo appartamento. Probabilmente non riusciva a mantenere entrambi gli affitti. E non mi stupisce.» Rosset sfoglia le cartelle. «Negli ultimi otto mesi ha seguito solo tre casi.» Pulisce da residui riconducibili a patatine alla paprica il divano letto, si siede con circospezione sull'angolo e inizia a leggere.

«E porca vacca, ma come si fa!» sbuffa. «Non si possono scrivere delle robe così, non si capisce un cazzo. Tre righe in croce sulla descrizione dell'incarico e il committente è solo una sigla di due lettere e due numeri. Senti qua:

GL 03. 23 marzo 2014. Lavagna
Lei? Controllare Sol Levante Beach.
Vedi amica commessa in Monteverde: copre?
Spostamenti Ge A|R H.s.M. verificare. Inciucio?

GL è un coglione.

«Non so se mi spiego. L'unica cosa che appare lampante è che GL sia presumibilmente un coglione, cosa che viene da sé anche solo per il fatto di aver scelto Ferro come investigatore privato.»

«In effetti sono un po' stringati» ridacchia Solari, sbirciando i fogli da dietro le spalle dell'ispettore. «Magari, avendo così pochi clienti e poca voglia di scrivere, segnava solo l'essenziale, giusto per non perdere il filo.»

«No, Ferro faceva uguale anche nel periodo del suo massimo splendore, guarda qui.» Allarga sul divano tutti i fogli del faldone. «Più o meno la stessa capacità di sintesi per ogni incarico. Però forse hai ragione, del tutto stupido non era: a quanto pare ha portato fino in fondo e risolto tutti i casi tranne cinque, e due di questi solo per recessione del cliente. Il nostro Ferro, nonostante le apparenze, sapeva il fatto suo.» Rosset raduna i fogli mettendoli in ordine cronologico. «Ora bisogna solo capire quale fra i tre casi ancora aperti ha portato il nostro uomo a trascorrere la notte in via Trieste e se l'aggressione ha a che fare con le sue indagini. Può anche essersi semplicemente trovato nel posto sbagliato al momento sbagliato. Ecco, sono questi qua» dice, isolando pochi fogli dal magro plico.

«Uno è il nostro GL. Poi abbiamo DB, RF... Certo è che se riuscissimo a capire il nesso tra queste lettere e la coppia di numeri a seguire, insomma avere qualche dato da cui partire...» Scuote il testone Solari.

«Potrebbe banalmente trattarsi di iniziali, ma Ferro doveva tenere da qualche parte un recapito per contattarli, non posso credere che ricordasse tutto a memoria.» Rosset muove gli occhi per la stanza, come per farsi venire un'ispirazione. E incontra lo sguardo giallo del gatto, che lo fissa immobile e dritto come la statuetta di un dio egizio.

«Perché mi guarda così?»

«Gliel'ho detto.» Solari spazzola una sedia con la mano aperta e vi si schianta sopra, esausto e affamato. «Stranamente questo gatto si è invaghito di lei. Non so spiegarmelo, ma è così.»

«No, no, mica è amore. Questo è uno sguardo di puro e sacrosanto rimprovero.» Constata deluso Rosset. «Ma io non gli ho mica fatto niente» si blocca, colto da un presentimento. «Oh, porca vacca. Vuoi vedere che...» Si alza, va verso l'angolo cottura (se così si può chiamare) e inizia a frugare. Il gatto segue tutte le operazioni con altero distacco, perfettamente immobile. Solo quando l'ispettore posa a terra una tazzina piena d'acqua finalmente, con calibrata indolenza, si avvicina, gli dà una leggera testata contro la tibia e inizia a bere.

«Però» ridacchia Rosset. «È uno che sta sempre sul pezzo, 'sto felino. Mi piace.»

Eh, fra testardi ci si piglia subito, medita Solari in pieno calo di zuccheri.

«Bene, ora torniamo alle nostre strane sigle.» Rosset riprende in mano i fogli e corruga le sopracciglia in un'unica, spessa linea bionda. «Quello che mi domando è: possibile che Ferro non avesse né un computer, né un cellulare? Dai, non esiste.» Rosset riparte con ostinazione a rovistare l'appartamento, con il gatto rosso che lo controlla serio e impenetrabile come la sfinge.

Nulla.

«Secondo me non ci viene in mente niente perché il nostro cervello è in sciopero per mancato approvvigionamento» butta lì Solari, speranzoso.

Jules scruta il suo Citizen Pilot. L'una e quaranta. Solari non ha tutti i torti.

È che nella vita di Jules Rosset il cibo non riveste un ruolo così fondamentale. Mangia più che altro a scopo conservativo. Sa che il fisico richiede carburante e lui riempie il serbatoio appena si accorge di essere quasi a secco. Il problema è che il più delle volte è talmente preso nel *tourbillon* mentale e lavorativo che alla fine stramazza, senza neppure aver notato la spia rossa della riserva. A una cena luculliana preferisce un concerto dei Litfiba o un possente *Requiem* di Mozart, un bel film o un buon libro. Non che una cosa escluda l'altra, ma per dire che i piaceri della gola non lo attizzano più di tanto. E questa cosa di doversi nutrire tre volte al giorno si rivela pure una grande perdita di tempo.

Avere in dotazione il cibo della NASA sarebbe una delle sue massime aspirazioni: pratico, veloce, non sporca ed è di facile conservazione. Sarà che si è invaghito di quei micro pacchettini che ha visto in mano alla Cristoforetti durante lo speciale per l'imminente partenza della ISS-Spedizione.

Certo che da Carvalho a Maigret, passando per Nero Wolfe e Montalbano, pare che la *condicio sine qua non* di un buon investigatore sia quella di essere pure un buongustaio. E questo, deve ammetterlo, mina non poco la sua già precaria autostima. Quindi non è che pubblicizzi questa sua carenza enogastronomica, fa buon viso a cattivo gioco e il più delle volte finge spudoratamente.

«Per Vittorio, però, siamo troppo in scivolata: alle due chiude, senz'appello.» Non demorde Solari. «E se, crepi l'avarizia, facessimo decantare le idee davanti a un risotto alle triglie e olive taggiasche annegato con uno di quei vinelli da nicchia che si celano da *Vino e cucina*?»

Rosset tentenna, da Antonio sono bravi ma lenti assai, capace che seduti al tavolo si giocano almeno due ore buone di lavoro. Poi gli cade l'occhio sulla mezza baguette che giace in un angolo, così triste nella sua pallida nudità ora che è stata privata del Culatello. E si lascia commuovere, sputando a denti stretti un «Vada per *Vino e cucina*» che illumina d'immenso il suo agente, raddrizzandogli il rosso baffo sceso a spiovente.

* * *

Il risotto ha sollecitato l'apertura di una voragine inaspettata nello stomaco di Rosset. Perciò è stato prontamente seguito da calamari ripieni, una *baciocca* di patate e uno sfizioso dolce di latte di capra con il miele, con l'aggiunta di una sfogliata di mele al calvados per il mai sazio, vichingo Solari.

«Ecco, ora secondo me, con le sinapsi ben lubrificate, possiamo cominciare ad annodare qualche filo.» Rosset si versa l'ultimo goccio di un vino mai sentito nominare, peraltro buonissimo, che gli prospetta già l'incubo della Citrosodina postuma.

«Ragioniamo» prosegue Rosset. «Primo: dobbiamo trovare computer e cellulare di Agostino Ferro. Dico trovare perché son sicuro che da qualche parte sono, impensabile che abbia fatto senza. Secondo: non abbiamo considerato che stanotte pioveva come Dio la manda. Chiunque con un minimo di senso non sta a fare un appostamento con l'ombrello sotto al diluvio per ore e forse per tutta la notte. Quindi, o

Ferro è capitato lì per caso o, se invece si trovava appostato per lavoro, deve per forza esserci andato in auto.»

«C'è anche una terza possibilità» fa notare Solari, pulendosi i baffi dalle briciole di sfoglia al calvados. «Può essere andato lì solo per trovare compagnia. In fondo era solo, fisicamente poco appetibile e sessualmente attivo (ho trovato le prove in un cassetto del bagno). Tre caratteristiche che lo potrebbero inquadrare come un possibile cliente da lucciola.»

«Be', non hai tutti i torti» ammette Rosset. «È il fatto di aver scoperto Ferro tramortito davanti al palazzo dove abbiamo trovato anche un cadavere che mi fa pensare. Ora dobbiamo vagliare tutte e tre le possibilità, senza preconcetti. Magari le due cose sono perfettamente scollegate. Tutto un caso, insomma.»

«Il caso non esiste...» cita con voce impostata Solari.

«Eh?»

«No, è che» scuote il testone Solari, «Simo, il mio più piccolo, guarda sempre il cartone del panda ciccione che fa il Kung Fu e... Lasci perdere. Era per dire che nulla succede per caso.»

«Perfetto. Tabella di marcia.» Rosset estrae il suo quadernetto dalla tasca. «Nulla ci può dire se Ferro passava lì per caso, ma possiamo arrivarci se escludiamo le altre due opzioni, che invece sono verificabili. Dobbiamo quindi interrogare le prostitute, tutte. Dobbiamo appurare se Ferro avesse o no un'auto e se sì quale. E infine dobbiamo estorcere al più presto alla Guerini l'ora in cui è stata uccisa la Recanati, il come e anche il quando. Al perché ci arriveremo. Forse.»

«Ma in tasca a Ferro non abbiamo trovato nessuna chiave di auto, solo quelle dell'appartamento» obbietta Solari, «quindi resta valida solo l'ipotesi dell'incontro carnale.»

«Ma scusa, secondo te dove avrebbero consumato? In un angolo del marciapiede, inondati dal diluvio? Sotto il terrazzo della Guastelli? Abbi pazienza, Solari, non so come sei abituato tu, ma l'auto ci deve stare anche in questo caso.»

«Be', allora si faccia venire qualche idea sul come stanarla» ribatte Solari punto sul vivo.

«Eh, intanto chiamiamo la motorizzazione, sperando che l'auto sia intestata a lui. Altrimenti torniamo in casa di Ferro e cerchiamo. Ci sarà pure qualcosa. La rata dell'assicurazione, la fattura della carrozzeria, il doppione delle chiavi, che ne so, qualcosa. L'importante è sapere cosa cercare. Prima però devo passare ad aggiornare il nostro caro e stimato commissario. Che solo al pensiero mi s'incaglia la baciocca nel cardias esofageo.» Rosset si alza a malincuore: trattare con il suo superiore gli pesa quasi quanto consolare gli afflitti.

«Che poi, per quello che c'è da dire potresti and...» prova a buttar lì Rosset.

«Non ci pensi proprio» gli recide la manovra Solari. «Dal commissario ci va lei punto e basta. Che tutte le faccende rognose le distribuisce in giro come caramelle. E poi il commissario non tratta con i sottoposti, quindi è inutile provarci. Se lo deve succhiare lei e stop.»

«Va bene» sbuffa l'ispettore. «Però poi non mi venite a dire, come l'ultima volta, che è colpa mia se ci castra le iniziative.»

«Adesso non se la prenda, ma accusare il proprio commissario di non trovare manco l'acqua in mare non mi sembra tutta 'sta strategia di comunicazione» ribatte pacato Solari.

«Perché non sono stato abbastanza diplomatico? Nonostante l'evidenza dei fatti, mica gli ho detto chiaro e tondo che è un incapace. Ho solo sottinteso che...» Rosset rimastica il resto. Sbuffa piano, torturando con la scarpa l'angolo di una mattonella sporgente.

Hanno ragione. Ha ragione Solari, ha ragione la Fabiani, ha ragione Clelia. Ha ragione pure la Boero. Tutti hanno perfettamente ragione: lui, Jules Rosset, è un primitivo del savoir-faire, un australopiteco del sentimento, un modello base della partecipazione emotiva. E in questo campo, passati i quaranta, uno non può che peggiorare.

19

Non può che peggiorare. Alma lo sa per esperienza: una giornata iniziata male rotola imperterrita fino a farti toccare il fondo. Deve essere una di quelle leggi non scritte: i macigni non cadono mai sul piano, ma all'inizio di una discesa dove in basso, manco a dirlo, ci sei tu. È che non riesce a togliersi dalla testa la faccenda della signora Adele e del suo osannato marito Cesare Modesti. Accidenti a lei e a questo suo maledetto dono di registrare anche i dettagli più stupidi. Certe volte vorrebbe essere cieca, come una talpa.

E ora che sa, se mai dovesse succedere qualcosa, non se lo perdonerebbe mai.

Uff.

E poi, con chi potrebbe parlarne? Con quell'ispettore dalla faccia triangolare e scomposta? Forse, ma al tempo stesso è certa che si tirerebbe addosso altri guai, altri grattacapi, altri pensieri. Non ce la fa, è stanca.

Guarda Marta e Maria con i ricci che rimbalzano sulle spalle a ogni spinta del tappeto elastico. Sorridono con la bocca, ma gli occhi chiari la scrutano inquieti. Ricambia con la smorfia della rana dalla bocca larga e loro scoppiano a ridere, spazzando via le nuvole. Ecco, è questo che non vuole: nuovi problemi si sovrapporrebbero a una quotidianità già sull'orlo del precipizio e non può rischiare. Nello stesso tempo, se tace…

Ci deve pur essere una soluzione, una via di mezzo tra lo spiattellare tutto e il nulla omertoso.

Forse basta solo ragionare.

Ma come si fa a pensare con questa confusione immane! Alma odia con tutte le sue forze queste feste di compleanno trasformate in ricevimenti per moltitudini. Ai suoi tempi si trattava di mezza dozzina di amichetti per una merenda con torta e una piramide di panini al burro e prosciutto. Se eri fortunato, c'erano pure le Cipster. E ci si divertiva da matti.

Ora si affittano locali, stivati con una marea di bambini urlanti, tediati dai fratellini più piccoli che la corrispettiva marea di genitori si trascina appresso. Una delirante accozzaglia di gente intasata in un frastuono assordante e costretta a comunicare a gesti. Madri che impiegano metà della festa a sedare risse e l'altra metà a sturare le proprie creature dai vari giochi per assistere al fatidico soffio delle candeline.

Guarda l'orologio. Solo le quattro e un quarto.

Sarà costretta qui ancora per due ore buone, senza neppure riuscire a ottimizzare il tempo pensando. Il delirio.

Lancia uno sguardo oltre la finestra, verso lo spicchio cobalto del cielo che inizia a screziarsi di rosso. Sul mare si sta preparando un tramonto fenomenale. E Alma darebbe un braccio per esser là con i suoi figli, a raccogliere sassi e rami bianchi sulla spiaggia, come facevano quando erano piccoli. Sgattaiolare laggiù e immergersi nei colori, nel respiro del mare e soprattutto in un fantasmagorico e sublime silenzio.

«Ma tu chi sei?» Due enormi occhi la scrutano dietro a un paio di occhiali di plastica rossa.

«Ciao a te. Sono Alma, la mamma di Marta e Maria, le vedi? Sono quelle due scalmanate che saltano lì dentro.» Alma si abbassa verso la testolina occhialuta. «E tu come ti chiami?»

Il bimbo la fissa serio e sospettoso.

«Cosa c'è, non ti fidi?» Alma si raddrizza rimettendosi comoda. «E fai bene. Mai dare confidenza agli sconosciuti. Mi piaci. Continua così.»

«Mi chiamo Filippo, sono il fratellino di Giorgia e tu sei una bugiarda» sputa secco, sporgendo il mento in avanti, per dare più enfasi al concetto.

«Ah, però, qui volano parole grosse. E perché, di grazia, vossignoria mi ritiene bugiarda?» Se non fosse inversa per i fatti suoi, Alma si godrebbe questa surreale conversazione come l'unica chicca di una giornata infernale.

«Perché tu sei quasi negra e loro sono bianche. Quindi non puoi essere la loro mamma. I bianchi fanno figli bianchi, i negri fanno figli negri e i gialli fanno figli gialli e...»

«Ok, ho capito, non c'è bisogno che continui a snocciolare tutte le tinte del creato. Anche se non sempre è come dici tu.» Alma spazzola con calcolata indifferenza le ginocchia dei suoi jeans, senza girarsi verso quegli occhi larghi dietro le lenti spesse.

Il bambino ci pensa su per un lungo minuto, poi alza la testa, con l'espressione di chi ormai ha la situazione ben chiara.

«Ah, vuoi dire che è come con Tahir.» Filippo indica un bimbo eritreo in braccio a una biondissima signora. «La mamma e il papà di Rebecca lo hanno adottato e adesso è diventato il fratellino di Rebecca. Anche se lui è negro e Rebecca è moltiiiissimo bianca.» Sorride soddisfatto per l'intuizione geniale.

«Intendi dire che anch'io ho adottato Marta e Maria, no guard...» Alma si blocca davanti a un diniego talmente deciso che a Filippo partono gli occhiali rossi come un frisbee e atterrano mezzo metro più in là.

«Sei ancora bugiarda! Sono i bianchi che adottano i negri, perché i negri sono poveri, non hanno da mangiare e vorrebbero avere tuuuuutti i piselli con le carote che io non voglio mangiare. Perché, anche se fanno schifo, loro hanno tantiiiissima fame e si fanno piacere anche i piselli con le carote.» Prende fiato e raccoglie gli occhiali. «Sono Marta e Maria che hanno adottato te. Loro sono bianche e tu sei un po' negra.» Sentenzia con logica schiacciante.

Per Alma sarebbe più comodo finirla qui, ma questo suo carattere di merda, che la costringe a metter sempre tutto in chiaro, non la fa tacere neppure stavolta.

«Hai presente il pongo?» chiede a un Filippo ancora intento a sistemarsi gli occhiali rossi sul naso.

«See, ho la scatola con ventiquattro colori, c'è anche il *fucsian* che in quello di Giorgia non c'è, e allora.»

«Bene, perfetto» lo interrompe Alma. «Quindi sai di cosa sto parlando. Hai mai mescolato il rosso con il bianco?»

«Viene rosa» dichiara Filippo con sufficienza.

«Oh, vedi che ci siamo. E il marrone insieme al bianco, cosa viene?»

«Marrone chiaro chiaro.»

«Benissimo. Fai conto che mio papà era di un marrone bello scuro e la mia mamma bianca. Si mescolano e vengo fuori io: marrone chiaro. Poi il mio marrone chiaro si mescola con il bianco del papà di Marta e Maria, *et voilà*, ecco che loro vengono fuori...»

«Marrone chiaro chiariiiissimo!» urla Filippo.

«Esatto!» esclama soddisfatta.

Sentirsi fiera per aver tenuto testa a un bimbo di cinque anni, Alma scuote la testa, che cretina. Un altro avrebbe troncato la conversazione sul nascere, da "sei una bugiarda" in poi avrebbe smesso di dargli corda.

Lei no, accidenti, ha questo maledetto vizio di andare a fondo, dare una spiegazione a tutto, non lasciare niente in sospeso, chiarire le situazioni e.

Sospira.

Quindi è inutile che se la stia a raccontare: sa perfettamente che anche per la faccenda dell'Adele Modesti non resterà né buona né zitta.

Ma non è neppure scema.

Perciò ne parlerà con chi buono e zitto deve stare per forza.

20

«Deve stare per forza da qualche parte.» Rosset si siede sul divano letto, con il gatto rosso che gli mordicchia le stringhe gialle delle pedule. Sono di nuovo in casa di Agostino Ferro, alla motorizzazione non c'è nessuna auto che risulti intestata a lui, per cui devono aggirare l'ostacolo e far saltare fuori qualsiasi cosa che possa ricondurli al presunto mezzo di trasporto.

«Ma non è che lei si è intestardito sul fatto che ci sia un'automobile di mezzo? Magari Ferro è un ecologista convinto. Ho un caro amico che possiede solo una bicicletta, per il resto si muove in treno e autobus. Non è così strano, e poi a Chiavari si gira meglio così che in macchina, che solo per il problema dei parcheggi...» prova a dire Solari, frugando con poca convinzione in un plico scomposto di carte. «E poi, scusi se mi permetto, ma abbiamo un morto vero cui pensare e perdiamo tempo a cercare una cosa che neppure siamo sicuri esista? Per venire a capo di una banale aggressione, tra l'altro. Magari tra due ore Ferro riprende conoscenza e ci dice tutto lui di persona. Così abbiamo perso mezza giornata per niente.»

«Certe volte, Solari, mi domando se sotto tutto quel pelo rosso da vichingo tu il cervello lo tenga solo al caldo. Ti vorrei ricordare che Ferro di mestiere faceva l'investigatore, professione che nel 90% dei casi ormai si traduce solo in appostamenti atti a verificare presunte corna coniugali. Ora, dubito che uno della stazza di Agostino Ferro possa passare inosservato appollaiato sul sellino di una bicicletta. Senza contare che trascorrere ore all'aperto, senza neppure il guscio protettivo di una quattroruote, presume una dose di eroismo e una resistenza fisica possibile solo in un replicante. A Ferro un'auto serviva quasi quanto l'attrezzatura fotografica, il computer e il telefono. E qui, tranne una vetusta Polaroid, non abbiamo nient'altro. Quindi deve essere tutto in quella fottutissima macchina e noi dobbiamo trovarla. In quanto al resto...» Rosset si alza spazzolando i cargo costellati di peli di gatto. «Ferro era sotto lo stesso palazzo in cui hanno ucciso Fabrizia Recanati, questo per me è sufficiente a reputarlo un tassello fondamentale. Anche perché, non mi interrompere ché non ho ancora finito, nessuno mi toglie dalla testa che in tutta questa faccenda a noi manca proprio l'anello centrale. O magari hai ragione tu, Ferro era solo andato a puttane, ma ho bisogno di esserne sicuro. E poi lo sai qual è il mio apoftegma.»

«Come dimenticarlo: *il miglior metodo è l'assenza di metodo*» cita Solari, che non fa nulla per nascondere la sua più che evidente irritazione. «Lo ripete più volte al giorno, anche quando non richiesto.»

Rosset sorvola sul tono acido del suo agente, se la sarà presa per le allusioni al cervello sopito sotto il fulvo pelo, niente di più facile. Potrebbe evitarsele, in effetti, sa bene quant'è permaloso. Ma la sua vita è già sufficientemente tormentata, gli manca solo doversi preoccupare per le fisime altrui, castrando pensieri e parole. Solari se la farà passare. E se non gli passa amen.

Jules Rosset si mette al centro della stanza, abbracciando con uno sguardo tutto l'appartamento. Stringe gli occhi e mette a fuoco un particolare alla volta, immagina il corpo massiccio di Agostino Ferro muoversi fra le sue cose: aprire cassetti, lavarsi la faccia, cuocersi un uovo, svuotarsi le tasche, togliere la giacca.

Si blocca.

Qualcosa gli ha fatto arrivare la consueta piccola scossa alla base della nuca. I suoi sensi hanno capito, ma il cervello non ha ancora inquadrato. Ripete mentalmente tutta la sequenza. Spalanca gli occhi: ci siamo.

Si dirige verso la cassettiera che funge anche da comodino, qui Ferro riversa la minutaglia che sgrava dalle tasche. Rosset comincia a stanare ogni foglietto appallottolato, spianandolo con cura meticolosa.

Il gatto lo fissa attento, con le orecchie dritte e la testa appena inclinata. Poi, appena cade una piccola pallottola di carta, zompa fulmineo, la dribbla fra le gambe dei mobili con finti agguati e rovesciate, fino a che la carta non viene ingoiata da una larga fessura sotto lo zoccolo della cucina. In tutto tre secondi e mezzo.

«Ellamadosca» sfiata l'ispettore stupefatto, «ma 'sto felino è un mito! No, dico, Solari, l'hai visto? Una roba pazzesca, pareva il Carlo Parola della *Calciatori* Panini.»

«*Mgrfh*» grugnisce l'agente, per nulla impressionato.

Rosset alza gli occhi al cielo. Non sa se è Solari ad aver alzato la soglia della permalosità o se è lui a esagerare senza rendersene conto, ma ultimamente gli pare di lavorare con uno degli incarogniti guardiani del Tempio di Nara. Eccheppalle.

Continua a spianare scontrini e ricevute, senza trovare ciò che spera. Sono tutte cose molto recenti, a meno che.

Prova.

Fa cadere un'altra pallottola.

Il gatto fa un balzo acrobatico, palleggia, scarta, lancia, rovesciata. Goal, dritto nella fessura dello zoccolo.

Preciso. Come sperava.

Jules si inginocchia davanti al cucinino, traffica per un po' sacramentando e ansimando, poi finalmente riesce a sganciare lo zoccolo, liberando una slavina di palline di carta.

«Caro il mio felino, hai messo in cassaforte ciò che cercavo» ridacchia l'ispettore lisciando il foglietto rosa di una multa. «Ecco la nostra macchina: una Fiat Panda targata GE927…, oh, Solari ripigliati che ci siamo. Ora manda Canessa e Pisu a cercare 'sta Panda, che sarà sicuramente in via Trieste o poco lontano e poi…»

«E poi mi spiega come mai se pioveva a secchiate Agostino Ferro, invece che starsene buono buono, al calduccio dentro la sua auto, è sceso e si è fatto stendere con una botta in testa sul marciapiede» domanda l'agente, giusto per mettere in chiaro che il suo cervello è vigile e attivo e che si è rotto il belino di farsi trattare a botte d'imbecille da mattina a sera.

«Eh, qui sta il busillis» conviene Rosset, senza cogliere la provocazione. «Ma intanto troviamo la Panda, sono sicuro che insieme recuperiamo anche computer e telefono. Da lì forse capiremo qualcosa di più. Intanto stasera interroghiamo le prostitute, non sarà semplice e so già che ne caveremo poco e niente, ma vale la pena tentare, vedi mai che la faccenda sia più banale del previsto. E ora veniamo al gatto.»

Solari lo fissa interdetto.

«Come lo porto via di qui, intendo, non vorrai mica che me lo carichi in braccio fino a casa, hai visto che unghie che ha? Capace che mi apre a strisce come una sfogliatella napoletana.»

«Mah, mi pare che la Fabiani abbia anche lei un gatto, non so provare a chied...»

«Ecco, bravo, chiedi alla Fabiani. Qui ci sono le chiavi di casa mia.»

«...»

«Ah, già che ci siete, mentre me lo portate a casa comprate pure qualcosa per nutrirlo, non è che può vivere a suon di Culatello. Vi lascio carta bianca e» estrae venti euro dal portafoglio, «spero che bastino. Ora, prima che Patologia chiuda i battenti, vado dalla Guerini per vedere se ha qualcosa in più sulla Recanati.»

«Maporcatr» ringhia Solari, dando un calcio alla porta che si è appena chiusa alle spalle dell'ispettore. «E tu non mi guardare così!» sbraita rivolto al gatto che lo osserva con gli occhi a fessura. «Ché mi piange il cuore a darti in pasto a quell'uomo lì. Perché lo sai che dovrai cavartela da solo, vero? Non pensare che spiani gli aculei solo in virtù delle tue acrobazie calcistiche, che poi di calcio non ne capisce mica niente. Parla solo di esche, trote, ferrate, sentieri, libri e malattie. Ah, anche della sua ex moglie. Ma lo scoprirai a tue spese.» Digita furiosamente qualcosa sul cellulare. «Passami la Fabiani. Sara? Solari. Eh, non mi fare dire niente e soprattutto non te la prendere con me. Ecco, vedi, già ti alteri. Ascolta, tu sai come trasportare un gatto da una parte all'altra? No, perché qui c'è un felino che dobbiamo portare a casa di Rosset. Pronto? Sara? Ci sei?»

Lo sapeva, ha riattaccato.

Si schianta sulla sedia e guarda il gatto acciambellarsi con ostentata indolenza sul piumone sfatto.

E ora come diavolo ne esce?

21

E ora come diavolo ne esce?

Il signor Amedeo Parodi tamburella nervosamente le dita sul ripiano della scrivania. Fa scorrere lo schermo del computer e rilegge per l'ennesima volta la pagina di Wikipedia:

Prova materiale

Si tratta di oggetti direttamente connessi ai fatti, prelevati dalle forze dell'ordine e custoditi dall'autorità giudiziaria...

Il signor Parodi deglutisce a vuoto, perché leggendo intuisce che la spinosa faccenda possiede anche le tre caratteristiche fondamentali (pertinenza con il *thema probandum*, non genericità dell'indizio e la concordanza) atte a definirla pure *prova indiziaria.*

Ora, dimmi te, oltre il danno la beffa, ragiona sgomento il signor Parodi. Vai a immaginare che Fabrizia Recanati, editor cui aveva affidato fiducioso la sua produzione poetica, si sarebbe fatta accoppare così, in una notte buia e tempestosa, e proprio nell'appartamento sopra il suo. Che il problema poi sta tutto lì, sospira rigido l'Amedeo, chiunque può essersi accorto che la Recanati adoperava le pagine della sua raccolta (con tanto di Amedeo Parodi, *Frammenti di verbalizzazioni oniriche* in corsivo, centrato nel margine superiore) per foderare il secchio dell'umido. E figuriamoci se non ne hanno preso atto anche quelli della scientifica, che avranno rivoltato l'appartamento come un calzino, per non parlare di quell'ispettore ossuto, abituato a trivellare nel sottosuolo delle vittime. Ah, e stamani si era portato su pure la Boero, quindi anche lei avrà calato il definitivo colpo di grazia.

Il signor Parodi scuote la testa, con il ciuffo rado e moscio a sfiorargli le sopracciglia, perché tutto gioca contro di lui: le prove sono lì, in quei fogli adoperati con spregio e dileggio per infimi scopi. La Recanati lo ha illuso, ferito e vilipeso, e la vendetta (si sa) è uno dei moventi a mietere più vittime al mondo.

Tra l'altro, in cuor suo, la Recanati l'avrà uccisa in questi ultimi sei mesi, non una ma almeno una cinquantina di volte. E sempre con la medesima modalità. *Pum*. Un colpo secco a sfondare quella testolina biondo-arancio che la Recanati inclinava in quel modo irritante e affettato, mentre squittiva perfida "Buongiorno, signor Parodi, tutto bene?", schiacciando il tasto del quinto piano.

E lui restava lì, a fissare sbigottito quel sorriso ignaro racchiuso nella boccuccia lucida di rossetto bordeaux, immaginando il braccio alzarsi a sferzare il colpo, la testolina oscillare per poi aprirsi in due come una percoca matura, maculando di sangue e materia grigia lo specchio e le pareti dell'ascensore.

Il signor Parodi estrae il fazzoletto dalla tasca dei pantaloni di velluto e con mano tremante asciuga il labbro imperlato di sudore. Sapere che l'hanno trovata così, con il cranio sfondato, come in una decalcomania delle sue ricorrenti fantasie, be', deve ammettere che gli sale alla gola un bolo d'inquietudine. Come se qualcuno avesse messo in atto pari pari ciò che per lui era puro sfogo dell'immaginazione. Esattamente come se…

Ommioddio.

Il signor Parodi si passa il fazzoletto prima sulla fronte e poi dietro al collo. E se fosse stato davvero lui? Lui, nel senso quella parte di lui affrancata dalle regole della morale, come del resto Stevenson mirabilmente insegna, che approfittando del sonno è sfuggita al suo controllo per compiere finalmente l'efferato disegno che da mesi gli albergava nella mente. Una sorta di Dottor Parodi e Mister Amed...

«Amedeooo, io esco!» la voce della signora Parodi gli trancia il respiro.

«Sì, Licia, va bene» rantola, appoggiandosi con entrambe le mani ai braccioli della sedia, a compensare la vertigine improvvisa.

«Amedeo, tutto a posto?» La signora Parodi si affaccia aprendo la porta dello studiolo, in una folata di Bulgari all'ibisco e melograno.

«Sì, Licia, vai vai» bofonchia il signor Parodi, chiudendo di scatto il portatile aperto su PROVA INDIZIARIA: ORDINAMENTO PENALE.

«Vado. Allora prendo la trevigiana per il risotto, ti ricordi che vengono Carlo e Patrizia a cena, vero? Che poi con quello che è successo stanotte ero quasi tentata di. Ma poi ho pensato che in fondo, prima o poi, se ne dovrà parlare e allora tanto vale che. Ah, mentre mettevo sul pianerottolo il portaombrelli, ho visto l'ispettore che saliva su dalla Recanati. Mi ha detto di salutarti. Amedeo? Ma sei sicuro di star bene, ti vedo un po' pallido.»

Il signor Parodi sventola la mano con il fazzoletto per farle segno di andare, a parlare non ci prova neppure: ha la gola tanto stretta che non passa l'aria, figurarsi la voce.

La signora Parodi ritira la testina bionda e chiude silenziosamente la porta. Certo che l'Amedeo diventa ogni giorno più strano, bisognerà andare a parlarne a quattrocchi con quella scienza infusa del loro medico curante che, pur nascosta dietro la barba da nazareno e le diagnosi in medichese astruso, mantiene ancora quel briciolo di intuizione che rese grande Ippocrate.

La signora Parodi tacchetta spedita lungo via Trieste, i contorni dei palazzi si stagliano nel cielo cremisi e l'aria è pregna del delizioso aroma del crepuscolo; nonostante sia di fretta (una cena, per quanto informale, richiede i suoi tempi di organizzazione), non può esimersi dal fermarsi naso in su a godere di questa meraviglia. Svolta per piazza Roma, perdendosi un attimo nella contemplazione dell'enorme acero giallo, ma il tempo stringe e tira dritto per via Vittorio Veneto, meditando di comprare anche due etti di taleggio da amalgamare nel risotto invece del classico pezzo di burro.

Le luci sotto i portici sono già accese e le vetrine sfavillano. Tutto le pare sfacciatamente bello, vivo, immoralmente felice.

La signora Parodi si appoggia a una colonna, con il fiato corto e una cosa pesante in mezzo al petto. È che di colpo non riesce a capacitarsi che la Recanati sia stata uccisa proprio qui, queste sono cose che accadono altrove, lontano, ad altri, non a poco più di trenta scalini dal loro appartamento. Le pare impossibile: un omicidio, una cosa che le fa impressione vedere persino nei film, dove strizza gli occhi e aspetta che sia tutto finito, anche se sa che è pura finzione. Che poi di morti ce ne sono stati nel palazzo: la Petracchi o il signor Silvio dell'interno 4, ma morti normali, nell'ordine delle cose della vita. Pensare che qualcuno sia salito al piano di sopra per uccidere è tremendo, solo immaginarsi il gesto, solo sapere che lei e Amedeo erano sotto ignari, a leggere e a guardare la TV, mentre sopra si compiva l'irreparabile.

La signora Parodi annaspa, poi aggancia lo sguardo al cielo ormai scuro tra i cornicioni degli antichi palazzi colorati, si lascia trasportare dal vociare confuso, confortare dai negozi luminosi e dal profumo di farinata e ripieni che esalano le vetrine appannate del *Baiciotto*. Si attacca a questo brulicante spicchio di normalità come un naufrago alla scialuppa. Riprende fiato e si lascia risucchiare dal piacevole e rassicurante vortice delle incombenze. Omicidio, violenza, dolore, tutto viene spinto con risoluta volontà nell'angolino remoto del distacco.

Finito il via vai della polizia, il clamore e gli articoli a caratteri cubitali, il fatto in sé perderà consistenza, si sfilaccerà fino a perdersi nel buio dell'oblio, come una cosa accaduta chissà dove, appunto, tanto lontana da non intaccare la crosta quieta della consuetudine.

E la morte di Fabrizia Recanati resterà solo un episodio da raccontare scuotendo la testa con rammarico e rassegnazione.

La signora Parodi si ravvia i capelli e inspira con voluttà il profumo umido della sera. Avrebbe proprio voglia di. Ma è tardi, deve ancora fare il *crumble* di mele renette e. Oh, al diavolo, si vive una volta sola e come ha ben visto del domani non v'è assolutamente certezza.

Scrolla la testina bionda e taglia verso corso Garibaldi fino al sottopasso che la porta al mare. Questo cielo non ammette tentennamenti, vorrà dire che comprerà una torta Panarellina tornando a casa.

22

«Tornando a casa dobbiamo comprare un quadernone carta cento a quadretti, di cinque millimetri e senza margine» avvisa Marta, legando la sciarpa con un nodo triplo raggrumato sotto il mento.

«Va bene» sospira Alma. L'esperienza decennale di acquisti scolastici le ha ormai insegnato che margini, dimensioni, spessori, numerazioni, colori hanno un ruolo imprescindibile cui bisogna adeguarsi e senza porsi troppe domande. «Però metti meglio quella sciarpa, che pare tu abbia un cappio al collo.»

Poi fa mente locale. «Ma scusa, non abbiamo preso un quaderno uguale proprio l'altro ieri?»

«Sì. Ma me l'hanno rubato.» Marta saltella facendo ondeggiare i ricci con il naso in su, verso il cielo cremisi striato di nuvole violette. Bello, sembra il vestito di Rapunzel.

«Rubato? Ma se ci avevi già scritto sopra!» esclama Alma, cui non sfugge il sopracciglio scettico di Maria.

«Un minuto prima era sopra il banco e un minuto dopo non c'era più» racconta serafica Marta, sempre col naso in su.

«Non è che l'hai perso?» domanda Alma a ragion veduta, dato che Marta vive spensierata a mezz'aria, con la testa giulivamente pervasa da frullanti farfalline.

«Perso cosa?»

«Come *cosa*, il quaderno.»

«Che quaderno?»

«Quello delle equivalenze» sbuffa Maria, che ha l'impazienza della nonna Alfonsina, corroborata da una puntigliosità teutonica ereditata chissà da chi. «E poi non te lo ha mica rubato nessuno.»

Marta non commenta, tutta presa a evitare le giunzioni delle grosse pietre che lastricano via delle Vecchie Mura.

«Ah no?» cerca di capire Alma.

«Macché, lo ha preso la maestra Gabriella perché Marta era rimasta indietro e non aveva scritto tutto. Così ci appiccica lei la fotocopia.»

«Ah, ma non potevi farle copiare il tuo, scusa?» domanda Alma, che comincia a perdere il filo.

«No, perché io le equivalenze non le faccio» sentenzia lapidaria Maria, con un tono che non ammette repliche.

«Come sarebbe *non le fai*? Forse non hai capito, non sei tu a decidere: tu studi e basta.»

«Io di decalitri e di ettolitri in giro non ne ho mica mai visti. Che senso ha imparare una roba che non userò mai. Non serve a niente stare lì a spostare virgole e zeri se tanto non esistono. Quindi le equivalenze non le faccio» ribatte precisa, con logica lapalissiana.

«Guarda che le equivalenze sono indispensabili, pensa per esempio alle torte: decilitri di latte, centilitri di sciroppi, millilitri di aromi. Come fai a cucinare se non conosci il valore dato dall'equivalenza.»

«Ci sono i misurini apposta, quelli con i segnetti e scritto sopra emme elle, di elle… me li ha fatti vedere la nonna, lei sì che mi insegna delle cose utili» fa notare Maria, pronta a tranciare ogni replica atta a farle cambiare idea.

«Ma la maestra Gabriella cosa pensa di tutto ciò?» sonda Alma, sfiancata dal solo pensiero di farla ragionare.

«Non lo so, a me non ha detto niente, però ha scritto sul diario che vuole vederti.»

Alma socchiude gli occhi, *finirà mai questa giornata infernale?*

Tra l'altro ha sempre questo tarlo della Modesti.

Guarda l'ora.

È tardi, ma se non lo fa ora.

«Tagliamo per di qua.» Alma prende le gemelle per mano. «Devo cavarmi un pensiero.»

«I denti si cavano, mica i pensieri» rileva pedante Maria, che non ne lascia passare una.

«Lo so, ma questo qui è più fastidioso di un molare guasto, credimi. Ora attente, ché attraversiamo.»

* * *

Aprono la porta e vengono subito avvolte da un caldo aroma di legno, carta vecchia e sigaro. Nella luce bassa e tremolante Alma, Marta e Maria lasciano che la porta si chiuda alle loro spalle e proseguono titubanti, con le scarpe da ginnastica che gemono sul pavimento lucido di cera.

«Sei sicura che possiamo entrare così?» domanda Marta, stringendole la mano con apprensione.

«E cosa vorresti, essere annunciata dal ciambellano come al ballo di Cenerentola? Come se fosse la prima volta che vieni qui» ride Alma.

«È che ora non c'è nessunissimo» sussurra Marta, per nulla convinta. «E io ho paura della gente morta.»

«Di che morti stai parlando?» Alma si blocca con i pugni sui fianchi.

«Quelli.» Marta indica con l'indice sporco di pennarello le facce pallide che emergono dall'ombra dei dipinti. «Rebecca dice che se cammini in mezzo alla gente morta, devi trattenere il respiro, altrimenti gli spiriti ti entrano dai buchi del naso e tu diventi uno zombie e che...»

«Ma guarda che Rebecca parlava dei cimiteri» tiene a precisare Maria, «non dei quadri, e poi mica diventi uno zombie, solo che nel tuo corpo ci entra qualcun altro.»

«Per me è uguale, anche i tipi dei quadri sono morti-mortissimi da un sacco di tempo. E noi continuiamo a respirare, respirare, respirare» bofonchia Marta con la mano sul naso e gli occhi larghi.

«No, non è vero. Il quadro è come una fotografia di una persona che è morta, mentre nel cimitero ci stanno proprio i morti veri, quelli che marciscono con i vermi e...»

«Adesso basta» alza la voce Alma. «Piantatela con queste sciocchezze! Non so da dove Rebecca le tiri fuori, ma guai a voi se vi sento ancora dire 'ste cose. Non è dei morti che dovete aver paura, date retta a me.»

Alma allunga il passo, vuole andar via di qui prima che Marta diventi cianotica, dato che sta trattenendo il fiato da un po'.

Proseguono fino alla base delle scale, poi Alma annusa l'aria e come un bracco punta verso la porticina di destra.

«Permesso?» domanda, infilando la testa nella stanzetta illuminata da una potente lampada.

Una figura massiccia emerge da sotto una panca di legno intarsiato e spazzola le ginocchia impanate di segatura.

«Ma guarda che sorpresa, ecco qui le mie ragazze preferite!» esclama don Andrea a denti stretti, per non far cadere il toscano. Posa il pennello in una ciotola e si piazza a gambe divaricate in mezzo alla stanza, cercando di pulire le mani sporche di mordente su di uno straccio ancora più sporco. Poi punta gli occhi indagatori su Alma.

E intuisce.

«Bene, siccome so che i preti difficilmente ricevono visite di pura cortesia...» don Andrea passa la grossa mano sul mento mal rasato, «tu, Maria, prendi il pennello, lo intingi... poco, neh! nella ciotola con il mordente... mi raccomando, fallo sgrondare bene, e lo passi così, vedi?, seguendo la direzione delle fibre del legno. Ecco, bravissima. Tu, Marta, con lo straccio mi tiri bene la cera su questo leggio di ciliegio. Lo passi in tutti i riccioli, tra le scanalature e anche dietro. Non prenderne troppa, di cera. Ecco, brava. Ora mettetevi i guanti e non sporcatevi, ché altrimenti la mamma sgrida voi, mica me, ché non ha il coraggio. Quindi fate attenzione.» Poi sposta il suo metro e ottantasei per sessant'anni di atletico vigore nella stanza accanto, si siede sulla *chiavarina* scura che rilancia elastica il peso considerevole e fissa Alma, in paziente attesa. Perché se Alma piomba qui in un banale mercoledì pomeriggio, be', qualcosa sotto ci deve pur essere.

«Per esser certa che la cosa resti qui tra queste quattro mura, mi posso fidare di una sua promessa di silenzio o devo ricorrere all'*escamotage* del rito della confessione?» domanda Alma senza parafrasare.

Don Andrea sorride allargando le braccia.

«Eh, già così mi fa venire il nervoso» sbotta Alma. «Cosa vuole dire quel gesto, che ci proverà? Che mi devo affidare alla Misericordia? No, mi dispiace, deve sbilanciarsi verbalmente, altrimenti prendo su e vado dai frati cappuccini di viale Tappani.»

«Ti do la mia parola che non dirò nulla. A meno che...» Fa un movimento vago in aria con la manona.

«*A meno che*, cosa? Non ho ammazzato nessuno, se è questo che pensa, anche se l'Alfonsina a volte me lo fa prendere in considerazione. No, qui si tratta di tutt'altra faccenda, anche se forse l'omicidio in qualche modo c'entra.»

Don Andrea stringe gli occhi e incrocia le braccia, avvolto nel fumo del sigaro, muto e immobile come Toro Seduto.

Alma sospira, forse ha sbagliato, non doveva venire qui. Tutto per sgravarsi la coscienza dalle sue intuizioni, dai suoi timori e da un paio di certezze. Per non dover recriminare sui *se avessi fatto* e *se avessi detto*. Che poi obbligando don Andrea al silenzio la situazione non cambia molto, in pratica diventa solo un suo egoistico bisogno di alleggerirsi l'animo nella condivisione di un pensiero molesto. E alla luce dei fatti lascia il tempo che trova.

«Va bene» concede Alma, «facciamo che io le dico tutto e poi lei può farne l'uso che crede. Basta che poi non mi coinvolga, ne ho già abbastanza delle cose mie, non ho bisogno di impanarmi in quelle degli altri.»

Prende un grosso respiro e apre la diga.

* * *

«No, ma sei simpatica» borbotta don Andrea, passandosi il toscano da un angolo all'altro della bocca, come per accompagnare il movimento dei pensieri. «E adesso cosa pretendi che faccia? Comodo, mi spiattelli il perché e il per come, rivelazioni da togliere il fiato, e poi ti tiri indietro. Questa si chiama omertà, mia cara. O vigliaccheria. Scegli tu.»

Alma sbuffa e alza gli occhi al cielo.

«E lascia stare Nostro Signore e il Paradiso» la riprende don Andrea. «Quegli occhi lì te li hanno dati apposta per vedere, non per alzarli in alto a vanvera. Ora spiegami bene: sei più che certa che Cesare Modesti non sia sparito, ma che si sia allontanato di sua spontanea volontà?»

«Premesso che, come dice l'Alfonsina, di sicuro c'è solo la morte» tiene a puntualizzare Alma, «non ho dubbi: il Modesti, quando sa di stare via un po', ha la fissa di portarsi appresso tre cose ben precise e sempre quelle, come se non potesse fare a meno della loro presenza per più di ventiquattro ore. Ho controllato: mancano tutte e tre. Non se le sarebbe caricate in borsa per una semplice mezza giornata trascorsa a Milano, sapendo poi di tornare a casa per cena. Alla luce di ciò, mi viene da escludere l'incidente o la scomparsa per conto terzi: lui aveva già deciso coscientemente di eclissarsi. Il perché mi è ignoto.»

«E non vuoi che la signora Adele avvisi la polizia...» don Andrea tamburella le dita sulle cosce.

«No. Secondo me le è successo qualcosa tra ieri sera e stamattina. Ultimamente la signora Modesti ha un non so che di effimero che non è da lei. E mi spaventa. Anche l'altro dettaglio che le dicevo mi fa scantonare il pensiero verso sensazioni nient'affatto rosee.»

«Intendi il kimono trovato nell'armadio di quella povera ragazza?» domanda don Andrea, scuotendo il sigaro nell'inquietante posacenere a forma di addome di mosca.

«Sì.» Alma si preme con i pollici la radice del naso, con il mal di testa che pulsa impietoso come un concerto per percussione di André Jolivet. «È identico a quello che Cesare Modesti teneva ben piegato e occultato nel ripiano più remoto della sua parte di armadio. A volte il kimono spariva per qualche tempo per poi riapparire, piegato e insacchettato, con il talloncino rosa della lavanderia. Io non me ne sono mai occupata, e dubito che la signora Adele sia al corrente della sua esistenza.»

Don Andrea si passa la mano sul mento rasposo, un rumore di carta vetrata. Pur sbarbandosi ogni mattina alle sei con scrupolosa attenzione, già alla messa delle otto e trenta don Andrea sfoggia, sulla mascella quadrata, l'ombra scura degna dei migliori gangster dei fumetti.

Mastica il sigaro. Non sa cosa pensare.

«Ma come mai questo kimono ogni tanto va in trasferta?»

«Cesare Modesti è un uomo molto preso da sé, anzi solo da sé. Intrallazza brevi storie qua e là, più che altro con studentesse e giovani autrici ammaliate dalla figura del grande scrittore, come se giacere con il celebrato uomo di cultura le rendesse per osmosi acculturate e famose pure loro. La signora Adele lo ha sempre saputo, anche perché il marito, che non brilla certo per delicatezza e attenzioni, sparge indizi e *mea culpa* con l'indolente noncuranza con cui una capra molla in giro le sue cacche. E comunque non ne ha mai fatto un dramma, come se fosse lo scotto da pagare per essere moglie di un uomo bello e famoso. La cosa che la signora Roversi in Modesti non sa è che il marito, nei suddetti *rendez-vous*, amava cingersi con il suddetto kimono.» Alma sospira asciugandosi i palmi sudati sui jeans, questa conversazione la sfianca.

«E tu come lo sai che si metteva il kimono mentre…» Don Andrea sventola ancora la mano a comprendere tutto lo scibile umano riguardo all'argomento della conversazione.

«Ha mai letto il decantato romanzo del Modesti?»

«Sinceramente, no. Perché, dovrei?»

Alma fa una smorfia. Non che si consideri in grado di giudicare il valore di un'opera letteraria, ma legge abbastanza e il romanzo di Modesti, pur ben scritto, potente e ridondante, non le ha smosso più di tanto le emozioni. Lei preferisce i libri più sommessi, quelli che ti avviluppano con i dialoghi, le descrizioni, quelli che ti accorgi di rimasticare con gusto, una volta terminati. Insomma, il tomo del Modesti nella sua prorompente irruenza è un romanzo di tutto rispetto, ma non tanto da cavalcarci sopra per oltre un ventennio. E comunque il rodìo del kimono viene da lì.

«Mah, io l'ho letto più che altro per curiosità. A dir la verità, fa uno strano effetto trascorrere la serata su un romanzo e poi lavare i calzini, stirare le camicie, sistemare la biancheria dell'autore la mattina dopo. Perché leggendo tutto acquista un'aura di perfezione e mistero. Ti immagini lo scrittore a dannarsi sulla tastiera avvolto dal furor creativo e non trovare corrispondenza nella realtà è un poco deludente. E comunque ho sempre avuto la sensazione che non ci fosse troppa corrispondenza tra Cesare Modesti persona e il Cesare Modesti che emerge dal suo modo di scrivere, come se quei pensieri, quelle emozioni e quella sensibilità appartenessero a un Modesti che io non ho mai visto» medita Alma. «Insomma, tornando al kimono: il protagonista del romanzo ha il vezzo di indossare un kimono in situazioni particolari, come per esempio...» Alma si ferma, vorrebbe anche lei poter sventolare la mano in aria come don Andrea, per lasciare intendere tutto il resto. Nonostante la confidenza, non pensava che fosse così imbarazzante parlare di amanti e convegni carnali davanti a un prete.

«Situazioni tipo sesso?» la toglie dagli impicci don Andrea, senza fare una piega.

«Ecco, appunto» soffia Alma. «E non solo.»

Don Andrea aggrotta le sopracciglia a punto di domanda.

«Antoine, il protagonista, non è quello che si dice uno stinco di santo. Il kimono fa parte del suo rituale e lo indossa sempre prima della performance, che sia in veste di amante, di maestro contemplativo o di boia. In pratica, Antoine è una specie di mantide in una tenebrosa versione maschile.»

«Apperò!» esclama don Andrea, lasciando cadere il sigaro a bruciacchiargli i già frusti pantaloni scuri. «Da quest'angolatura la cosa prende una piega che non mi piace affatto.»

«Ecco, appunto.» Alma raccoglie le gambe a sé e le incastra al legnetto della sedia, poi appoggia i gomiti sulle ginocchia. E resta lì, piegata come un origami, senza neanche la forza di pensare.

23

Pensare lo deconcentra. Jules Rosset lo sa. Deve solo abbandonarsi alle sensazioni, lasciarsi guidare dalle impressioni e immergersi in tutto ciò che il luogo racconta, per poi ruminare il tutto con la placida calma di una vacca d'alpeggio.

Per questo, invece che al reparto di Patologia, dove lo stanno aspettando, è finito qui, in casa di Fabrizia Recanati. Ha fatto le scale a piedi, annusando e incasellando gli effluvi di ogni pianerottolo, ha incontrato la signora Parodi, ha staccato i nastri dei sigilli e ha aperto la porta, cercando di tenere la mente sgombra da ogni opinione: come entrare nella sala di un cinema senza conoscere la trama del film, né il genere e neppure il titolo. Sa solo che uno degli attori è Fabrizia Recanati, trovata morta nel suo salotto con la testa sfondata.

Accende tutte le luci e si ferma un attimo nel soggiorno, poi entra nel bagno. È interamente rivestito di marmo rosa, rosa chiaro, un colore elegante. Fin troppo, considerato il luogo e la sua funzione.

«Persino la tazza del water» considera ad alta voce Rosset. «Pazzesco, è di una sfumatura leggermente più chiara, ma dello stesso rosa. Sintomo di ossessiva perfezione o frutto di pretenziosa affermazione dell'io?» si domanda perplesso. Ed è tutto nuovo, nota.

Jules si siede sull'angolo della vasca, sfiorando i rubinetti lucidissimi e dorati. L'acqua di Chiavari è ottima da bere, nessun retrogusto di cloro né altro, ma è molto calcarea e nel tempo lascia sulle cromature tracce indelebili. Si china a osservare le giunture e le manopole. Questi rubinetti non avranno più di due o tre anni. La Recanati entra in questa casa giusto nel 2012, quasi tre anni fa. Rosset tamburella le dita sulle cosce magre mentre valuta. La Recanati viene in affitto in un appartamento ristrutturato da poco (come ha raccontato la signora Parodi) e rifà il bagno. Strano. Questo lascia supporre che avesse intenzione di restarci a lungo, tanto da giustificare dei lavori dispendiosi. Già per un bagno basico i costi decollano verso cifre significative (e lui ne sa qualcosa, se pensa a quanti assegni ha staccato al capelluto idraulico che gli ha rimesso a posto il suo); in più, qui si parla di sanitari, rivestimenti e rubinetteria di extra lusso. A spanne, questi venti metri quadri di ostentazione rosata costeranno come la sua Chevrolet Orlando.

Quanto guadagna un editor?, si domanda Rosset. Tra l'altro, l'editor è una figura di cui lui fino a poco tempo fa aveva ignorato l'esistenza. Credeva che lo scrittore arrivasse in casa editrice con il suo bel tomo manoscritto, che lì qualcuno lo leggesse e, se ritenuto valido, si passasse a una semplice correzione dei refusi prima di dare il via alle stampe. Poi ha visto *L'uomo nell'ombra* di Polański, splendido film incentrato sulla figura del ghostwriter, e già lì gli era venuto il sospetto che forse tra manoscritto e stampa ci fosse qualche passaggio in più. Con la morte della Recanati è stato costretto ad approfondire la faccenda, scoprendo così un complicato mondo a lui totalmente sconosciuto. L'editor, sinonimo del meno trendy curatore editoriale, è a quanto pare un anello fondamentale della catena vitale di un testo: si assicura che il manoscritto ricevuto sia conforme alle aspettative dell'editore, evidenzia carenze, suggerisce modifiche per renderlo commercialmente appetibile, diventa il legame tra la casa editrice e l'autore. Insomma, l'editor è il Virgilio che guida l'autore nei labirinti della selva oscura editoriale. Ma non finisce qui. Chiedendo qua e sondando là (e poco fa il suo libraio di fiducia gli ha fatto un quadro sciagurato dei meccanismi editoriali), gli si è aperto un baratro di disillusione scoprendo che: quasi tutto viene manovrato a monte, il romanzo segue le mode come le vite alte o basse dei jeans, la TV la fa da padrona pure sulla fortuna o meno di un autore e la vita di un libro si gioca tutta sui numeri delle sue prime tre settimane di vita, dopo di che viene considerato pressoché defunto. Complici nolenti le librerie, invase giornalmente da tsunami di nuove uscite che, costrette a far spazio, rigettano dopo neppure un mese di vita migliaia di giovani virgulti cartacei, condannandoli al macero. Un delitto, un'ecatombe premeditata e senza attenuanti, che lo ha lasciato basito, sgomento e dolorosamente disgustato. Rosset ha così perduto in poche ore gran parte del bucolico candore con cui, da lettore accanito, aveva circonfuso l'oggetto Libro.

Queste scoperte chiarivano tante sue perplessità riguardo al successo inaudito di alcuni romanzi (a suo avviso insulsi) rispetto ad altri (meravigliosi), che invece scivolavano via senza clamori, restando sugli scaffali giusto il tempo di uno starnuto. E per lui che ama regalare libri, questo si traduce in ricerche frustranti o in tristi approdi online non sempre fruttuosi.

Rosset si alza e torna in soggiorno. Lascia correre lo sguardo e avverte il medesimo stridore. Una stonatura che salta agli occhi, come se tra i pettini di Capogrossi fiorisse dipinto un vaso di gerbere. Una discordanza di stile fra l'impianto di base, chiaramente partorito da un architetto figlio dell'industrial design, e ciò che la Recanati ha teneramente aggiunto e modificato per stemperare il tutto. Perché, se non erra, il gusto della Recanati è indirizzato verso un puro e prepotente stile inglese: si evince chiaramente dalla camera da letto con mantovana, tendoni, copriletto a balze in pesante tessuto a grossi fiori rosa e abat-jour abbinato. Il medesimo, stucchevole rosa chiaro del bagno. Sembra di entrare in casa di Miss Marple, constata Jules con un brivido di disgusto, non certo riferito alla geniale e impicciona vecchietta, quanto al suo famoso cottage imbottito di orpelli.

Come il cibo, anche l'arredamento ha per lui senso solo nella sua essenzialità, quindi un letto, un tavolo, un frigo, un ottimo impianto stereo, uno scaffale capiente per i libri e La Poltrona (unico pezzo di mobilia cui tiene in modo particolare), che deve saper accogliere comodamente il suo lungo corpo ossuto durante la pratica di due dei suoi piaceri quotidiani: musica e lettura. Quando viveva ancora a Gimillan, infatti, ne aveva anche un terzo: camminare d'estate e ciaspolare d'inverno. Da quando è qui non ha ancora capito come ottemperare al richiamo del suo fisico; di zampettare sul lungomare facendo lo slalom tra vecchi bradipi, bambini molesti e pescatori solitari, be', non ne ha proprio voglia, e di inerpicarsi da solo per colline sconosciute ancora meno. Solari non lo asseconda mai in questa sua ricerca campestre, da ex pallanuotista di un certo livello l'unica sua idea di movimento è legata allo stare ammollo. E Rosset odia l'acqua. Sta a galla solo in virtù del principio di Archimede ed è terrorizzato dall'idea che il liquido gli penetri nelle trombe di Eustachio.

Blob.

Dal fondo limbico dove era stato spinto dal ritrovamento di Ferro in poi, ecco immediatamente riemergere, come una bolla, il pensiero preoccupante legato alla variazione dimensionale delle sue orecchie. Non è ancora riuscito a documentarsi. E il tarlo lavora trivellando il tunnel per far scorrere più liberamente il panico.

Un bel rapporto con sangue, ferite e malattie varie Rosset non l'ha mai avuto: sviene davanti agli aghi del prelievo, da bambino lasciava che i denti da latte cadessero per la forza di gravità, onde evitare quello scricchiolio raccapricciante che fa la radice staccata a forza dalla gengiva, in sala parto ha vomitato tre volte e l'ostetrica lo ha steso con sessanta gocce di Valium pur di toglierselo dai piedi. Clelia non gli ha mai perdonato di aver dato alla luce Alberto con lui che ronfava beato nella saletta accanto. Jules sospira, a ben vedere non ha fatto altro che deluderla.

Può dire di non averla mai tradita, questo sì. Ma più per pigrizia che per fedeltà vera e propria: mantenere in piedi due storie, bugie a non finire, ricordarsi di aver mentito e non confondersi, paranoie da incastri temporali. E poi le donne esigono, sempre, che siano mogli, amanti o concubine, e quindi impegno doppio su tutta la linea dalla ricorrenza, al talamo, passando per il cinema e franando sul pranzo dalla suocera. No, troppa attenzione, troppi casini, in sostanza, troppa fatica. Ma a parte questo aborto di lealtà coniugale, Clelia cosa ha avuto da lui?

Gli sale in gola un groppo solido veicolato dal rigurgito acido del vinello sui calamari ripieni del pranzo.

Meglio accantonare il triste pacchetto di bilanci, ex mogli, figli del weekend alternato, trasferimenti e inadeguatezze affettive, valuta succhiando un digestivo Antonetto, ché certe pesantezze non vengono digerite neppure facendo brillare una bomba di profondità.

Che poi, paradossalmente, le sue oggettive difficoltà con sangue e malanni non interferiscono minimamente nel suo lavoro. È come se in Jules Rosset convivessero due dicotomiche entità con reazioni distinte e contrarie: una (quella pavida) emerge di fronte ai malesseri propri e dei componenti della sua sfera affettiva; la seconda (quella perfettamente efficiente e per nulla impressionabile) ha il sopravvento davanti agli elementi d'indagine. L'ispettore può trovarsi al cospetto di un cadavere ridotto a brandelli e studiarlo con la tranquilla e curiosa attenzione con cui valuterebbe un dipinto di Francis Bacon. Perché a quel punto l'atto criminoso ha compiuto la svolta: Rosset sta male alla vista del dolore e della sofferenza nell'attimo in cui si rivelano. Per la vittima tutto questo è già parte del passato e ciò fa scaturire in lui un altro tipo di sofferenza, questa volta attiva e determinata a riscattare quel dolore nell'unico modo possibile, cioè facendo bene il suo lavoro.

Infatti Rosset, qui nell'appartamento di Fabrizia Recanati, non cerca indizi materiali, per quello c'è la precisione autistica della scientifica. Lui vuole scoprire il perché. Immedesimarsi, infilarsi, penetrare nella vita e nel mondo della Recanati tanto da intuire quali motivazioni hanno spinto un essere umano a uccidere. Vuole solo comprendere, non giudicare, non lo fa quasi mai, perché è convinto che in realtà non ci siano colpevoli. Solo vittime.

Rosset si piazza davanti all'enorme libreria e inizia a spulciare i titoli. Nota che Fabrizia aveva creato una netta divisione tra i volumi letti, straletti e amati (copertine fruste, pagine con scritte al margine, sottolineature) e quelli ancora intonsi (forse ricevuti in omaggio, imposti dagli autori o dalla casa editrice). Jules sorride con affetto: a quanto pare anche per la Recanati risultava impossibile disfarsi dei libri, neppure di quelli che non aveva letto e che probabilmente non avrebbe letto mai. E questa affinità, unita alla cura meticolosa nel separare le letture, gliela rende quasi dolcemente e dolorosamente viva. Guarda la carrellata di fotografie disposte su tre ripiani della libreria. Sono tutte simili: la Recanati che sorride accanto all'autore di turno che sorregge la copia rilucente del romanzo appena uscito. Alcuni di questi li riconosce: due sono esponenti del mondo dello spettacolo (sicuramente pseudo biografie, atte a soddisfare il bisogno voyeuristico di chi famoso non è), un altro è uno storico il cui fascinoso faccione incombe sempre a piena pagina sulla quarta di copertina, impossibile da dimenticare.

Anche questo qui gli pare di averlo già visto, medita Rosset sollevando la cornice. Studia con attenzione l'occhio chiaro, la mascella quadrata e il sorriso tra il vanesio e il compiaciuto. Nell'inquadratura è quel mezzo passo avanti che mette in ombra l'editor, rubandole la scena. Forse lo ha visto in qualche talk show, però non riesce a decifrare il titolo del volumetto che ha in mano, dettaglio che potrebbe aiutarlo nell'identificazione. Perché è sicurissimo di conoscerlo.

Mah, è inutile perderci altro tempo. Sgancia la cornice e s'intasca la fotografia. La Fabiani è tecnologicamente dotata, la darà a lei, certo che in quattro e quattr'otto gli svelerà l'arcano. Così, mica perché ci debba essere per forza un legame con il caso, ma gli dà il nervoso avere una fisionomia sulla punta della lingua e non venirne a capo. Perché lo sa, finisce che ci rimugina e si lambicca, togliendo la concentrazione dove serve.

Continua a sbirciare la libreria. La Recanati predilige romanzi di gusti decisi e per palati forti, non se lo aspettava, gli pare in contrasto con lo stile Old England che regna in casa.

Anche se.

Estrae la foto dalla tasca e studia attentamente l'immagine di Fabrizia: il viso è largo e pallido, poco appariscente ma grazioso, i capelli lisci e sottili le sfiorano le spalle in un'aureola dorata, fermata di lato da un voluminoso fiore di stoffa. Ha il petto minuto su fianchi abbondanti, almeno da quello che può intuire da sotto l'ampia camicia a balze e fiorellini, notando che lo stile Miss Marple ricorre pure nel guardaroba.

Di primo acchito, la Recanati pare incarnare una di quelle illustrazioni che andavano di moda quando lui era bambino, romantiche ragazzine con i grembiulini con balze e *volant*, capelli lunghi e cuffiona di stoffa a coprire il viso; si chiamavano Molly Hobbie, o forse Holly Bobbie o qualcosa del genere. Le sue compagne di scuola avevano diari, gomme, quaderni, tutto impestato da queste tipe leziose che facevano cose. Le odiava.

Ma non è questo il punto.

Osserva ancora la foto.

Perché anche qui, come nell'appartamento, qualcosa stride.

Afferra le altre immagini e le mette in fila, una accanto all'altra.

E la stonatura gli salta agli occhi in tutta la sua prepotenza: in ogni istantanea, l'aspetto caramelloso tutto fiori e balze viene lacerato senza remore dallo sguardo inquieto su due labbra rosso fuoco dal taglio duro e spietato, dove il sorriso è una lama bianca senza calore.

Una diabolica Stanwyck insacchettata nei panni di Doris Day.

Chi è Fabrizia Recanati?

E cosa si cela tra le pieghe dell'esistenza di questa editor affermata, che confonde le acque nascondendo l'artiglio alla Nightmare dietro ai falpalà da bomboniera di Limoges?

Entra in cucina, apre qualche sportello a caso, poi gli viene in mente Alma e cerca il bidone della spazzatura. La cucina è moderna, con ampi cassettoni e una grande cappa di acciaio. Tira la maniglia del mobile sotto il lavello *et voilà*, una distesa di secchi colorati a differenziare con brio. Nel vetro, tra bottigliette e barattoli, spicca un vuoto di Moët & Chandon rosé; vasetti di yogurt ammassati e buste vuote di lattuga già lavata riempiono invece il contenitore della plastica (insalata e yogurt, il *must* della donna perennemente a dieta); riviste e volantini pubblicitari del supermercato stazionano nella carta. E qui cosa c'è? L'ispettore infila la mano tra i sacchetti nuovi dell'immondizia forniti dal comune ed estrae un plico di fogli dattiloscritti rilegati con una spirale. Ma a colpirlo non è solo il luogo poco consono, quanto il nome che spicca in corsivo nel margine superiore di ogni pagina:

Amedeo Parodi, Frammenti di verbalizzazioni oniriche

«Verbalizzazioni. Oniriche. Ma che accidenti di titolo è?» esclama Rosset, mettendosi a leggere qua e là, sfogliando il plico alto due dita, a cui mancano le prime settantadue pagine.

Poesie.

Sono tutte poesie, tante poesie, centinaia di poesie scritte dal signor Parodi.

Scoprire che la sua nuova vicina di casa lavora per una nota casa editrice avrà fatto brillare nel signor Parodi miraggi di luminosi successi letterari, così il nostro poeta pensa bene di cogliere l'opportunità di questa fortuna inaspettata e affida alla giovane editor la sua cospicua produzione.

Fabrizia Recanati, forse per non rovinare rapporti di buon vicinato, non dice no, chissà se le legge, e comunque sceglie di tenerlo (e il luogo è forse rivelatore?) tra i sacchetti per i rifiuti. Ma non lo butta. Come mai? E che fine hanno fatto le pagine mancanti?

Così, per pura sfida, apre, cerca, solleva, sposta.

Tombola.

Tra due torsoli di mela e un guscio d'uovo intravede gli endecasillabi di chiaro stampo parodiano.

Perché la Recanati con il furor poetico del Parodi ci foderava il secchio e il sacchetto dell'umido.

Rosset resta per un attimo a fissare quei versi sbiaditi sotto l'umiliazione traslucida dell'albume rappreso.

Certo che la Recanati era proprio stronza, ragiona Rosset, peggio che farne coriandoli o gettarlo nel camino, persino il macero sarebbe stata una morte più decorosa.

Che poi i secchi, una volta svuotati, restano aperti per tutta la notte sul marciapiede, alla mercé degli sguardi dei vicini, delle peripatetiche, dei clienti e dell'autore stesso.

Cazzo, chissà come l'avrà presa il signor Parodi, roba da meditar vendet...

Ops.

Vuoi dire che?

Scandaglia, pesa, valuta.

Naaa. Non ce lo vede il signor Parodi ad accoppare la Recanati solo perché è tanto carogna da oltraggiare la sua produzione con gli umori dell'immondizia.

In ogni caso, mai dire mai. Sonderà anche quella direzione, più per scrupolo che per vera preoccupazione.

Rosset abbandona la cucina e punta deciso verso la camera da letto: è da stamani che ha in mente di farlo, da quando ha colto l'espressione di Alma e la sua fretta nel farla sparire. Apre l'anta dell'armadio e la tira fuori.

Un'elegante vestaglia che a occhio e croce veste una persona almeno tre spanne più alta della piccola e tonda Recanati. Jules la osserva a lungo, poi se la avvicina al corpo: il proprietario (o proprietaria? Le tinte sono decisamente maschili, ma al giorno d'oggi non sa quanto peso dare a questa considerazione), insomma, la persona in questione è alta quasi quanto lui. Sopra il metro e ottantacinque, quindi. Non vuol farsi influenzare dai luoghi comuni, ma crede che un giapponese medio al garrese faccia meno di un metro, quindi in tutto arriverà al metro e sessantacinque, metro e settanta al massimo. Qui abbiamo un surplus di almeno una ventina di centimetri.

Un kimono fatto su misura, quindi, non un semplice souvenir.

E perché Alma ne è rimasta sconvolta? Gli viene da supporre che l'avesse già visto.

Rosset si appoggia allo stipite ed elenca, contando sulle dita: un nuovo bagno rosa; balze e romantici volant sotto cui pulsa inaspettata una dark lady; un kimono troppo lungo; un oggetto di legno scomparso dal tavolo del soggiorno.

L'ispettore passa la mano a massaggiare il rodìo della cervicale.

Tre dissonanze e una certezza.

Una cacofonia di sensazioni da armonizzare e l'unico punto fermo, la sparizione dell'oggetto di legno, non gli sono di nessun aiuto.

Guarda l'ora. Porca vacca, è tardi. Deve correre dall'anatomopatologa. Rimette a posto il kimono, chiude l'anta e spegne le luci.

Resta ancora un attimo lì, al buio, a respirare l'odore del quotidiano di Fabrizia Recanati. Ed ecco salire il consueto formicolio alla base della nuca, l'avvisaglia dell'intuizione, che galleggia per un breve attimo e poi ripiomba da dove è venuta, senza dargli il tempo di afferrarla. Trattiene il respiro e strizza gli occhi nel tentativo di riacciuffarla. Niente. Sparita.

Sbuffa.

Deve trovare il modo di espugnare le reticenze di Alma, non sa perché, ma sente che il bandolo parte da lì.

Chiude la porta, riattacca le strisce di plastica bianca e rossa e chiama l'ascensore. Mentre aspetta, ha la malaugurata idea di dare un'occhiata al cellulare. Ellamiseria! Sei chiamate di Solari, tre di Canessa, due del vice questore e una della Guerini. A parte la conturbante anatomopatologa Elsa Guerini, non ha voglia di richiamare nessun altro. Pensare che è da dopo pranzo che non vede l'ora di sprofondare le ossa nella sua poltrona di cuoio sdrucito con Miles Davis a riempire la stanza.

Scende le scale a due a due, nell'illusione di guadagnare il tempo che non ha.

Eccheddiavolo. Questa giornata avrà mai fine?

24

Questa giornata avrà mai fine? Alma sfila le scarpe da ginnastica arrancandole dai talloni senza slacciarle. A dire il vero, se becca i figli a farlo parte lo scappellotto multiplo: primo, perché le scarpe si rovinano e poi, perché al mattino anche i secondi persi a disfare il nodo possono rivelarsi fatali.

Ma stasera liberi tutti. È esausta, preoccupata, nervosa e vorrebbe solo rannicchiarsi sotto il piumone e abbandonarsi a un sonno denso, senza sogni.

Un profumo corposo e ricco le avvolge i sensi prima ancora dell'olfatto: un effluvio spesso, succulento di battuto, verdure, legumi, zucca, patate e pesto abbondante. Insomma, l'essenza del vero Minestrone maiuscolo della *Cuciniera Genovese* di Giovanni Battista Ratto, la bibbia culinaria dell'Alfonsina. E infatti trova la suocera appollaiata sul girello come una poiana, intenta a vegliare il borbottio sommesso della pentola di coccio. L'occhio della poiana la scruta per un attimo, poi torna ostentatamente ai fornelli, salutandola con un affilato: «Ah, finalmente. Pensavo che vi foste scordate di avere una casa».

Alma appende il piumino e non ribatte, sa che preparare la cena al posto suo è per l'Alfonsina il massimo gesto di resa, vent'anni che la conosce e mai un monosillabo di scusa è stato articolato da quelle labbra suggellate dall'orgoglio. Scuote la testa e sorride: la suocera le sta offrendo sui fornelli il calumet della pace e lei non è certo il tipo da serbar rancore.

«Ora si sieda, Alfonsina, che al resto ci penso io, non sa che gran regalo è non dover pensare alla cena in questa giornata infernale.» Alma le sfila il girello dalle dita adunche e l'accompagna a posare il corpo tozzo sulla sedia, accanto al grande tavolo della cucina.

Poi si infila nella doccia per lavare via, con i getti bollenti, la sensazione di torbido che le ha invaso le ossa da quando è entrata a forza nell'esistenza di Fabrizia Recanati.

Torna in cucina, allacciandosi la tuta che indossa quando è in casa. Alma si cambia sempre, anche se dopo deve uscire di nuovo, non importa, togliersi scarpe e vestiti le dà la sensazione di levarsi di dosso tutto ciò che accade fuori, le pare di staccare davvero.

«Allora?» le domanda perentoria l'Alfonsina. «Non penserai di cavartela così, senza raccontarmi nulla. E non fare quella faccia, che Marta e Maria mi hanno detto che siete state tutto 'sto tempo da don Andrea, loro a spennellare e a lucidar mobili e te infilata in sagrestia a parlar di chissà cosa. Ma mi gioco il quadro di sant'Atanasio di mio padre, buonanima, che i discorsi giravano intorno alla morta e al poliziotto con la faccia a triangolo.» L'occhio della poiana riaffiora rapace e indagatore.

Alma sospira, l'ultima cosa di cui ha voglia è parlarne ancora.

Ma uno sguardo supplice non ha mai scalfito la volontà caparbia dell'Alfonsina.

Alma appoggia i gomiti sul marmo consunto del tavolo, con le mani sotto il mento, pronta a immolarsi al terzo grado della santa Inquisizione.

* * *

«Lascia perdere la cera e il coso di legno sparito dal tavolo» la interrompe perentoria l'Alfonsina, con la stessa pedanteria di Maria. «Non ho capito perché sostieni che la Recanati fosse un'insicura e pure un po' carogna.»

«Mah, sensazioni» prova a spiegare Alma, che si è dilungata a raccontare della giovane editor, stando ben attenta a sorvolare sui Modesti e soprattutto sulla faccenda del kimono. «Per esempio, ha rifatto il bagno come piaceva a lei. Anche se il precedente era praticamente nuovo. I proprietari lo avevano appena ristrutturato, me lo ricordo perché per mesi è stato un via vai di calcinacci e cemento, con la signora Parodi che lacrimava sui vetri sporchi e le tende impolverate. Eppure la Recanati lo ha cambiato tutto, persino i sanitari: un antro di marmo rosato da cima a fondo» spiega Alma.

«Tremendo. Come liberarsi gli intestini nella tomba di Mazzini» commenta disgustata l'Alfonsina, che conosce a menadito il cimitero di Staglieno, e che ha una venerazione particolare per lo statista genovese, pur non condividendo la scelta cromatica della sua ultima dimora.

«Già» ammette Alma, ridacchiando suo malgrado. «La Recanati ha fatto rivestire tutto posandolo sopra il precedente, infatti ora c'è un gradino. Boh, forse per far prima. E comunque, meno male: se rompevano di nuovo con polvere e martello pneumatico, alla signora Parodi veniva un coccolone.» Si alza per mescolare il minestrone, nella vana speranza che l'Alfonsina molli la presa.

«Ma non avevi visto i muratori portare la roba rosa su per le scale, scusa? Dai Parodi ci vai due volte la settimana…» Non demorde la suocera, con la tenacia di un molosso.

«No, l'ho scoperto solo stamattina, la Recanati si era infilata nel nuovo appartamento nel settembre di tre anni fa, deve aver fatto questi lavori nei due mesi estivi che i Parodi trascorrono a Moena.»

«Ma come fai a dire che l'ha cambiato, magari è nato così» ribatte pedante l'Alfonsina.

«No, non lega assolutamente con il resto, poi i rubinetti sono lucidi con pochissimo calcare (e da quel che ho visto, non certo per merito di quella che le fa le pulizie) e in più questo nuovo bagno rispecchia ciò che è stato aggiunto e modificato nel resto dell'appartamento, pure nell'abbigliamento della stessa Recanati. No, l'ha rifatto lei. Anche la camera da letto, l'ha trasformata con tessuti pesanti, caricandola di cuscini, tende e mantovane. E il nodo è proprio questo. Non so come spiegarmi, è come se Fabrizia stesse risolutamente rimodellando il nido per sentirsi davvero a casa. Come se avesse bisogno di un punto fermo, di una sicurezza, un'accogliente certezza che altrove non aveva. La sua casa doveva diventare il porto dove ormeggiare le sue incertezze quando fuori imperversava la tempesta. Tempeste che temo creasse lei stessa.» Alma si siede tormentando con l'unghia il marmo smangiato del tavolo. «Ho guardato i suoi armadi, le sue cose, i suoi libri, frugato le sue piccole manie. E ho visto le fotografie.» Alza gli occhi sull'Alfonsina. «La Recanati aveva lo spirito ambizioso di chi vuole arrivare, con lo sguardo inquieto e una piccola bocca rossa schiusa su sorrisi privi di ogni luce.»

«La faccia, che forma aveva la faccia» domanda impaziente la suocera.

«Tonda, morbida e senza spigoli» sospira Alma.

«Il viso rotondo è delle persone tranquille, fiduciose e permeate di buonsenso» enuncia precisa l'Alfonsina.

«Appunto» Alma si alza, mescola il minestrone e spegne il fornello. «Fabrizia Recanati non era affatto ciò che sembrava, e neppure ciò che avrebbe voluto essere. Era un involucro di buonsenso mosso dal furore instabile dell'insoddisfazione. Per questo è morta.» Alma stringe le labbra per ringoiare il magone che le galleggia nella trachea da stamattina.

L'Alfonsina fa per aprire bocca a raschiare altre delucidazioni, poi le cade lo sguardo sulle mani brune e forti della nuora, che martoriano nervose il mestolo. Sale su verso il viso e si ferma dentro quegli occhi scuri sfaccettati di velluto, pregni di quel liquido calore che suo padre, buonanima, dipingeva solo ai santi "vivi". E capisce. Capisce che Alma si è avventurata troppo vicina al baratro, che si è infilata dentro una vita che non era più. E son cose che non si fanno, sono contro natura e portano solo dolore e guai. Ma ormai è tardi, e Alma c'è dentro fino al collo.

Sospira e scuote la testa: inutile piangere sul latte versato. Allunga la mano e stringe per un attimo quella morbida e calda della nuora, senza distogliere gli occhi dai suoi.

Alma resta immobile, pietrificata dal gesto d'affetto della suocera, un evento raro quanto un'eclissi o i vetrini blu sul bagnasciuga.

«Non mi viene la divisione» infrange l'idillio Marta, comparendo in cucina con il quaderno sottobraccio e l'astuccio colmo di penne rosse, verdi, nere e blu a incasinare le operazioni con rossi numerini di riporto, *h* di centinaia, *da* di decine e umili *u* di unità.

«Fammi vedere.» Alma si siede accanto a lei, grata di questa boccata di salutare e mai abbastanza apprezzata quotidianità.

Alfonsina continua a fissare il viso della nuora: la pelle di quel suo morbido color caffellatte, gli zigomi pronunciati, tipici delle persone che sanno far fronte ai cambiamenti (e Dio solo sa quanti ne ha dovuti affrontare Alma), e che regalano un volto sincero e perennemente giovane. Alma è bella. Di una bellezza che non sfiorisce, perché viene da dentro e si sprigiona dagli occhi, dai gesti, dalla risata, nell'aggrottarsi delle sopracciglia quando deve riportare tutto all'ordine e poi da quel suo sorriso vivo, bianco, aperto e capace di portare la luce, sempre.

All'Alfonsina trema il mento e arriccia il naso per cacciare indietro le lacrime che le pungono sotto le palpebre. Sbuffa, da quando è vecchia, le succede troppo spesso. Come le sale sempre più spesso in gola la dolorosa consapevolezza che suo figlio è un coglione patentato. Che Dio la perdoni *ex toto corde pænitet me omnium meorum peccatorum*, borbotta facendosi il segno di croce, ma quando ci vuole ci vuole.

25

Ci vuole solo un attimo di pazienza, le ha detto Alma, che tutto si aggiusta.

Adele Roversi in Modesti versa l'acqua bollente nella teiera e chiude il coperchio.

Anche qui bisogna saper aspettare, per il tè nero a foglia intera ci vogliono dai quattro ai cinque minuti di infusione, legge sulla scatola.

Un'inezia temporale in confronto a tutte queste ore di attesa per il ritorno dell'osannato marito.

Ma Alma stamani le ha detto di non preoccuparsi, che a volte capita che gli artisti... chi crea, insomma... abbiano bisogno di eclissarsi per un po', di vedere se si fa vivo tra stasera e domani mattina e in caso contrario di andare dalla polizia.

E lei è dibattuta tra questa sensazione di libertà, una leggerezza leopardiana da sabato del villaggio, e la consapevolezza di trarre benessere da una situazione che in realtà dovrebbe preoccuparla a morte. Insomma, è felice di starsene qui da sola e nello stesso tempo sa che non dovrebbe esserlo perché il Modesti non è in vacanza, ma è sparito da, conta sulle dita, ecco, da ben trenta ore!

E la sua costante sensazione di vuoto, di non esser nulla senza il Modesti accanto, si affievolisce con il passare delle ore. È come se Adele Roversi fosse completa di per sé, senza l'obbligo ingombrante di quell'*in Modesti*.

Si guarda le mani.

È come se il mondo si fosse capovolto.

In realtà del ribaltamento dei ruoli non le importa poi molto.

Non le fa neppure questo grande effetto, le sta a cuore solo che l'osannato marito resti tale: osannato *in sæcula sæculorum*. Non per lei, figurarsi. Il Modesti le garbava decisamente più da semplice accademico che da grande scrittore. No, lo fa per lui, perché privato di riflettori e pompe magne, si spegnerebbe come il grano bianco del Sepolcro.

Versa il tè che invade il salotto con le sue volute profumate, porta la tazza alle labbra e inspira. Intenso, leggermente speziato, sensuale. Perfetto.

Bisogna sempre saper aspettare, che siano i minuti necessari per l'infusione di un buon tè o che siano le ore utili a trasformare una vita.

Adele posa la tazza e va alla finestra: viale Tappani riluce nel crepuscolo, in un'esplosione di verdi accesi delle magnolie, indaco del cielo e bianco accecante della Cattedrale che si staglia tra i palazzi colorati di piazza Madonna dell'Orto.

Apre i vetri e respira il profumo della sera che si insinua, umida e odorosa, tra le pieghe di questa giornata strana. È l'ora che le piace di più. Sull'onda di questa levità che la pervade da ieri sera, afferra il cappotto di cashmere leggero, la borsa e scende veloce le scale, quasi che l'attesa dell'ascensore possa farle perdere secondi preziosi.

Imbocca via della Cittadella e sbuca in piazza Mazzini, dove alza gli occhi a contemplare la facciata del Palazzo di Giustizia con i merli a coda di rondine che sembrano ritagliati e incollati su questo cielo che vira al cremisi.

Adele cammina in mezzo ai portici del caruggio senza una meta precisa, proprio lei che esce solo se mossa dal dovere, ché altrimenti le pare di perder tempo. Quale tempo, poi? Si lascia avvolgere dal cicaleccio, dai colori, dalle luci delle vetrine e dai profumi appetitosi che serpeggiano tra le colonne ad annunciare l'ora degli aperitivi.

Non ha fretta, passeggia guardandosi in giro come una turista in vacanza, come se l'Adele ligia al dovere, noiosa e prevedibile, fosse rimasta appiccicata a quel pavimento sconosciuto, in quell'appartamento sconosciuto della notte scorsa.

Che strano.

Se ne era dimenticata.

In tutte queste ore l'immagine era finita chissà dove per riemergere solo adesso, in mezzo a questa rutilante giostra di colori, profumi e rumori.

Perché finalmente le è chiaro: la vecchia Adele è davvero morta, proprio lì, annegata nella piccola pozza di sangue che si allarga a intridere i lunghi capelli rossi di quella ragazza.

Tra l'altro non le dà alcuna emozione, eppure è chiara, nitida e terribile nella sua agghiacciante compiutezza.

E con l'immagine arriva anche una seconda evidenza.

Il Modesti.

Per questo è sparito.

E lei lo deve proteggere, salvare, difendere.

Come ha sempre fatto, del resto.

Anche se.

Si ferma in mezzo al portico, incurante di bloccare il flusso di umanità che si scontra con lei, la struscia, si divide, la osserva e non capisce.

Non capisce che lei è una stupida.

Perché solo adesso si rende conto dell'enorme, colossale errore: ha sbagliato a parlare con Alma, nessuno doveva sapere della scomparsa dell'osannato marito, nessuno.

O forse.

Respira a fondo, mentre i pensieri si rincorrono.

No, invece è meglio che il Modesti abbia scelto proprio questo momento per sparire, tutto irrobustisce l'alibi, medita l'Adele, scoprendo di possedere inauditi guizzi di strategia criminale.

Si sente già più sollevata, sempre pervasa da quest'ariosa leggerezza che la rende impavida e sfrontata come una Bonarda frizzante.

Riprende i suoi passi e arriva fino a piazza delle Carrozze. Gira a sinistra, dove verdi pennellate di luce fanno affiorare parco Villa Rocca nel blu-viola del cielo. Poi ci ripensa e prende il corso sulla destra, spinta dall'insolito quanto impellente desiderio di un cornetto alla crema di mandorle del *Defilla*.

* * *

Le squilla il cellulare; Adele raccoglie le briciole di sfoglia rimaste appiccicate agli angoli delle labbra e fruga con calma nella borsa.

Toh, è l'osannato marito.

Non un fremito, non un sobbalzo, nessuno stupore.

In fondo se lo aspettava.

«Sono da Defilla. Arrivo» risponde laconica e tranquilla. Non un "ciao", non un "come stai" o un "dove eri finito". In fondo al Modesti, pur essendo uomo di lettere, le parole superflue lo hanno sempre infastidito e a lei ora non importa di sapere altro. È tornato e bon, questo le basta.

Esce nel freddo umido del crepuscolo, il cielo è ormai buio e solo ora si accorge che il comune ha già fatto mettere le luminarie di Natale. Quest'anno stelle e volute hanno lasciato il posto a barocchi lampadari che ondeggiano tra i portici con l'eleganza fastosa di un salotto ottocentesco. Sorride col naso all'insù: le pare di attraversare il salone del *Gattopardo*. Ora deve solo raggiungere l'osannato marito, affascinante come Burt Lancaster, ma ambizioso e scostante come il peggior Tancredi. E lei, Adele, chi incarna? Non certo la splendida Angelica, no, si sente invece più affine alla mite Concetta, così ligia alle regole e al dovere, ma sotto sotto forte e caparbiamente innamorata (come lei?) dell'uomo sbagliato. Sospira, quante lezioni ha tenuto sul capolavoro di Giuseppe Tomasi di Lampedusa. Adele sente affiorare la consueta malinconia che le sale a galla ogni volta che pensa a ciò che ha abbandonato. Lei amava insegnare lettere, lo faceva con passione, amore, entusiasmo e dedizione. Ha lasciato tutto per cosa? Solo perché l'osannato marito le rimproverava di non essere sempre disponibile, lì sul pezzo, pronta ad assecondare con la dovuta solerzia le sue richieste. Perché le cose importanti erano solo quelle che ruotavano intorno a lui e al suo osannato libro, gli impegni altrui al confronto erano futili bazzecole, intralci da eliminare. Abbandonata la scuola, si era però sentita persa, vuota, finita. Si era così rivolta a don Andrea Bacigalupo, suo ex collega, per sfogare in confessione questa sua abulia. Lui, da uomo d'azione qual è sempre stato, insieme alle preghiere non aveva perso tempo, trovandole un servizio di volontariato nelle carceri, a insegnare italiano e letteratura a chi voleva riprendere ciò che l'inganno della debolezza aveva rubato. Un'esperienza piena che colmava il suo vuoto, facendo traboccare via sedimenti antichi, densi di inadeguatezza e disillusione.

Ma ha lasciato anche quello, persa nei suoi tentennamenti, per non subire lo sguardo sprezzante dell'osannato marito che commentava a occhiate, senza degnarsi di proferire verbo.

Stupida pusillanime, riflette, proprio come Concetta Salina anche lei ha avuto una sola avversaria: se stessa. Già, perché in realtà nessuno le ha mai domandato nulla, è lei che ha reciso, potato, tranciato ogni ramo proteso verso una possibile, nuova via. Per sentirsi all'altezza, per non deludere.

In sostanza, per mendicare amore.

Siamo lenti a smettere di amare perché speriamo di essere amati, scriveva giustamente Ovidio.

Ma dalla notte scorsa tutto è cambiato.

* * *

Invece che accorciare il percorso tagliando per Vico della Torre, Adele continua per Caruggio Dritto, anzi supera piazza Mazzini, che la porterebbe in pochi passi a casa, e prosegue per il caruggio sino al ferramenta *Delucchi*.

Entra nel locale angusto, che si snoda lunghissimo in meandri zeppi di scaffali dove regna quel caratteristico profumo di sapone, attrezzi metallici, colle resinose e antichi mestieri. Attende senza fretta il suo turno, posando sul banco consunto i tre pezzi di Marsiglia martellato che trova solo qui, e già che c'è compra anche una manciata di chiodi con la testa in ottone, per attaccare quei quadretti inglesi che l'osannato marito le ha bocciato come paccottiglia da mercato delle pulci della peggior specie. Torna indietro e imbocca via Bancalari, cammina concentrata solo sul rumore dei suoi passi che tacchettano ritmici sul pavé. Le appare piazza Madonna dell'Orto che rifulge candida nel buio, con l'enorme cometa di lucine accesa a convergere verso l'enorme portone. Un Natale che inizia appena valicate le ricorrenze dei Morti, pensa, giusto quel giorno e mezzo d'intervallo a salvare le apparenze.

Adele rallenta il passo col timore che, accorciando le distanze tra lei e l'osannato marito, si riduca anche la frizzante leggerezza che la sostiene e la sospinge con la stessa risoluta, fermezza con cui i propellenti lanciano lo shuttle.

Alza lo sguardo all'elegante palazzo con le imposte rosse di viale Arata e vede le finestre al quarto piano illuminate. Si ferma ad ascoltare reazioni e cedimenti, ma pare che nulla riesca a schiacciare la vaporosità di questa nuova Adele, che comincia a piacerle davvero.

Snobba l'ascensore che l'attende all'ingresso in un lucido invito di ottoni e legno e prende le scale. Non per prolungare il distacco dall'osannato marito, e neppure per i benefici salutari ad arterie e cuore, ma per il puro e semplice desiderio di gustarsi ancora un po' la deliziosa consapevolezza di perder tempo.

26

Tempo, tempo, tempo, possibile che lui sia perennemente in deficit di tempo?

Rosset scende di corsa gli ultimi gradini, travolge e riacchiappa al volo un Ficus Benjamin (posto in luogo consono a nutrire di luce i fragili rami, ma senza tener conto delle variabili di curvatura di un ispettore in corsa), piomba nell'ingresso, arpiona il portone e si catapulta in strada.

Canessa si sbraccia dieci metri più avanti, dove via Trieste incontra via Tripoli, accanto a una vecchia Panda azzurra parcheggiata sotto un arancio e strategicamente lontana dal lampione.

«Seguendo il suo ragionamento abbiamo setacciato via Trieste e zone limitrofe alla ricerca dell'auto segnata sulla multa» lo accoglie rapido Canessa, nel suo metro e sessantacinque di puntigliosa solerzia. «Eccola, è la Panda di Agostino Ferro, l'investigatore trovato là nel vicolo stamattina.» L'agente apre lo sportello che cigola in un lamento quasi viscerale, che tocca il cuore. «Aveva ragione lei, ispettore: era tutto qui, sia il computer che il cellulare.» Canessa allarga quel suo muso stretto da faina in uno scintillante sorriso hollywoodiano, bastardo regalo di una madre natura che nel fisico, invece, lo ha privato del minimo sindacale.

«Bravi, ora vediamo di cavarci qualcosa di utile» Rosset guarda l'ora, è tardissimo, pensa, finisce che la Guerini si scoccia di aspettare e se ne va.

«Facciamo così, Canessa, avete fatto trenta e fatemi anche trentuno. Questa roba la portate in commissariato e intanto chiamate il tecnico, quello nuovo però, l'ingegnere nerd che abbiamo usato per il caso Fulci. Lo fate entrare nel computer di Ferro e pure nel cellulare. Voglio tutto: numeri di telefono, movimenti e, soprattutto, decifrare quei codici che abbiamo trovato tra le carte di Ferro.»

«Ma il vice questore vorrà...» prova a dire Canessa.

«Con il dottor Castelli me la vedo io» lo tranquillizza Rosset. «Per ora la Panda la chiudiamo e la lasciamo qui. Poi vedremo se portarla al deposito.»

«Ma se il vice questore mi chiede qualcosa? No, perché già oggi si lamentava che lei...» non demorde Canessa, refrattario ai fuoripista e ai percorsi non battuti dalle corrette procedure.

«E tu dì che non mi hai visto, anzi guarda, me ne vado subito.» Poi si ferma, come colpito da un'evidenza lampante. «Scusa, Canessa, ma Solari dove accidenti è finito?»

«Ha detto che stava svolgendo un incarico pericoloso della massima urgenza» riferisce l'agente, allargando le sue braccia corte e sbattendo gli occhietti da mustelide.

Rosset lo fissa perplesso, rovistando nella memoria senza trovar traccia di pericolose incombenze legate all'immagine del rosso Solari. Gli affiora più che altro la sensazione di averlo lasciato nella merda, anche se non ricorda di che tipo. E comunque, se l'ha rimosso si vede che non era importante.

Ora però non ha tempo di filosofeggiare sulle merde altrui, che ne ha già basta della propria: deve fiondarsi dalla Guerini e, per essere sicuro di trovarla ancora, l'unica chance sarebbe il teletrasporto.

Oppure.

Estrae il cellulare dalla tasca del giaccone.

«C'è Pisu?» domanda al centralino. «Perfetto. Ditegli che lo aspetto davanti all'agenzia di viaggi di via Trieste. Ah, che venga con la sua macchina, mi raccomando.»

* * *

Rosset ha incastrato il suo metro e ottantasette di ossuta fiducia nella sprintosa 500 Abarth dell'agente Federico Pisu, che pigia sull'acceleratore sfrecciando, dribblando, sgommando come Bertelli. La guida dell'agente Pisu è l'unica che si avvicina, con una buona approssimazione, al teletrasporto.

«Ma non era meglio prendere l'autostrada?» prova a dire Rosset, stringendo la maniglia con le nocche bianche.

«Naa» risponde Pisu, imboccando il lungo Cavi. «Dall'uscita dell'autostrada per l'ospedale ci tocca fare il giro dell'oca, invece così entriamo a Sestri, infiliamo il sottopasso e poi tutto dritto per via Antica Romana. È un attimo.»

Pisu scala la marcia, stringe gli occhi verdi, sorpassa una Subaru e si immette di nuovo nella corsia, in quello che per Rosset è stato l'attimo prima di un conclamato frontale con la Ford Fiesta che li ha appena schiaffeggiati con il clacson.

«Mah, direi che ora puoi pure rallentare» gracchia l'ispettore, cominciando a pensare che, di fronte alla morte certa, di perdersi la Guerini in fondo non gliene frega nulla.

«Non si preoccupi, ispettore, sono tre anni che arrivo sul podio del Rally della Riviera Ligure» sorride l'agente senza distogliere lo sguardo dal parabrezza.

Rosset si volta verso il perfetto profilo da discobolo greco. La genetica è stata prodiga con il giovane Pisu: ha preso il fisico dalla madre berbera (esemplare davvero notevole, da ogni angolatura. L'ha vista una volta sola, ma sono quelle apparizioni che difficilmente si dimenticano), poi ha estrapolato orgoglio, affidabilità e determinazione sarda, di cui suo padre si è fatto integerrimo portatore e ha mescolato sapientemente il tutto. Con quella sua faccia da fotoromanzo e la tenace abnegazione da pastore sardo, Federico Pisu arriverà lontano. Ma ora a Rosset di arrivar tanto lontano non importa, vuole solo veder apparire quanto prima il monoblocco verde pisello dell'ospedale di Sestri Levante.

* * *

«*Et voilà*, ispettore, può snodare le dita dalla maniglia e riaprire gli occhi: siamo arrivati.» Lo sfotte Pisu, restando ancorato in cima alla salita solo con la tensione della frizione.

«Cos'è, il freno a mano non lo conosci?» domanda Rosset, disincagliandosi dal sedile e trattenendosi a stento dal baciare il suolo.

«Lo uso solo per i testacoda» risponde l'agente con quel suo sorriso da sciupafemmine.

«Oh, boayet, oltre che un tuo superiore, potrei essere pure tuo padre, quindi vedi di portar rispetto.» Rosset chiude la portiera e si avvolge la sciarpa attorno al collo. «Parcheggia giù e aspettami. Non ci metterò molto. Be', perché quella faccia?»

«No, perché, cioè, speravo di venire anch'io» butta lì Pisu, con l'occhio smeraldino che vira a un affranto verde mota.

Rosset lo fissa. È che l'anatomopatologa Elsa Guerini è l'unica, da quando sua moglie Clelia lo ha lasciato, che riesce a smuovergli gli ormoni. Non che la dottoressa gli abbia lasciato intravedere nulla finora, ma c'è stato da subito un travaso chimico, almeno dal suo punto di vista. Ora: i morti ammazzati qui non si sprecano e le probabilità di incontrarla sono eventi assai sporadici e (per carità cristiana) poco auspicabili. Quindi giocarsi la rara occasione portandosi dietro un bronzo di Riace come Pisu è veramente da mentecatti.

Però la faccenda potrebbe anche rivoltarsi a suo favore.

«Ma tu, Pisu, sei mai stato in Patologia?»

«No, per questo vorrei ven…»

«Perfetto» lo blocca Rosset. «Parcheggia e raggiungimi lì.»

* * *

«Ah, eccoti qua.» Elsa Guerini alza lo sguardo grigio dal monitor con un barlume di sorriso, subito inghiottito dalla bocca troppo grande per quel viso minuto. Ma a Rosset piace proprio per questo. Elsa Guerini è tutto un intrigante gioco di contrasti: labbra grandi e piene su un faccino da ninfa, occhi lunghi da elfo sotto le sopracciglia folte alla Brooke Shields, un corpo tonico e androgino con il camice che si chiude a stento sul petto da pin-up. E poi la voce ruvida e quei suoi modi sbrigativi, da uomo, che lo spiazzano sempre.

«Scusa se ti ho fatto aspettare, ma ero con corpo e testa infilati nell'appartamento della Recanati e…»

«Figurati.» la Guerini fa un gesto vago con la mano (una mano lunga, sottile, deliziosamente provocante, nota Rosset). «Quando trascorri le giornate con chi ha finito di dannarsi sul tempo che passa, finisci per non darci più importanza neppure tu.»

Si alza.

I pantaloni verdi le scoprono la caviglia fino al malleolo (un tendine d'Achille teso e perfetto), prende atto Rosset, seguendola senza staccare lo sguardo da quell'incedere flessuoso e noncurante (pericolosamente sensuale, non può esimersi dal constatare un Rosset sempre più turbato).

La Guerini appoggia il fianco sul maniglione rosso e con una rotazione (meravigliosa e letale, rileva Rosset) del bacino, apre la porta che segna il confine tra i vivi e l'Ade dei morti in sospeso, quelli in attesa del burocratico distacco.

«Eccomi, aspettate.» L'anatomopatologa alza appena un sopracciglio a valutare Pisu che li raggiunge con falcate rapide, trasudando un vigore atletico (osserva Rosset, ingoiando bile e sperando di aver giocato bene le sue carte).

«Mettete questi.» La Guerini allunga i soprascarpe di plastica blu e i due la seguono nello stanzone illuminato a giorno, dove gli enormi lavandini d'acciaio brillano asettici e puliti e tutte le barelle sono vuote. Tranne una.

Rosset scruta con la coda dell'occhio l'agente Pisu, che si guarda intorno con spavalda tranquillità.

L'ispettore sorride.

Basta aspettare solo un poco, ormai lo sa.

Perché lui è lì che galleggia: denso, corposo, pesante. Paradossalmente vivo.

Ma non arriva subito.

Manda prima le avanscoperte, distraendoti con l'acre odore dei disinfettanti e quello stantio delle pompe d'aria.

Poi, senza preavviso, ti piomba addosso.

Dolciastro, rugginoso, intenso di uovo e avvolto in qualcos'altro di indefinibile e greve.

Ti si posa pesante tra naso e gola e, senza troppi complimenti, va dritto allo stomaco con un manesco benvenuto.

Rosset non ha bisogno neppure di girarsi, gli basta il fruscio delle soprascarpe di Pisu che segnano la ritirata di quel corpo da dio greco sconquassato dai conati.

«Bene» sorride Rosset rilassato, piantando gli occhi sulla dottoressa. «Veniamo a noi.»

* * *

«Un colpo al parietale sinistro con compromissione del temporale e di parte del processo mastoideo» gli fa vedere la Guerini. «Ma questo già lo sapevi. La morte è avvenuta tra le ventitré e l'una, e pure questo non ti è nuovo.»

«E sai dirmi anche qualcosa che ancora non so?» domanda Rosset, cercando di non farsi distrarre dalla curvatura perfetta del collo candido che la Guerini gli offre spudorata, sotto quel taglio alla Crepax.

«Oh, sì» sorride lei, scoprendo il torso della Recanati. «Loro sono sempre un'infinita e silente miniera di informazioni.»

Rosset ingoia un sospiro: questi modi da regina dei morti lo fanno impazzire.

«Fabrizia Recanati era affetta da osteogenesi imperfetta, conosciuta anche come malattia delle ossa di vetro: è un disordine congenito del collagene che rende le ossa estremamente fragili. Deformazione dello scheletro, fratture ripetute e denti traslucidi sono solo una minima parte delle conseguenze. La Recanati era colpita dalla forma più lieve di questa patologia, ciò non toglie che si fosse già fratturata le ossa lunghe di entrambe le braccia, medio e mignolo della mano sinistra e tre costole. La faccenda è migliorata con l'età, le è stata somministrata una terapia a base di bifosfonati che arricchiscono il contenuto osseo di minerali, aumentando così la resistenza dell'osso.» Elsa lo guarda stringendo gli occhi da elfo. «Tutto questo per dirti che il colpo non è stato forte, il cranio della Recanati si è spaccato solo a causa di questa sua fragilità. Insomma, se avessero colpito me o te, ce la saremmo cavata con un banale e insignificante trauma cranico.»

«Quindi l'assassino non è necessariamente forzuto» ragiona Rosset.

«E neppure necessariamente alto, come vedi il trauma interessa la parte laterale inferiore del cranio, il processo mastoideo è qui, vicino all'occipitale.» La Guerini gli mostra la ferita, che così ripulita e rasata ha perso ogni memoria di violenza. La fissa con curiosità: pare la valva di una conchiglia, un frutto di mare o un quadro di Burri.

«Cadendo si è sbriciolata lo zigomatico colpendo il suolo. Questo conferma la suddetta fragilità e spiega anche l'importante tumefazione del viso» continua Elsa, sfiorandole con dolcezza lo zigomo violaceo. «Una malattia come questa è estremamente invalidante: porta chi ti ama a proteggerti oltre ogni misura, come il servizio di cristallo buono che non tiri mai fuori dalla credenza per timore di romperlo. Sono loro, i genitori, la vera rovina, creano nei figli una crosta di paure, rendendoli impreparati ad affrontare il mondo. Questi bambini non giocano, non fanno sport, non vanno al parco. Non vivono. Sopravvivono. Fabrizia Recanati però si è ribellata: è andata ad abitare da sola, viaggiava, si spostava per lavoro, e...» Le scopre una tibia, mostrandogli un livido verdognolo orizzontale e stretto. «Andava in bicicletta. Questo è il segno inequivocabile lasciato da un pedale.» Elsa lo fissa con il grigio degli occhi attraversato da un guizzo di autentica ammirazione. «Solo il fatto di aver imparato a stare in equilibrio su due ruote, mettendo in conto cadute e possibili, devastanti fratture fa di lei una persona determinata all'inverosimile.»

Rosset tace. Osserva il profilo morbido di Fabrizia Recanati, quel viso largo e pallido con le labbra ripulite dal rossetto vermiglio che esibiva nelle fotografie, che ora appaiono innocenti e delicate, dei petali appena schiusi su di un sorriso che non sboccerà mai più.

L'ispettore fa una smorfia, da quando la sua vita è franata verso il baratro, gli salgono in gola queste melensaggini che gli smuovono il sentimento. Deve trovare il modo di ripristinare il suo sano e confortante cinismo quanto prima.

Lo sguardo scivola sino ai piedi leggermente divaricati, con il cartellino fissato all'alluce laccato. Gli viene in mente Alma e la faccenda della pedicure, circumnaviga la barella e le scruta i talloni, lisci e perfetti. In tutto l'asettico monocromo della sala, le unghie rosse della Recanati brillano impudenti e audaci. Quasi fuori luogo.

«Mi dispiaceva toglierlo» lo scuote la voce roca di Elsa. «Lo smalto, intendo, curava molto i suoi piedi.» Solleva le spalle. «La morte le ha tolto tutto, mi pareva giusto lasciarle questa sua ultima vanità. Vieni che ti racconto il resto.»

Rosset la segue fino a una specie di incubatrice zeppa di provette e vetrini, con ai lati due microscopi.

«Quella che vedi non è tutta roba mia, qui a Sestri Levante sono solo ospite ogni volta che nel Tigullio c'è un cadavere da traghettare in senso procedurale nel mondo dei morti» spiega la Guerini, sedendosi a sfogliare una serie di schede, compilate con una scrittura fitta e ordinata. «Dunque, forse ti può interessare sapere che la Recanati quella sera si era incontrata carnalmente con qualcuno, che no, non ha lasciato su di lei alcuna traccia biologicamente rintracciabile. Ma sono arrivati campioni di capelli, fibre, umori e molto altro, dei quali non so dirti ancora nulla. La sua cena è stata parca.» Sfila un foglio da sotto le schede e legge: «Pesce (nella fattispecie una triste *Pleuronectes platessa*, priva del conforto di un benché minimo condimento), insalata (*Valerianella locusta*, detta volgarmente soncino, nuda e cruda pure lei) e una mela, varietà *Smith*. Questo è quanto».

Un pasto monacale, pondera Rosset, quasi come i suoi.

«Riepiloghiamo.» Rosset elenca: «Un colpo inferto da dietro da una persona non necessariamente forte e non necessariamente alta, quindi potrebbe trattarsi anche di una donna. Ma la Recanati reca tracce di un rapporto amoroso, che induce a pensare alla presenza di un uomo. E l'assassino sapeva di questa sua malattia ossea? E poi il movente, mi manca del tutto il movente» scuote la testa Rosset.

«Io ti fornisco le tessere del come, il puzzle del perché lo devi fare tu.» Elsa Guerini incrocia le braccia e lo guarda con un mezzo sorriso. «Meglio che vai a vedere come sta il tuo collega. Potevi dirmelo che era la sua prima volta, gli avrei dato il cotone con la canfora.»

«Già, mi son dimenticato» mente spudorato, evitando di guardare il sopracciglio scettico della Guerini. «Ah, è quasi l'ora di cena, se andassimo a mangiare insieme qualcosa dal *Polpo*?» butta lì, con pessima nonchalance.

«Verrei volentieri, ma sono certa che il tuo giovane collega non sia in grado di tornarsene a casa da solo.» Gli occhi grigi lo trafiggono divertiti. «Peccato, se solo ti fossi ricordato della canfora...» lascia cadere con crudele noncuranza, mentre scivola fluida oltre il portellone verde.

27

Il portellone verde del sottoscala si apre cigolando sui cardini ruggi-nosi. Alma infila il sacchetto nel bidoncino marrone dell'umido, prende anche quello della signorina Gaquinto del primo piano e li porta fuori, lasciandoli sullo stretto marciapiede di via San Pantaleo. Si allaccia il piumino e scruta il cielo gremito di stelle. Bene, vuole dire che almeno per ora il tempo regge.

Da un po' di anni a questa parte ottobre e novembre sono diventati mesi sconquassati da piogge monsoniche: diluvi tropicali che scuotono, annegano, smottano i terrazzamenti argillosi di questa regione che ha strappato la terra al mare. I muretti a secco si gonfiano in bubboni pronti a suppurare pietre, detriti e fango, i torrenti si trovano a dover gestire di botto acque dense, violente e scure. Tutto pare sciogliersi sotto la violenza di queste piogge abituate a duellare con mangrovie e caucciù, che ora stravincono nella lotta impari contro ulivi e rosmarini. Uno scempio.

Alma scende giù a passo spedito fino a raggiungere via San Pier di Canne, si affaccia appoggiando i gomiti alla ringhiera di metallo: l'acqua del Rupinaro scorre lenta e rassegnata, come se avesse dimenticato le intemperanze dei giorni scorsi.

Eppure non si fida.

All'ora di pranzo di una piovosa domenica mattina di dodici anni fa questo torrentello tranquillo, dimora di germani reali e qualche nibbio, ha sfondato il ponticello di via Castagnola, vomitando le sue acque torbide e tumultuose lungo via Santa Chiara e giù a seguire la pendenza sino a viale Millo, lì ha invaso in un attimo la mensa dell'asilo comunale e poi ha continuato la sua corsa sino al centro storico, immergendo i negozi sotto un metro di detriti e fango. Quella piena non l'avevano prevista. Se non si fosse trattato di un giorno festivo, a quell'ora più di un centinaio di bimbi dai tre ai cinque anni, tra cui anche i suoi Luca e Paolo... Alma ha un brivido, ricorda perfettamente le seggioline e i tavoli colorati ammucchiati contro il muro dalla forza dell'acqua, con la linea scura del fango che arrivava quasi al soffitto. Meno male che era domenica, altrimenti i cento bimbi sarebbero stati travolti dalle acque come gli egiziani dal Mar Rosso, ad Alma riecheggia quella frase tremenda e definitiva del libro dell'*Esodo*: *E non ne restò neppure uno.*

Un mese dopo, alla vigilia delle vacanze di Natale, si erano ritrovati tutti nella chiesa di Rupinaro, ancora ubriachi della frizzante euforia dei sopravvissuti.

Alma continua lungo la via, percorrendo la stessa strada del torrente di dodici anni prima, imbocca viale Millo con le sue belle ville e svolta a sinistra per il Caruggio Dritto, dove sono i due studi che deve pulire stasera.

Le stelle bucano tremolanti un cielo terso e nero, ma Alma sente arrivare il salmastro della libecciata. E non è un buon segno, è vento di tempesta.

Le decorazioni luminose ondeggiano tra i portici, inattesi lampadari barocchi che fluttuano sul nulla di questa via deserta e silenziosa. Di solito la camminata solitaria del venerdì sera le piace, lascia scivolare i pensieri sul rumore dei passi, attenta solo ai profumi umidi di notte, terra bagnata e mare. La ritempra, decontaminandola dalle ostilità e dagli accanimenti diurni. Ma oggi le instilla una strana malinconia. Sarà per via della giovane Recanati e anche il tarlo dei signori Modesti continua a rodere quanto basta. Oppure è semplicemente stanca. Stanchissima.

Svolta per via Bighetti, segue il buio rappreso fra le colonne che si snodano in un saliscendi vivo, simile al respiro, come inoltrarsi nel ventre di un grosso pesce che riposa indifferente sul fondale scuro. Ecco, vorrebbe esserne ingoiata e risputata con il cervello ripulito da questo maledetto venerdì 7 novembre.

Ma inutile, il suo rovello torna sempre lì. Alla signora Adele spensierata e garrula come non l'ha mai vista, al signor Modesti che latita e al kimono che giace in modo incongruo nell'armadio della giovane editor morta ammazzata.

Risulta evidente che Cesare Modesti e Fabrizia Recanati si conoscessero, biblicamente e non.

Il Modesti non fa testo, ma Alma non s'immagina una come la Recanati a lasciarsi sedurre da un tronfio scrittore kimono-paludato. Non sa spiegarlo, ma di quella ragazza ha percepito subito la prepotente determinazione, un'urgenza protesa verso un punto fermo dietro l'altro, come i ganci piantati nella roccia per scalare fino alla vetta. Ma non per il successo o per l'arrivare in sé, secondo lei Fabrizia Recanati cercava in quello qualcos'altro. Come un fragile paguro che cerca un guscio sempre più forte per proteggersi. Da?

Dal mondo, le verrebbe da pensare, se non fosse un'uscita così banale.

Fabrizia Recanati era giovane, eppure poteva già permettersi di mantenersi da sola, di affittare un appartamento di prestigio e di ristrutturarlo, e aveva un lavoro di responsabilità.

Già, il lavoro.

Alma sente affiorare quello che finora aveva percepito solo come ronzio di sottofondo: può un lavoro da editor dare tutta questa disponibilità economica? Magari la Recanati proviene da una famiglia agiata, ma allora perché trovare un appartamento lontano da tutto e da tutti? Come se desiderasse ritagliarsi uno spazio totalmente suo, una fortezza di marmi rosa e cretonne per?

La risposta ora le appare chiara ed evidente.

Per lasciare fuori loro. È dalla sua famiglia che Fabrizia si protegge.

Ecco che tutto torna: la dicotomia della Recanati, che rimbalza tra l'infantile creatura tutta pizzi e falpalà che gioca alla casa delle bambole e la ragazza d'acciaio caparbiamente lanciata a conquistare uno status dietro l'altro, acquista finalmente un senso. Una ragazza cui non è mai stato permesso di crescere davvero che cerca, con ostinata determinazione, un modo per crescere. Nonostante tutto.

E ora veniamo al legame con il Modesti.

Potrebbe Cesare Modesti uccidere? Secondo lei no, per mille piccoli tasselli che creano l'idea del Modesti che si è costruita in questi otto anni di lavoro presso di loro. A meno che lo scrittore in disarmo non abbia cercato nel protagonista del suo unico successo letterario un valido alter ego per sollevarsi dalle proprie inettitudini e frustrazioni. Che sia andato fuori di testa, insomma, il che potrebbe essere l'unica variabile a pensarlo come un possibile omicida.

Ma neppure questa opzione la convince del tutto. Il Modesti le pare intellettualmente troppo conciso per impazzire come si deve.

E se invece le due cose, come spera, fossero totalmente scisse una dall'altra? La presenza del kimono può suggerire solo (e neppure con assoluta certezza) l'ipotesi di una relazione, ma non che il Modesti sia in qualche modo legato all'omicidio.

E l'insolita vaporosità della signora Adele? Come collocarla tra kimoni, sparizioni e omicidi?

Il fulgore di piazza della Fenice irrompe a sfaldare l'ombra dei portici, ma non riesce a far luce sui suoi dubbi.

Forse dovrebbe parlarne con l'ispettore spigoloso, si scopre a pensare mentre sale le scale che la portano nello studio dei commercialisti della laterale via dei Gandolfi.

Certo che decidere di raccontare tutto alla polizia, ragiona Alma sfilando il giaccone e accendendo le luci, vuole dire impelagarsi nelle vischiosità inquisitorie di quell'ispettore che le è parso già troppo invadente. E poi, per dirgli cosa? Delle sue sensazioni sulla vittima, o dei suoi timori riguardo a una signora Modesti che ha abbandonato il consueto, rigido *aplomb* per sfarfallare come la Vispa Teresa? Ma andiamo, sbuffa, l'unica prova consistente (e neppure così determinante) è un kimono che potrebbe essere lì chissà da quanto.

Alma resta con lo straccio a mezz'aria.

Mica vero.

E no, perché l'ultimo avvistamento di quella maledetta vestaglia giapponese risale a nemmeno tre settimane fa. Ne è certa: da quando ha rovistato l'armadio per il cambio dai copriletto estivi alle trapunte invernali dei Modesti.

Alma strofina con foga la scrivania di ciliegio ingombra di carte, graffette, plichi scomposti, portapenne e faldoni. Sposta tutto da un lato all'altro e poi riposiziona quel caos preciso, per non confondere il già abbastanza confuso proprietario.

E intanto macina.

Lei fa le pulizie. Punto. A indagare, frugare, rivoltare vite e morti altrui, c'è l'ordine costituito. Non spetta a lei rassettare i tasselli, non è il suo lavoro tantomeno è compito suo, e quindi non deve minimamente sentirsi in colpa.

Proprio no.

Sospira.

E allora perché l'anobio del rimorso affonda i denti e trivella senza pietà?

Le squilla il cellulare.

«Ma'? È che mi son scordato di una cosa» bofonchia Luca con un sottofondo ritmico di batteria.

«Sarebbe?» sonda Alma, già sul chi vive.

«No, niente» alita il figlio con l'esordio di quando è tutto il contrario di niente. «Ma domani nelle ore di ginnastica ci portano in piscina e. Così. Cioè, non mi sento. Vorrei entrare due ore dopo.»

Alma resta muta. Non capisce.

Luca ha imparato a nuotare ancor prima di camminare. Con lui non servivano dondoli, ciucci, sonagli: per farlo smettere di piangere bisognava infilarlo nella vasca. Dai tre anni in poi in spiaggia viveva in acqua, sordo ai richiami fino a che lei, furiosa e impotente, s'immergeva a stanarlo tra i granchi e le bavose degli scogli, dove lui s'infrattava per non farsi riportare a casa. Luca ha trascorso l'ultima estate a lavorare come aiuto bagnino, svegliandosi all'alba per sistemare lettini e ombrelloni, rastrellare pietre e raccogliere cicche sul bagnasciuga, tutto per comprarsi la canoa su cui trascorre ogni istante libero. Tanto che le pare di avere partorito una sorta di creatura mitologica: un mezzo busto armato di remo su un guscio arancione che scivola veloce sul pelo dell'acqua.

Quindi, perché domani non vuole andare in piscina? Gratis, per giunta.

«Cos'hai?» prende tempo Alma, scandagliando le variabili.

«Sto male.»

«Questo l'ho capito.» Alza gli occhi al cielo Alma. «Ma male dove. Gola, pancia, testa, mignolo, per la miseria Luca, ti devo estrarre le parole con le tenaglie.»

«*Mrghf*, la gola?»

«Ma cosa fai, lo chiedi a me? Non è mica *Trova la risposta giusta*! Ti fa male o no?» alza la voce Alma, più di quanto avrebbe voluto.

«Credo di sì. Un po', ecco, tipo quando mando giù. Magari ho preso freddo in bici» annaspa Luca.

Annaspa, sì, sospira Alma. Perché le è chiaro come il sole che la gola non c'entra: Luca non vuole andare in piscina con la sua classe, punto. E questo le squarcia una grandinata di possibili motivi che spaziano tra l'allarme prudente e l'angoscia greve.

«Allora ma', che dici, meglio se entro dopo?» la scuote la voce inquieta di Luca, in cui ritrova vibrazioni e acuti che credeva ormai ingoiati dal timbro baritonale dell'adolescenza.

«Va bene. Prendi un cucchiaino di miele con la propoli e vai a dormire.»

Alma resta ancora un attimo a osservare il display del cellulare, mentre tarli, kimoni e cadaveri vengono spazzati dal gigantesco demone dell'apprensione materna.

Pensava che per oggi fosse finita ma, come martella l'Alfonsina, dal mattino si conosce il giorno.

E già dopo le prime esplicative avvisaglie dell'alba, sarebbe stato più saggio un repentino dietrofront verso la camera da letto, a smaltire le dodici ore successive infilata sotto l'imperturbabile tepore del piumone.

Invece no, ora è invischiata nella melma di questa giornata, immersa fino al collo. E forse ancora più su.

Le pare che tutto, affetti, cose, vita, siano inesorabilmente destinati a sfuggirle. Come stringere l'acqua tra le dita.

Alma si schianta sulla poltrona girevole del dott. comm. Alfonso Perego con un unico, urgente desiderio: un giorno intero senza pensieri.

Uno soltanto, non chiede molto.

Ventiquattro ore senza prevedere, pianificare, fare, organizzare, temere, intuire, ragionare, sedare, mediare.

Un giorno intero di nulla, a testa vuota e cervello spento.

Le ASL dovrebbero passare alle madri single una giornata al mese di coma farmacologico, un pit stop ogni tot giri di pista, una resettata e via. Giusto per sopravvivere all'usura.

Alma si alza, riempie il secchio e riprende a pulire, tanto la testa non si svita e i pensieri continueranno a crescere e fermentare, come la madre dello yogurt. L'unica è darsi una mossa.

E tornare presto a casa.

28

A casa, finalmente.

Rosset slaccia la cintura e apre la portiera della 500, poi si volta verso Pisu che infila in bocca una gomma alla menta, la terza da quando hanno lasciato il reparto di Patologia di Sestri Levante.

«Tutto a posto? Posso lasciarti andare tranquillo?» domanda l'ispettore con la coscienza appena increspata da un refolo di senso di colpa.

Pisu passa la mano sulla faccia ancora pervasa da una leggera sfumatura verde ittero, poi fa di sì con la testa, ingrana la marcia e sgomma senza brio a fare inversione in fondo al viale.

Rosset spinge il portone, sale le brevi rampe di scale d'ardesia consumata e infila la chiave nella toppa.

Strano, stamattina si è scordato di dare la doppia mandata.

D'istinto guarda in basso e si accorge di una lama di luce che filtra da sotto la porta.

Un tonfo soffocato non lascia dubbi.

C'è qualcuno in casa, qualcuno di tanto coglione da accendere la luce e fare pure casino.

Porta la mano destra all'ascella. E no, come al solito non ha dietro la pistola, che è invece rimasta posata sul primo ripiano dell'armadio. In casa, insieme all'intruso. *Forse a ben vedere il vero coglione è il sottoscritto qui fuori.*

Apre lentamente e sporge la testa all'interno, i rumori provengono dal soggiorno. Resta in attesa, con gli occhi stretti e i sensi all'erta. A parte lo smacco professionale di essere derubato, gli preme salvare l'impianto stereo di ultima generazione e soprattutto il suo consistente patrimonio di vinili da collezione. Gira lo sguardo nel piccolo vano quadrato che contraddistingue l'ingresso di queste vecchie case liguri. Ecco, lì nel portaombrelli c'è la gamba della scrivania, quella che deve portare da secoli all'*IKEA* per trovarne una uguale. Si leva le scarpe e una stilettata fredda all'alluce destro lo informa che il buco, scoperto stamani infilando il calzino, si è in queste ore trasformato in un orifizio di tutto rispetto. Non deve distrarsi. Sfila il giaccone e lo posa a terra, stando attento a non far rumore con la cerniera. Si avvicina alla cesta che funge da portaombrelli, afferra con delicatezza la gamba di betulla, ne saggia la pesantezza e soddisfatto la impugna come una mazza da baseball. Compie i pochi passi che lo separano dal soggiorno, poi resta un attimo a fissare l'enorme ombra arruffata proiettata dalla luce sulla parete della stanza.

«'Orca vacca, se è grosso...» Rosset deglutisce, poi pensa ai vinili e si getta dentro urlando e brandendo la gamba dell'*IKEA* come la spada di Goemon Ishikawa.

Colpire all'improvviso, senza dare modo all'avversario di reagire, giocando sull'effetto sorpresa.

L'effetto sorpresa viene brutalmente inficiato dall'arma letale lanciata dall'ospite inatteso tra i piedi dell'ispettore, che frana pesantemente tra poltrona e scaffale, perdendo la gamba dell'*IKEA* insieme a ogni credibilità.

«Ma che diav» ansima l'intruso alle sue spalle, mentre l'arma letale sgomma sulla slavina dei vinili, rimbalza sulla cassa dello stereo e atterra con un tonfo leggero in un punto imprecisato della stanza.

«Eccomi a terra come un bacherozzo» ragiona Rosset, che non riesce quasi a respirare per la botta. «Ora l'energumeno mi spiaccica il cranio con una pedata e fine delle trasmissioni.» Il suo lavoro e il suo pessimismo l'avevano spesso portato a considerare diverse morti possibili, ma quella da scarafaggio no, non l'aveva ancora contemplata. Una situazione davvero kafkiana, medita Rosset, che come ultimi pensieri prima della morte si sarebbe aspettato qualcosina di più consistente.

«Ma è impazzito per caso?» raspa la voce dell'intruso.

Rosset si volta a fatica verso quella voce che gli pare di conoscere e vede allungata verso di lui una zampa lentigginosa che invece riconosce benissimo.

«Ma che cazz!» L'ispettore disincastra il fianco dalla poltrona e ruota a guardare in faccia l'intruso. «Ma si può sapere cosa accidenti ci fai in casa mia? Ti rendi conto che se non mi tiravi addosso quella cosa ti avrei spezzato le gambe o peggio? A proposito, cos'è che mi hai tirato?»

Solari lo fissa interdetto.

«Stia un po' a sentire, è stato lei a dirmi di venire per portarle qui il coso. È tutto il pomeriggio che mi faccio in quattro, la Fabiani prima mi ha mandato a spigolare, poi meno male che le è venuto lo scrupolo e mi ha dato una mano. E comunque, non è stato affatto semplice, son qui che grondo sangue e...» Poi fa mente locale. «Guardi che io non le ho tirato un bel niente, cosa le viene in mente?»

Rosset ha perso il filo, non capisce più chi deve portare cosa e chi deve aiutare chi. Non ricorda perché Solari è in casa sua, che c'entra la Fabiani, cos'è che gli ha attorcigliato i piedi gettandolo a terra in un nano secondo ed è sicuro di essersi incrinato una costola. Si aggrappa alla zampa ancora tesa del Solari e si tira su a fatica.

L'agente lo guarda offeso, dondolando il testone rosso e contemplando affranto mani e braccia segnate da una ragnatela di bisturate rossastre.

«Solari, sono stanco, anzi esausto. Quindi ti prego, abbi pietà di me e raccontami con un minimo di struttura logica: a, come mai sei qui; b, cosa ti avrei detto di portare; c, che cacchio c'entra la Fabiani con casa mia (data la sua conclamata avversione nei miei confronti, dubito fortemente che si tratti di un interesse personale); d, sono stato atterrato in un amen e in maniera vergognosa. La mia autostima gradirebbe conoscere chi e cosa ha provocato ciò.»

Solari lo fissa per un lungo attimo, forse per capire se lo sta prendendo in giro, poi alza le spalle e inizia a enumerare con le dita: «Primo, sono qui perché me lo ha chiesto lei; secondo, mi ha detto di portarle a casa il gatto di Agostino Ferro, mi ha dato venti euro per il cibo e mi ha lasciato nella merda, e qui veniamo al terzo punto, la Fabiani. Le ho malauguratamente riferito che Sara Fabiani ha un gatto, quindi ha pensato bene di incastrare pure lei. Ma la Fabiani (a differenza del sottoscritto) non le manda a dire, quindi in prima battuta mi ha mandato a quel paese. Poi ci ha ripensato ed è venuta, provvista di trasportino». Solari sospira e si guarda le mani sfilettate. «Infilarlo dentro al trasportino è stata una delle esperienze più umilianti della mia vita. Alla fine ho provato a corromperlo comprandogli ancora mezz'etto di Culatello (sette euro che ho detratto dai suoi venti). Ma il felino è diabolicamente furbo (o crudelmente bastardo, lascio decidere a lei), non si è fatto fregare e si è pure mangiato il Culatello. La Fabiani un po' rideva, un po' ce l'aveva con lei e un po' cercava di aiutarmi. Poi è dovuta tornare in ufficio. Stavo per mollare tutto e andarmene, quando mi sono accorto che il gatto mi stava guardando da dentro il trasportino. Ci si era infilato da solo. L'ha deciso lui, insomma.» Solari fa un mezzo sorriso di resa. «Ora veniamo al punto quattro. Credo che quella che lei chiama arma letale sia lì sullo scaffale, tra Simenon e Solženicyn.»

Rosset segue con lo sguardo il dito di Solari.

Dritto e immobile, come un fulvo monolito di Bastet, l'arma letale lo sta fissando con indifferenza. Poi, perfettamente a suo agio, si appoggia alla *Vedova Couderc* e inizia a lavarsi con cura.

«Affascinante…» Rosset si avvicina per osservarlo meglio. «E quindi dici di non essere stato tu a tirarmelo addosso.»

«Ma perché mai avrei dovuto, scusi, io ero qui, immolato a soddisfare i suoi ordini (badi bene che ho detto ordini, e non richieste), trafitto e ridotto a brandelli come un martire protocristiano e vado a immaginare che mi piomba qui come un invasato, brandendo un…» Solari abbassa lo sguardo a cercare l'arma impropria e intercetta l'alluce roseo che si affaccia dal calzino grigio. «Si era pure tolto le scarpe! Ma cosa credev…» Poi si china sotto la finestra e raccoglie gli ottanta centimetri di pesante betulla a sezione quadrata. «Lei è pazzo! Ma si rende conto che poteva ammazzarmi con questa spranga?»

«Macché spranga, Solari, sempre a esagerare. È solo la gamba di un tavolo. Insomma, pensavo che ci fosse un ladro in casa, cosa dovevo fare secondo te? E poi, avrei mirato alle rotule.»

Solari si lascia cadere sulla frusta poltrona di cuoio. Probabilmente deve lo scampato futuro da paraplegico, e forse la sua stessa vita, alla carogna di gatto che lo ha preso per i fondelli per l'intero pomeriggio.

Mah, gli piace pensare a un felino-nemesi che agisce a riequilibrare soprusi e destini. Forse gli egiziani non avevano tutti i torti a farne un dio.

«Scusate, la porta era aperta e…» Sara Fabiani transita lo sguardo azzurro dai calzini scuri con fuoriuscita dell'alluce, alla slavina dei vinili, a Solari insaccato nella poltrona, virando verso la gamba di betulla ancora stretta tra le manone lentigginose, per tornare su Rosset che la fissa con espressione bovina e mento pendulo. L'unico a infrangere l'impasse è il gatto, che salta giù dallo scaffale con un arco perfetto, poi con l'ancheggiare dinoccolato e virile di John Wayne raggiunge l'agente Fabiani, salutandola con una decisa strusciata alla tibia.

«Spero di non aver interrotto nulla di intimo.» La ragazza posa i due grossi sacchi di plastica e si china ad accarezzare la schiena arcuata. «Ho portato la roba per il gatto e non voglio sapere altro. Soprattutto cosa pensavate di fare con quel bastone di legno.»

«No, ma figurati, è solo che…» prova a spiegare Rosset.

«Non mi interessa. Cose vostre» lo stoppa la Fabiani, spingendolo da una parte per versare il contenuto dei sacchetti sul tavolo. «Ora non mi interrompa, ché ho fretta. Non so voi, ma io ho una vita al di fuori del commissariato. Dunque, qui ci sono dei croccantini, non sapendo i gusti del suo ospite ho preso un po' di misto. Idem per le scatolette.»

Rosset ne afferra una, minimal ed elegante come una confezione di caviale beluga. PATÉ DI SALMONE E GAMBERETTI, legge sull'etichetta fra volute e stelle Michelin. «Ma non sarà un tantino esagerato?» domanda perplesso.

«Non mi sembra nella posizione più adatta per criticare» lo fredda la Fabiani, scaricandone sul tavolo un'altra mezza dozzina con menù da gourmet: MOUSSE DI VITELLO, CASSEROLE DI MANZO, DADINI DI POLLO ALLA MEDITERRANEA, TROTA ALLA MARINARA. Rosset allarga gli occhi, ma si guarda bene dal commentare: la Fabiani è bionda, bellina, occhioni blu e fossette, un'ingannevole scorza angelica che racchiude la deflagrante furia delle Erinni. L'ispettore sospira e cerca di stemperare l'atmosfera.

«Novità riguardo al computer di Ferro che abbiamo trovato sulla Panda?»

«Ora ce l'ha in mano Ratto, lo studente di ingegneria che aveva richiesto, insieme al cellulare. Pare che sia già riuscito a entrare in alcuni file, ma quelli che ci interessano sono protetti da una password. Ci stava lavorando. In quanto ad Alma Boero...» La Fabiani fa una piccola smorfia. «... quel poco che ho raccolto lo trova nella cartellina che le ho lasciato sulla scrivania.»

«Bravissima. E i familiari della Recanati?»

Lo sguardo azzurro dell'agente scelto Sara Fabiani lo trafigge, muto e letale. Pessima scelta, argomento che rischia di scivolare in un terreno fertile allo scontro, si rende conto troppo tardi Rosset.

«Come vuole che sia andata, come sempre. Ah già, dimenticavo, lei non l'ha mai fatto, quindi non può saperlo» sputa sarcastica la Fabiani, affilata come una mannaia. «Comunque al riconoscimento è venuta solo la sorella, il padre si è sentito male ed è ricoverato in Terapia intensiva al Niguarda di Milano. La moglie è restata con lui. Silvia Recanati riparte domani, se le vuole parlare deve farlo entro domattina.» Precisa ed efficiente, apprezza Rosset. Anche un tantino caustica, ma...

«Senti, Sara, forse siamo partiti con il piede sbagliato» sorride l'ispettore, cercando di non farsi inibire dal sopracciglio scettico del suo agente scelto. «Ma sappi che apprezzo davvero il tuo modo di lavorare: hai spirito d'iniziativa, intuizione, intelligenza e...»

«E però sono una donna.» La Fabiani lo fissa a braccia incrociate. «No, ma continui pure, tanto so già dove vuole arrivare.»

«Be', se la vuoi mettere così... sì, è vero. Sei una donna e quindi con la sensibilità giusta a gestire le faccen...»

«Sensibilità 'sto cavolo!» lo schiaffeggia verbalmente la Fabiani. «Mi scusi se son franca, ispettore, ma qui c'è un mito da sfatare. Non tutte le donne sono sensibili, non tutte sono emotivamente instabili, non tutte sono programmate alla maternità e...»

«Per carità, lo so, ma vedi, Sara io non ci so proprio fare, cioè a vedere i familiari lì, che si disperano, non so cosa dire, ciondolo come un cretino, sono un troglodita dei sentimenti io, e in più ci sto veramente da cani e...»

«Ma cosa crede?» Il tono della Fabiani resta basso, ma snocciola le parole a colpi secchi, come sassi sul vetro. «Guardi che assistere allo strazio altrui fa star male pure me, lasciandomi devastata e impotente come se fosse colpa mia. E giacché abbiamo cominciato, vado fino in fondo: mi son proprio rotta le scatole! Il prossimo cadavere ci vada lei, oppure mandi Canessa, Pisu, Solari, chi vuole, non mi riguarda. Io non lo faccio più.»

Solari rimbalza lo sguardo da uno all'altro, ancora sprofondato nella poltrona e con la gamba di betulla appoggiata sulle cosce, desiderando ardentemente il teletrasporto dell'Enterprise a risucchiarlo ovunque, anche in un'altra galassia, basta che sia via di qui.

Il gatto ha invece deciso di obliare dal suo campo visivo l'intera faccenda, dedicandosi con perizia e cura scrupolosa ad annusare ogni millimetro quadrato delle sue interessantissime, nuove scatolette.

«Ah.» La Fabiani sbatte sul tavolo una cassetta di plastica lucida bordò e un sacco di carta gonfio di sabbia. «È anche l'ultima volta che vado a fare la spesa al posto suo. Qui c'è la lettiera, si ricordi di pulirla. Quello che toglie va nel sacco nero dell'indifferenziata. Mi deve dare ancora trenta euro, già 'sto gatto con lei avrà vita grama, ho pensato che il meglio in fatto di cibo e tolette potesse essergli di conforto.»

Rosset la guarda uscire, fiera e indispettita, su quelle gambe lunghe dalla falcata atletica. Bella, intelligente e brava. Peccato che mi odi, non può fare a meno di rilevare Rosset. Niente da fare, anche in fase di recupero, riesce a sbagliare sempre. Deve avere un circuito interno programmato sul tasto ERROR, che si attiva appena entra nel raggio di azione di un essere di sesso opposto.

«Scusi, ma io me ne andrei.» Solari si solleva arrancando dalla poltrona e posa la gamba del tavolo sul bracciolo. «A tirar su tutto ci pensa lei? No, perché vorrei stare almeno un'oretta con la mia famiglia, dato che poi ci aspetta una serata di amabili conversazioni con le battone di via Trieste. Pensava di fare una retata o propende per la chiacchierata informale?»

Porca vacca, le puttane, se l'era scordate.

«No, stai pure a casa, dì a Pisu e Canessa di fare un salto lì dopo le undici, che li raggiungo. Per la retata avrei dovuto parlarne prima con Castelli, cosa che non ho fatto. Quindi…» Rosset fa un gesto vago con la mano ossuta.

«Eh, guardi che il dottor Castelli faceva fumo dal naso come un drago, ho tamponato come ho potuto, ma è meglio che domani lo ragguagli bene su tutto dandogli anche qualche pennellata di considerazione. Siamo tutti d'accordo che il vice questore Castelli non è di grande aiuto nelle indagini.» Solari intercetta la smorfia eloquente di Rosset e alza gli occhi al cielo. «Va bene, lo so, è più d'intralcio che altro, ma non possiamo mica fare finta che non ci sia. Quindi domani vada da lui e gli racconti il perché e il per come. E con diplomazia. La prego, mi prometta che si sforzerà un pochino.» Solari lo guarda implorante, poi scuote il testone rosso, tanto lo sa che sono parole vane. «Ah, grazie per stasera.» Gli sorride, infilandosi il giaccone di panno. «È da stamattina che mio figlio mi vuole far vedere una cosa che ha imparato a calcio e...»

«Figurati, tanto mi sa che con le peripatetiche perdiamo solo tempo. Stai a casa, ché con i figli ogni rinvio è perso.» Già, come suo figlio Alberto e i suoi laconici "Tutto ok". Risposta sleale che parafrasa: "Non mi rompere, ma che ti frega tanto non ci sei mai, lasciami perdere, per me non sei nessuno, dov'eri quando avevo bisogno di te...". Insomma, un'estrinsecazione da paraculo che vuole dire tutto tranne che va tutto bene. Pensare che ha lasciato tutto per stare più vicino a lui. Già, per le volte che si sono visti, tanto valeva restarsene ad Aosta. Rosset sente montargli, lento e inesorabile, il magma infido dell'autocommiserazione.

«Solari, ma secondo te sono uno stronzo, egoista, maschilista, pezzo di merda... insomma, tutte queste belle cose che si dicono in giro sul mio conto?»

L'agente resta con la mano sulla maniglia e si volta piano a guardarlo.

«Ma no, cosa dice, nessuno ha mai det...» deglutisce il resto, inchiodato dallo sguardo grigio di un ispettore Rosset che non sa che farsene di mendaci e pietose indorature di pillole. «Ok, diciamo che non fai nulla per renderti simpatico. Ma c'è da dire anche che questa tua totale mancanza di attenzione verso i sentimenti altrui ti rende sincero, dote che oggigiorno non gode più di popolarità, ma che io personalmente apprezzo.» Solari non si accorge neppure di aver abbandonato la formalità del lei e si avvicina all'ispettore. «Senti, Jules, so che per te non è un buon periodo, so anche perché ti sei trasferito qui (e non fare quella faccia, chiaro che ho spulciato in giro, l'unico modo per sopravvivere a un nuovo capo è conoscere già di che morte morire), ma surgelare il sentimento aiuta solo all'inizio. Poi diventa una condanna. Quindi penso che tu sia stronzo, sì, e pure egoista. Ma chi non lo è, in fondo? Diciamo che tu lo fai senza l'ipocrisia della maggior parte di noi. Ciò non toglie che a volte verrebbe voglia di tirarti dietro qualcosa. Magari sarebbe il caso di lavorarci su. Comunque, sono convinto che occuparti seriamente di qualcuno possa aiutare a smussare i tuoi tormenti.» Solari indica con la testa il gatto acciambellato sul tavolo tra le scatolette. «Oggi è stata durissima, ma l'ho fatto volentieri. Vedi di non deluderlo.» Solari torna alla porta e se la chiude alle spalle, senza più voltarsi.

«Grazie» mormora verso il legno della porta ormai chiusa. «Be', siamo rimasti io e te, a quanto pare…» Jules si avvicina al gatto, che apre una fessura d'occhio. «Bisognerà darti anche un nome e organizzare la nostra convivenza. Già il fatto di dormire sopra il tavolo da pranzo non mi pare un ottimo inizio. Dunque, cominciamo dai basilari: cibo, nanna, cacca. Cibo, direi che grazie alla Fabiani siamo a posto. Ora, non pensare che io spenda cinquanta euro alla settimana per nutrirti come un felino blasonato, mi orienterei verso menù più proletari, consoni al nostro status ma comunque soddisfacenti. Per la nanna, dovrei avere un vecchio plaid, ecco qui, guarda che meraviglia.» Il gatto apre anche l'altra fessura d'occhio, si alza stiracchiandosi, poi ruota su se stesso per acciambellarsi di nuovo dall'altro lato del tavolo.

«E no, così cominciamo male.» Rosset lo prende in braccio, ma il felino dallo stato solido passa improvvisamente a quello liquido, scivolandogli da tutte le parti, come lo *Slime*, quella mucosa gelatina con cui giocava sei o sette lustri fa.

Il gatto sdrucciola via, allontanandosi con sguardo seccato.

«Vabbè, per il dormire definiremo a tempo debito. Vediamo invece di capire come organizzarti una toilette decente. Dunque, qui dice di versarti nella cassetta almeno tre dita di sabbia. Fatto.» Certo che pure qui, ogni volta bisogna comprarne uno nuovo, ragiona Rosset, scrollando il sacco già semivuoto. Mah. Livella bene la sabbia e posiziona la cassetta bordò sotto la finestra, accanto a due pile scomposte di libri.

Bene.

«Caro mio, che ne dici se ora ci prepariamo una bella cenetta?» Jules estrae dal sacchetto una rilucente ciotola d'acciaio, con incisa una stilizzata lisca di pesce. «Guarda qui, la Fabiani ti ha preso una roba di design. Secondo me ha accettato di farmi 'sto favore solo per scegliere con estrema (e fetente) cura le cose più care del negozio. Sì, sì, son sicuro che l'ha fatto apposta, mi pare di vederla» ridacchia Rosset, aprendo FIOCCHI DI TONNO IN GELÉE CON GAMBERETTI. Posa la scodella che sprigiona un profumo decisamente appetitoso.

«Ora pensiamo a me.» Apre il frigo. Una vetusta fetta di fontina dagli angoli incartapecoriti giace malamente riavvolta nel Domopak, in compagnia di un pomodoro e due uova senza data. Desolante. A memoria, gli pare di incontrarle sul ripiano già da un po' di tempo, forse è meglio liberarsene prima che esplodano per autoestinzione.

«Bisogna che metta in conto una mezz'ora per la spesa da inserire nelle priorità di domani mattina» medita Rosset, tamburellando le dita ossute sulla maniglia del frigo, non fosse che si tratta della prima cena insieme al nuovo ospite, si mangerebbe un pacchetto di grissini e via. Apre il cassetto dei surgelati e trova una busta di linguine allo scoglio. Poco convinto, legge le istruzioni e le versa in padella, schizzando olio dappertutto.

Il gatto lo guarda con la testa inclinata e gli occhi a fessura.

Mescola con circospezione, scuote la padella, abbassa la fiamma e attende paziente i minuti di cottura indicati. Prende una fondina dallo scolapiatti e ci scodella dentro metà della faccenda, un poco sconcertato da tutti quei rosa brillanti e violetti accesi, che occhieggiano tra il giallo-scuolabus delle linguine. Il gatto solleva il muso e muove appena le narici, come a scandagliare e catalogare l'odore che esala dalla pasta. Rosset avvicina il naso alla fondina, poi si china, afferra la ciotola del gatto e annusa.

Non c'è gara, a naso è decisamente più appetibile la tonnata del felino.

Infila la forchetta, avvolge le linguine e mastica piano. Lo spugnoso acido del pomodoro si scontra con il gommoso insipido dei calamari, fondendosi sapientemente con l'asciutto insignificante dei gamberetti e la legnosità sapida delle linguine al glutammato. Sospira. Si alza e con gesto fluido versa fondina e padella nel secchio dell'umido. Apre l'anta del pensile e prende un pacchetto di taralli all'olio e peperoncino, infila nel lettore Miles Davis, si siede sulla poltrona di cuoio che ancora reca l'impronta del deretano di Solari, e inizia a sgranocchiare.

Il gatto, mosso da tacito accordo, si avvicina anche lui alla sua ciotola. Annusa, infila con delicatezza la zampa arrotolata a cucchiaio, preleva una piccola quantità e la deposita sulla lingua con l'indolente *aplomb* del critico gastronomico. Indugia leccando la zampa, come a percepire e a valutare aromi e variabili. Poi decide che non è di suo gradimento e resta lì, dritto come un fuso, in paziente attesa di qualcos'altro.

Rosset lo guarda perplesso, poi l'occhio scivola verso la ciotola ricolma di soffici fiocchi di tonno e tremolante gelatina, inframmezzata dal rosa tenue di teneri gamberetti.

Frelon Brun lo avvolge morbido, mentre valuta se il cibo per gatti può essere considerato edibile rispetto a linguine spacciate per commestibili.

29

Spacciare per commestibili questi conglomerati di cereali fossili dovrebbe essere perseguibile come reato, con l'aggravante di istigazione alla stitichezza. Alma sputa nel tovagliolo il grumo di ghiaia biologica contrabbandato come pepite di avena, crusca e frumento. Tremende.

Prende un sorso di caffè amaro, gioia corposa e piena delle sue albe. Poi dirotta il resto della sua colazione verso un semplice panino, tiepido di forno. Uno strano sabato mattina, constata Alma sbirciando dalla finestra il cielo azzurro assediato da nuvole grigie e compatte, che non si capisce bene che piega prenderà. Come strano è il sibillino messaggio che le ha lasciato la signora Modesti ieri notte sul cellulare. Alma addenta il morbido panino e rilegge:

> *Cara Alma, perdona l'ora. Avevi ragione tu, mio marito è tornato a casa. Ho deciso di andare per qualche giorno nella vecchia casa di Mondovì. Ho voglia di radici. Ti lascio le chiavi dalla signora Berti, dato che Cesare mi porta sino a Genova a prendere l'interregionale per Torino delle 8.30 e poi si ferma a Balbi per una delle sue faccende. Ci sentiamo per organizzare la settimana a venire. Buonanotte e grazie di tutto. A.*

E così il Modesti è tornato, medita Alma versando altro caffè, sarebbe curiosa di sapere che scuse ha accampato a giustificare l'oblio di un giorno e mezzo. Forse il pellegrinaggio a Mondovì della signora Adele ha a che fare con questo e segna finalmente una sana sterzata al loro matrimonio sbilanciato. Non sa cosa ha creato questa evoluzione emotiva della signora Adele, ma qualsiasi cosa sia stato, era ora.

Alma si alza per controllare se l'Alfonsina ha bisogno di qualcosa, chiude la porta di Marta e Maria che il sabato non hanno scuola e va a dare una sonora scrollata a Paolo, che invece deve essere in classe prima delle otto.

Si avvicina a Luca e gli tasta la fronte.

«Oh, ma'. Ciao» bofonchia assonnato.

«Come stai? La gola va meglio?» sussurra vicino ai capelli arruffati.

«Eh, insomma, mica tanto. Credo proprio che faccio meglio a non andare in piscina, che dici, ma'?» domanda a raffica, con l'impellenza dell'angoscia.

«Credo anch'io» Alma sospira. Qui ci cova qualcosa che non ha niente a che fare con streptococchi e batteri.

«Dai, Paolo, non farti chiamare ancora. Non piove, puoi andare in bicicletta.»

«Ehi, non vale. E se ti dicessi che 'sto male pure io? Anzi, no, senti che tosse bieca che ho...» rantola Paolo da sotto il cuscino.

«Tosse *bieca*, ma fammi il piacere!» Alma gli alza il piumone scoprendogli i piedi. «Qui di bieco, sinistro e minaccioso c'è solo l'odore. Non so se propendere verso miasma da calzino putrido o decomposizione di maglietta umida. Una notte intera immersi in queste mefitiche esalazioni, mi domando come fate a essere ancora vivi. Muoviti, che è già tardi.»

* * *

Alma posa sulla mensola dell'ingresso due buste e *Il Secolo XIX* che ha trovato nella cassetta della posta: l'omicidio di Fabrizia Recanati urla a caratteri cubitali sulla prima pagina.

Lo volta a faccia in giù e ci mette sopra le chiavi che ha preso dalla signora Berti del terzo piano, appende il piumino accanto al cappotto color panna della signora Adele ed entra nel salotto di casa Modesti. Apre le persiane e la luce bianca di questo mattino incerto rimbalza sul marmo lucido, scoprendo un inconsueto sconvolgimento di velluti e porcellane. Alma si guarda intorno, leggermente spiazzata. No, perché qui c'è qualcosa che non torna, come se poltrone, libri e ammennicoli vari avessero subìto un rimescolamento, una rotazione. Tutto pare fuori asse.

Mah, non che sia grave. Può benissimo essere che la nuova signora Adele abbia esteso questo suo salto evolutivo anche al mobilio. Alma apre il ripostiglio per prendere l'aspirapolvere e trova borse da viaggio, beauty e valigie accatastate dietro la porta. Come se la signora Adele le avesse tirate giù tutte prima di decidere con quale partire per Mondovì. Alma prende la scaletta e le ripone sullo scaffale in alto. A quanto pare la signora Modesti ha scelto quella beige, stampata a carte geografiche.

Però ha lasciato il piccolo beauty coordinato e ha invece preso la pochette di cuoio giallo abbinata all'altro borsone, quello della *Cuoieria Fiorentina*, constata Alma.

Infila la spina e inizia a passare l'aspirapolvere sul pavimento dell'ingresso.

Anche questo non è grave, strano sì, ma non vuol mica dire niente.

Alma sbuffa e spegne l'aspirapolvere. È che la signora Adele sotto certi punti di vista le è sempre parsa indeformabile. E per come la conosce, può giurare che Adele Roversi in Modesti queste unioni miste di colori, consistenze e borse non le farebbe neppure in preda agli stupefacenti o sotto ipnosi. Quindi?

Quindi a passo di marcia va in bagno.

Manca lo spazzolino e anche il vasetto da crema, quello in vetro opalescente con il coperchio turchese. Un vasetto vuoto, in realtà, che la signora Adele teneva sulla mensola perché intonato ai colori delle piastrelle.

Che senso ha portarsi via un vasetto vuoto?

Il cuore le manca un battito.

Un senso ce l'ha, invece.

Alma sente chiudersi il petto. Vorrebbe scappare, andar via, non vedere, non sapere, non capire, chiudersi la porta alle spalle e bon.

Si siede sul water. È ancora in tempo, ora mette a posto l'aspirapolvere, porta le chiavi alla signora Berti dicendo che non si sente bene, che deve tornare a casa e tutto finisce lì.

Invece eccolo, questo suo carattere di merda, questo suo non lasciare che la vita scorra da sé, questo suo maledetto accanirsi a chiarire, mettere a posto, accomodare i destini altrui. Una maledizione, una croce, una condanna a non quietarsi mai.

Così apre lo sportello in basso a destra.

La crema per il viso, il rimmel, il contorno occhi. Il deodorante, il fluido super nutriente e le gocce per la pressione degli occhi che la signora Adele deve mettere tutte le sere. Anche la scatolina del fard color pesca, senza il cui sostegno cromatico la signora Adele non varca la soglia di casa, neppure per aprire alla postina.

Alma va verso la camera da letto, con le gambe che non le accompagnano più i piedi. Si sente disarticolata, come quelle Barbie svirgolate che Marta e Maria abbandonano in spiaggia dopo averle seviziate con tuffi carpiati e salti mortali.

Apre le ante dell'armadio. Non per altre conferme, non ne ha bisogno, ma solo per quel tenue filo di speranza: la possibilità di un'alternativa, l'eventualità del colpo di scena.

Le basta la vista delle grucce vuote incastrate con l'arcuatura delle spalle al contrario per tranciare ogni filo e sfracellare ogni imprevisto sulle evidenze.

Alma si siede sul letto intonso.

Con un'unica, limpida, atroce certezza a pulsarle nelle tempie: Adele Modesti è morta.

30

Morta. Jules Rosset la scrolla per la terza volta, con la svogliata convinzione di chi ormai ha lasciato ogni speranza. Niente da fare, la sua vetusta e amata radiosveglia non dà alcun segno di vita. La guarda con un sospiro.

Ora presunta della morte: ore 5.37, a giudicare dalla posizione in cui sono rimaste le lancette.

Causa: omicidio volontario premeditato. Rosset lancia un'occhiata significativa al rosso felino che si lava una zampa con ostentata indifferenza.

Con circostanze aggravanti: delitto compiuto per motivi abbietti e futili; premeditazione accertata; sevizie e violenza gratuita.

«Da ventiquattro anni all'ergastolo, sappilo» bofonchia Rosset, constatando il conclamato *rigor mortis* dei tasti della sua amata Citizen.

Il felino non raccoglie, stira le zampe, arcua la schiena e scende dal letto, sedendosi dritto accanto al frigo, in paziente attesa. Della colazione, suppone con un certo acume l'ispettore. Ma Rosset resta seduto sul piumone, incapace di imprimere a tutta quella quantità di ossa, muscoli, nervi, cellule che compongono il suo lungo corpo, la spinta necessaria a sollevarsi.

Una stanchezza paradossale.

Contravvenendo alle regole stabilite in precedenza, il felino stanotte ha ignorato il plaid amorevolmente disposto sul pavimento e si è prepotentemente piazzato sul letto. Inutili i tentativi di rispedirlo a terra:

dallo stato solido, il gatto diventava liquido e sfuggente come il mercurio. Alle 2.00 Rosset, stremato, ha capitolato intimandogli di restare in fondo, vicino ai piedi. Ma a quanto pare i felini sono dotati di quella strana forma di movimento propria delle spighe: una spinta di risalita che lo portava, apparentemente senza muovere un muscolo, sino ad altezza cuscino. A ogni scalciata verso il basso di Rosset corrispondeva una subdola ed efficace risalita del gatto. Gatto con un peso specifico pari a quello dell'osmio, ha constatato a sue spese l'ispettore, dato che non era stato più possibile rigirarsi né riappropriarsi del piumone sino alle 5.30 del mattino, orario in cui il felino ha deciso che era giunto il momento di cominciare la giornata. Rosset ha cercato di ignorare le azioni di disturbo perpetrate con solerzia e inventiva dal suddetto animale, fino a che uno schianto metallico (riconducibile alla radiosveglia, come ha tristemente scoperto più tardi) seguito da ripetuti colpi e strascinamenti, lo ha portato a considerare varie e non troppo lodevoli opzioni risolutive. Poi di colpo tutto è tornato tranquillo e Rosset ha perso conoscenza fino alla telefonata di Canessa dal commissariato. Ora, grazie al criminoso decesso della radiosveglia, è in ritardo per l'incontro con la sorella di Fabrizia Recanati, lo aspetta un colloquio spinoso con il vice questore Carlo Maria Castelli, e non avendo il tempo di fare una colazione come si deve sente già un umore carognesco montargli insieme al mal di testa.

«Forse non ci siamo capiti» ringhia Rosset, passando la bilama sotto al mento. «Io ti ho fatto un favore. Se non era per me, te ne restavi solo soletto in quel buco d'appartamento. Il tuo padrone è in coma. Sai cosa vuol dire?» Il gatto inclina la testa e lo fissa con gli occhi a bilia. «Ecco, appunto. Vuole dire che Agostino Ferro se ne starà lì in un letto d'ospedale fino a che non si risveglia, ammesso che lo faccia. E per un sofistico come te la vedo dura arrangiarsi in una casa vuota, col frigo vuoto, senza acqua e generi di conforto. Quindi mi fai il piacere di comportarti come si deve. Patti chiari, amicizia lunga: niente alzate d'ingegno prima delle sette del mattino e tieni giù le zampe dalla mia roba. Altrimenti impacchetto te e le tue cose e ti rispedisco in quel limbo di casa. Siamo intesi?» Il gatto sostiene lo sguardo di Rosset, fissandolo con gli occhi stretti a fessura. Poi fa un piccolo sospiro, si volta con la coda dritta, dinoccola fino al letto, con un balzo leggero sale sul piumone e si arrotola a tortello, sprofondando in un sonno liscio e totale.

Rosset resta un attimo a guardarlo, pugnalato da una fitta di robusta invidia, poi infila il giaccone e chiude la porta.

La luce bianca, quasi un riverbero di neve che inonda il cielo e rimbalza sulle facciate, lo costringe a strizzare gli occhi mentre il mal di testa prende stabilmente possesso di ogni anfratto e voluta cerebrale. Sceglie il buio dei portici, prende il Caruggio, piega ottimista verso la tranquilla via Remolari e si trova immerso nel caos.

«E porca vacca» sbuffa Rosset, si era dimenticato che a causa delle ultime allerte meteo il mercato, che ogni venerdì che Dio manda inonda di banchetti e mercanzie le vie del centro, era slittato per questa settimana al sabato. Si districa tra deretani, borse e passeggini, schiva un vestito di *voile* appeso al tendone, centra un cappotto di lana cotta, deraglia contro uno stand carico di maglie grigie e beige, viene bonariamente insultato in cinese, mandato con tutti i sentimenti a quel paese in piacentino e finalmente viene risputato sano e salvo in via Martiri della Liberazione. Imbocca vicoli e traverse, approdando davanti al portone del Commissariato senza colpo ferire.

«Silvia Recanati la sta aspettando da venti minuti» lo accoglie Sara, già sulla difensiva. Poi lo guarda in faccia e ridacchia. «Mi sono dimenticata di avvisarla che i gatti sono esseri crepuscolari. Vuole dire che sono atavicamente abituati a cacciare prima dell'alba e dopo il tramonto, in mancanza di prede si accontentano di giocare. A che ora si è *acceso* il suo ospite peloso stamattina?»

«Poco dopo le cinque» bofonchia Rosset, srotolando la sciarpa.

«Se la goda finché dura: con la primavera l'ora x scatta alle tre e mezza. Ah, c'è di là anche un prete, dice che vuole parlare solo con lei.»

«Un prete? Con me?» si stupisce l'ispettore, che già dovrà avere a che fare con il vice questore, gli manca pure l'ecclesiastico.

«Sì.» Sara Fabiani posa sulla scrivania la cartella con la documentazione dell'omicidio, ammucchia le penne, raccoglie le graffette sparse e raddrizza una pila scomposta di verbali. «Un tipo solido e flemmatico, è dalle sette e mezza che sta lì in sala d'attesa, ad aspettare lei, proprio lei, solo lei. Ecco, qui ci sono rilevamenti e foto, il rapporto della scientifica non è ancora arrivato. Le chiamo la sorella della Recanati.»

* * *

Mah, come supponeva, Silvia Recanati non gli è stata d'aiuto. Cinque anni più vecchia della sorella, ha subìto al cubo la frustrazione di ogni fratello maggiore che si vede scalzato dal piedistallo con l'arrivo del nuovo nato. Con la scoperta della malattia di Fabrizia, inevitabilmente tutte le attenzioni si sono riversate su quella creatura fragile come il cristallo e Silvia si è trovata di botto privata della sua vita precedente: mamma e papà risucchiati dall'intrusa, basta corse spericolate in bici, basta parco, basta a tutto ciò che Fabrizia non poteva fare. Semplicemente per non farla soffrire. Ma a lei, Silvia, chi ci pensava? Non soffriva forse pure lei a rinunciare a tutto, anche se stava bene? Maturità stiracchiata, psicologo, terapia e via a studiare lontano, fidanzato lontano e lavoro lontano da quella famiglia cui dedica solo qualche Natale e radenti voli di passaggio. Ma con Fabrizia negli anni il rapporto è cambiato. Si vedono, qualche vacanza insieme, si sentono spesso. Fabrizia è una forza della natura: determinata, "un panzer" la definisce Silvia, con una risata che s'incrina a metà con il pianto. Piena di progetti e senza requie. Ora inseguiva un'idea, una bomba le aveva detto l'ultima volta che si erano sentite, ma senza scendere nei dettagli perché c'erano in ballo cose grosse e voleva raccontarglielo di persona. Silvia sapeva solo che si trattava del lavoro, un colpo grosso che avrebbe reso Fabrizia l'imperatrice del settore, proprio così, aveva adoperato la definizione di "imperatrice". Bizzarra. Che non dice nulla del come e del perché sia morta. E nemmeno illumina sulle modalità di questo fantomatico colpo.

Un colpo nella legalità, oppure... medita Rosset rimasto solo a sfogliare le fotografie dell'omicidio. Che sia andata troppo oltre?

ColpoColpoColpo.

Cosa poteva intendere Fabrizia Recanati con *colpo*?

Qualcosa inerente ai libri, o uno scandalo riguardante una casa editrice, un autore? E se si trattasse di un ricatto? Silvia ha confermato che la loro è una famiglia agiata e benestante, ma che sia lei che Fabrizia si arrangiavano da sole.

Jules afferra una fotografia del salotto di Fabrizia. Alma ha parlato di un oggetto di legno, una possibile arma del delitto a forma di libro. Un pesante libro di legno che uccide la giovane editor solo in virtù della sua fragilità. L'assassino sapeva di questa sua malattia?

Troppe domande in fila creano un ingorgo di stupidaggini. Deve fermarsi e pensare.

«Scusi, ispettore, ma ci sarebbe sempre di là il prete» lo ridesta Sara, infilando la testa nell'ufficio.

* * *

«Buongiorno, ispettore, sono don Andrea» gli allunga una manona forte, callosa e asciutta. «Don Andrea Bacigalupo.»

«Prego, si sieda. Mi ha detto l'agente Fabiani che voleva parlarmi personalmente.» Rosset lo scruta con attenzione. Un uomo massiccio, non grasso, la faccia aperta e intelligente, modi spicci e sguardo acuto. A pelle gli piace. Ora vediamo se ascoltandolo l'opinione resta.

«Vede, ispettore, mi sono informato e secondo il *Prontuario di Polizia* voi siete autorizzati, anzi sollecitati, a prendere in considerazione anche un piccolo indizio del quale non si ha o non si può avere prova diretta, ma di cui si induce l'esistenza da una circostanza provata o nota.»

Rosset stringe gli occhi.

«Mi faccia capire, don Bacigalupo, oltre a dimostrarmi di essersi imparato a memoria il *Prontuario*, dove vorrebbe arrivare?»

Don Andrea fa un sospiro pesante di caffè e sigaro, che come un colpo di gong ricorda a Jules la mancata colazione.

«Mi scusi, ma ho avuto una nottataccia che non le dico, le spiace se ci facciamo portare del caffè? Mi sento le sinapsi schioccare a vuoto come le chele di un granchio.»

* * *

«Ecco qua, vuole ancora una bustina di zucchero?» domanda l'ispettore mescolando con cura, avrebbe gradito lubrificare i contatti cerebrali con qualche fetta di focaccia, ma non gli pareva corretto bivaccare davanti a questo corpulento prete che da quasi tre ore attende pazientemente i suoi comodi. Ingoia due sorsi di caffè e posa la tazzina. «Mi parlava di indizi. Riferiti a un caso in particolare?»

Don Andrea Bacigalupo si appoggia allo schienale e incrocia le gambe, mostrando sotto i frusti pantaloni di fustagno blu un paio di tecnicissimi scarponi da trekking. Rosset resta un attimo spiazzato, scosso dall'emozione e incredulo spettatore del miracolo in cui ormai non sperava più: questo luogo di natanti, pescatori e creature anfibie è quindi in grado di partorire anche rari esemplari di fauna alpestre. E lui, Jules Rosset ha avuto l'inattesa fortuna di vederselo approdare qui, seduto davanti alla sua scrivania, con tanto di scarponi Salewa con suola Vibram, usati quanto basta a fornirgli la certezza del camminatore non occasionale. Rosset si muove cauto e circospetto, come trovarsi di fronte a un camoscio o a uno stambecco albino e temere di vederselo scappar via da sotto il naso da un momento all'altro.

«Riguarda la morte di quella povera ragazza, ieri in via Trieste…» Don Andrea ha lo sguardo fermo e limpido. «Non la conoscevo, anzi non credo di averla mai incontrata. Ma so una cosa che forse è giusto che sappiate anche voi e no…» lo anticipa il don, alzando la manona, «non posso dirvi come sono venuto in possesso di questa informazione e tantomeno la fonte. Posso solo dirvi che si tratta di una fonte sicura e fidata.»

Rosset stringe gli occhi e tamburella con la penna sulla scrivania, la cosa sta prendendo una piega che.

«Mettiamola così» risolve don Bacigalupo, che pare leggergli dentro come attraverso una lastra di plexiglass. «Faccia conto che io sia una lettera anonima.»

«Una lettera anonima che dice?» Rosset studia con curiosità la massiccia lettera con scarponi che sta bevendo il caffè di fronte a lui.

«Eh, stando al *Prontuario* voi siete autorizzati, anzi *sollecitati,* a prenderla in considerazione e quindi a fare le opportune verifiche.»

Don Andrea Bacigalupo ha un tono pieno e pacato, privo di cedimenti monocordi e incertezze, una parlata espressiva capace di tenere sempre desta l'attenzione. Dote assai pratica per chi di mestiere deve affabulare folle di fedeli disillusi e distratti, ragiona Rosset. E questa idea della lettera anonima non è affatto peregrina, anzi.

«E in sintesi cosa si evincerebbe da questa lettera?» domanda l'ispettore, finendo il caffè.

«Ha mai letto questo?» Don Bacigalupo sfila da sotto la giacca un volume apparentemente nuovo. «L'autore è Cesare Modesti. Forse ne ha sentito parlare, è abbastanza famoso, il suo romanzo, uscito qualche anno fa, ha avuto un successo planetario. Ma non è questo il punto.» Don Andrea fa una pausa, di colpo pare meno imponente, quasi sgonfio, come se andare avanti gli levasse l'aria, comprimendolo in un risucchio da sottovuoto. «Il punto è che Cesare Modesti vive qui a Chiavari. E se fossi in lei aprirei il libro a pagina centoventisette, terza riga a partire dall'alto.»

Rosset rigira tra le mani il volume, poi scorre le pagine con la sensazione di avere qualcosa di impigliato nella memoria, come se una parte di lui sapesse già, ma per qualche motivo il ricordo sfarfallava dispettoso, senza lasciarsi afferrare. Ecco pagina 127. L'ispettore pianta gli occhi grigi sulla terza riga.

Antoine teneva lo sguardo fisso su di lei. Poi, con gesti misurati e ipnotici, annodò la fascia del kimono e...

Rosset alza la testa di scatto. La sua lettera anonima lo sta guardando, sempre più accartocciata e mesta.

L'ispettore si appoggia allo schienale della poltrona, che cigola di rimando.

Il kimono.

Un kimono si trovava anche nell'armadio di Fabrizia Recanati. Un kimono dalle tinte maschili, troppo lungo e grande per lei e la cui presenza ha sconvolto Alma. Perché? Cosa ne sa Alma di questa faccenda?

E Cesare Modesti.

Anche questo nome gli rimbalza dentro come se.

Rosset stringe gli occhi, poi gira il volume e apre il risvolto di copertina, dove sopra la biografia spicca il ritratto dell'autore: un piano americano di ispirato fascino maturo. Infila la mano nella tasca del giaccone ed estrae la fotografia che ha sottratto dal salotto della Recanati, quella che voleva sottoporre a Sara solo per l'incaponimento di dare un nome a quella faccia, mica che la ritenesse legata al caso. Se ne era completamente dimenticato.

La posa accanto al libro.

Tombola.

È lui.

Cesare Modesti e Fabrizia Recanati si conoscevano.

«Forse è meglio se continua a leggere» gli consiglia con un sospiro greve la lettera anonima.

Rosset riapre il volume e scorre le righe.

«Epporcavacc.» Jules schizza in piedi, facendo schiantare la poltrona girevole contro lo schedario.

«Ecco, appunto» esala don Bacigalupo.

* * *

«Riepiloghiamo.» Rosset dinoccola il corpo magro da una parte all'altra dell'ufficio. Che non è ampio, quindi ogni quattro falcate rimbalza come la pallina di un flipper verso l'angolo opposto. «Cesare Modesti e la vittima si conoscevano. Che di per sé non sarebbe strano: lui scrittore e lei editor, stesso ambiente e stessi giri, una coincidenza che non stupisce. Ma ecco comparire un kimono nell'armadio della Recanati, quando il protagonista del romanzo di successo del Modesti seduce e sacrifica le sue vittime proprio indossando un capo simile. Qui le coincidenze cominciano a essere un po' troppe, non trova anche lei?»

«Eh, abbastanza, però so per esperienza che non bisogna mai rotolare verso conclusioni affrettate» pondera don Andrea, tenendo gli occhi fissi sul portapenne della scrivania, che tutto quell'andare e venire dell'ispettore gli ha fatto salire un filo di nausea.

«Giusto» ammette Rosset, fermandosi davanti alla finestra. Le nuvole hanno finalmente deciso che direzione prendere, ora si sono ammucchiate verso la collina, lasciando il resto del cielo azzurro e sgombro. Un'altra giornata di sole, pensa l'ispettore, facendo scorrere lo sguardo lungo il viale sino alla linea blu verde del mare.

«Il tempo cambia, è solo la quiete prima della tempesta» gli gufa la voce del don alle spalle.

Rosset ha un moto di stizza, è la seconda volta che 'sto prete risponde a un suo pensiero inespresso, come se fosse in grado di leggergli dentro senza alcuna difficoltà. Pragmatico com'è, non vuole neppure prendere in considerazione capacità paranormali, ma solo prendere atto della sua nudità davanti allo sguardo di questo pur stimabile sconosciuto lo secca assai.

«Come fa a dirlo? C'è un cielo azzurro da far male agli occhi.» Rosset sventola la mano ossuta verso il mare.

«Se le nuvole vanno a monte, lascia la zappa e vatti a nascondere» cita don Bacigalupo con un mezzo sorriso. «Un nostro proverbio che non sbaglia mai.»

«Conosce di persona Cesare Modesti?» gli domanda a bruciapelo l'ispettore.

«Poco. Conosco molto bene Adele, sua moglie. Anni fa siamo stati colleghi, insegnavamo nello stesso liceo. Pur non essendo una mia parrocchiana, celebra con me il Perdono. La confessione, per intenderci, ora si chiama così.» Sorride bonario don Andrea sullo sguardo perso dell'ispettore. «E ci lega una salda amicizia. Del marito so ciò che mi raccontava lei, unito all'idea che mi sono fatto le poche volte che l'ho incontrato. Ma, come dicevamo prima, mai formulare giudizi senza avere elementi sufficienti. Anche se…» Don Bacigalupo tace, meditabondo.

«Sì?» lo sollecita Rosset, che in questo momento se ne strasbatte delle remore deontologiche e vuole solo sapere.

«Anche se si trattava di un rapporto sbilanciato.» Sospira don Andrea, guardandosi le mani. «Adele ha spento tutta se stessa per gravitare come un satellite intorno al marito, un corpo opaco che vive della luce riflessa di Cesare Modesti, l'accademico saggista, ancora prima di diventare l'astro sfavillante che conosciamo. Per lui ha abbandonato l'insegnamento che amava, le sue passioni, i suoi entusiasmi. In realtà lui non le ha mai domandato nulla di tutto ciò, ma con il suo sdegnante egoismo l'ha portata a…» Don Bacigalupo ingoia il resto. «Per ridarle uno scopo, le avevo trovato da insegnare letteratura nelle carceri, un impegno che poteva gestire lei, anche secondo gli spostamenti del marito, in modo che non si sentisse in colpa di privarlo della sua totale dedizione. Ripeto, era un rapporto sbilanciato che però lei viveva con intensità e pienezza. Questa attività con i detenuti le aveva ridato luce, mi raccontava con stupore che frequentavano assiduamente le sue lezioni e che scrivevano pure bene. Molti di loro le avevano dato dei manoscritti da leggere e lei trovava che possedessero una forza dirompente, un poco *naïf*, certo, da sgrossare e affinare, ma abituata ai tentativi loffi e pomposi del marito le parevano energia pura. Ma giusto in quel periodo Cesare Modesti ha partorito il famoso romanzo. Un successo clamoroso che lo ha proiettato nel firmamento, trasformando Adele Roversi in Modesti in una supernova destinata all'oblio di sé. Punto.»

Rosset ricorda vagamente di aver visto Cesare Modesti in qualche trasmissione divulgativa, ma ora muore dalla curiosità di conoscere la moglie Adele.

E poi c'è Alma. Perché pure lei ha collegato il kimono a qualcosa. Forse ha letto il romanzo e ha pensato a una sorta di emulazione. Ma lui propende per qualcos'altro.

«Lei conosce Alma Boero?» getta la bomba, affidandosi all'effetto sorpresa.

Ma don Andrea Bacigalupo resta impassibile: granitico e saldo come la Grivola del Gran Paradiso. Poi si sporge confidenzialmente verso l'ispettore.

«Sulla lettera anonima non c'è» gli soffia con un piccolo sorriso.

Rosset alza le braccia in segno di resa.

«Bene.» Don Andrea si solleva dalla sedia e allunga la manona. «È stato un vero piacere conoscerla. Se le va di fare due chiacchiere o...» Sbircia i piedi dell'ispettore che spuntano da sotto la scrivania. «O una passeggiata per i monti, non esiti a venirmi a trovare.»

«Eh, ma da cosa lo ha capito che...» domanda Rosset, messo a nudo per la terza volta in mezz'ora.

«I suoi Salomon Quest. Ottimi per andare sul Ramaceto. L'aspetto.» Fa un breve gesto con la mano e se ne va.

* * *

Rosset tamburella con la matita sul ripiano della scrivania.

Ora cosa s'inventa per sondare il Modesti?

Ché ormai la pulce è entrata e saltella a pieno ritmo.

Alma.

È più che certo che Alma sappia qualcosa di questa faccenda del kimono.

Apre la cartella dell'aggressione all'investigatore Agostino Ferro, il padrone del suo ospite felino cui, a proposito, non ha ancora trovato un nome.

Bene. Jacopo Ratto, lo studente di ingegneria a cui hanno affidato il computer di Ferro, ha già tirato giù dei file. Inizia a leggere, più per distrarsi dal pensiero di kimoni e scrittori che per vero interesse. Ferro stava indagando su Pippìa Mario, da quanto può vedere, conclamato marito fedifrago, e un certo Giordani Romeo: un ex detenuto che ora lavora come operaio presso la *Sanguineti Legnami.* E il committente dell'indagine su questo Romeo Giordani è, vediamo… Rosset sfoglia il magro plico, poi torna indietro e finalmente lo trova:

AR = Adele Roversi, viale Nicola Arata 4 – cell. 328 7236342

«Porcavaccanoncicredo!» esclama Rosset, tutto d'un fiato. «Ma qui pare di giocare con una matrioska, una roba che si nasconde dentro l'altra e poi trov…»

«Scusi, ispettore.» Sara infila la testa nell'ufficio. «Al telefono c'è Alma Boero, chiede di lei e dice che è importante.»

«Passamela subito» latra Rosset, «e cercami Solari, non m'interessa cosa sta facendo. Lo voglio qui e subito.» Poi agguanta il ricevitore. «Pronto, Alma?»

«Ispettore, mi ascolti. Temo che una persona sia in serio pericolo e non me lo perdonerei mai se…» Alma sospira.

«Alma? Ci sei? Di chi sta parlando, scusi?»

«Della signora da cui lavoro da anni. Sono qui a casa sua. Si chiama Adele Roversi. Adele Roversi in Modesti.»

«…»

«Ispettore, mi sente? Ho paura che Adele Modesti sia morta.»

«E-ma-allora-ditelo-che-mi-volete-male!» esala Rosset, abbandonandosi sullo schienale. «Stia lì, arrivo subito.»

31

«Arrivo subito» ansima Solari dentro al cellulare. «Ma dove è lei?»

«Viale Arata, al numero quattro, sulla destra quasi all'altezza di piazza Madonna dell'Orto» risponde rapido Rosset, poi si accorge di avere ben tre chiamate perse di Clelia. Avverte una leggera scossa lungo le vertebre: Clelia non è mai stata una dalla telefonata facile e da quando non stanno più insieme tutto si è ridotto allo stretto indispensabile delle comunicazioni di servizio relative a loro figlio Alberto. Tre chiamate, una dietro l'altra, risuonano di un'impellenza che gli vela lo sterno di apprensione.

«Oh, Clelia? Ho visto che mi hai cercato» rantola, fregandosene dell'*appeal*.

«Buongiorno a te» polemizza Clelia, che come al solito non perde occasione. «Ti volevo solo avvisare che stasera Alberto non viene.»

«Come non viene? Oggi è il *mio* fine settimana, possibile che ogni volta che tocca a me salta? Cos'ha a 'sto giro?»

«Una festa.»

«E di chi?»

«Di cosa. Basket. Festeggiano la vittoria di domenica scorsa, hanno passato il turno. Ah già, dimenticavo, non puoi saperlo, dato che non ti sei fatto vedere. E non gli hai neppure domandato com'è andata...»

Porca vacca, la partita. Se n'è completamente scordato. C'è da dire che tra allenamenti, amichevoli e tornei, Alberto rimbalza da un incontro all'altro più della palla stessa.

«Bene, hanno passato il turno, sarà contento» prova a tergiversare Rosset.

«Felice per il risultato. Un po' meno per la tua assenza» puntualizza caustica Clelia.

«Ma non ci possiamo vedere un'altra volta? Domani, per esempio. Te lo riporto subito dopo cena. E cucino io.» Guarda te se devo mercanteggiare per vedere mio figlio, ragiona Jules in un rigurgito di bile.

«Parlane con lui, per me va bene, basta che sia a casa per le dieci e mezza. Io sono di turno in ospedale, quindi vedi di non dimenticarti.»

Bella quanto odiosa, constata ogni santa volta Rosset con un sospiro, come se lui si scordasse in giro suo figlio ogni tre per due. Ha semplicemente obliato il susseguirsi dei giorni: sabato e domenica scorsa è stato ingoiato dalle indagini come se si trattasse di un banale giorno infrasettimanale, insomma, il suo cervello non è entrato in modalità WEEKEND. Capita. E Clelia lo tratta come se con la partita avesse dimenticato pure l'esistenza di suo figlio Alberto.

Uff. Ora sistema questa cosa con Alma e poi lo chiama.

Allunga la falcata per attraversare sulle strisce.

La palazzina si staglia elegante fra una possente magnolia e una palma alta. L'ispettore alza la testa facendo correre lo sguardo sulla granulosa facciata color crema, scruta le persiane e ferma gli occhi sui terrazzi in pietra. Tutto appare luminoso e vitale. Ci sono due portoni, da che parte dovrà salire?

«Ispettore? Son qui.» Alma lo raggiunge sbucando dal lato del palazzo.

«Perfetto. Dove si passa per entrare?» Rosset l'agguanta sbrigativo, sorvolando su convenevoli e saluti per venire subito al dunque.

«Entrare dove, scusi?» Alma si pianta a gambe larghe sul marciapiede, intenzionata a non schiodarsi da lì. «Non penserà mica che la faccia salire in casa dei Modesti. Per quanto ne so, intrufolarsi in casa altrui esige ancora l'autorizzazione di un mandato. O sbaglio?»

«Senta, Alma, ora non facc...»

«*Senti, Alma*, un corno. In casa Modesti lei non entra. Punto.» Alma incrocia le braccia e lo fissa, inamovibile.

Rosset dondola pensieroso da un piede all'altro, intanto avvista il testone arruffato di Solari che rosseggia tra un bronzo e l'altro di via delle Medaglie d'Oro, perciò ha tre minuti scarsi per sfondare le cautele di Alma: se già ha delle remore con lui, figurarsi aggiungendoci pure il sovrintendente. Perciò abbandona tattiche di *savoir-faire* e si piazza di fronte a lei, calando il carico da undici.

«So tutto riguardo a Cesare Modesti, kimoni e romanzi.»

Alma sbatte appena gli occhi, come se le avessero scoppiato un palloncino davanti al naso. Poi riacquista solidità e lo guarda a occhi stretti.

«E come ci sarebbe arrivato?»

«Boh, una notizia qua e un indizio là. Il segreto è non dare niente per scontato e non trascurare nulla, anche se la traccia giunge per vie inaspettate.» Sventola la mano ossuta e si sposta di lato a nascondere l'arrivo di Solari dal raggio visivo di Alma. «Questo per dire che non ho ancora un mandato, ma lo avrò presto. Ora sta a lei decidere se i suoi timori possono aspettare i tempi burocratici richiesti, o se forse è il caso di darsi una mossa in via informale per accelerare la faccenda.» Rosset si aggiusta con ostentata noncuranza il bavero del giaccone. «Mi dica lei, per quanto mi riguarda, posso entrare da quella porta con un mandato in mano domani in mattinata, o nel tardo pomeriggio al massimo. Sempre che non sia troppo tardi.»

Alma chiude gli occhi desiderando, con tutte le sue forze, la calata di un meteorite, un piccolo tsunami, basterebbe anche un fulmine ben piazzato, insomma, qualsiasi cosa in grado di cancellarla all'istante da questa situazione di. *Uff.*

«Va bene, venga con me. Ma non mi stia appiccicato. E questo chi sarebbe?» domanda Alma, inquadrando una specie di vichingo con lo sguardo umido da San Bernardo che si è accodato alla spedizione.

«Solari. È il mio sovrintendente. Mi serve. È silenzioso e non sporca» si affretta a legittimare Rosset.

Alma alza gli occhi al cielo e li stiva nell'ascensore.

* * *

«Quindi lei è più che certa che non abbia preparato i bagagli la signora Modesti» Rosset ha impugnato la sua penna e sposta con cura gli indumenti dell'armadio, senza toccarli.

«Sì.» Alma espira forte, ma il peso in mezzo al petto resta sempre lì, pesante e duro. «Vede le grucce vuote girate con l'arcuatura opposta alle altre? E poi i suoi cosmetici, la sacca, il disordine...»

«Mah, non mi pare che ci sia nulla fuori posto, niente caos che faccia pensare a una colluttazione, niente macchie. Niente di niente» osserva Rosset.

Alma scuote la testa.

«Lei non capisce. Io lavoro qui da otto anni e so. Le posso dire per certo che rispetto al solito c'è un ordinato disordine, che la signora Modesti non avrebbe invertito il senso delle grucce neppure se inseguita dagli orchi della Terra di Mezzo e che non sarebbe mai partita portandosi dietro un vasetto vuoto, lasciando qui collirio e il resto della mercanzia.»

«Quindi?» domanda Rosset, infilando il suo sguardo grigio a scrutare i suoi timori.

«Quindi non lo so.» Alma si lascia cadere seduta sul bordo del letto. «So solo che non ha fatto lei i bagagli. Insomma, anche se mi ha scritto che partiva, secondo me non è partita. Resta il fatto che qui non c'è.»

«Potrebbe anche esserle accaduto qualcosa tra il messaggio che le ha inviato e la presunta partenza» suggerisce Solari, che non sa come gestire il suo corpo ingombrante in quel luogo dove assolutamente non dovrebbero essere, ché se lo viene a sapere il vice questore, apriti cielo.

«Bravo, Solari. La signora Modesti decide di partire e avvisa Alma. Poi arriva l'assassino, la uccide, inscena la preparazione dei bagagli e...» E qui c'è qualcosa che non torna, ragiona tra sé l'ispettore.

«No, non funziona» gli fa eco a voce alta Alma. «L'assassino che motivo aveva di inscenare una partenza? A quanto ne sappiamo, solo io ne ero a conoscenza e l'assassino come poteva saperlo? A meno che...» Alma deglutisce a fatica e si passa le mani sulla gola, le pare di avere un tubero incastrato nella trachea, perché ora che ci riflette tutto pare indirizzarla verso una direzione che non le garba per niente.

«Ha provato ancora a chiamarla?» domanda l'ispettore, cercando di spegnerle i pensieri cupi.

«Non risponde. Fino a mezz'ora fa squillava a vuoto. Ora mi dice che non è raggiungibile.»

Rosset si mordicchia il labbro.

«Chiami Cesare Modesti.»

«Ma io mica ce l'ho il suo cellulare. Del grande Modesti, figurarsi! O chiamavo qui a casa o telefonavo alla signora Adele.»

«Mi faccia rileggere il messaggio che le ha mandato la signora.» Rosset afferra il cellulare di Alma e scorre avanti e indietro quelle poche frasi. «Dunque, da qui si evince che lei doveva partire stamattina con l'interregionale per Torino delle otto e trenta. Che era diretta a Mondovì e che il marito si fermava a Balbi. Dove si trova 'sto Balbi?»

«È una via di Genova, i suoi palazzi ospitano numerose facoltà universitarie: giurisprudenza, lettere e filosofia...» spiega Solari. «Modesti insegnava lì o sbaglio?»

Alma fa di sì con la testa, continuando a macinare teorie.

«Credo che l'interregionale per Torino parta da Genova Porta Principe, vicino a via Balbi quindi. Cesare Modesti l'avrà portata alla stazione e poi probabilmente avrà raggiunto una di queste facoltà. Forse basta telefonare alle segreterie per trovarlo.»

«Già» approva Rosset, poi scorre ancora il messaggio. «E c'è anche questa frase sibillina: *Avevi ragione tu, mio marito è tornato a casa.*» L'ispettore le indica con il dito la riga corrispondente. «Perché? Dov'era stato Cesare Modesti?»

«Senta, ispettore, le dispiace se andiamo via di qui? Non mi sento a mio agio e non riesco a pensare.»

* * *

«Perché non mi ha detto nulla? Insomma, da quando ha scoperto il kimono nell'armadio di Fabrizia Recanati, da subito quindi, ha iniziato a muovere le sue perplessità sul Modesti. Mi domando perché se ne sia stata zitta» domanda Rosset.

Hanno lasciato Solari a frugare nelle facoltà di via Balbi, e passo dopo passo sono approdati su di una panchina davanti al porto. L'aria sa di salmastro, il mare è agitato e di un colore limaccioso, forse per colpa del fiume che ha riversato le acque torbide di pioggia e detriti tirati giù dalle colline. Ma il cielo è uno spettacolo: nuvole gonfie si rincorrono coprendo e scoprendo il sole in rapidi sprazzi di azzurro, un cielo umorale e nervoso, vivo. Bellissimo. Alma tiene lo sguardo fisso sull'orizzonte increspato, Rosset si volta a osservare il suo profilo fiero e armonioso attraversato dai pensieri che si rincorrono, mutevoli e improvvisi come questo cielo. È bellissima anche lei, si scopre a pensare. Bella, sì, però testarda: per tirarle fuori qualcosa… porca vacca, ci vuole la trivella.

«Allora?» perfora Rosset.

«Adele Modesti mi pareva diversa dal solito» sospira rassegnata Alma «più svagata, aerea, impalpabile. Non lei insomma. E non sapevo come mai. In quanto al kimono, be', prima di lanciarmi in supposizioni volevo appurare che si trattasse proprio del kimono di Cesare Modesti.»

«E lo è, sì o no? Porca vacca, Alma, ma si diverte a sfiancarmi?»

Alma alza appena un sopracciglio.

«Ma cosa vuoi che ti dica» dice sbuffando Alma, senza rendersi conto di essere passata al tu. «A me pare il suo, ma la certezza non ce l'ho. Lui pascolava carnalmente altrove e senza farne neppure troppo mistero, e non fare quella faccia: la signora Adele lo sapeva da un pezzo e lo accettava, così come ingoiava gli egocentrismi e la boria di quel pallone gonfiato che si era sposata. Quindi non pensare a delitti passionali e scappatoie tipo divorzio all'italiana, secondo me il sesso qui non c'entra niente.»

«Per esperienza, so che c'entra nel settanta per cento dei casi di omicidio, quindi è un'ipotesi da non scartare» puntualizza Rosset, incasellando l'informazione. «E poi so che Cesare Modesti conosceva la vittima, tra le fotografie della Recanati ne ho trovata anche una con lui e dalle mie parti due elementi come questi aiutano a disegnare una certezza. Non trovi anche tu, Alma?»

«Non credo che una vestaglia e una foto possano bastare per agganciare penalmente Modesti. E poi c'è qualcos'altro che, non so come spiegarti...» Alma stringe le labbra e scuote la testa.

«Provaci. Non pensare a me come un poliziotto.»

«Ma tu sei un poliziotto!» s'inalbera Alma.

«Ok, lo so, ma tu fai finta. Un poco di fantasia, dai, che ti costa?»

«Inutile, non mi riesce» risponde secca Alma.

Rosset si alza e si appoggia al parapetto affacciato sul porto. Gli alberi delle barche ondeggiano e fischiano nelle raffiche come canne di un organo, i gabbiani tagliano il cielo in bianchissimi squarci e oltre il molo il mare scuro ribolle di onde livide e spruzzi ancor più bianchi. Un'atmosfera alla Melville, osserva ammirato Rosset, che quasi lo riconcilia con questi luoghi impastati di salsedine, freddo umido e rimpianto. Poi si volta verso Alma. Certo che è cocciuta. Ma come fare a smuovere le sue reticenze? Un debole suono di campane lo raggiunge portato da una raffica di vento. Rosset si gratta il mento. E se provasse...

«Ascolta, Alma, fai finta di essere una lettera anonima» sorride incoraggiante, in una stinta riproduzione di don Bacigalupo. «Una lettera che mi informa di alcuni dettagli riguardanti un omicidio e una presunta sparizione. Sarei obbligato a tenerne conto, a indagare e a considerare. Tutto senza conoscerne la fonte. Eh, che ne dici?»

«Ma allora non hai capito proprio niente» sbuffa Alma, smontandolo senza pietà. «Non è per me che mi preoccupo.»

A Rosset comincia a montare il nervoso.

«Allora veniamo a ciò per cui mi hai chiamato: fino a prova contraria, Adele Modesti ti ha scritto che partiva, però a te pare che non sia stata lei a preparare i bagagli. Mettiamo che sia così, non alzare gli occhi al cielo, vista la tua capacità di osservazione sono certo che non ti sbagli. Ciò non toglie che possano esserci plausibili spiegazioni: era stanca e si è fatta aiutare dal marito che potrebbe non aver adempiuto alla questione del bagaglio con la medesima precisione della moglie, o magari l'ha aiutata un'amica, una vicina. E invece no, tu la prima cosa che pensi è che le sia accaduto qualcosa, anzi, addirittura che sia morta.» Rosset inclina la testa e la osserva a braccia incrociate. «Sei d'accordo con me che per deragliare subito verso l'ipotesi peggiore tu sappia qualcosa che io non so? E se non me la dici, gli elementi che ho mi costringono a ritenere Adele Modesti partita di sua spontanea volontà. Almeno per le prossime quarantotto ore. Senza contare che ho un cadavere vero di cui occuparmi.» Rosset si stacca dal parapetto e si avvicina ad Alma. «E poi, la signora Modesti afferma che il marito alla fine è tornato. Tornato da dove? Era scomparso pure lui? E capisci bene che tra kimoni, fotografie, protagonisti di romanzi che uccidono le amanti in convegni amorosi, se ci aggiungiamo pure che il Modesti si eclissa il giorno dopo l'omicidio della Recanati… diciamo che il presupposto per qualche pensierino ce l'ho pure io. Comunque i miei uomini stanno setacciando computer e cellulare della Recanati. Se ci sono altri agganci con Modesti verranno fuori. Sempre che per la signora Adele non sia troppo tardi» lascia cadere con voluta cattiveria, calcando sul "troppo tardi", giusto per tirare l'affondo senza lasciar nulla al caso.

Alma sfrega i palmi delle mani sui jeans, poi distoglie lo sguardo dall'orizzonte e lo pianta sulla faccia spigolosa di quest'uomo che si è intrufolato a forza nella sua già non semplice vita. E le lezioni di sua suocera vengono a galla di moto proprio: l'Alfonsina direbbe che tempie larghe e mento aguzzo son segno di lavorio mentale, rapidità nell'afferrare le situazioni, come occhi grigio cupo che confermano intelligenza viva, capacità di osservazione e tenacia. Che poi riguardo alla tenacia non aveva bisogno di ricorrere agli insegnamenti dell'Alfonsina: ha già appurato che Rosset trattiene la preda con la stessa ostinazione di un molosso. E comunque, 'sto ispettore ha ragione: è stata lei a cercarlo, quindi ormai l'ha innescato. L'unico modo per scrollarselo di dosso è raccontare tutto raschiando il barile: delegare e restarne fuori, in fondo è proprio quello che lei vuole, no? Quindi Alma prende un bel respiro e comincia.

* * *

«Ma Cesare Modesti era mai sparito altre volte, così, senza dar notizie?» si informa Rosset dopo aver ascoltato tutto con estrema attenzione. Ha iniziato a piovere e si sono allontanati dal porto per infilarsi sotto i portici di corso Garibaldi. Una pioggia indecisa che si divide la scena con sprazzi di un sole bianco e crudo.

Alma ci riflette brevemente e poi scuote la testa, no, che lei ricordi mai. Ma in realtà Cesare Modesti lei lo incrociava raramente, poteva anche essere successo altre volte, senza che la signora Adele ne facesse parola con lei.

«Non è il fatto in sé della scomparsa e riapparizione del Modesti» precisa Alma, «quanto la strana vaporosità della signora Adele, capisci cosa voglio dire? Lì per lì mi ha fatto sorridere, ma a mano a mano che si affacciavano fatti, congetture e tasselli, la faccenda assumeva contorni meno rassicuranti. E ora...»

Rosset le fa uno dei suoi stentati sorrisi obliqui, altroché se capisce! Alma ha una capacità di osservazione, intuizione e deduzione che gli fa tracimare la stima: in venti minuti di resoconto le ha tirato giù tutto punto per punto, in modo circostanziato, preciso e maledettamente geniale.

«Le cose stanno così, Alma: io dalla mia ho un omicidio e un'aggressione. Due fatti apparentemente slegati ma accomunati dal luogo. Ma purtroppo non basta e io non sono libero di muovermi a piacimento. Proverò a convincere il vice questore, ma temo che la fama che accompagna la figura di Cesare Modesti ostacolerà ogni iniziativa in proposito:

Carlo Maria Castelli accetta di indagare su qualcuno che conta solo se gli metto in mano prove schiaccianti, certe e praticamente inconfutabili. Altrimenti entra in affanno e mi boicotta ogni iniziativa. Così non mi resta che abbozzare e poi muovermi di testa mia, in bilico sul filo della legalità e di nascosto. Sarò franco: se procediamo per la via maestra, la cosa andrà per le lunghe. Se invece abbandoniamo il sentiero e tagliamo fuori pista...» Rosset le pianta addosso il suo sguardo grigio e aspetta.

Alma sbuffa, perché ha capito dove vuole andare a parare questo ispettore invadente e molesto, ma paradossalmente non è lui a metterla a disagio, bensì la consapevolezza di sentire serpeggiarle dentro l'arrendevole ed elettrizzante desiderio di assecondarlo. Cosa diavolo pensa di fare? Proprio lei, che da anni non anela ad altro che un tranquillo e rassicurante tran-tran, si lascia invischiare come una Fletcher da telefilm e senza neppure l'alibi della scrittura. Già, perché lei è Alma Boero: quattro figli, una suocera, un lavoro da colf e un marito che non c'è più. Quindi si blocca in mezzo ai portici a mento teso e pugni sui fianchi, ben decisa ad allontanare da sé tentazioni, lusinghe e soprattutto l'ingombrante presenza di questo spigoloso ispettore. Ma la delusione che occhieggia tra le pieghe di quella faccia masticata è sufficiente a smorzarle il piglio mussoliniano, portandole a galla tutto l'impeto represso: agire, non lasciarsi esistere, ma vivere, costi quel che costi.

Perché ormai lo ha intuito: non c'è nulla di immutabile. Tranne l'esigenza di cambiare.

«Cosa vuoi che faccia?» domanda perciò con voce ferma e chiara, senza sorprendersi più di tanto per la resa incondizionata.

«Bene» non perde tempo Rosset, con un sorriso che gli taglia in due la faccia. «Conosci per caso un certo Romeo Giordani?»

32

Romeo Giordani posa sul bancone le tre assi di legno, passa la mano sul bordo a saggiarne lo spigolo e avvicina l'occhio esperto a filo del taglio per controllare la perpendicolarità: perfette. Il bicipite guizza sotto un battito d'ali e spine di rosa insanguinate, mentre solleva di nuovo le assi per appoggiarle allo scaffale, poi le stringe con due giri di nastro adesivo di carta, scrive il nome del cliente con la larga matita dalla mina piatta, soffia la nuvola di segatura dalla maglietta e torna sui suoi passi, sparendo negli intestini della *Sanguineti Legnami S.n.c.*

A Romeo Giordani lavorare anche di sabato non dispiace, e poi il sabato è la giornata degli hobbisti, degli intrepidi del fai da te, degli impediti che non arginano le loro velleità creative neppure di fronte all'evidenza. La *Sanguineti Legnami* tiene aperto fino a mezzogiorno del sabato proprio per raccogliere anche questa fascia di clienti: gli zen del weekend. Sono coloro che riversano sul lavoro manuale le frustrazioni di ore d'ufficio e snervanti briefing infarciti di *feedback*, *group*, *head*, *buyer* e *advertising*. Aumentano e prolificano di mese in mese, desiderosi di costruire cose vere, di piantar chiodi, avvitare cerniere, siliconare giunture, turare pori di legni grezzi e sfiorare venature vive odorose di boschi e case di gnomi. È una strana fauna di redivivi, quella del sabato mattina, smaniosa di sporcarsi le mani, di arrivare a sera stremati da una stanchezza sana, di appoggiare i gomiti su un tavolo, magari sghembo ma uscito dalle loro mani: le stesse mani che si agitano tutta la settimana su un'asettica tastiera con la sensazione di frullar sul nulla e che ora finalmente sfiorano qualcosa di reale, pratico, finito.

Romeo Giordani sorride, blocca il largo foglio di compensato sulla sezionatrice verticale e prende le misure, iniziando a tagliare con meticolosa precisione pezzo per pezzo, secondo le indicazioni del post-it rosa appiccicato sull'angolo destro della macchina. Chissà cosa scaturirà da questi rettangoli di compensato marino, prova a immaginare Romeo, sono misure inusuali e l'esperienza lo porta a escludere armadietti, mensole e contenitori. E poi, la scelta del marino racconta un desiderio di durevolezza, di resistenza all'umido, al salmastro e alle intemperie. Socchiude gli occhi e immagina di spostare e assemblare i pezzi in svariate combinazioni, nel solito gioco che lo accompagna giorno per giorno, ora per ora, minuto per minuto nel suo lavoro e nelle sue giornate. Lo faceva anche prima, prima del fatto intende, quando da ragazzo prendeva l'autobus per andare al professionale del Villaggio del Ragazzo: dalla sua posizione privilegiata guardava dentro le finestre delle case, dentro le vetrine dei negozi, dentro i finestrini delle auto. Immaginava storie, brandelli di vita, famiglie diverse dalla sua. Oppure uguali, dove lui però rivoltava e metteva insieme i pezzi a suo piacimento, fino a che non otteneva una trama, un epilogo, una fine. L'autobus continuava per la sua strada come lui proseguiva per la sua, lasciandogli un aggancio che si srotolava inesorabile una scena dopo l'altra. Come in un racconto di Pirandello, gli avevano voluto dire. Era poi andato a cercarla, quella novella, *L'uomo dal fiore in bocca*, e aveva sorriso. Forse anche lui come il protagonista avvertiva questo fiore crescergli dentro, una cancrena a suo modo, una rosa che lo ha ingoiato, rapida e prepotente, per esplodergli fuori violenta e incontenibile. Romeo sfiora il disegno inciso sul suo bicipite: deflagrato il fiore, della rosa sono rimaste solo le spine. Ha pagato quel che era giusto per ciò che ha fatto, ma il dolore non può esser lavato via da nessun castigo. Solo immaginare e costruire vite diverse lo ha tenuto a galla: è stato il suo battito d'ali per sollevarsi dalle macerie, dopo l'esplosione di quel tumore di violenza che gli era cresciuto dentro a tradimento.

Non si può tornare indietro e poi non ha senso nascondersi dietro l'alibi del retroterra personale tanto masticato dallo psicologo del carcere, Romeo lo sa: aveva la possibilità di scegliere e ha scelto male. Nessuno lo ha tirato per i capelli quella maledetta sera di vent'anni fa, semplicemente ha deciso di farlo, come nella *Cattiva Strada* di De Andrè: è andato e basta.

Don Bacigalupo dice che Dio non ci manda addosso nulla, non ci castiga, non stabilisce a priori il nostro destino: ci ha dato il dono del libero arbitrio, la grande capacità di poter discernere tra istinto e scelta. Perciò il nostro futuro dipende in massima parte da noi; invece di costringerci a seguire le sue leggi, Dio in pratica ci dice: "Le possibilità che hai sono queste e io che ti amo ti consiglierei così, però fa' come vuoi".

Quindi, se è finita di merda, è solo perché se l'è cercata.

Si guarda le mani larghe e forti. Le stesse mani che hanno reciso adesso sono mani che creano, mani che hanno dato vita ad altre storie scaturite dai suoi battiti d'ali.

Non sa se ora è un uomo migliore, ma sicuramente è un uomo diverso. È finalmente libero, di una libertà che non ha a che fare con le sbarre, ma con l'essere responsabile delle proprie scelte.

E mentre taglia l'ultimo pezzo di compensato ecco che, spostando, assemblando e rimescolando, finalmente l'immagine gli appare nitida e precisa: si tratta di un'altalena, una di quelle fatte a seggiolino, con schienale a listelli e braccioli. Un'altalena. Un battito d'ali per librarsi in volo e farsi ingoiare dal cielo.

33

Dal cielo scendono colate di luce obliqua a pugnalare l'orizzonte verde scuro del mare. Una luce feroce che affetta l'atmosfera livida e cangiante da libro dell'Apocalisse.

Splendida.

E tremenda.

Don Andrea Bacigalupo sospira e si stacca dalla finestra, avvicinandosi ad Alma e all'ispettore.

«Sì, conosco benissimo Romeo Giordani, mi sta aiutando a restaurare la Canonica e il vano sotto il campanile. Lavora con me da quasi un anno.» Don Andrea sfiora la larga panca di legno con i grossi morsetti fissati a tenere incollate le gambe. «È un ragazzo calmo e posato, un ottimo carpentiere. Gli ho trovato un impiego come operaio alla *Sanguineti Legnami* e nel tempo libero viene qui ad aiutarmi. Ci siamo conosciuti circa una decina di anni fa. Lui era...»

«Era in carcere. Per omicidio» lo anticipa Rosset. «Se non sbaglio ha ucciso un tizio, ha infilato il cadavere nel bagagliaio e poi se n'è andato in discoteca.»

«Già.» Don Bacigalupo posa i suoi occhi calmi sulla panca inclinata a gambe all'aria. «Ma vede, ispettore, sa meglio di me che alle cose bisogna girarci bene intorno e osservarle da ogni lato, per capire veramente come sono fatte.» Ribalta la grossa panca mostrando sul retro l'incastro perfetto del sedile che salda il tutto senza l'ausilio di viti o chiodi e un delicato intaglio di tralci a decorare lo schienale.

«Vero» ammette Rosset. «Ma si metta nei miei panni, don Andrea: troviamo un uomo mezzo morto sul marciapiede sotto il palazzo dove viene rinvenuto anche il cadavere di una giovane donna. Poi, nel giro di poche ore, salta fuori che l'uomo in questione è stato assunto da Adele Modesti per investigare su Romeo Giordani, un ex detenuto che si è fatto vent'anni dentro per omicidio. Nel frattempo, giusto per complicare le cose, la signora Adele scompare. Conviene con me che, pur cercando di sgombrare la mente da pregiudizi e preconcetti, è facile scarrocciare verso una determinata direzione?»

«Adele? Sparita? Ma cos...» Don Andrea si volta di scatto verso Alma. «Ne siete sicuri?»

Alma affonda i suoi occhi castani in quelli scuri di don Bacigalupo, ma non trova appigli né il solido sostegno su cui era abituata a contare. Annaspa per qualche secondo, persa nella tempesta, poi sente affiorare una fiducia che credeva sepolta, una forza plasmata dal costante allenamento ai marosi della vita: nascere nero (seppur sbiadito) ti alleva all'abitudine di rinnovare ogni giorno la stima di te stesso, a convincerti che non devi lasciarti sopraffare dal disprezzo e dalle umiliazioni. E ti costruisci piano piano la tua scorza, fai rimbalzare i colpi e resisti ai fendenti, attingi alle piccole riserve di rispetto che hai messo da parte per i tempi grami per riprendere fiato. E poi scopri che ce la fai da sola, in fondo è semplice, è sufficiente non fissarsi su ciò che non funziona e di colpo ti si apre un universo di possibilità: basta pensare a tutto ciò che potrebbe essere e non solo a quello che non è. Come ha fatto a dimenticarlo? Lo ha seppellito crogiolandosi nella tana dell'autocommiserazione, che stupida!, le è bastato veder crollare il suo castello di tranquilla consuetudine contemplando impotente l'uragano spazzare via la vita familiare di prima, che è tornata a dibattersi come un'orata sul bagnasciuga. Ma ora la sente scorrere di nuovo, rediviva e prepotente: è lei, la tempra solida dei Boero-Kouyatè.

Alma raddrizza le spalle e allarga il petto in un respiro pieno. «Sì, ne sono sicura» afferma quindi, con risoluta semplicità.

Don Andrea resta a fissarla per un lungo attimo, con le gambe larghe e le nocche sbiancate a stringere lo schienale della panca, come per lasciare penetrare quelle poche parole a fare presa nel suo cervello, che pare rifiutarle con ottusa determinazione.

«Ho capito.» Stacca le mani dalla panca e le passa sulla mascella già scura di barba. «E se siete qui, avrete sicuramente un ottimo motivo.»

«Perfetto» attacca sbrigativo Rosset. «Ho bisogno di sapere il più possibile su Giordani, prima di convocarlo in commissariato. Ma un sapere vero, don Andrea, il dossier asettico degli archivi me lo sono già letto da solo e dalle poche notizie che ho raccolto, nulla lascia intuire un legame con Adele Modesti. Ma qualcosa ci deve essere per forza e io devo venirne a conoscenza prima: studiare il percorso rende meno imprudente la scalata, a volte un chiodo d'appiglio in più o in meno può fare la differenza tra conquistare una vetta o tornare con le pive nel sacco.»

Don Bacigalupo gli fa un mezzo sorriso e mastica pensieroso il sigaro spento.

«Mah, che vi posso dire, Romeo Giordani non ha avuto la fortuna di crescere con una famiglia solida alle spalle. Ultimo di quattro fratelli, si è trovato sbattuto come una canna al vento tra assistenti sociali e famiglie in affido che hanno fatto ciò che potevano, ma Romeo era testardo, orgoglioso e sgroppava come un puledro selvaggio appena si tentava di domare le sue intemperanze. Ha cominciato con piccoli furti per strada, nei negozi e sui mezzi pubblici: non voleva l'aggravante dell'effrazione, uno dei pochi insegnamenti appresi da suo padre. Poi, insieme a un disperato peggiore di lui, hanno puntato le coppiette che si appartavano in auto a Preli e nelle traverse di campagna.» Don Andrea si sfrega la mascella rasposa con un rumore di carta vetrata. «Un lavoro pulito: li coglievano di sorpresa e questi, resi vulnerabili dall'imbarazzo e dalla loro nudità, si lasciavano portar via portafoglio, cellulare, catenine, orologio… a volte, se erano spacciabili per nuove, gli levavano pure le scarpe di marca. I derubati non sporgevano quasi mai denuncia: solo il fatto di doversi infilare in macchina per avere intimità presupponeva una clandestinità che garantiva poca voglia di esporsi, su questo giocavano Romeo e il suo compare, e per questo la loro attività criminosa andava a gonfie vele.» Don Andrea appoggia una mano sulla spalla di Alma. «Ma come ben sappiamo, la saggezza dovrebbe tenere conto dell'imprevisto. Purtroppo la saggezza non faceva parte delle priorità di Romeo, che aprendo una portiera dal finestrino appannato si è trovato di fronte un imprevisto di nome Beppe Impacciatore, piccolo boss locale con l'abitudine di girare con un coltello a serramanico infilato nei camperos, capo di abbigliamento che non abbandonava mai, a quanto pare neppure se impegnato tra i sedili reclinabili della sua Alfa Romeo TurboDelta.» Don Bacigalupo si toglie un pezzo di tabacco dalla punta della lingua e fa un sospiro grasso di amarezza. «La giovane moldava, che Impacciatore stava testando prima di metterla sulla piazza, è fuggita tra le piane di Maxena mentre Romeo, spaventato a morte, ha scartato un affondo del serramanico rilanciando con una testata in mezzo agli occhi del boss, che si è capottato oltre il muretto a secco, restando riverso tra le frasche. E qui a Romeo si è presentata la scelta: il bivio che avrebbe determinato il suo futuro. E ha scelto. Ha infilato Impacciatore nel bagagliaio dell'Alfa e se n'è andato. Vede, ispettore...» Don Andrea torna alla finestra a osservare il cielo che si fonde con il mare. «Dio dà a tutti noi in egual misura, prima la vita e poi la morte. Il resto dipende dagli uomini e dalle circostanze. Nessuno saprà mai se Beppe Impacciatore fosse già morto tra le frasche, ma non chiamare aiuto e nascondere il corpo hanno fatto di Romeo un assassino a tutti gli effetti. E quando ci ha ripensato ed è tornato sui suoi passi, per la giustizia degli uomini era troppo tardi.»

«Perché, per quella di Dio no?» domanda con un alito di polemica Rosset.

Don Bacigalupo si stacca dalla finestra e fa correre il sigaro spento verso l'angolo opposto delle labbra.

«Secondo lei, ispettore?» rilancia, allargandosi in un sorriso da stregatto.

«La prigione.» La voce piena di Alma irrompe tra le due correnti di pensiero, deflagrando come un petardo. «Si sono conosciuti lì.»

Rosset la fissa a occhi stretti, ma don Andrea si schianta sulla panca e nell'esaltazione gli cade pure il sigaro.

«Già, come ho fatto a non pensarci: la prigione!»

«Vi dispiace rendere partecipe anche me delle vostre criptiche considerazioni?» si lamenta l'ispettore, piantando le dita ossute a stemperare i nervosismi tra il ciuffo chiaro che gli si affloscia sulla fronte.

«Adele Modesti ha insegnato nel carcere di Chiavari» inizia a spiegare Alma. «La cosa risale più o meno a una decina d'anni fa, avevo appena iniziato a lavorare da lei. Due mattine alla settimana la signora Adele chiacchierava di grammatica, letteratura, autori, scrittori e poeti con i detenuti. Dopo neppure un mese di lezioni, aveva cominciato a portarsi a casa plichi di lettere, poesie, racconti che i suoi nuovi allievi le davano da leggere. Lei li posava accanto al divano, accarezzandoli incredula e pervasa da una contagiosa euforia. Era felice: felice perché li vedeva coinvolti, curiosi e desiderosi di condividere i loro parti letterari, felice perché le pareva di dare loro qualcosa.» Alma sente annodarsi qualcosa in gola. «Felice perché finalmente qualcuno la faceva sentire viva, porcaccia la miseria.»

«È vero. E ha ragione Alma: Adele in quel periodo era rinata.» Don Andrea si osserva le mani, fregando con l'indice le piccole macchie di mordente che gli costellano il palmo. «Il marito l'aveva portata ad abbandonare la scuola che amava e sempre a causa del marito, dopo neppure due anni, ha lasciato anche questo incarico: il Modesti era nel frattempo decollato nella stratosfera editoriale con il clamoroso successo del suo romanzo. Ingoiando definitivamente Adele nella coda buia della sua cometa.»

«Quindi ritenete che potrebbe averlo conosciuto lì il Giordani» Rosset dinoccola meditabondo per la stanza. «E in effetti potrebbe essere. Il periodo corrisponde e il carcere pure. Mettiamo quindi che sia così, ma resta il perché. Per quale motivo assumere un investigatore per indagare su di lui? Ora. Dopo più di dieci anni. Me lo sapete dire?»

Alma si passa i palmi sui jeans, impregnata di una strana frenesia che si è infiltrata a tradimento fra le sue cellule, spandendosi in fretta atomo dopo atomo come una scarica di corrente. Sbatte gli occhi e respira a fondo, in una blanda e poco efficace manovra di contenimento. Poi scrolla le spalle e molla gli ormeggi: no, perché per dieci anni ha cercato di sigillarsi in una parvenza di quieto tran-tran. Per dieci anni ha mantenuto un profilo basso nello stupido tentativo di sfuggire allo sguardo dispettoso del destino. Per dieci anni ha evitato con cura e attenzione maniacale ogni possibile alzata di testa atta a creare, avvicinare o anche solo sfiorare problemi.

Per dieci maledetti anni si è sepolta viva in una noia mortale.

E cosa ne ha ottenuto?

Casini. Solo casini.

E allora tanto vale lanciarsi a doppio tuffo carpiato. Perché adesso si è veramente rotta le scatole di nascondersi dalla vita come un ragno nei buchi.

Alma alza la testa e pianta gli occhi su 'sto maledetto ispettore valdostano, che a questo punto non sa più se odiare o baciare in fronte.

«Be', Fabrizia Recanati è morta, Agostino Ferro è in coma, Adele Modesti è sparita.» Alma fa un grosso sospiro. «Non per insegnarle il mestiere, ma io comincerei a darmi da fare con chi può ancora dirci qualcosa su questa faccenda, Romeo Giordani e Cesare Modesti, per intenderci. Mi auguro che non succeda più niente, per carità, ma nel dubbio non perderei altro tempo in chiacchiere e supposizioni. Li metterei alle strette e bon. Finché possono ancora parlare, insomma.»

Don Andrea le lancia un'occhiata divertita e si rimette in bocca il sigaro senza proferir verbo.

«E da dove ti viene fuori tutta 'sta botta di cinismo, porca vacca, Alma! Messa giù così pare d'esser dentro uno di quei romanzi nordici che non danno scampo.»

Rosset si passa la mano sulla faccia, perché sa pure lui che deve partire da lì. Ma sa anche com'è fatto il vice questore, sa che per attaccarsi alle caviglie del Modesti non ha niente in mano, per legittimare le ricerche della signora Adele ancora meno e che il rapporto della scientifica sulla Recanati non ha ancora portato frutti costruttivi a cui appigliarsi. Sì, forse il legame Ferro, Adele e Giordani, per quanto sottile, potrebbe lasciare qualche margine di manovra. Ma solo perché Romeo Giordani è un ex detenuto non incasellabile da un punto di vista borghese, ragione per cui il vice questore non dovrebbe porre veti e variabili. E poi i signori Parodi, i vicini di Fabrizia Recanati, avevano parlato o no di una voce maschile proveniente dall'appartamento della vittima? Nero su bianco sul verbale. Perciò, volendo, avrebbe tutti gli estremi per. Gli vibra il cellulare con l'urgenza che solo Sara Fabiani riesce a imprimere, anche a distanza. Rosset l'ascolta serio, sopracciglia unite e narici strette.

«A *tartaillà*. A fagiolo.» Sorride mesto rinfilando il telefono in tasca. «Sul computer della Recanati hanno trovato nella cronologia una ricerca su Romeo Giordani. A questo punto il suo coinvolgimento non è più un caso. So di ripetermi, ma per me due coincidenze conducono a una quasi certezza. Anche se per ora non riesco a dare forma ad altro. Giordani per il momento pare incarnare l'indiziato principale.»

«Mah, forse il problema è che si tende a vedere soltanto una cosa là dove invece ce ne sono tre o mille...» si insinua Alma con circospezione. E la voce le si smorza in gola, perché dirlo le porta inaspettatamente a galla una pungente sensazione di allarme.

Luca.

Luca e il suo sguardo che scappa.

Luca e il suo errare in canoa.

Luca e il suo vagabondare in bicicletta.

Luca e il suo intagliare i legnetti portati dal mare. Una moltitudine di scarne e bianche creature che stanno invadendo piano piano tutta la casa.

Luca che sta sempre da solo.

Solo in mezzo al mare.

Solo in bicicletta.

Solo nella sua stanza con il piccolo Opinel che gli aveva regalato suo padre prima di andare nell'altro mondo, come dice l'Alfonsina.

Solo, solo. Sempre solo.

Come ha fatto a non valutare con attenzione quel particolare: un ragazzo che a sedici anni trascorre la maggior parte del suo tempo libero in solitaria, senza coinvolgere un amico, un compagno. No, c'è qualcosa che stride.

Come buon peso, aggiungerebbe il suo rifiuto ad andare in piscina con la scuola.

Perché?

Lei ha visto solo una cosa là dove invece ce ne potrebbero essere tre o mille. E nessuna di queste le pare auspicabile o minimamente positiva.

Come quando crolla una diga, Alma è travolta e sommersa da un mare di ipotesi.

E viene pugnalata dalla percezione di aver perso tempo. Tempo prezioso.

«Devo andare a casa!» Alma si alza e infila veloce la giacca.

«Ma cos...» Jules Rosset è preso alla sprovvista. «No, ora che viene il bello. Non puoi mica lasciarm...»

«Oh sì che posso, posso eccome!» Alma agguanta la sua grossa borsa con le fibbie di cuoio. «Tu hai il tuo lavoro e io ho la mia vita. E ora ti dico che devo andare a casa.»

«Vengo con te» Rosset con due falcate raggiunge il giaccone abbandonato sulla sedia vicino alla porta.

Alma si blocca per voltarsi imbufalita. Poi lo sguardo le si impiglia negli occhi discreti di don Andrea, che ora si è alzato e la sta fissando a scrutarle i timori. E come al solito le legge dentro, le legge tutto l'affanno viscerale e potente di madre. Poi passa il sigaro dall'altro angolo delle labbra e fa un piccolo cenno verso l'ispettore come a suggerirle "Perché no?", aggiungendo un'incoraggiante strizzatina d'occhi.

Alma non sa se è per smorzare la sua apprensione o per ovviare alla conclamata assenza di una figura maschile nel loro eterogeneo nucleo familiare (e Dio solo sa quanto ne avrebbero bisogno!), o semplicemente per sedare il senso di colpa per aver cozzato tutto questo tempo davanti all'evidenza, lasciandosi incantare da queste boiate alla Miss Marple. Fatto sta che ruggendo un «E va bene, vieni pure tu!», Alma alza gli occhi al cielo, apre la porta e imbocca a passo di marcia via delle Vecchie Mura, portandosi a casa un cocciuto valdostano e pure poliziotto, in pratica un estraneo, incontrato davanti a un cadavere circa ventiquattr'ore fa.

Una roba da pazzi.

34

Da pazzi. Una roba da pazzi. Il signor Amedeo Parodi scrolla la testa e si sistema il gilet. *Ma tu guarda, adesso ogni volta che è prevista pioggia si alza un can-can che levati, per poi far le cose con i piedi.* È appena passata l'auto della protezione civile con tanto di altoparlanti. Dalle sei di domani mattina scatta l'allerta Due. *Ora dimmi te cosa ne capisce la gente della faccenda delle allerte.* Perché sì, lui lo sa perfettamente che Uno vuole dire *stai in campana* e Due significa *chiuditi in casa ché se fai il fesso in giro ci puoi lasciare la ghirba.*

Perché Due è il massimo, altri numeri non ce ne sono.

Ma prendiamo sua moglie Licia, per esempio, ecco a lei 'sta faccenda dei numeri proprio non le entra: "E be', dai", gli risponde sempre, "allerta Due cosa vuoi che sia?". Ma come "cosa vuoi che sia": è il peggio del peggio che può succedere, è la calamità, l'inondazione, lo tsunami, il disastro. E invece a Licia (e a chissà quanti) il misero numero due richiama un tre, e poi un quattro e su su fino al dieci, o che so, magari una scala fino al cento. Capisci bene che diventa tutto un gran pasticcio. Ma non potevano, ragiona stizzito il signor Amedeo, distinguere semplicemente tra pre-allerta e allerta? Son due stadi belli chiari dove nel nome sta già la condizione del pericolo, senza creare dubbi e sibilline interpretazioni.

«Ma che fai lì, appollaiato come un corvo, Amedeo!» S'affaccia la testina bionda della moglie. «Vieni dentro che il vento fa sbattere i vetri e mi si sporcano le tende. Guarda che domani ci hanno invitato a pranzo i Campodonico, che dici, come dolce faccio la *Tatin* con le pere?»

«Ma sei impazzita, Licia?» s'altera il signor Parodi, rientrando a razzo nel soggiorno. «E pure i Campodonico, scusa, ma ti pare?»

La signora Parodi inclina la testina bionda e lo fissa con malcelata apprensione e un filo di fastidio: l'Amedeo le pare sempre più deragliato, l'essere andato in pensione gli deve aver allentato qualcosa negli ingranaggi del tran-tran. C'è anche da dire che a trovarselo sempre in casa tra i piedi non si è ancora abituata, certo che però lui è sempre lì a metter becco su tutto e con un veleno di polemica che. *Uff.* Come adesso, perché deve prendersi una botta di matta solo per aver pensato di fare la *Tatin* alle pere. Non ci siamo, neh? È che son quasi quarant'anni che lo conosce e l'esperienza le insegna a contare fino a dieci prima di fiatare, poi magari gliele canta lo stesso, ma con toni più smorzati, quelli che non lasciano incisioni.

Perciò respira, chiude con calma i vetri del balcone, controlla che il bisso delle tende sia incolume e poi si piazza di fronte al marito.

«Se non vuoi la *Tatin* alle pere non c'è mica bisogno di prenderla come un fatto personale. Certo che: elimina le uova per il colesterolo dell'Elide Campodonico, elimina il cioccolato e la frutta secca per le tue emorroidi, elimina la crostata perché al Campodonico non gli *cimbra* la marmellata... No, dico, vedi bene che.» La signora Parodi sventola la manina a sviscerare il resto.

«Ma cosa c'entra la *Tatin*, Licia! È dell'allerta che parlo: è appena passata la protezione civile a dire che domani c'è la Due, capisci, Licia? Allerta Due.» Il signor Parodi trattiene il fiato, come un condannato in attesa dell'inevitabile.

«Oh, Amedeo, che lima con 'ste allerte! Ma cosa vuoi che s...»

«N o n d i r e c o s a v u o i c h e s i a» scandisce a denti stretti il signor Parodi, sputacchiando anche un poco nell'impeto della tensione. «È tutto ciò che di peggio puoi immaginare e io non rischio la pelle per un *menosissimo* pranzo da quei *menosissimi* dei Campodonico, che sono pure così dementi da costringerci ad attraversare mezza città per andare a mangiare a casa loro. Che tra l'altro, l'Elide Campodonico si ostina a farmi quel suo brasato che chissà come si è convinta sia la mia passione, mentre invece mi fa schifo, Licia, schifo!» Il signor Parodi appoggia le mani sullo schienale della Luigi XIV, la tirata lo ha stremato.

«Bon, pure a me il brasato dell'Elide non piace. Tra l'altro, è una roba troppo laboriosa: la carne sta a cadaverizzare nel vino per almeno dodici ore, fa non so che faccenda con le bacche di ginepro e poi ci incunea dei cosi dentro che. Be', insomma, per dire che secondo me se le diciamo di non farlo più l'Elide è pure contenta.» La signora Parodi scrolla la testina e si leva un pelucco inesistente dal golfino. In realtà sta prendendo tempo. Perché lei tutta una domenica infilata in casa con l'Amedeo non la regge. Durante la settimana riesce a inventarsi commissioni e faccende che le creino un alibi per uscire e anche lui ha i suoi giri. Insomma, la convivenza è tutto sommato stemperata, ma la domenica no. In più, date le condizioni meteorologiche, si esclude la messa in Cattedrale e anche la deprimente passeggiata post-prandiale. Quindi, nonostante i Campodonico siano effettivamente di una noia mortale, persino il pranzo da loro, compreso l'indigesto brasato dell'Elide, le pare più auspicabile del silente *tête-à-tête* domenicale, con l'Amedeo appollaiato sul balcone a scrutare il fiume. La signora Parodi reprime un piccolo sospiro e sbircia il marito che, accesa la TV, zampetta tra i canali regionali per valutare il reale pericolo di una catastrofe. Un corvaccio, un uccello del malaugurio, ecco cosa è diventato l'Amedeo. Guardalo lì, a crogiolarsi nelle ipotesi di disastro. E poi queste allerte, via, che tedio! Se lei fosse stata davvero infilata in casa tutte le volte che si ventilava il dramma, figurarsi, tra l'altro poi splendeva puntualmente il sole. Ma l'Amedeo farnetica di queste bombe d'acqua che incombono minacciose e che non si può davvero prevedere con precisione dove cadranno. Mah. E poi, cosa vuole dire *allerta*? Le pare che comunque gli uffici restino aperti, i negozi pure e anche le fabbriche. Impiegati, operai e commesse escono comunque di casa, prendono i mezzi per raggiungere il posto di lavoro e restano fuori tutto il giorno. Per loro il pericolo non vale? Sono forse immuni? Suvvia!

Chiudono le scuole, questo sì, ché il nipote dei Cipriani dell'interno 2 la settimana scorsa lo ha sentito esultare fino a qui. La signora Licia scuote perplessa la testina bionda. Parliamoci chiaro, sessantadue lei e sessantasei l'Amedeo: è davvero il caso di rinunciare a fare cose nella remota ipotesi di un'alluvione? A parte che, riflettendoci, è forse più pericoloso attraversare da un marciapiede all'altro corso de Michiel, che lì vanno come dei pazzi, e poi dentro di lei ormai ha germogliato questo fatalismo che. Sarà per l'omicidio della Recanati del piano di sopra, che era giovane e tranquilla in casa sua. Eppure ci ha lasciato la pelle. Insomma, per dire che contro il fato non si può nulla, quando è la tua ora, è la tua ora e bon, non ci sono accorgimenti o prudenza che reggano.

Ma l'Amedeo non pare vederla così: attaccato alla pellaccia come non mai, si controlla la pressione tutti i giorni, tartassandola con le sue fisse su colesterolo e grassi insaturi, costringendola a comprare tutti quei cosi alla soia che, insomma, non è che siano proprio la fine del mondo. Anzi. Carissimi, tra l'altro. Così lei deve fare maneggi inverosimili per nascondere nel frigo i suoi Müller alla Chantilly, che se l'Amedeo li vede, apriti cielo!, ma col cavolo che lei s'ingoia quelle robe dense al retrogusto di cherosene.

Ma sta divagando, perdendo di vista il problema: cioè evitare di trascorrere una domenica da campo di prigionia. Quindi?

«Be', Amedeo, mi sa che hai ragione. Con l'allerta mica si scherza» lo blandisce accondiscendente, sedendosi in punta di divano. «Certo che qui in via Trieste, a due passi dall'Entella, per rischiare si rischia.»

Il signor Parodi si volta a scrutarla con il sopracciglio teso.

«Eh, voglio dire, ci son zone di Chiavari che tutto sommato se ne possono star tranquille. Prendi per esempio i Campodonico: vivono in una villetta a metà di una salita e a ponente, quindi ben lontani dal fiume, meglio di così! Tra l'altro la pioggia scivola giù per la discesa che è una meraviglia, mi raccontava l'Elide che il loro garage è asciutto come una terracotta di Castellamonte» lascia cadere con sapiente noncuranza la signora Licia.

«Sarà anche così» bofonchia il signor Parodi, «ma casa nostra qui sta. E sinceramente mi pare azzardato muoversi fino in via Antica Romana. Tra l'altro, come ci arriviamo? A piedi pioverà che Dio la manda e in auto guai, pericolosissimo. Non se ne parla!»

«Mah, metti che poi domani a mezzogiorno il tempo sia discreto. Si potrebbe pensare. Guarda, io la *Tatin* la faccio comunque, se poi il tempo è pessimo ce la mangiamo noi.» La signora Parodi si alza con decisa fermezza per non lasciar spazio a eventuali repliche.

«No ma, Licia, guarda che…» Il signor Amedeo la segue in cucina. «E se poi inizia a piovere mentre siamo lì e tutto tracima, come ipotizza la TV? C'è anche il mare forza otto che spinge indietro il fiume. Eh, Licia? Che si fa se poi non riusciamo più a tornare?» Solo il pensiero di restar bloccato per tutta la sera e forse anche la notte dai Campodonico gli attanaglia la gola.

«E vorrà dire che insieme alla *Tatin* dai Campodonico porteremo anche il *necessaire* per la notte. *Uff.* Mamma mia come sei rigido, Amedeo. Guarda la Recanati. Eh, appunto. Come vedi ora ci sei e un attimo dopo non ci sei più. Goditi ciò che la vita ti offre, Amedeo, prima che sia troppo tardi.» La signora Parodi agguanta il panetto di burro dal frigo e inizia a farlo a pezzetti dentro una terrina.

Il signor Parodi resta lì boccheggiante, attaccato allo stipite, travolto dal letale pensiero paradossale che lega le quarantotto ore in casa Campodonico all'omicidio di Fabrizia Recanati, l'atroce quasi certezza di essere accusato del suddetto delitto e l'osceno mezzo chilo di burro che la moglie sta impastando insieme alla farina.

E non si tratta neppure di burro di soia.

Il signor Amedeo deglutisce.

Alluvione o no, una cosa è certa: lui non arriverà vivo a lunedì.

35

Non arriva vivo a lunedì. E neppure a questa sera, questo è poco ma sicuro. Alma si piega decisa verso destra e affretta il passo.

«Ma dov… Ehi, Alma, aspett…» sbuffa Rosset, che non riesce a starle dietro senza mettersi a correre, e dire che avrà dalla sua trenta centimetri buoni di coscia in più su cui fare affidamento. Ma niente, Alma pare rollare su cuscinetti a sfera.

«È mio figlio Paolo. Laggiù. Dovrebbe essere a scuola. Lo vedi? È quello lungo con la felpa blu dei Pink Floyd. Ecco, ti pare a scuola? No, a meno che le lezioni di terza del geometri non si tengano in via dei Lavatoi. Ah, ora mi sente. Oh, se mi sente.»

«No, Alma. Aspetta. E fermati un attimo, per la miseria.» Jules si allunga in avanti senza smettere di correre e con le dita riesce finalmente ad artigliarle il giaccone. «Non è da solo, ci sono almeno altri cinque ragazzi. Se piombi lì e lo riprendi davanti a tutti, lo rovini fino alla maturità. Son cose che non si fanno. Respira, così, da brava. Ora ci nascondiamo qui dietro e vediamo che succede» la spinge dietro l'angolo della vetreria e sporge appena la testa a scrutare il gruppetto.

«Quindi lo spiamo. Ah, questo sì che invece…» Inarca scettica il sopracciglio Alma.

«Uh, spiare, ma va'. Osserviamo i fatti. Tutto qui» la rassicura Rosset, sventolando la manona ossuta.

«Quello biondo con la giacca di pelle lo conosco. È il figlio dei Contini.» Alma si alza in punta di piedi per guardare oltre la spalla dell'ispettore. «Ottima famiglia e pessimo soggetto. Non sono a scuola insieme. Jacopo Contini fa il classico. Non pensavo neppure che si frequentassero con Paolo. Ma cosa diavolo stanno facendo? Ehi!» Alma scatta in avanti, ma Jules la blocca tappandole la bocca.

«Ma sei scemo? Mollami. Quel cretino di mio figlio sta prendendo a spintoni il Contini e io...»

«E tu non fai proprio niente. Stai buona e ferma come ti ho detto. Anzi te lo ordino. Se ti muovi, guarda...» Rosset resta un attimo a pensare. «Ecco, guarda, ti arresto. E non fare quella faccia, sai, un pretesto lo trovo. Senti, vuoi venire a capo di 'sta faccenda con tuo figlio? Allora lascia fare a me.»

«Ma tu che ne sai di mio figlio, neanche lo conosci. Paolo è una testa calda, s'infiamma subito, è polemico è...»

«È cattivo?» la blocca Rosset, fissandola con il suo sguardo grigio.

«Ma che razza di domanda è, non siamo mica all'asilo! Bravo cattivo simpatico antipatico... cosa diavolo vuole dire se è *cattivo*.»

«Sei sua madre. Ripeto: è cattivo?»

Alma sbatte appena le palpebre e osserva la nuca di Paolo, rotonda, pulita, perfetta. Non molto diversa da sedici anni prima, quando le stava sul palmo della mano e. Alma sospira. No. Impulsivo battagliero passionale, questo sì. Ma cattivo con la crudeltà gratuita di far male no, mai.

«Ecco, appunto.» Sorride Jules, cogliendo il suo sguardo. «Quindi vediamo gli sviluppi.»

«E non sarà cattivo, ma sta caricando il Contini come un bufalo. No, senti, io non posso starmene qui mentre...»

«Ma guarda che sei proprio una testona. Ecco, vedi, se ne stanno andando. Ora lascia che tuo figlio si allontani, ecco, brava. Dov'è che va, secondo te?» domanda Rosset, sporgendo appena la testa.

«Ma cosa vuoi che ne sappia, scusa, di certo non a casa, dato che mancano più di due ore alla fine delle lezioni. Oh, ma mi sente eh, lascia solo che...»

«*Che* niente. Se vuoi scoprire qualcosa, devi aggirarlo trivellando un cunicolo laterale. Come per… Niente!» Jules si smorza sotto lo sguardo rovente di Alma. «Solo per dire che secondo me non ha semplicemente bigiato, saltato… com'è che dite voi qui?»

«Marinato.»

E ti pareva se pure qui non ci infilavano il mare?, pensa e sbuffa piano Rosset.

«Ecco, appunto, se l'esperienza non m'inganna tuo figlio non ha marinato le lezioni solo per il gusto di farlo. Aveva uno scopo preciso, un qualcosa che ha a che fare con quel Contini. Ragiona. Tuo figlio spintona, sbraita, e gli amici del Contini non intervengono. Cinque contro uno, sarebbe uno scherzo metterlo sotto. Invece no, stanno fermi a guardare. E questo vuole dire una cosa sola.» Rosset dinoccola il lungo corpo magro fuori dal nascondiglio e imbocca il piccolo ponte dalla ringhiera di ferro.

«No, ma hai intenzione di dirmela 'sta cosa o preferisci bearti ancora nel tuo delirio di onnipotenza?» soffia Alma, seguendolo a denti stretti.

«Nessun delirio. Solo vederti annaspare ancora quel tanto da sedare il mio sacrosanto desiderio di vendetta. E non guardarmi così, che son due giorni che devo estorcerti mezze frasi e aborti di pensiero con le minacce, *tsuot*! Cavolo.»

«Ma che c'entra, qui è tutta un'altra situazione, scusa. Solo per farti presente che ci metto un attimo a fare dietrofront e a ritrattare. Voglio vederti poi, con quello che ti resta in mano, a farti avanti con quel vice questore di cui non hai fatto altro che lagnarti. Quindi vedi bene che…» Alma gli lancia una breve occhiata e continua a camminare con quel suo incedere fiero da regina vatussa.

«Ho bisogno di te, Alma. La signora Adele Modesti ha bisogno di te. E probabilmente anche quel che resta della dignità di Fabrizia Recanati domanda il tuo aiuto. E lo sai. Ma tu hai bisogno di me.» Rosset si ferma e le si pianta di fronte. «Non credo al destino e neppure al caso. Ma ieri ci siamo incontr…»

«Un imprevisto» lascia cadere con la sua voce piena che riempie i vuoti.

«Come, scusa?»

«Un imprevisto. L'averti incontrato è stato un imprevisto.» Alma lo guarda con quei suoi occhi ambrati, che scavano senza averne l'aria. «La mia vita era liscia, impostata con la meticolosa attenzione di chi vuole ridurre al minimo le variabili della sorte. E invece *sbam!*, ti svegli una mattina e tutto rotola, facendoti precipitare sulla casella dell'imprevisto. Non ho ancora capito se la carta che ho pescato è vantaggiosa o meno, ma mi sei capitato e, nonostante ci abbia provato in tutti i modi, sembra sia impossibile rimetterti nel mazzo e far finta di nulla. Quindi...» Fa una piccola smorfia e riprende a camminare.

«Perciò sarei un tuo imprevisto» ripete Rosset, leggermente perplesso. «E non ti pare una roba strana da dire?»

Alma si volta e lo fissa seria.

«Siamo stati tutti l'imprevisto di qualcun altro.»

Jules resta un attimo appeso a quella frase, che gli pare bordeggiare fra l'emozione di un regalo e la sciagura di una catastrofe, poi scrolla le spalle e allunga il passo per affiancare Alma: per lui questo incontro è stato una manna e se l'entusiasmo non è corrisposto, pazienza, se ne farà una ragione; sinceramente la fregola di essere gradito in questo momento è l'ultimo dei suoi pensieri.

«Mi manca un tassello» riprende Rosset, accantonando con scioltezza l'imprevisto e tutto il corollario di intorti mentali. «Come se dovesse entrare ancora in scena l'attore principale.»

Alma continua a camminare risoluta, senza degnarlo di uno sguardo.

«Dalle mie parti si svolge la famosa *Batailles de Reines*, la battaglia delle regine» continua imperterrito Rosset. «Le *reines* sono le rappresentanti più battagliere della razza bovina pezzata nera e castana e ogni anno si affrontano in questa *bataille* a eliminazione. È una tradizione antichissima di cui i valdostani sono molto orgogliosi. La competizione è leale e totalmente incruenta, l'animale lotta istintivamente contro un suo simile ad armi pari, non c'è lo scopo di eliminare l'avversaria, ma di ottenerne la sottomissione con un'onorevole sconfitta.»

«Fammi capire» si blocca Alma. «Prima ti vendichi biecamente perché secondo te son stata poco collaborativa e ora mi dai pure della vacca? No, ma permettimi di dire che forse è bene se prendi in considerazione l'idea di un corso intensivo di comunicazione interpersonale.»

«Non prendere subito tutto a rovescio!» s'inalbera risentito Rosset. «Il mio era un complimento.»

«Ah, bene. In questo caso il corso diventa *condicio sine qua non*.»

Rosset grugnisce, le donne hanno l'indiscusso potere di snervarlo.

«Intendevo dire che tu emani la medesima fierezza battagliera della *reina* delle *reines*. E a naso tuo figlio ha preso da te.»

Alma rallenta e lo scruta scettica con la coda dell'occhio.

«Certo che sei faticosa, però.» Sbuffa Jules. «*Toc toc*? Ti sto parlando di tuo figlio, mi senti?»

«Mi stai appiccicato come una crosta e non stai zitto un attimo, come puoi solo pensare che non ti senta. È che non sono così sicura di voler ascoltare ciò che hai da dire, tutto qui.»

«Non si avrà mai il coraggio di cercare davvero la verità, se non si è disposti ad accettare anche ciò che non ci va.»

«Credi che non lo sappia?» Alma fa un grosso respiro e preme le dita alla radice del naso, con il mal di testa che le galoppa tra fronte e nuca. «Quindi non parafrasare e vieni al punto.»

«Il punto è che tuo figlio Paolo non è né vittima né carnefice. Il biondo lì, il Contini, lo teme e lo rispetta. La battaglia non è fra loro due. Come ti dicevo, manca il vero protagonista. Paolo probabilmente difende o protegge qualcuno.» Rosset coglie un vuoto tra un passo e l'altro di Alma. «E a quanto pare tu sai perfettamente di chi si tratta» conclude pacato.

Alma si ferma. È stanca. Tremendamente stanca.

Sente tutto sfuggirle come sabbia tra le dita. E in questa sabbia ci affonda e ci annaspa, tanto che le pare di franare indietro a ogni sforzo per andare avanti.

«Ti spiace se continuiamo il discorso dopo?» Alma lascia via San Pier di Canne e svolta con passo greve su per via San Pantaleo.

* * *

«E così è lei il famoso ispettore.» L'occhio rapace dell'Alfonsina indaga senza pudore tra le pieghe dell'uomo spigoloso che, leggermente a disagio, siede di fronte a lei. «Mento triangolare, fronte prominente, naso a punta stretta» procede imperterrita nello scandaglio l'Alfonsina. «L'occhio grigio, poi» schiocca la lingua e s'inclina indietro per cogliere meglio la veduta d'insieme, lasciando infine cadere un "Eh!" carico di sottintesi.

Rosset lancia ad Alma un'occhiata perplessa.

«Mi son dimenticata di dirti che mia suocera ha una fiducia incrollabile nella fisiognomica e negli insegnamenti del Lombroso. Quanto zucchero vuoi nel caffè?» Alma posa le tazzine sul tavolo. Se non fosse che è sottosopra per tutto l'ambaradan che si è innescato stamattina, ci sarebbe davvero da divertirsi: questi due sembrano usciti da un film di Blake Edwards. Invece si sente un chiodo piantato in mezzo allo sterno, che ogni minuto che passa si conficca sempre più giù. Sospira.

Le arriva il cicaleccio fitto delle gemelle che giocano con le Barbie sotto il tavolo del salotto. Luca invece è infilato in camera, nella sua bolla solitaria, con le cuffiette nelle orecchie e le mani che si muovono lente a intagliare uno dei suoi legnetti scarni rubati al mare. Alma si siede e sorseggia meccanicamente il suo caffè, poi posa la tazzina e pianta gli occhi sull'ispettore.

«In che senso io avrei bisogno di te?»

«Lo sai.»

«E cosa ti dà la convinzione di ritenerti in grado di aiutarmi?»

«La stessa convinzione che a te fa dire che la Modesti è in pericolo.»

«Ma io l'Adele Modesti la conosco da dieci anni. Tu invece?»

L'Alfonsina rimbalza silenziosamente gli occhi da uno all'altro, con il collo proteso e la testina che si muove a piccoli scatti precisi. Rosset socchiude le palpebre per osservarla con attenzione. Una poiana! Ecco cosa gli ha fatto venire in mente subito la signora Alfonsina, così scura e tozza e con quello sguardo tondo e rapace, una poiana. L'Alfonsina lo scruta interrogativa: il botta e risposta è in stallo e la palla era di lui, che proceda quindi.

«Io faccio il mio lavoro da venticinque» rilancia Rosset.

«Vediamo, allora.» Alma lo fissa a braccia conserte.

L'Alfonsina si sistema con cura sulla poltrona: deve godersela al meglio, chissà quando le ricapiterà una mattinata così.

«Vediamo, certo, ma a un patto.» Rosset si sporge in avanti con gli occhi a fessura.

«Un patto? Che patto?» si mette sulla difensiva Alma.

«Che tu aiuti me. Un semplice *do ut des*.» Sorride incoraggiante l'ispettore.

«Mi pare più che equo» caldeggia l'Alfonsina, allungando la testolina.

«Lei non s'intrometta» la trancia Alma, alzandosi di scatto. «Come vi permettete di disporre della mia vita come se foss…»

«Ma', senti… *ops*, salve. Scusate. Non sapevo che ci fosse un ospite.» Luca resta sulla soglia a guardarli, dondolandosi perplesso da un piede all'altro.

«Ciao, sono Jules, tu devi essere Luca, giusto?» Rosset si alza e allunga la mano. «Caspita, tu e tuo fratello siete identici!»

Merde.

L'entusiasmo gli si smonta in gola e non ha bisogno di voltarsi per avere conferma dell'occhiata letale che avverte a surriscaldargli la nuca.

Spera solo che Alma non abbia sottomano un corpo contundente da scaraventargli (giustamente, eh!) contro.

Luca lo osserva interrogativo, con un paio di occhi larghi e puliti come un laghetto alpino.

«Lì, nelle foto» si destreggia malamente Rosset, indicando la mensola accanto alla porta. «Siete voi due, vero?» Poi fa finta di guardarsi intorno. «E tuo fratello dov'è?» Mente con un sorriso spudorato.

Un pesante sospiro di Alma gli fa portare d'istinto le mani a proteggere la nuca. Così, a titolo precauzionale, Rosset si sposta anche un po' di lato, allontanandosi dall'eventuale traiettoria di tiro.

«Paolo è a scuola. Io sono rimasto a casa.» Luca abbassa lo sguardo agli alluci. «Non sto tanto bene.» E resta lì, come un angelo caduto, con le braccia strette al corpo e il capo chino.

«Mmh» asseconda Rosset, scandagliando con cura. Uguali ma molto diversi, constata subito. Belli, sani, puliti, ma uno è un fulgido mezzogiorno di fuoco e l'altro è un delicato crepuscolo primaverile. Le ciglia lunghe che sfiorano gli zigomi, il profilo più morbido di una dolcezza femminea e fragile, languido come una scultura del Canova. Bellissimo. In una sala vaticana, certo. Ma a sedici anni e in carne e ossa è come fare *trial* in un campo minato.

«A occhio e croce direi che hai l'età di mio figlio, lui frequenta la terza allo scientifico, al Da Vigo di Rapallo. Ci ho preso?» Rosset si muove tentoni, per seguire il tenue filo nel buio più totale, ma sa che deve stare attento: perdere un appiglio non dà possibilità di recupero, la cosa frana lì e non si risale più.

«Sì, io terza al liceo tecnico. Qui a Chiavari.» Luca alza appena lo sguardo e cerca gli occhi di sua madre.

«E sei in classe insieme a tuo fratello?»

Luca fa di sì con la testa e torna a fissarsi gli alluci.

Porca vacca, lo sta perdendo. Rosset reprime un piccolo sospiro e rilancia l'ultimo aggancio.

«Ah, cosa ascolti?» Jules indica gli auricolari azzurri che dondolano appesi al collo di Luca.

«Niente. Avenged Sevenfold» risponde educato, ma con il tono aspro che tradisce il desiderio impellente di essere lasciato in pace.

Rosset socchiude gli occhi, trivellando la memoria con la rapidità di un laser… perché lo sa, Alberto glieli ha fatti sentire dandogli del cenozoico con il gusto metal fossilizzato su AC\DC, Deep Purple e Iron Maiden. Che poi, insomma, una preistoria che ha fatto la storia acida del…

«*Acid Rain*» gli esce con un respiro di sollievo. «È un gran bel pezzo degli Avenged Sevenfold. E poi quel batterista, coso, lì…» Rosset annaspa.

«Arin Ilejay?»

«Ecco, sì, proprio lui. Caspita! È un batterista davvero con le pall… Insomma, per dire che *Acid Rain* è proprio notevole.» Grazie, Alberto, graziegraziegrazie per avermi triturato i coglioni con vita morte e miracoli di questi cosi, lì, gli Avenged, osanna mentalmente Rosset, con il cuore che si apre insieme al sorriso di Luca.

«Anche a me piace un casino. È la mia preferita. Soprattutto per il testo.» Continua a sorridere Luca.

«Infatti» approva Rosset, che spera con ardore che la cosa si fermi qui. La sua conoscenza della lingua anglosassone gli fa arrivare a senso alla comprensione del titolo (solo in virtù del film *Rain Man*), a cui aggiunge pochi altri vocaboli di uso comune. Tedesco e francese a menadito, ma l'inglese nisba. Una *tchévra*, una capra. Sarà per una questione di latitudine. Boh. Per dire che *Acid Rain* non ha la più pallida idea di che cosa racconti.

Ma sarà utile scoprirlo, ragiona seguendo con lo sguardo la scoordinata figura di Luca mentre si allontana.

Alma si mordicchia le labbra in silenzio, con il cuore gonfio per il non sapere, che è quasi peggio del sapere. E poi si volta verso quest'uomo magro, che conosce appena, che le fa venire il nervoso, che è invadente e molesto e che eppure le dà uno strano tepore, ma che la fa sentire protetta, come uno spunzone di roccia che la difende dalla tormenta.

Rosset ricambia lo sguardo, con l'espressione sicura di chi sa come e cosa fare. E Alma sente qualcosa sgranarsi nel petto, come un grumo di ghiaia che si sfalda e cade, con il respiro che per la prima volta dopo otto anni pare finalmente scorrerle dentro da cima a fondo.

«Mi servono queste cose.» Jules scrive veloce su un foglio del suo taccuino. «Posso averle comunque dai database, ma così facciamo prima.»

«Ci metto un attimo.» Alma si alza e lo lascia lì, *vis-à-vis* con l'Alfonsina tesa come una balestra.

«Ha un bel nipote, due occhi che sono uno spettacolo» comincia Rosset per stemperare le attese.

«Li ha presi dal padre. Mio figlio» lascia cadere secca l'Alfonsina.

Rosset attende sviluppi, sa che in questi casi basta ascoltare che la cosa rotoli da sé.

Infatti.

«È andato nell'altro mondo» continua l'Alfonsina.

«Ah» resta basito l'ispettore, non sapeva della vedovanza di Alma. «Morto? Non sapevo, mi dispiace molto.»

L'Alfonsina scuote la testina rapace con le dita che arpionano il bordo del tavolo.

«Ho detto *nell'*altro mondo, non *all'*altro mondo» puntualizza con tono seccato.

Rosset stringe gli occhi, cominciando a perdere il filo.

«Nel senso che si trova dall'altra parte del mondo. Precisamente a Fremantle, vicino a Perth, nell'Australia Occidentale. Per lavoro.»

«Ah» ripete con poca fantasia Rosset, chissà perché si era fatto l'idea che Alma fosse separata. «E pensate di raggiungerlo?»

«Non credo proprio» risponde Alma, rientrando e allungandogli il foglio compilato in ogni sua parte. «Enrico ha impalmato una biondissima cangura lentigginosa e ha procreato con lei tre biondissimi, lentigginosi cangurini. Quindi direi di no, non pensiamo di raggiungerlo.» Alma si siede, appoggiando il mento sulle mani.

«Come sarebbe che ha sposato un'australiana, ma avete divorziato?»

«No, ma la cangura fa parte di una frangia religiosa che celebra un rito tipo matrimonio, sbattendosene altamente della bigamia. Là sono sposati e qui no, ma dato che tanto qui non ci vengono, direi che son sposati, sì.»

«Ah» ripete per l'ennesima volta Rosset, che in realtà non saprebbe cos'altro dire.

«Per questo ho mollato il lavoro che facevo prima e mi son messa nelle pulizie. È stato dieci anni fa, dopo che sono nate le gemelle. Inizialmente era solo per arrotondare lo stipendio di Enrico. Il mio era un impiego part-time e con aggiunta di qualche ora a servizio ci si stava dentro. Fino a che Enrico non si è licenziato, decidendo di partire per l'Australia. Così sono stata costretta a lasciare definitivamente il mio lavoro: le pulizie rendevano di più e potevo gestirmele senza trascurare la famiglia. Due coppie di gemelli sanno succhiarti le giornate.»

Rosset annuisce con partecipazione, il solo pensiero gli toglie la facoltà di pensare oltre.

«L'idea era di vedere come buttava laggiù e poi raggiungerlo.» Alma si passa i palmi sui jeans e fa un piccolo sorriso. «Ma le cose sono andate diversamente. Le gemelle quasi non se ne sono accorte. Per Paolo e Luca è stato diverso. L'abbandono, la nuova famiglia di Enrico, la gelosia, la rabbia, la mancanza di un uomo in casa, accusarmi che tutto sia successo perché non sono voluta andare subito laggiù con lui. E sentirmi sfuggire le loro vite tra le mani, dover decidere da sola, dover combattere da sola, essere sola e impregnata dalla costante paura di sbagliare.»

«Con i figli tutti abbiamo paura di sbagliare. E sbagliamo, infatti, a prescindere. Perché non esiste una guida, un manuale, un decalogo, un cacchio di niente che ti dica come fare. Neppure il buon senso a volte basta. Ma l'importante è esserci. Esserci vuole dire esser lì, che ci vogliano o meno, ascoltare, captare segnali dai loro silenzi, esserci con il cuore oltre che con la testa. E tu ci sei, Alma...» Rosset fa uno dei suoi sorrisi sghembi e allarga le braccia. «Per questo io sono qui.» Poi legge il foglio compilato, annuisce soddisfatto, se lo infila in tasca e si alza in uno scroccare di giunture.

«Perfetto, grazie. Ah, Solari ha appurato che la carta di credito di Cesare Modesti ha acquistato ieri sera un biglietto di sola andata in prima classe per Mondovì, via internet. Probabilmente per evitare le code in biglietteria il mattino dopo.» Rosset allarga le braccia sotto lo sguardo scettico di Alma.

«Be', le cose stanno così. In mano abbiamo una prova attendibile. Le tue sensazioni per me valgono come un dato di fatto, ma purtroppo non mi danno l'autorità di procedere oltre. Bene, se è tutto io andr...»

«Tu non vai da nessuna parte» lo blocca Alma con il suo tono pieno che non ammette repliche. Poi afferra il telefono e apre la rubrica. «Adesso tocca a me. Mettiti comodo, ché inizia l'operazione Modesti.»

L'Alfonsina fa un mugolio d'approvazione e aggiusta la coperta sulle ginocchia tutta soddisfatta: finalmente si ragiona.

36

Finalmente si ragiona!

Il sovrintendente Ugo Solari posa il telefono e sfrega con forza indice e pollice a massaggiare la radice del naso. No, perché 'sto Cesare Modesti pareva proprio un'entità astratta: tutti lo conoscono ma nessuno l'ha visto. E che diamine! Non è che si può scivolar via così, senza lasciare tracce.

E infatti.

Ora, magari chiamarla traccia è una parola grossa, ma una parvenza di orma, un flebile aggancio, un infinitesimo segno di presenza, quello sì. Senza dubbio.

E la cosa stempera un poco quel contorno di tiepida follia che riveste l'intera faccenda Mr. & Mrs. Modesti. Solari sospira, appoggiando le ampie spalle alla sedia girevole che cigola mesta; poi si pianta le manone tra i capelli che, reduci da attacchi ripetuti, gli stanno ormai dritti e arruffati in un'aureola ispida da leone impagliato.

Il perché l'ispettore si sia accanito così su questa ricerca sfugge a Solari. In ordine di priorità, hanno un cadavere all'obitorio, un tramortito che giace in coma farmacologico su un letto di ospedale e il nulla cosmico che avvolge il tutto. No, per dire che, con tutto il rispetto, non condivide il trasporto dell'ispettore per questa Alma Boero, mentre a quanto pare Rosset ce l'ha per dritto e per traverso. Ora, sarà anche attendibile e perspicace come sostiene Rosset, sarà anche vero che Mrs. Modesti è scomparsa non per sua volontà ma, porca l'oca!, hanno messo nero su bianco che il Modesti ha acquistato il biglietto per la moglie dal sito di Trenitalia, cosa volere di più come conferma? Con tutto quello che devono ancora fare per i due delitti già commessi, lui non vede tutta quest'urgenza per qualcosa che non si sa neppure se è successo davvero. E su che basi, poi? Su una tipa che sostiene che la Modesti non fa i bagagli in quel modo. Ma andiamo! E l'ispettore si è fatto incantare da queste trovatine da mentalista di talk show, sbuffa con un rodio di gelosa diffidenza il sovrintendente. Così son quasi due ore che Solari setaccia le facoltà di via Balbi, oggi è pure sabato e non tutte le segreterie sono aperte, solo quella di lettere e filosofia ha ammesso con una certa reticenza che sì, Cesare Modesti doveva passare in questi giorni a prendere accordi con i nuovi assistenti per le sessioni d'esame, ma che no, loro non l'avevano ancora visto. Per scrupolo di coscienza, si è fatto passare anche l'ex Collegio dei Gesuiti, che fino all'anno prima ha ospitato la biblioteca universitaria, vedi mai che come scrittore… ma nisba. E così pareva che il presunto approdo a Balbi del Modesti come da SMS in realtà non ci fosse stato. Ma Solari, tant'è, un poco di tigna ora ce l'ha, ché se poi viene fuori che la Boero ci ha preso lui ci fa la figura del gondone. Quindi ha ragionato per basilari. Uno dei basilari fondamentali dell'attuale società è il possesso di un'automobile. Ora: gli elementi a sua disposizione non lo investono del potere ufficiale dell'indagine, ma le vie traverse in amicizia e nella legalità sono permesse o per lo meno lui se le prende. Perciò è stato sufficiente chiamare il centroboa della squadra di pallanuoto che lavora alla motorizzazione e tombola!, a quanto pare Cesare Modesti guida una Mercedes Classe A grigia. E a quanto pare stamattina, alle ore 7.52, una Mercedes Classe A grigia con il numero di targa corrispondente è uscita dalla galleria di sant'Ilario a centoquaranta invece che ai consigliati cento chilometri orari. Adesso la fotografia sgranata di un inconfondibile Cesare Modesti sta uscendo dallo scanner vetusto ma decoroso della polizia di stato di Chiavari. Solari si alza soddisfatto a raccogliere la stampa, scuotendola con delicatezza per far asciugare l'inchiostro.

Ma vieni! Ridacchia soddisfatto, che finalmente si chiude la pantomima dei Modesti, si conferma che 'sto maledetto treno è stato veramente preso e cala il sipario su Alma Boero e i suoi super poteri.

Anche se.

A guardar bene.

Tende l'immagine sotto la lampada.

Qualcosa non gli quadra.

Dunque, il messaggio diceva chiaramente che i Modesti sarebbero partiti da Chiavari per arrivare alla stazione di Porta Principe un poco prima dell'arrivo dell'interregionale per Torino delle 8.30.

Come orario ci siamo: lascia un discreto margine per arrivare con calma e magari che so, bersi un caffè, comperare due riviste.

Eh. E quindi cosa c'è che lo disturba?

Il sovrintendente si liscia i baffoni rossi, perlustrando l'immagine a palpebre strette.

Poi allarga gli occhi e si schianta sulla poltrona girevole, che accusa il colpo con un lamento.

Belin!

Le teste.

Solari si passa una manona sulla faccia e alza gli occhi al cielo con un grugnito.

In quest'accidenti di auto manca una testa.

La testa di Adele Modesti.

37

Adele Modesti afferra il beauty. Cesare le ha tirato giù quello sbagliato, non si abbina per nulla al borsone che giace semiaperto in mezzo alla stanza. Pazienza, in questo momento non le importa proprio. Si guarda in giro nell'impalpabile caos che la circonda, si ferma per far mente locale e racimolare le idee.

Quindi apre il beauty e.

No.

Assolutamente, no.

Alma scuote la testa risoluta: non ci siamo.

«Guarda che se anche fosse andata così, lei nel beauty ci avrebbe messo certamente delle cose. Cose che invece sono rimaste a casa. Nemmeno sotto un bombardamento Adele farebbe una roba del genere» ribadisce Alma convinta.

«E tu lascia un attimo perdere quella faccenda lì e vai avanti» sbuffa impaziente Rosset, che aspetta a occhi socchiusi e palmi aperti appoggiati sul marmo del tavolo.

«Ma come vuoi che venga fuori una ricostruzione plausibile se le fai fare delle cose senza senso, scusa?» Alma sospira scettica e ricomincia da dove ha lasciato.

«Cesare, me lo puoi riempire con le mie cose che sono in bagno?» domanda Adele, certa che sicuramente lui sbaglierà, che in tutti questi anni non l'ha mai guardata veramente, che non sa neppure il colore del suo rossetto o il nome della sua crema preferita. Adele ridacchia, la prima volta che ha visto al cinema *Green Card*, dove l'inghippo del matrimonio di convenienza viene alla luce proprio perché Depardieu canna il nome della crema adoperata dalla presunta moglie, le è subito venuto in mente il Modesti. Se dovessero stabilire l'autenticità del loro matrimonio in base allo spirito d'osservazione del marito, apriti cielo: rispediti al mittente senza neppure passare dal via. Ma non le importa, si ricomprerà tutto a Mondovì, tanto dalla Lena le fanno sempre lo sconto.

Vuole solo far presto. Andar via. Via da casa, via da qui, via dai pensieri che le fanno fare cose che.

Che niente.

«Perché ti sei fermata?» ringhia Rosset, esasperato. «Fila, fila che è una meraviglia. Vai-vai-vai!» Le sventola davanti al naso la mano ossuta sotto lo sguardo rapace dell'Alfonsina, che ascolta attenta e protesa per non perdere una sillaba.

«Ma guarda che sei proprio un bel tipo!» Alma lo trafigge con il suo sguardo ambrato. «Il punto è tutto qui: all'Adele Modesti secondo me è successo qualcosa *prima* della sua decisione di partire, visto che ancora non vuoi chiamarla *scomparsa involontaria*. Non so dirti quando esattamente, ma tra mercoledì e venerdì Adele è cambiata. Una sensazione ineffabile ma incredibilmente reale, l'unica ragione che forse potrebbe e, nota bene, dico *potrebbe* aver fatto deragliare il classico *modus operandi* da partenza di Adele Roversi in Modesti.»

«E qui torna in ballo l'investigatore Agostino Ferro che abbiamo trovato tramortito da un colpo in testa sotto il palazzo della Recanati» ragiona pensieroso Rosset. «E di primo acchito parrebbe più plausibile un collegamento con l'omicidio, ma forse si è trovato solo al posto sbagliato nel momento sbagliato. E Adele Modesti lo aveva assoldato per investigare su Giordani, un ex detenuto. Che probabilmente ha conosciuto quando lavorava in carcere.» L'ispettore si guarda le mani e poi inizia a contare. «Una signora borghese di sani principi e ottima cultura, un famoso scrittore nonché marito della suddetta signora, una giovane editor rampante, uno sciatto ma capace investigatore privato, un ex detenuto che lavora in una falegnameria. Cosa li lega? E poi possiamo aggiungere per buon peso un kimono e un oggetto di legno a forma di libro, presumibilmente l'arma del delitto, che non si trova. Il caos, insomma.» Rosset sospira e si alza, a star seduto gli si intorpidiscono le sinapsi, lui per pensare deve camminare. Porca vacca, quanto gli mancano le sue passeggiate chiarificatrici; qui, in tutta questa salsedine, la riflessione deduttiva non quaglia.

«Mettiamo che Adele Modesti abbia assistito a qualcosa di drammatico, efferato o sconvolgente. Secondo te è compatibile a giustificare il suo svarione emotivo?» domanda a bruciapelo Rosset.

Alma liscia con la mano la superficie setosa del tavolo, le piace quel suo marmo consunto, che sa di vite trascorse intorno a lui, di impasti fragranti e dedizioni familiari. L'ha sempre visto in casa, nella cucina di sua nonna, ma forse c'era già da prima. Non l'ha mai chiesto, chissà perché. E ora è troppo tardi.

È da un po' di tempo che le pare sempre *troppo tardi*. Troppo tardi per recuperare, troppo tardi per capire, troppo tardi per evitare, troppo tardi per sapere, troppo tardi per preoccuparsi. Troppo tardi.

Troppo tardi per ieri e troppo presto per domani.

In un modo o nell'altro è sempre fuori tempo.

E anche ora con Adele le pare di non aver colto l'attimo.

Sospira piano e lancia uno sguardo alla porta chiusa di Luca. Che d'istinto prenderebbe per le spalle per scrollarlo tanto da fargli uscire tutti i pensieri per sapere, capire e smetterla di brancolare nell'impotenza. Ma sa che è presto, che non può e non deve forzare, che il primo passo deve venire da lui. Ma se poi è tardi, eh?, se poi la cosa rotola e lei non riesce a fermarla e tutto diventa inutile perché è troppo tardi?

«Quindi, Alma?» La stura dai pensieri Rosset. «Secondo te Adele ha visto o fatto qualcosa che può averla scossa tanto da...» sfarfalla la manona a comprendere lo scibile e si risiede di fronte all'Alfonsina muta e attenta che, arpionata al bordo del tavolo, non sbatte neppure le palpebre per non perdere alcunché.

«Forse sì, potrebbe giustificare. Ma a essere sincera non mi pareva turbata, terrorizzata o preoccupata. Anzi, non l'ho mai vista svaporata come in questi due giorni appena passati. Lieve, noncurante e frivola. Tutto sommato neppure troppo angustiata per questo marito che non dava segni di sé da un giorno intero.» Alma tace di botto, a labbra strette e sguardo fuggente.

«Eh? E quindi? No, perché hai la faccia di una che si è risucchiata la parte migliore. Al punto in cui siamo, direi che è arrivato il momento di lasciare da parte le remore morali e dire le cose così come le hai pensate.»

Alma lo fissa per un lungo attimo, domandandosi cosa la porta a fidarsi di questo valdostano spigoloso, prepotente ed egoista, uno schiacciasassi come pochi. Eppure, dopo neppure ventiquattro ore eccolo qui, seduto al tavolo della sua cucina, divorato con gli occhi dall'Alfonsina e in pena quasi quanto lei per i tormenti di suo figlio. Quindi non può far altro, si schiarisce la gola e dice.

Dice quello che avrebbe voluto dire da quando le vite di Fabrizia Recanati, Cesare Modesti e Adele hanno cominciato a intersecarsi in un intreccio di case, cose, brandelli di vita e piccole manie. Dice che secondo lei il kimono è quello del Modesti, che è certa che la Recanati e Modesti fossero stati amanti e che il presunto choc dell'Adele sia avvenuto tra la sera e il mattino presto del giovedì. E che no, secondo lei Fabrizia Recanati e Cesare Modesti non si frequentavano più, almeno biblicamente, da qualche settimana e che Adele probabilmente non aveva mai conosciuto e incontrato la Recanati. Perché avrebbe dovuto? Non era la prima donna con cui il Modesti la tradiva, e non sarebbe stata neppure l'ultima.

Rosset la scruta a occhi stretti. Assiomi, non congetture. Il tono di Alma è pregno di una sicurezza che non ha bisogno di essere dimostrata.

«Li posso prendere come punti fermi, mi pare di capire» afferma quindi l'ispettore, con riverenziale ammirazione.

Alma alza appena le spalle, come se ci fosse poco da aggiungere.

«Sì. Il kimono è impregnato del profumo di Modesti e no, quel profumo lì non può averlo anche qualcun altro, perché Cesare Modesti si fa preparare l'*eau de toilette* da un profumificio di via Gambaro, a Genova. L'effluvio suo è unico, esclusivo e identificabile come una scansione retinica. E la presenza del kimono nell'armadio della Recanati mi ha fatto venire in mente che, fino a qualche settimana fa, trovavo abiti e biancheria del Modesti intessuti qua e là di lunghi capelli rossi. Tinti. Lo stesso punto di rosso dei capelli di Fabrizia Recanati. Devo continuare?» domanda Alma con voce piatta.

«E me lo chiedi?» la incalza Rosset, con impazienza.

Alma si passa la mano sulla nuca, questa parte la devasta.

«Adele è uscita la sera di giovedì. Mi pare che andasse a teatro, quello di Corte Lambruschini, a Genova. È che venerdì ho trovato il soggiorno cosparso degli abiti di Adele ancora umidi di pioggia.» Alma fa un grosso sospiro e lo fissa, con gli occhi ambrati carichi di apprensione.

Rosset si gratta il mento perplesso, ora come ora gli sfugge il bandolo della preoccupazione scatenata da un mucchio di vestiti bagnati sul pavimento.

«Eh, allora? Si sarà bagnata nel tragitto. Come ci andava a teatro? In auto, in taxi o con le amiche?»

«In auto, da sola il più delle volte. L'abbonamento era anche per il marito, ma lui spesso e volentieri le dava buca. E quella sera lì il Modesti non c'era, son sicura, Adele mi ha detto che non lo vedeva dal mattino del giovedì.» Alma scuote la testa. «Ma il problema non è che si sia inzuppata di pioggia. Non lo capisci?»

«No, sinceramente non vedo che cos…»

«*Uff*» sbuffa Alma spazientita. «Adele Roversi in Modesti non avrebbe mai, dico mai, lasciato gli abiti umidi a rovinare il marmo del pavimento per una notte intera e metà mattinata. Adele Roversi in Modesti è una precisa, una che asciuga il lavello d'acciaio ogni volta che apre il rubinetto, una che apre il frigo con la mano infilata nella manica per non lasciare impronte, una che pur di non sgocciolare acqua sul velluto delle Frau, si asciuga con lo zerbino dell'ingresso. Sono stata sufficientemente esplicativa?»

«Cristallina» annuisce Rosset, ancora dissestato dall'immagine di una manica prensile atta a mantenere integro il brillio del frigo. «Questo per te significa che…»

«Che se a determinare la sua inversione di pensiero è stato uno choc…»

«Allora lo choc è avvenuto giustamente la sera del giovedì» conclude pensieroso Rosset.

«Pioveva come Dio la manda giovedì, un diluvio da apocalisse» lascia cadere con tempistica da melodramma l'Alfonsina.

«E la medesima notte che Adele svirgola, capita che tramortiscano l'investigatore privato da lei assunto e uccidano Fabrizia Recanati, guarda caso ex amante del marito. Vuoi dire che è tutta una combinazione di sfortunati eventi?» nota con una vena di scetticismo Rosset.

«Cosa vuoi che ti dica, non lo so…» Alma sente straripare l'angoscia: Luca e i suoi turbamenti, Paolo che ha saltato scuola per menarsi con quel Contini, le gemelle che crescono con sbalzi e variabili, e ora l'omicidio della Recanati, la signora Adele che mah, il Modesti che boh, e non ultimo il suo arrancare di madre sola, pervasa dalla costante sensazione di farsi sfuggire tutto. Si appoggia allo schienale con un desiderio vigliacco di fuga. E si scopre a pensare a Enrico. Perché lo sa che è stata una fuga, quella del marito, un'evasione in piena regola dalla cella delle responsabilità. Certo, mascherata dalla scelta responsabile della ricerca di un lavoro migliore. Ma lei ha sempre saputo che non era così. E lo ha invidiato. Gli ha invidiato la capacità di lasciarsi tutto alle spalle, gli ha invidiato la forza di riuscire ad abbandonare gli affetti. Se lo è sempre chiesto quanta forza ci vuole a resettare il cuore. Ma forse certi cuori riescono a restare impermeabili. Alma lascia scivolare lo sguardo fino a Marta e Maria che le lanciano un sorriso rapido per rituffarsi subito nei loro giochi. E le monta istantaneo il desiderio di stringerle, annusarle, respirarle come aria senza cui le parrebbe di morire. No, come si fa a decidere coscientemente di non respirare più? Eppure lui ci è riuscito. Perché Enrico li amava i suoi figli, lei ne è certa. Ma ha messo due oceani tra lui e loro. Per riavere la sua libertà. Dall'altra parte del mondo è andato. E per cosa? Per ingabbiarsi in nuove responsabilità (bionde e lentigginose, d'accordo) ma pur sempre responsabilità. Arrabbiata? Forse. Ma passato il primo impatto le è restato solo un fondo di delusione, perché sradicarsi di qui per avere la stessa cosa, solo alla latitudine opposta, be', diciamolo, è proprio una roba da cretini!

«E poi c'è Giordani» continua ad arrovellarsi Rosset. «Come mai per seguire Romeo Giordani, ammesso che quella sera fosse lì per lui, l'investigatore Agostino Ferro era sotto il palazzo di Fabrizia Recanati?» Perché, anche se è tutto un garbuglio senza nesso, lui sa, lo sente che il filo è uno solo. «E Adele, Cesare Modesti… erano lì anche loro? Hanno visto qualcosa? Hanno fatto qualcosa?»

«Ora, di cinque persone ne hai purtroppo disponibili solo due, e come ti ho già detto credo sia il caso che ne agguanti almeno una prima che…» Alma fa una piccola smorfia e non continua oltre.

Tace anche Rosset, tamburellando le dita ossute sulle cosce.

L'Alfonsina rimbalza lo sguardo rapace da uno all'altro in attesa, ma la faccenda è in fase di stallo. Guarda l'ora. Mezzogiorno passato. Ci sarebbe anche un pranzo da preparare, ma qui tutti sembrano non curarsene. E questo poliziotto che farà? Si fermerà a mangiare o diventa una cosa troppo conviviale che non si addice al ruolo? Eh, forse. Ma allora che porti via i quarti e che torni dopo pranzo, ma che torni però, che qui la roba si fa densa e interessante.

«Ma ce l'avete una foto del Cesare Modesti?» domanda l'Alfonsina, per dare una scrollata all'impasse.

Rosset resta un attimo interdetto, in effetti la procedura non contemplerebbe intromissioni esterne, ma del resto non è consono alla procedura neppure esser qui seduto intorno al tavolo a parlare del caso con la donna che ha rinvenuto il cadavere. Quindi decide di sbattersene delle procedure operative ed estrae dalla tasca dell'impermeabile la fotografia che ha sottratto nella casa di Fabrizia Recanati, quella che la ritraeva con lo scrittore spocchioso e sorridente in primo piano.

L'Alfonsina l'arpiona e inizia a scrutarla voracemente.

«Un viso quadrato, guarda lì, e se poi unito a sopracciglia rettilinee» l'Alfonsina serra le labbra con disappunto. «Le sopracciglia così propendono verso l'intrigo e la dissimulazione, confermata dalla bocca piccola, con le labbra grosse e tonde dei superficiali, vigliacchi e sconciamente sensuali. E questa mascella così larga poi che...» Scuote la testa disgustata.

«Che?» la incalza Rosset che ha abbandonato il suo scetticismo e ora la ascolta curioso.

«Eh» lo tiene sulle spine l'Alfonsina per godersi il momento. «La mascella così larga è tipica di chi ha un'esagerata sicurezza, permeata di ambizione e orgoglio, tanto da perdere il contatto con la realtà. E all'ascesa» l'Alfonsina tace per un lungo attimo, in una sapiente pausa a effetto, «può conseguire una rovinosa e fatale caduta.»

«Ah» commenta colpito Rosset.

«Ci sarebbe, poi, da aprire un libro su queste pieghe» indica con il dito adunco l'Alfonsina, decisa a tenersi stretta le luci della ribalta.

«Dica dica, signora. Mi racconti tutto sulle pieghe» la sprona incauto Rosset.

L'Alfonsina gonfia il petto, abbandonando un attimo l'appeal della poiana per indossare i panni di una tacchinella tronfia.

Alma alza un sopracciglio e incrocia le braccia in paziente attesa.

«Vede, ispettore, qui... qui e qui?» segna l'Alfonsina. «Queste pieghe, che non sono proprio rughe ma segni di un umore che convive dalla nascita, ecco, raccontano di ambizione e orgoglio, di presunzione, arroganza e in generale di scarsa (per non dire nulla) considerazione per gli altri. Insomma, ispettore, se devo dire la mia...» L'Alfonsina si ferma in attesa.

«Dica dica, cara signora» la sprona impaziente Rosset, gli pare quasi di avere a che fare con la signora Parodi e le sue snervanti frasi mozze.

«Ebbene, la mia modesta opinione è che il signor Cesare Modesti è un egocentrico, infido egoista. Affascinante, sì, ma calcolatore e opportunista. Che non si fa remore a calpestare il prossimo pur di apparire e ottenere i riflettori puntati su di sé. Non una bella persona, invero, anche se in una frequentazione superficiale può sembrare gradevole e ammaliante.» L'Alfonsina si appoggia compita allo schienale, chinando appena la testa come ad accettare umilmente lo scroscio di applausi immaginario, quasi reale agli occhi dell'ispettore.

«Ecco, appunto» tossicchia Rosset divertito. «Ciò pare confermare quanto si era già in qualche modo...» prende tempo allungando la mano per afferrare la fotografia e farla scorrere sul marmo del tavolo.

Alma abbassa lo sguardo, più per abitudine che per curiosità.

E lì a destra, tagliata a metà tra il bordo della foto e la spalla della Recanati, la vede. Stretta nel suo cappottino beige, con il sorriso incerto e lo sguardo esitante, c'è Adele Roversi in Modesti.

Allora Adele e la Recanati si conoscevano, ragiona veloce Alma. Fa per aprire bocca, ma è tranciata dallo squillo perentorio del cellulare dell'ispettore.

Rosset ascolta in silenzio, con le sopracciglia strette e lo sguardo cupo.

«La foto. Parla chiaro.» Chiude la comunicazione con un gesto brusco. «*Tsuot.* Non ci voleva.»

«Ecco, appunto ti volevo dire che qui nella foto c'è...» Alma lo guarda e sente cedere le giunture. «Ma di che foto parli, scusa?»

«Solari. Ha una foto. Insomma, è che...» Rosset si passa la mano ossuta sulla faccia. «È che in auto con Cesare Modesti, sull'autostrada per Genova, stamattina non c'era nessun altro.»

Alma lo fissa con gli occhi a fessura.

«Per ora potrebbe solo voler dire che a prendere l'interregionale per Torino a Porta Principe Adele non è andata con il marito. Magari ha preferito prendere un taxi, che so, il Modesti ha scoperto di dover andare da tutt'altra parte lontano dalla stazione e si è dovuta arrangiare da sola, non ha l'auto anche lei? Dobbiamo controllare se la sua auto è ancora qui.»

Alma continua a fissarlo muta.

Rosset fa un pesante sospiro e appoggia i palmi sul marmo del tavolo.

«Cosa vuoi sentirti dire, eh?» domanda sbirciandola torvo. «Che avevi ragione tu? E va bene, questa della foto è un punto a tuo favore, uno a uno con la prova dell'acquisto del biglietto, contenta?»

«Ma perché non lo ammetti anche tu?» Alma si porge verso di lui arrivandogli a un centimetro dal naso. «Adele Modesti da qui non è mai partita. È sparita.»

38

È sparita. Ora riapro gli occhi ed è sparita.

Tipregotipregotiprego.

Luca chiude i palmi in mezzo alle gambe per fermare il tremito delle mani. Si impone di respirare lentamente e soprattutto di deglutire. Sente la lingua secca e ruvida come un pezzo di corteccia.

Apre lentamente le palpebre.

Ma lei è ancora lì.

Un grumo denso di disperazione gli deflagra in mezzo al petto e come una scarica elettrica il fremito si propaga dalle mani su, fino alle scapole, per poi continuare la sua corsa lungo la colonna vertebrale ed espandersi a ogni fibra e cellula del suo corpo. Trema talmente forte che i denti gli sbattono uno sull'altro.

Non riesce a pensare, non riesce a fermare il tremore, non riesce a togliersi quella cosa davanti agli occhi. Potrebbe spegnerlo, urlare, pestare i piedi, prendere a testate il muro. Ma il suo corpo è paralizzato, pesante come pietra. Il suo cervello urla al braccio di alzarsi, ma quello non si muove. Trema e basta. E poi cosa cambierebbe? Può anche distruggerlo 'sto maledetto cellulare, scaraventarlo contro l'armadio, ma intanto lei resterebbe lì.

Lei resterà lì.

Sotto gli occhi di tutti.

Per sempre.

Luca non chiude neppure più gli occhi e continua a fissarla. Quando finalmente abbassa le palpebre l'immagine resta lì, comunque, tatuata sulla sua retina con i contorni arancioni e viola, come quando fissi troppo la lampadina e la sagoma ti insegue anche se l'hai spenta.

Pare dirgli ciò che lui sa già: non se ne libererà mai più.

Per sempre.

Nelle favole che gli leggeva sua mamma, il *per sempre* gli piaceva, gli pareva una cosa bella, solo una felicità senza fine poteva essere *per sempre*. Poi ha scoperto che nulla è per sempre. Tu pensi che tuo padre resterà per sempre con te e invece se ne va. Tu pensi che ti amerà per sempre e invece ama un figlio nuovo, *vive* con il figlio nuovo, gioca con il figlio nuovo, *va alle partite* con il figlio nuovo, sgrida il figlio nuovo, abbraccia il figlio nuovo. Tutte queste cose vogliono dire *amare*. Con lui non le fa più. Quindi non lo ama più. Così ha scoperto che anche l'amore per i figli può non essere per sempre. Di suo padre gli è rimasto solo il cognome, Poli, quattro lettere striminzite. Tutto qui. E la sua mamma, lo amerà per sempre o di punto in bianco si stuferà pure lei? E il suo amico Fede? Erano amici dall'asilo, tutti e due con la maestra Marta e la maestra Paola, nella mitica classe dei Blu. Essere amici da quattordici anni è un piccolo *per sempre*, no? Il suo amico Fede che gli diceva di lasciar perdere Contini e gli altri, che erano dei cretini e non doveva starli ad ascoltare. E poi. E poi invece si mette a ridere anche lui, Fede. Fede che fa finta di dover andare a prendere sua sorella che è alle Gianelline per non fare più la strada insieme. Per non mischiarsi con lui, il frocio sfigato.

No, neppure gli amici sono per sempre.

E Luca si è trovato a desiderare con tutte le forze un *per sempre* in un mare di *non* per sempre.

Ma ora.

Ora invece gli pare la cosa più tremenda che esista.

Per sempre. Giorno e notte, notte e giorno, ora dopo ora, minuto dopo minuto, secondo dopo secondo, anno dopo anno. Per sempre tutti l'avranno sotto gli occhi. Per sempre questa cosa gli starà appiccicata addosso.

Un terribile, eterno, insopportabile *per sempre.*

Luca si sente schiacciato, sopraffatto, in balia di un'impotenza senza confini.

E lui non può fare niente per annullarla; non vale controbattere, non vale indignarsi, non vale far finta di nulla. Perché non è una cosa da nulla. È una catastrofe, è il disastro. È peggio che morire. Almeno la morte è dignitosa. Invece in questo di dignitoso non c'è proprio niente. C'è solo un povero sfigato che tutti chiamano frocio.

E forse hanno ragione. Sa perfettamente che non riesce a pensare ai maschi in *quel* modo, ma neppure alle ragazze. È, come dire, neutro. Alle ragazze pensa, in realtà, ma come una roba estranea a lui. Come se fossero *troppo.* Irraggiungibili e inavvicinabili. Oltre. È che di fronte a loro si sente una nullità, trasparente, banale. Perché in realtà nella sua testa qualcosa di buono gira, ma di fronte alle ragazze si raggruma tutto in un angolo nascosto del cervello e resta lì, incapace di disgregarsi e rotolare verso la bocca. Di colpo la sua capacità cerebrale si azzera, tutto il sangue smette di circolargli nelle vene per convogliare nelle orecchie. E sta lì, muto, con le orecchie bollenti, lo sguardo vuoto e un'infelice, frustrante insoddisfazione.

Se solo sapesse superare questa fase iniziale, chissà, forse potrebbe dire le cose giuste, farle ridere, essere simpatico, piacergli. Ma non ci è mai riuscito, non ha mai superato il livello zero. E Luca sa che passare al livello successivo per lui è impossibile. Le ragazze lo stendono. Lo azzerano. Lo fanno sentire inadeguato, cretino e goffo. E non è mica per colpa loro, Luca davanti alle ragazze *è* inadeguato, cretino e goffo. E loro se ne accorgono.

Così ha cambiato strategia, non le guarda e non le considera. Si fa i fatti suoi e bon, fa finta che non gliene freghi niente. Che poi non è stato neppure difficilissimo, anzi, non doveva neppure costringersi a parlare e a fare il simpatico. Una specie di liberazione, insomma.

Ma la tattica non ha portato ai risultati sperati.

Perché mentre le ragazze restavano indifferenti e distanti come sempre, i ragazzi no. Loro no.

E per loro è pure diventato frocio, oltre che sfigato.

Ma sarebbe così tremendo esserlo? A sentire tutte 'ste cose di matrimoni gay e libertà sembrerebbe di no, è solo un modo di essere, esattamente come un altro. Ma chi si riempie la bocca di tutti questi bei principi non ha idea di cosa significhi davvero viverci dentro. No, essere gay non è assolutamente una bella cosa con cui convivere. Quando sei più adulto o in una città come Londra o New York, chissà, forse. Ma qui, nella sua scuola, in mezzo a loro no.

Non sa esattamente quando ha avuto inizio il suo incubo. Prima lo prendevano in giro solo perché a lui non piace fare quelle cose sceme che fanno tutti, come darsi gli spintoni o sfottere. E poi perché sua madre è nera, anche se per questo non lo hanno torturato così tanto: i neri sono in gamba nello sport, Obama è nero, Balotelli pure.

Non è mai stato popolare, questo no, ma a lui piace anche stare per conto suo, non gli pesa, e poi il fatto di avere un gemello aiuta, in realtà solo non lo sei mai.

Tranne adesso.

Forse la cosa è cominciata a maggio, quando Bianca, quella del liceo artistico, quella che piace a tutti perché è bella, non è cretina, è gentile e non se la tira, gli ha chiesto se può scattargli delle fotografie mentre è in canoa, per un concorso di grafica.

Lui aveva fatto di sì con la testa, perché come al solito la sua inutile materia grigia non era stata in grado di fargli mettere insieme due parole, dico due, con un minimo di senso. Lei aveva sorriso (un sorriso che a Luca aveva mandato in ebollizione le orecchie) scrivendogli il numero del cellulare sull'avambraccio. "Così una volta che vai in canoa mi chiami e arrivo!" aveva detto prima di infilarsi il casco con le orecchie da panda e salire sul motorino.

Le cose erano precipitate quasi subito.

E Bianca alla fine non l'ha mai chiamata.

Perché non era più possibile.

Contini aveva dato il là e senza troppa fatica si era trascinato subito dietro tutti.

Luca Poli è frocio.

Nessuno lo aveva difeso.

Prima Fede, un pochino.

Poi neppure lui.

Solo Paolo si arrabbia, dice che si fa prestare il Dominator da Rufus e li tira tutti sotto, che fa una strage. E Luca ha paura, ha paura che Paolo lo faccia davvero. Così non gli racconta più niente, si tiene tutto dentro, lo stiva giù, più giù che può, e fa finta che vada tutto bene. Si è tolto da Facebook e dal gruppo di WhatsApp, dove lo tempestavano di cose che. Che gli fanno male da non volerle più leggere. Anche se sono lì, anche loro, piantate per sempre nelle sue budella e nella sua testa.

Ha un tremito più forte.

È che ora è sotto gli occhi di tutti. Lo erano anche i messaggi di prima, è vero, ma i messaggi su WhatsApp si accavallano veloci, una cosa ingoia l'altra e. E poi erano loro che dicevano cose su di lui. Gli stessi che gli davano il tormento a scuola, in giro, ovunque. Un margine di dubbio restava, quindi, chi leggeva poteva anche pensare che fosse parte di un gioco. Una speranza a cui lui si attaccava per non impazzire.

Ora è diverso.

È maledettamente diverso.

Perché la fotografia che un numero sconosciuto gli ha mandato sul cellulare non lascia dubbi.

A quanto pare c'è un nuovo profilo su WhatsApp con la sua faccia, il suo nome e tutto il resto. Identico a quello di prima.

E in questo profilo c'è la foto sfocata di lui, proprio lui Luca Poli, con la sua giacca a vento rossa, la sua felpa del Surf California e le All Stars blu con le scritte fatte con l'uniposca giallo. Questo lui, inequivocabilmente lui, ha i jeans calati e un uomo muscoloso in canottiera sporca di grasso e pantaloni di pelle che gli sta leccando il sedere.

E Luca chiude gli occhi.

Vorrebbe dormire.

Sì, dormire.

Per sempre.

39

«*Per sempre felici e contenti* c'è scritto. Non dice mica *per sempre insieme*, ma *felici e contenti*» puntualizza Marta con la sua pedante logica, ora spalmata di una discreta vena polemica. «Quindi per quanto ne so io potrebbero aver vissuto felici e contenti ognuno nel castello suo, che poi guarda...» Marta sventola la manina e scuote accigliata la testa, «lei e il Principe non si sono mai parlati prima e *trac*, vanno subito a vivere insieme. No, dico, non pensi anche tu che Biancaneve, dopo quello che ha passato, forse aveva voglia di starsene un poco in pace a casa sua, dato che la matrigna finalmente non c'è più? Così mentre si prende un po' di tempo per lei, fa due giri, vede gente e lui può andare a trovarla, così si conoscono. Magari Biancaneve scopre che il Principe è un cretino e non lo sposa più. Perciò io la continuo così.»

Alma sospira. Sono alle prese con i fratelli Grimm e Marta con le fiabe si è sempre rivelata un osso duro. Infatti, per far addormentare le gemelle Alma leggeva Kipling, Durrell ed Esopo: con le bestie filava tutto più liscio. Per lunedì devono scrivere come immaginano la favola di Biancaneve dopo il *Per sempre felici e contenti*. E già alla frase di partenza si sono arenate. Marta si è incaponita sul cavillo dell'assenza dell'avverbio *insieme* e non ne escono. Che poi non è che ad Alma turbi questa nuova e tutto sommato plausibile rilettura, ma dubita fortemente che la maestra Mariella approvi l'idea di una Biancaneve così emancipata.

«E tu invece come la pensi?» Alma si avvicina all'altra figlia che gioca con le briciole della gomma.

Maria osserva il quaderno perplessa, a lei questa cosa di Biancaneve che va a vivere per conto suo invece che sposare subito il Principe Azzurro non piace proprio. Anzi, Principe e basta, che se ci appiccica Azzurro dietro le viene subito in mente quello bello e scemo di *Shrek* e allora finisce che Biancaneve dà ragione a Marta, che un principe così non lo vorrebbero neppure le sorellastre di Cenerentola.

«Ma se facessimo che Biancaneve e il Principe si conoscevano già da prima, prima che la matrigna volesse farsi in padella il cuore di Biancaneve con tutta la faccenda di nani pettini busti e mele? Così quando lui la vede stecchita nella bara, si ricorda che la conosceva e che gli piaceva e così si sposano subito?» prova a dire Maria senza troppa convinzione, che a pensarci bene neppure Biancaneve le pare una cima: sai che c'è una strega che vuole farti fuori e ti fidi della prima vecchia che ti vuol vendere mercanzia avvelenata, con tutto che quei poveri nani ti avevano avvertita, eh? Vuole dire che sei proprio *gnucca*.

«Fai come vuoi» alza le spalle Marta, mentre scrive veloce con la fronte arricciata di concentrazione. «La mia Biancaneve torna a casa sua.»

Maria sbuffa piano e mordicchia la penna, non le viene di scrivere niente. In realtà a lei la storia va bene così com'è, senza aggiunte e senza seguiti. Le basta quel *felici e contenti*. Che poi felici non vuol dire anche contenti? Ecco, quel doppio, una gioia di seguito all'altra, le sembra davvero una roba bella-bellissima e il fatto che Marta la trasformi in una cosa normale rovina tutto. Nelle favole non divorziano e non si lasciano mai, e se lo fanno è solo perché un mago o una strega cattiva fa un incantesimo malvagio e comunque, anche se i cattivi sono potentissimi, le cose si aggiustano quasi sempre. Nella vita vera, invece, di maghi e streghe non ce ne sono (dicono, ma lei proprio sicura sicura non è), in compenso gli uomini cattivi sono più potenti dei maghi e delle streghe, perché i loro incantesimi brutti non si aggiustano quasi mai.

«Ma perché dobbiamo proprio continuare la favola dopo il *felici e contenti*, scusa? Se lo scrittore l'ha finita qui, secondo me vuole dire che è da finire qui e bon. È come se ti chiedessero di aggiungere della roba alla ricetta della torta al cioccolato quando ormai l'hai bella che tolta dal forno. Non ha senso» sbuffa piano Maria.

«A parte che i fratelli Grimm erano in due, quindi sono due scrittori» puntualizza Marta. «Alla torta al cioccolato ci puoi aggiungere che so, la panna o la marmellata di albicocche come in quel dolce con la S, lì la Sacher, per cui...» chiarisce con tono saccente e mano al vento.

«A me la marmellata di albicocche sulla torta al cioccolato fa schifo» brontola Maria trivellando la gomma con la punta della penna.

«Be', comunque la pensi, pure la tua Biancaneve deve inventarsi qualcosa dopo il *felici e contenti*. Quindi vediamo di venirne a capo. E possibilmente prima dell'ora di cena.» Alma non vede la fine. Sono le tre passate e deve ancora lavare i piatti del pranzo. Che poi pranzo è una parola grossa. Appena l'ispettore se n'è andato ha schiaffato in padella i bastoncini di merluzzo e ha affettato qualche pomodoro. È comunque riuscita a spappolare i filetti in una grumosa poltiglia di pesce e panatura dall'aspetto rivoltante. I ragazzi hanno ingurgitato tutto senza fiatare, ognuno perso nei propri pensieri, tranne Luca che è restato chiuso in camera sua al buio, infilato sotto il piumone. Malato, dice. A lei invece pareva di mangiar cartone, come sempre le succede quando è preoccupata. Solo l'Alfonsina si è lagnata del "piatto malamente mantecato, ma che diavolo è 'sta roba" e dei pomodori spugnosi e troppo conditi, "che per mangiare a 'sto modo allora tanto vale una tazza di caffellatte, che perlomeno ha il suo decoro".

Ma ad Alma è mancato proprio lo slancio emotivo per mettersi ai fornelli.

Ha telefonato alla signora Stoppani, a Mondovì, è lei che si occupa di tenere in ordine la casa di Adele ed è lei che Adele chiama per avvisarla quando arriva, in modo da trovare la casa riscaldata e il letto fatto fragrante di bucato. E Adele l'ha effettivamente avvisata che sarebbe arrivata a Mondovì nel pomeriggio. Quindi Adele voleva partire davvero. Ma poi cosa è successo?

Alma sbuffa. No, il cibo è proprio l'ultimo dei suoi pensieri.

Cercherà di farsi venire un poco di estro in più per la cena, anche se le premesse non sono proprio delle migliori. Con Paolo non ha fatto parola di nulla, né di averlo visto in giro invece che a scuola, né tantomeno del piglia-piglia con Jacopo Contini. Paolo non ha detto *bah*, è restato muto e torvo, rispondendo a cupi monosillabi, solo lo stretto necessario. E non crede neppure alla malattia di Luca, anzi, si augurerebbe un febbrone da cavallo, pure una broncopolmonite, piuttosto che… Si sente frenata, non sa da che parte andare, sbatte di qua e di là come una falena impazzita e non trova una via d'uscita.

Bussa alla porta di Luca e infila dentro la testa. La schiaffeggia un odore acre, che non ha mai sentito prima.

«Come stai? Posso entrare?»

Luca non risponde, nella penombra vede solo la sagoma scura sepolta nel piumone. Non dorme. Fa finta. Lo capisce dal respiro. Resta sulla soglia indecisa se rispettare o no il suo desiderio di star solo. Alma indietreggia di mezzo passo e abbassa la maniglia per richiudere la porta, ma l'istinto l'afferra per la gola e senza quasi rendersene conto si ritrova sul letto di Luca a stringere al petto quel corpo lungo e sottile scosso dai singhiozzi.

«Piangi. Piangi amore mio.» Gli soffia accarezzando la testa ricciuta mentre dondola avanti e indietro. Vorrebbe chiedere, sapere, capire, fare, dire. Ma tace e lo stringe al petto, cullandolo come quando era piccolo, lasciandolo piangere, e basta. Lo avvolge silenziosa e rassicurante, mentre a ogni singhiozzo si lacerano d'apprensione le budella.

Restano lì al buio non sa per quanto, poi i singhiozzi si fanno meno violenti, fino a che non lo sente pesante, con l'abbandono del sonno.

«Mamma? C'è il signore della polizia al telefono.» Maria si affaccia e resta sopraffatta da quel buio e dal silenzio, poi abbassa la voce e continua: «Dice che hanno trovato i bagagli».

«I bagagli? Che bagagli?» domanda Alma con la voce impastata dalla tensione.

Maria si prende tempo per ricordare tutto bene, ché nel tragitto teme sempre di perdersi dei pezzi.

«I bagagli della signora...» Arriccia le sopracciglia per rimettere insieme i pezzi e poi espira soddisfatta. «Della signora Adele Modesti.»

40

«Adele Roversi in Modesti. La conosce?» domanda l'ispettore Jules Rosset con noncuranza, stiracchiando il corpo magro sulla sua cigolante poltrona dell'ufficio.

Romeo Giordani lo fissa con lo sguardo calmo e i palmi aperti appoggiati sulle cosce. Delle mani affascinanti, si scopre a riflettere Rosset, forti ma non rudi. Segnate dal lavoro, con le unghie scalfite e i tendini tesi, due mani che lavorano, che creano. Due mani nervose e tormentate.

Già, constata Rosset, ci sono vite che solo le mani raccontano.

«La conosco, sì» risponde tranquillo Romeo Giordani.

«In quale circostanza vi siete incontrati?»

«Sono certo che sa tutto del mio passato, ispettore, quindi non si stupirà se le dico che l'ho conosciuta una decina di anni fa in carcere. La signora Adele Roversi ha tenuto per un breve periodo lezioni di lettura e scrittura. Una conoscenza limitata nel tempo, quindi.» Giordani fa un piccolo sorriso e allarga le braccia, come a scusarsi.

«Non l'ha più incontrata?» si informa Rosset, che non riesce a ingoiare il moto di simpatia che gli suscita quest'uomo dal fisico agile di un *free climber*, lo sguardo di un Pastore Bernese e la flemma alla Yoda.

«Qualche volta, ma era sempre in imbarazzo. Quindi se lei non mi vedeva, non ero certo io a chiamarla.»

«Alla Modesti creava disagio farsi vedere a discorrere con lei in quanto ex detenuto? Ma lei non è mica uno che ce l'ha marchiato in fronte il suo passato, non capisco proprio il motivo per cui...» Poi Rosset abbassa gli occhi sul tralcio di rose e spine che spunta da sotto il polsino del maglione di Giordani. «E non posso pensare che un tatuaggio possa...»

«No, no» ride Romeo. «Non per me, semplicemente Adele si sentiva in colpa. Vede, nel periodo delle sue lezioni molti di noi si sono cimentati in esperimenti di scrittura, chi *ex novo* e chi, come me, le ha proposto testi già elaborati durante il periodo di detenzione. Non immagina quanta roba da tirar fuori c'è, ispettore, per uno che sta *dentro*, non so se capisce cosa intendo. Adele era contenta di tutto questo proliferare di scritti e scrittori, così si portava il materiale a casa per leggerlo e poi ci dava consigli su cosa correggere e come migliorare. Insomma, per farla breve, Adele si è persa il mio manoscritto. Un plico di duecento e passa fogli volatilizzato, *puf*.» Giordani scuote la testa con una risatina. «Ci crede? Adele non l'ha più trovato. E non era neppure riuscita a leggerlo. Mortificata, ne ha fatto quasi una malattia. Qualche mese dopo ha smesso di venire. Non riusciva più, ha detto. Troppo occupata. Già, troppo occupata a fare la moglie di quel suo marito ingombrante.» Giordani alza appena le spalle e lo guarda con quell'occhio sveglio e buono da Pastore Bernese.

«Ma guarda, un manoscritto scomparso» bofonchia Rosset, che per un attimo vede baluginare un'idea che, rapida e sfuggente come una stella cadente, è subito ingoiata dal buio dell'oblio.

«Lei per caso conosceva anche la giovane ragazza che è stata trovata morta ieri mattina in via Trieste? L'avrà letto sui giornali, si chiamava Fabrizia Recanati» domanda a bruciapelo Rosset, più per il nervoso di aver visto apparire e sfuggire l'intuizione in un amen che per vera tattica investigativa.

Romeo Giordani tace per un lungo momento, come a ponderare il da farsi.

«La conoscevo, ispettore. Da non molto, in effetti, la nostra era più che altro una frequentazione virtuale.» Giordani alza lo sguardo sull'ispettore. «In pratica ci scrivevamo delle email e basta. Incontrati di persona... credo solo tre volte.»

«E come vi sareste conosciuti?» Rosset lo fissa imperturbabile.

«Mi ha cercato lei. Non nel senso che immagina, ispettore» sorride Giordani. «Mi ha contattato professionalmente. Vede, ispettore, mi era rimontata la scimmia dello scrivere, è una cosa difficile da spiegare. A volte mi pare di sentire i pensieri affollarsi nella testa, e il lavoro manuale non basta per scaricare tutta quella specie di eruzione, e mi viene una gran paura, paura di non saper gestire tutta la roba che tracima per uscire. Così mi sono detto "perché no?" e ho scritto un racconto. È stato don Andrea a dirmi che era bello, potente, un peccato tenerlo chiuso tra i file di un computer e così me lo sono autopubblicato in ebook, su Internet. La Recanati lo ha letto, lo ha definito interessante, anzi "una bomba", ha detto, e mi ha cercato.»

«Una *bomba*? La Recanati lo ha definito proprio così, "una bomba", è sicuro?» Rosset si è leggermente sporto in avanti, con l'intuizione che è di nuovo baluginata in un breve sberleffo prima di ripiombare nel nulla.

«Sì, mi pare proprio di sì. Ma non sa la cosa più importante, ispettore, e sinceramente non sono ancora tanto sicuro se faccio bene a dirgliela o meno.» Giordani si sfiora con le dita il bicipite con il suo battito d'ali inciso nella carne insieme alle spine. Fa un lungo respiro e fissa l'ispettore con il suo sguardo serio da Pastore Bernese.

Rosset ricambia l'occhiata senza mettergli fretta.

«Vede, ispettore, le ho detto che avrò incontrato di persona Fabrizia Recanati sì e no tre volte. Ma non le ho detto che l'ultima volta è stato proprio giovedì sera.» Giordani lo guarda. «Giovedì sera, molto tardi.»

«Ah» lascia cadere Rosset con scarso *aplomb*. «Quindi vuol dire che è stato l'ultimo a vederla viva o...»

«O il primo a vederla morta, intende questo, ispettore?»

Rosset allarga le braccia e annuisce mesto.

«Be', lo so che non è semplice credere a uno che si è fatto vent'anni dentro per omicidio. Sinceramente potevo non dirglielo, sono quasi certo che non mi ha visto nessuno salire in casa della Recanati. Pioveva come Dio la manda, non c'era un'anima in giro e anche le auto sfrecciavano in un turbinio di acqua e tergicristalli che dubito potessero notare una figura infilarsi in un portone. Ma so che non voglio pentirmi di cose non fatte e non dette per vigliaccheria o comodo. È una scelta che ho fatto, a compensare una scelta sbagliata che mi ha cambiato la vita. Fabrizia Recanati è morta. Il colpevole non sono io, ma mi rendo colpevole se nascondo la verità. Io Fabrizia Recanati l'ho lasciata viva alle undici meno cinque di giovedì sera. E purtroppo non so dirle altro, non ho incontrato nessuno e visto nulla che potrebbe aiutarla.»

Rosset tamburella le dita ossute sul ripiano della scrivania.

Dall'autopsia Fabrizia Recanati risulta morta tra le undici e le tre di notte. Potrebbe essere stato Romeo Giordani, l'orario corrisponde. Ma la Recanati aveva la malattia delle ossa di vetro. Quelle mani lì glielo avrebbero spappolato il cranio, polverizzato come una Capodimonte sotto una locomotiva, ragiona Rosset quasi con sollievo. E quindi? Se non era quella di Giordani la voce di uomo sentita dai Parodi, allora di chi era?

«Mi scusi, signor Giordani, ma lei a che ora è salito dalla Recanati?»

«Poco dopo le dieci e mezza.»

E i Parodi la voce maschile da bassotuba l'hanno sentita prima delle dieci e mezza, segna mentalmente Rosset.

«Come mai così tardi? Non mi pare l'ora consona per le visite, a meno che non ci sia un rapporto che esula da quello professionale...»

«Ha ragione, ispettore, ma le assicuro che non c'è mai stato nulla di più di questo tra me e la Recanati. Non so nulla della sua vita privata. Mi aveva inviato un'email nel pomeriggio per dirmi che aveva bisogno di parlarmi di un progetto importante e che dovevamo vederci entro il mezzogiorno di venerdì, perché lei poi sarebbe dovuta andare a Milano a parlare di questo progetto. Io le ho risposto che quella sera avrei finito molto tardi, arrotondo con lavori di falegnameria e ormai avevo dato la mia disponibilità a questo cliente, un pub di Camogli che deve aprire stasera, sarei stato impegnato anche tutto il venerdì. Mi ha scritto di non preoccuparmi, che potevo passare anche tardissimo, era troppo importante e mi avrebbe aspettato.»

«E così è andato da lei. E qual era questa cosa così impellente?»

Giordani allarga le braccia.

«Non lo so. Ha detto che la faccenda si era fatta più delicata del previsto, che era meglio che restassi all'oscuro fino a che non avesse avuto tutto in mano, ma che era solo questione di giorni e poi avrebbe fatto detonare "la bomba". Ha usato ancora questo termine, sì» conferma Romeo Giordani di fronte al sopracciglio alzato di Rosset. «E che mi avrebbe cambiato la vita.»

«E poi?»

«Io le ho detto che la mia vita mi piaceva così com'è, che non avevo alcun desiderio di cambiare. Si è messa a ridere! "Appena ti troverai in mano tutto ciò che ti darò, vedremo se resterai della stessa idea!" aveva detto. Basta. Neppure un quarto d'ora dopo, ero di nuovo sotto la pioggia che andavo verso casa.»

«Lei abita…» Rosset sfoglia rapido la cartella.

«In via Gastaldi, dal campo sportivo. Non molto distante da via Trieste.»

«Era in auto?»

«In auto, sì, una vecchia Renault, di solito mi muovo in bicicletta, ma venivo da Camogli…»

Rosset tamburella le dita senza requie. Deve camminare, porca vacca, camminare! Ma come si fa a pensare, a dar forma alle cose stando seduti in questo ufficio con le sedie di formica giallo zolfo e tutta quest'aria impastata di salsedine e. *Uff.*

«Un'ultima cosa, signor Giordani, può dirmi cosa ha fatto tra ieri sera e stamattina?»

Romeo Giordani lo fissa leggermente stupito, poi alza le spalle.

«Ieri sera sono stato sino alle undici passate a lavorare nel pub di Camogli. Sono tornato a casa che saranno state le undici e mezza, ho fatto l'Aurelia. E poi, che dirle, ho letto qualche pagina e ho dormito. Alle sette e mezza la sveglia, alla *Sanguineti Legnami* si lavora anche al sabato, alle otto e venticinque ero lì.» Allarga le braccia e fa un sorrisino, quasi a scusarsi di non avere nulla di interessante da raccontare.

«Qualcuno potrebbe confermare?»

«Mah, a Camogli senz'altro il signor Andrea Massone e la moglie Anna, sono stati lì con me tutto il tempo ad aiutarmi. È un piacere lavorare per loro. Al rientro, sotto casa mia, ho incontrato il signor Gandolfi dell'interno due che portava fuori il cane. E poi basta. Vivo da solo, ispettore, nemmeno un gatto. Non ho fatto né ricevuto alcuna telefonata, non mi sono collegato a Internet, niente. Ha solo la mia parola. E… cosa succede, ispettore? Si sente male?»

Rosset si gratta le tempie scuotendo la testa.

Merde.

Se n'è completamente scordato.

Il gatto. È solo in casa da quasi un'intera giornata.

Come funziona con i felini? Hanno bisogno di compagnia come i cani? E per le loro funzioni corporali? Sì, ha la sua bella e lustra cassettina bordò, ma stamattina non l'ha mica controllata, sarà stata piena di. Ommannaggia! Con il carattere bilioso che si ritrova, quel felino gliela farà di sicuro pagare. Ma come ha fatto a dimenticarsi. Ha ragione Solari: lui non è proprio in grado di prendersi cura di nessuno, un egoista egocentrico come pochi.

«Ispettore?»

«Mi scusi, signor Giordani, è solo che… Niente. Pensieri. Torniamo a noi. Si ricorda l'ultima volta che ha incontrato la signora Adele?»

«No, sinceramente no. Non di recente, comunque.»

«E il marito, Cesare Modesti, lo conosce?»

Romeo Giordani ha una leggera impasse, una cosa infinitesimale, che però non sfugge a Rosset.

«Non lo conosco personalmente» si riprende subito Giordani. «Ho sentito molto parlare di lui per via del suo libro, come tutti, insomma.»

Una velata reticenza, un'ombra di tensione, un fiato di polemica. Rosset non sa quantificarla e neppure spiegarla, ma la percepisce sotterranea e affilata.

Romeo Giordani non è del tutto estraneo ai fatti.

Rosset si alza e comincia a percorrere l'ufficio a lunghe e sofferte falcate.

Un manoscritto perduto, una giovane editor uccisa prima che riesca a far "scoppiare la bomba" (?), un investigatore assunto da una signora, colpevole forse d'aver smarrito il manoscritto di un suo allievo, nota bene allievo in carcere per omicidio; poi l'investigatore viene messo a tacere con un colpo in testa, la signora sparisce, il detenuto riappare, l'autore di un romanzo famoso è l'amante della giovane editor morta, ma anche il marito della signora scomparsa. E un kimono, che fa capolino nell'armadio della vittima e pure tra le pagine del romanzo in questione. Tutto pare ruotare intorno ai libri. Ma i libri non parlano. Non uccidono e soprattutto non esplodono.

Anche se. L'ispettore si ferma davanti alla finestra: c'è un acero giallo in mezzo a piazza Roma che è una gioia per gli occhi. Sospira. Insomma, è vero che si dice ne uccida più la penna che la spada, però in senso figurato, cioè come a dire che.

Stringe gli occhi.

Porca vacca.

È incredibile quante cose si trovino mentre si cerca qualcos'altro.

Perché non ci ha pensato prima?

Deve andare.

«Per ora direi che ci possiamo salutare, signor Giordani» Rosset gli stringe la mano e lo accompagna alla porta. «Inutile dirle che potrei avere ancora bisogno di lei, quindi…»

«Un modo gentile per dirmi che non devo espatriare?» sorride Giordani. «Stia tranquillo, ispettore, e poi non saprei dove andare. Se ha bisogno, sa dove trovarmi.»

«La cercherò. E se le venisse in mente qualcosa, mi raccomando, non esiti e mi chiami. Anche se le sembra inutile o senza senso. La saluto, arrivederci» conclude sbrigativo Rosset.

Ora deve dare due coordinate a Solari e poi via subito a.

No.

Prima è consigliabile (e opportuno) un salto a casa: ogni minuto che passa può essere la goccia fatale a far traboccare un felino vendicativo. E lui stanotte ha bisogno di dormire.

Esce nel viale e infila via Nino Bixio, poi ci ripensa e svolta repentino sulla piazza dove quell'acero meraviglioso pare chiamarlo in un fremito di foglie gialle e rami. Rosset rallenta il passo e inspira l'aria umida del tardo pomeriggio. Un'aria che sa di buono, deve ammetterlo, un profumo cui non è abituato, fragrante di forno e di agrumi, con una vaga dolcezza che gli illanguidisce il cuore. Chiude gli occhi e ascolta. Sente fremere le foglie dell'acero, le fronde dei palmizi, gli aghi dei pini marittimi, avverte l'aroma pungente della loro resina e gli monta in gola la nostalgia. La nostalgia dei suoi abeti rossi, dei pini cembri e delle betulle, dello stridio dei falchi e dello scrocchiare delle pigne sotto i piedi, dell'aria frizzante saporita di legna, terra umida e stufe accese. Nostalgia di casa.

Riapre gli occhi. Si sono accesi i lampioni e con loro anche le luci che addobbano Caruggio Dritto da un portico all'altro. La stretta via brulica di gente e vita, le facciate colorate si incastonano tra le colonne nere dei portici come in un mosaico bizantino e l'aria ora profuma di focaccia. Però anche qui è bello. Rosset inspira a pieni polmoni tutta questa tiepida atmosfera da sabato del villaggio e di avvento natalizio e pensa. Pensa a Fabrizia Recanati che è morta. Pensa a Adele Modesti che immagina qui, tra le vetrine a scegliere un cardigan per il marito o un antipasto sfizioso in una di queste rosticcerie eleganti, rutilanti come gioiellerie e... (sbircia i prezzi con un brivido) ecco, pure care come gioiellerie. E invece dove sarà? Hanno trovato il suo borsone e il beauty ancora nella griglia dello scompartimento dell'interregionale delle 8.30

per Torino, esattamente sopra il sedile corrispondente alla prenotazione su Internet. E sul sedile c'erano anche due riviste e un quotidiano. Sono stati fortunati, difficilmente gli addetti alla manutenzione trovano bagagli dimenticati e oggetti, specialmente nelle grandi città il treno non è ancora vuoto che gli sciacalli l'hanno già bello che ripulito. Ma il destino ha voluto che, nello stesso scompartimento di Adele Modesti, alla fermata di Alessandria sia salito il maresciallo di finanza Luigi Maria Decaro, il quale in un primo momento ha immaginato che l'occupante del posto numero 21 fosse alla ritirata. Fino ad Asti non ha dato troppo peso alle tempistiche piuttosto lunghe di questa ritirata, in fondo le donne (le due riviste posate sul sedile gli avevano fatto dedurre con acume che l'occupante del posto numero 21 fosse di sesso femminile)… sì, insomma, le donne si sa che in bagno ci stanno a lungo. A Moncalieri però la cosa ha cominciato a farlo stare in pensiero. Il ragazzotto con cuffie e occhio lesso del sedile accanto non gli era stato di alcun aiuto: si era addormentato a Brignole per svegliarsi solo in quel momento e non aveva visto salire nessuno, neppure il maresciallo. Omertoso, aveva bofonchiato il maresciallo Decaro, percorrendo il vagone, controllando la ritirata (vuota) e sbirciando negli scompartimenti vicini, perché magari la signora si era confusa nel ritorno e si era seduta in un posto sbagliato. Ma niente. A Torino il treno era al capolinea e ancora nessuno arrivava a tirar giù quelle due borse per scendere. E se la signora si fosse sentita male in un'altra ritirata o peggio, fosse stata aggredita come ai tempi del serial killer Bilancia? Senza perdere di vista i bagagli in questione il maresciallo Luigi Maria Decaro aveva fatto valere la sua carica richiamando all'ordine l'autorità ferroviaria, che in men che non si dica lo aveva raggiunto, vigile e operativa. Niente, nessun risultato. La signora pareva volatilizzata nel nulla, per lo meno tra Alessandria e Torino, ma poteva esser scesa a Busalla o ad Arquata Scrivia, o a Novi, insomma prima dell'avvento del maresciallo. Restava il mistero del bagaglio abbandonato, etichettato a nome di ADELE ROVERSI, VIALE

TAPPANI, 5 – CHIAVARI (GE) e corredato da numero di cellulare, che risultava spento.

Un vero mistero.

Ma alla neoassunta Crispino Erika, agente di polizia ferroviaria, quel nome non risultava affatto nuovo. Poiché, ligia al dovere come ogni neoassunto, specialmente se donna e in età fertile (quindi incasellata nella corsia del siluramento facile), si era letta con perizia e attenzione tutti i comunicati, gli avvisi e le postille. E una certa Adele Roversi in Modesti di Chiavari era presente in una richiesta di controllo da parte della polizia di Chiavari, per un caso di scomparsa.

Be', a quanto pare la signora Adele Roversi era scomparsa, aveva commentato il maresciallo Decaro, ma proprio scomparsa per davvero come in uno spettacolo del Mago Silvan, ragionevolmente in un punto imprecisato tra la stazione di Genova Principe e la stazione di Alessandria.

«Ammesso che sia salita sul serio a Principe» aveva commentato Crispino Erika con fantasiosa sagacia e quel pizzico di intuito proprio delle donne in età fertile che ambiscono a tenersi stretto il posto.

«In che senso, Crispino?» aveva domandato il suo capo, già indispettito per non esserci arrivato lui per primo. «Come sarebbe a dire "ammesso che ci sia salita sul serio a Principe"?»

41

«“Ammesso che ci sia salita sul serio a Principe”, capisci?» ansima Rosset per telefono. «Per dire che nessuno l’ha vista.»

«Non hanno visto neppure chi ha messo nello scompartimento i bagagli, suppongo...» Alma incastra il telefono tra orecchio e spalla e tira fuori dalla credenza la farina di castagne. «Perché qualcuno ce li deve aver pur messi, no?»

«Già. E sai una cosa? A me tutta ’sta roba del marito che accompagna la moglie, del treno, dei bagagli abbandonati, mi ricorda qualcosa. Una sorta di *déjà vu*» continua Rosset attraversando la strada.

«Un libro. A me ricorda un libro.» Alma versa la farina in una terrina, aggiunge un pizzico di sale e mescola aggiungendo l’acqua tiepida.

Ennò, sbuffa Rosset, ancora libri! Ma sta diventando un’ossessione!

«*Un libro*, dici?»

«Sì. Un romanzo di qualche anno fa. Me lo ricordo bene perché i libri che mi son piaciuti io li rileggo con piacere. E questo ricordo che mi era piaciuto un sacco. Infatti l’ho riletto un milione di volte.» Alma mescola con cura la pastella semifluida e vellutata.

«Ah. E mi vuoi dire il titolo, di grazia, o devo tirare a indovinare?»

«*Enigma in luogo di mare*. Lì c’è un marito che accompagna una moglie al treno, una moglie che non arriverà mai a destinazione, mentre il bagaglio invece sì.»

«Mmh. E lei in realtà è morta?» domanda perplesso Rosset.

«Non si sa fino alla fine del romanzo.»

«E il marito?»

«Sparisce pure lui.»

«Guarda che non è che mi fai spoiler, cioè... In futuro magari lo leggerò, ma adesso se permetti mi preme sapere come va a finire» abbaia piuttosto alterato Rosset.

«Ma chi ha detto che sia andata così come nel libro, scusa, e poi saperlo può offuscarti la visione obiettiva della faccenda. No, dimmi piuttosto se avete trovato Cesare Modesti.»

«Un fantasma. Se non sapessi per certo che esiste mi verrebbe da pensare a Cesare Modesti come a una chimera. Non si trova. Ma cos'è tutto 'sto sbattere, cosa stai facendo?»

«Da mangiare. Ho anche una casa e una famiglia, ricordi? Con tutti gli annessi e connessi del caso. E in generale direi che non è un buon periodo.»

«Luca?»

«Appunto. Ho paura, Jules. Tanta paura.»

«Vedrai che ci riusciamo, Alma, ho messo sotto i ragazzi e c'è quel Ratto che è un mago, entra ovunque. Stai tranquilla, so come fare.»

«Entrare dove, scusa?»

«Dove i ragazzi sono più attaccabili e vulnerabili, Alma, nel loro cuore virtuale. E so quello che dico.»

Alma sospira e versa la pastella nel tegame, lo scuote piano per distribuirla fino ai bordi, la cosparge di pinoli e uvetta in abbondanza, un filo d'olio e inforna. Vuole credere a questo ispettore, vuole potersi appoggiare, vuole condividere dolori e preoccupazioni, vuole una voce sicura che le dica "Andrà tutto bene". Che lo sa benissimo anche lei che nessuno può averne la certezza, ma sentirselo dire le fa bene. Tanto bene.

«Alma? Posso domandarti un favore? E non dirmi subito di no, ascoltami fino in fondo per piacere.»

«Se fai questa premessa vuol dire che sai benissimo che...»

«Eh, ti ho domandato di farmi finire e non mi fai neppure cominciare! Porca vacca, Alma, ma cosa ti parlo a fare.»

«Ok. Scusa. Vai avanti.»

«Hai ancora con te le chiavi di casa Modesti, vero? Zitta e ascoltami, per favore. Ora tu vai là e guardi. Guardi tutto, ma con lo sguardo di chi sa. Perché tu sai, Alma, vero? Tu ti sei già fatta il film di com'è andata e te lo sei masticato e rimasticato. Guarda tutto anche secondo la trama del tuo maledetto libro che non mi vuoi dire e poi mi chiami. So che ti costa e non ti va e tutto il resto, però sappi che mi sarebbe utile. Molto utile. Allora, vuoi o non vuoi?»

«E me lo domandi? No che non voglio. Ma ti rendi conto? Mi chiedi di entrare senza permesso nell'appartamento di una mia cliente e di frugarle in casa. Qui si tratta di effrazione bella e buona, perché non lo fai tu, signor poliziotto?»

«Proprio perché sono un poliziotto non posso farlo, scusa. Non ho alcun diritto di entrare in casa loro, mi ci vorrebbe un mandato. E poi non avrei il tuo sguardo.»

«Piantala, Rosset, stamattina non ti sei fatto tanti scrupoli a entrare nell'appartamento dei Modesti, con o senza mandato. E poi smettila con 'sta storia dello sguardo, le cose che vedo io le vedresti benissimo anche tu.»

«Ma tu hai il diritto di entrare, Adele ti ha domandato o no di fare i lavori? Ebbene, ti ha detto espressamente di farli di mattina? Non potresti andarci il pomeriggio? Che ti cambia?»

«Ma non ci sono mai andata a quest'ora. E se arriva il marito? Perché arriverà a casa, prima o poi.»

«E tu sei lì a pulire. Con tutto il diritto di aprire, spostare e frugare. Anzi, se arriva chiamami subito e trattienilo, ché voglio parlargli.»

«Ma certo che sei proprio un bel tipo! E cosa dovrei fare per trattenerlo, sentiamo...»

«Non saprei. Lui è un uomo. Tu sei una donna. Piacente. Inventa.»

«Ma sei scemo? Secondo te dovrei fare un *burlesque* con il marito di una mia cliente e poi lo getto nelle mani della polizia. Guarda che a me questo lavoro serve!»

«Macché *burlesque*, per dire che potresti adularlo come scrittore e uomo di cultura, il fatto che tu sia di sesso femminile e piacente è solo di un valore aggiunto e secondo me aiuta.»

«A parte che il mio ruolo di donna delle pulizie fa già di me un essere privo di attrattiva, non mi pare comunque una cosa fattibile.» Sbuffa esasperata.

«Senti, Alma, qui la cosa si fa spessa e io in mano ho solo illazioni, sensazioni e supposizioni. O mi dai una mano o la faccenda andrà per le lunghe. Lunghissime. Che per la Recanati il fatto di impiegarci tanto o poco non cambia, ma per Adele... Vedi tu.»

«È che non voglio lasciar solo Luca» ammette con immensa stanchezza Alma.

«Si tratta solo di una mezz'ora, un'oretta al massimo. Ti mando una macchina senza sirene e senza contrassegni, così non perdi tempo e fai prima. Per l'ora di cena sei a casa.»

«Dammi almeno dieci minuti che tiro fuori la teglia dal forno» sospira Alma asciugandosi le mani sul grembiule.

«Ah, cos'è che cucini?»

«Castagnaccio. Per Luca. Oggi non ha mangiato nulla.»

«Pare interessante. Tipo Mont Blanc?» s'informa Rosset, che realizza anche lui di non aver mangiato nulla dalla mattina.

«Per niente. È una roba bassa, semplice e poco dolce, fatta con farina di castagne, acqua, pinoli e uvetta. I liguri son parchi, eh, mica come i francesi che infilano panna e besciamella dappertutto.»

«Be', sembra buona comunque. E poi son valdostano e la cucina francese con noi non c'entra nulla. Alma?»

«Cosa vuoi ancora?»

«Grazie.»

Alma sospira, scuote la testa e mette giù.

«Alfonsina, esco un attimo. Paolo dov'è?»

«È uscito pure lui, mentre eri al telefono. Cupo come un corvo. Ha detto che gli mancava non so che carta per il ricalco, non ho capito bene. Vai da quell'ispettore?»

«Quasi.»

«Quasi è una risposta che non sa né di me né di te» dice sbuffando l'Alfonsina. «Stai attenta, sei sicura di quello che fai? Frugare nelle vite altrui non è mai una cosa sana, per cercare la verità uno deve esser disposto ad accettare anche quello che non si aspetta o che non vorrebbe.»

Già, sbuffa Alma infilandosi il giaccone, come se non lo sapesse.

Lancia un ultimo sguardo alla stanza di Luca, afferra le chiavi e chiude la porta.

42

La porta del tinello cigola appena e Rosset infila cauto la testa. Tutto tace. Accende la luce e si guarda in giro. Del felino neppure l'ombra. Sarà sul letto, il fetente.

No. E neppure sulla poltrona, né sul tavolo, né sui ripiani della libreria, né sul lavello e su nessuna delle superfici orizzontali presenti in casa. Restano da controllare i ripiani del frigo, ma dubita che sia riuscito ad aprirlo. No, infatti, non è neppure lì. In effetti il frigo è vuoto, di un vuoto desolante.

Rosset si china a scrutare sotto il letto, apre armadi e cassetti (può un felino chiudersi astutamente dentro un armadio? Mah!). Comunque il gatto non si trova.

Merde.

Non è che è uscito di soppiatto dalla porta mentre lui entrava?

La spalanca e accende la luce del pianerottolo. Niente. Afferra il sacchetto delle crocchette e inizia ad agitarlo.

«Gatto? Gatto?» chiama col sottofondo di maracas delle crocchette, ché neppure un nome ha dato a 'sto povero felino. Sale le scale, le scende, guarda nel cortile, sul viale, tra le auto parcheggiate. Sparito. Questa cittadina deve generare dei buchi neri, si dispera Rosset, dei fori spazio-temporali che inghiottono bestie e persone che poi non si trovano più. E si sente in colpa. Per i cristiani che non trova e per il felino che ha perduto. Ma come ha fatto a perderlo? Eh, come ha fatto. Non se n'è curato per tutto il giorno e ancora si stupisce. E gli dispiace, cacchio, gli dispiace da morire. Perché gli piaceva l'idea che ci fosse qualcuno ad aspettarlo, magari con un po' di affetto interessato. E quel suo sommesso borbottare da caffettiera, quelle testate contro le sue gambe, il naso umido a scansionargli la faccia e l'indolente calma con cui concede i suoi favori. Sì, gli dispiace che sia sparito, gli manca. Rosset trascina i piedi su per le scale, chiude la porta e abbandona affranto il sacchetto delle crocchette sul pavimento dell'ingresso. Tanto. Ormai. Senza il suo bel gatto rosso. Che gli servono più?

Entra nel tinello e.

Porca-vacca-che-spavento, sussulta Rosset rimbalzando contro lo stipite per lo choc.

Perché al centro della stanza, dritto come un fuso e con sguardo sostenuto c'è lui: il gatto.

«Ma come diav...» esala Rosset stranito. No, perché è strasicuro che il gatto in casa prima non c'era, eh. Risputato indietro dal buco nero, quindi?

«Be', dato che sei riapparso vuol dire che tutto sommato qui ci stai bene. Comunque ti domando scusa, ti ho lasciato solo tutto il giorno, se sei arrabbiato ne hai tutte le ragioni. Potrei anche prometterti che non lo farò più, ma è inutile che ce la stiamo a raccontare, sappiamo entrambi che succederà ancora e ancora. Con questo non voglio dire che non sia mortificato, sia bene inteso, ma sono cosciente dei miei limiti e mi pare corretto nei tuoi confronti esser sincero da subito. Amici come prima?»

Il gatto lo ascolta con la testa leggermente inclinata, le orecchie che si muovono a scatti e gli occhi stretti come lame. Pare ponderare con attenzione i pro e i contro della faccenda, poi si stiracchia con indolente lentezza, attacca un sommesso brontolio, gli dà una leggera testata sulla tibia e si avvia verso la cucina.

«Lo prendo come un sì.» Sorride soddisfatto Rosset. «Ora vediamo di organizzarti la cena, che per me la giornata è ancora lunga. Vediamo cosa c'è qui» apre lo sportello della credenza e inizia a studiare le scatolette. «Un bel FIOCCHI DI CONIGLIO CON ZUCCA o un SALMONE

SELVAGGIO E PUREA DI RADICCHIO?» Un risucchio gastroduodenale gli ricorda che forse sarebbe il caso di provvedere anche a riempire il suo, di stomaco.

Ma procediamo per gradi.

Il gatto lo fissa in paziente attesa.

«Il coniglio ha una bella faccia, vieni che te lo apro. Non per farmi i fatti tuoi, ma non è che lì, nell'altra dimensione o comunque nel buco nero dov'eri prima, quando ti ho cercato dappertutto per intenderci, ecco, non è che per caso hai visto… che so, una signora bionda che si chiama Adele o un signore distinto e brizzolato (che poi sarebbe il marito) di nome Modesti? Perché…» Rosset incrocia lo sguardo annoiato del gatto e sospira. «Vabbè, niente. Era così per dire. Bisogna che ti troviamo un nome» decide posando a terra la scodella ricolma di soffici e appetitosi ricciolini di carne, avvolti in una setosa salsa di zucca.

«Agostino Ferro, il tuo padrone, sicuramente un nome te l'avrà dato, ma a meno che non me lo dica tu qual è…» Rosset si schianta sulla poltrona di cuoio e lo guarda. «Insomma, per dire che ce ne dobbiamo inventare uno nuovo tutto per noi. Potrei chiamarti Ugo, come il mio sovrintendente, eh? Che ne dici, siete rossi e malpeli tutti e due. Non ti garba? Va bene, hai ragione, giustamente deve essere un nome che ti rappresenti. In fondo non sei così tremendo come pensavo, dopo questa giornata d'abbandono temevo una tua letale e distruttiva vendetta, invece è tutto in ordine, niente di rotto, niente tuoi cosi corporali sparsi per casa. Sono colpito, ti facevo più rancoroso, di quelli che meditano freddamente una ritorsione letale. Invece. Bravo. Quindi che nome scegliamo, vediamo un po'…» Rosset lo osserva mentre con noncurante impegno afferra con la zampa a cucchiaio un fiocco di carne alla volta, come a valutarne l'aspetto prima di infilarlo in bocca. «Ci vorrebbe un nome con personalità, sì. Un che di saggio o misterioso, un poco da Jedi con un pizzico di Highlander e un…» Rosset avverte qualcosa di pendulo che gli sfiora la testa. «E questo che diavolo è?» si domanda alzando lo sguardo al soffitto.

«No-no-noooo» ruggisce Rosset schizzando in piedi dalla poltrona. «Non ci credo, non è possibile!» Si pianta le mani ossute tra i capelli e strabuzza gli occhi. «Questa era l'unica cosa, l'unica in tutta la casa, a cui tenessi davvero!» Si dispera Rosset cercando amorevolmente di ricomporre le sue splendide, costosissime casse stereo di ultima generazione, ora ridotte a brandelli delle dimensioni di un pollice. Si volta rabbioso verso il gatto che non lo degna di uno sguardo e continua imperturbabile a pescar bocconcini dalla ciotola. «Ehi, guarda che dico a te. Ma come puoi, come puoi solo aver pensato, partorito, prodotto una vendetta così, così...» Rosset annaspa incredulo con il fiato corto. «Così assolutamente perfetta» esala sopraffatto dall'ammirazione.

E fino a oggi, in tutta la storia del crimine, solo uno ha saputo suscitare in lui la stessa venerabile stima.

«Benvenuto in casa Rosset, professor Moriarty.»

43

«Professor Moriarty? E tu avresti chiamato quella povera bestia Professor Moriarty, come la nemesi di Sherlock Holmes?» Il sovrintendente Solari alza gli occhi al cielo.

«Dovevi vederlo, un vero genio del crimine, ha ordito una vendetta che ha dell'incredibile. Ha colpito dritto al cuore. E dire che mi conosceva da neppure dodici ore. Un genio, un genio. Anche se devo ammettere che fatico ancora a riprendermi dallo choc per le mie splendide casse, hanno le membrane acustiche che sembrano passate sotto la spada di Goemon. Ma veniamo a noi, hai fatto controllare il conto bancario della Recanati?»

«Nessun apporto sospetto di denaro e nessuna variazione di rilievo recente, né passata. Mi sembri deluso, ti aspettavi qualcos'altro, quindi?»

Rosset tamburella le dita sulla scrivania. Già, dopo aver parlato con Giordani si era fatto un'idea. Idea che ora si è frantumata miseramente.

«Sì, Solari. Contavo di trovare versamenti inaspettati.»

«Tipo un ricatto?»

«Esattamente. Vedi, mi ero fatto l'idea che la Recanati avesse scoperto qualcosa di importante, "una bomba", come l'aveva definita sia con la sorella che con Romeo Giordani. E che quindi ricattasse qualcuno vendendo il proprio silenzio. Ma evidentemente mi sono sbagliato.»

«Mah, mica detto. Potrebbe essere che non li abbia versati sul conto, magari li teneva da qualche altra parte, in modo che non risultassero.»

«Non abbiamo trovato nulla che lasciasse supporre altro, niente cassaforte, niente riferimenti a conti esteri, niente banconote cucite nel materasso. La sua situazione finanziaria appare cristallina.»

«E perché il tuo tono presuppone un però?»

«Perché son sicuro che Giordani non mi ha detto proprio tutto. Quando ho attaccato a domandar di Cesare Modesti c'è stato un irrigidimento. Questione di un attimo, ma è stato sufficiente a drizzarmi le antenne. E poi, quando lui mi raccontava del libro che ha scritto anni fa e che Adele si è persa, mi si era accesa una lampadina. Che si è spenta subito per riaccendersi poco dopo, quando mi ha citato "la bomba" che gli aveva prospettato Fabrizia Recanati. Capisci, Solari?»

«No, sinceramente non capisco.» Scuote il testone rosso Solari, fissandolo a occhi stretti.

«Mi spiego meglio: abbiamo un detenuto (all'epoca deve scontare ancora dieci anni di galera, è importante tenerlo a mente) che affida il suo manoscritto alla sua insegnante, la quale se lo porta a casa e misteriosamente lo perde.»

«Mah, le sarà scivolato per strada, mentre saliva in macchina o magari ancora in carcere, al controllo di entrata e uscita. Lo sai che devi posar tutto e tutto viene frugato e rivoltato. Figurati, se anche poi saltava fuori, a Giordani non glielo riportavano di certo.»

«Lasciami finire.» Scuote la testa Rosset. «Diciamo invece che lei lo porta a casa. E il manoscritto scompare. Qualche mese dopo esce il libro del marito, Cesare Modesti, che già si era cimentato in qualche pubblicazione, ma restando nell'oblio. Questo nuovo romanzo, al contrario, è un successo planetario, un misto tra Wilbur Smith e *Le cinquanta sfumature*. Ma ciò che colpisce la critica è la scrittura graffiante, potente, a tratti primitiva. Estremamente diversa dalle robe verbose e sciape che scriveva prima. Passano gli anni e lui cavalca l'onda di quel successo, senza avere il tempo (o la capacità, mi domando?) di scrivere altro che eguagli il suo best seller. Intanto conosce la Recanati che forse (e qui sto inventando) gli domanda di scrivere qualcosa per lei e la sua casa editrice, magari per strapparlo agli altri editori in cambio di un compenso da favola. Lui lo fa e lei, che scema non è, nota subito che qualcosa non quadra: dove è finita quella scrittura folgorante che tanto colpiva? E poi per caso si imbatte in un ebook autopubblicato che sta riscuotendo un discreto successo, vuoi perché costa solo novantanove centesimi, vuoi perché spuntano numerose recensioni favorevoli da parte dei lettori. Fabrizia Recanati lo legge e forte della sua esperienza di editor la riconosce subito: è la stessa mano che ha scritto *L'ala e la rosa*, il romanzo di Cesare Modesti, meno curata e più grezza, ma inequivocabilmente quella. Magari per un momento ha pensato che Modesti avesse pubblicato quell'ebook sotto pseudonimo, ma ripeto, la Recanati non è affatto stupida e il Modesti non le pare così modesto da non voler raccogliere la gloria che da un bel po' stentava a ripartire. Così cerca l'autore, lo trova e fa due più due.»

Solari lo guarda, in attesa.

«Me lo vuoi dire anche a me 'sto due più due o mi vuol lasciare qui, a dibattermi nella pessima sensazione di essere un cretino che non ci capisce il verso?» s'inalbera Solari con i baffoni sghimbesci per il nervoso.

«Ah, pensavo che... Ma forse ti mancava un pezzo, mi sa che non te l'avevo detto. L'autore dell'ebook che ha folgorato la Recanati altri non è che il nostro buon Romeo Giordani. Eh, come la vedi, Solari?»

Solari si liscia i baffi a occhi stretti.

«Quindi vuoi dirmi che secondo te, il romanzo del Modesti...»

«Esatto, Solari, secondo me *L'ala e la rosa*, il fantasmagorico best seller di Cesare Modesti, altro non è che il manoscritto scomparso di Romeo Giordani.»

«*Belin*... Altro che bomba!» esala Solari abbandonando le spalle contro lo schienale in un potente cigolio di poltrona girevole.

«Esatto. Ma ammesso che sia andata così, mi domando: se tu fossi Romeo Giordani (*en passant* ti ricordo che si è fatto vent'anni di carcere per aver spappolato il cranio a un pregiudicato, per poi infilarlo nel bagagliaio e andarsene in discoteca), ecco, immagina di scoprire che il romanzo che hai affidato alla tua insegnante diventa il best seller del marito, no, dico, tu cosa faresti?»

«Be', così su due piedi, credo che li appenderei al muro e poi, non so, penso che gli farei mangiare una a una le pagine del loro fottuto best seller fino a che non cac…»

«Perfetto, Solari, grazie, il concetto è chiaro e il movente pure.»

«È stato Giordani, quindi? Ma perché uccidere la Recanati, scusa, lei era il suo riscatto, anzi la sua vendetta.» Scuote il testone Solari.

«No, non la Recanati. Ho solo provato a immaginare come poteva sentirsi Giordani, ecco tutto, senza dimenticarci che non si trova Adele Modesti, e a quanto pare neppure il suo ineffabile consorte.»

«Be', dati alla mano, il Modesti a Genova stamattina c'è andato» puntualizza Solari che preferiva continuare a dissodare l'omicidio conclamato, piuttosto che perdersi nel labirinto delle scomparse. E poi il vice questore li aspetta tra mezz'ora. Non possono permettersi divagazioni.

«E poi scusa, Jules, son dieci anni che quel romanzo è uscito, non pensi che anche da dentro il carcere Giordani poteva scoprire che il romanzo del Modesti era invece il suo? Hanno la biblioteca, i giornali e la televisione, figurati se non ha avuto modo di rendersi conto che gli avevano soffiato l'idea. Va bene che la vendetta va servita fredda, ma Giordani è uscito di prigione ad aprile, ha avuto ben dieci anni di tempo per maturare ben bene un piano, se voleva farli fuori non c'era bisogno di aspettar altri sei mesi. E poi poteva far scoppiare il miccione già da dentro, te lo immagini che putiferio?»

«Mah, Giordani non aveva niente in mano a confermare la sua accusa: la parola di un omicida con una licenza di scuola professionale contro quella di un accademico, secondo te a chi avrebbero dato retta? Ecco, appunto, Giordani lo sapeva e ha ingoiato. Quanto al resto…» Rosset percorre la stanza a lunghi passi avanti e indietro. «Romeo Giordani non mi ha dato l'idea di uno capace di coltivare la vendetta per dieci anni e sei mesi per poi colpire a freddo. Sì, lo so, Solari, non fare quella faccia, Giordani era un delinquente e ha ucciso già una volta, ma si è trattata di legittima difesa, uccidere prima di essere ucciso, è molto diverso che meditare un omicidio per dieci anni e metterlo in atto come un killer di professione.»

«Non sappiamo cosa può macinare una mente chiusa dentro a rimuginare sul fatto che qualcuno raccoglie gloria e denaro al posto suo, cavalcando un'idea sua e prendendosi tutto il merito, non lo puoi sapere, Rosset… Giordani può essere diventato un'altra persona rispetto al delinquentello di vent'anni fa.»

Rosset si ferma davanti alla finestra a osservare il via vai del centro e l'acero giallo che riluce sulla piazza contro il cielo viola scuro. Pare impossibile che domani piova, eppure è la terza volta che l'auto dei vigili passa ad annunciare l'allerta meteo. Come pare impossibile che quelle mani forti, segnate da un lavoro sano e pulito, con quello sguardo sano e pulito da Pastore Bernese, di quell'uomo dal sorriso sano e pulito come gli è parso Romeo Giordani, possano aver ucciso ancora. Rosset sospira, perché tutto è possibile, purtroppo.

«So già che il vice questore spiccherà un mandato per Giordani. È l'unico che Carlo Maria Castelli darebbe volentieri in pasto all'opinione pubblica per chiudere in fretta questo caso e non scontrar nessuno. Ma io ho bisogno di tempo, Solari, ancora ventiquattr'ore.»

«No, no e no. Non ci provare, ispettore. Ancora a mercanteggiare con Castelli io non ci vado. Giordani conosceva la vittima, è stato l'ultimo a vederla, non ha un alibi ed è corredato da un discreto movente. Non vedo come…»

«Non vedo come, non vedo come!» gli fa il verso Rosset sbuffando. «Ma se l'hai detto anche tu che per Giordani la Recanati rappresentava la rivincita. E poi lo sai che se ci vado io dal vice questore finisce che dico cose che… Insomma, non ci so fare.»

«Non ci casco, mi dispiace ma stasera se la sbriga lei.» S'inalbera Solari che quando è offeso ritorna al lei. «La deve finire di delegare agli altri le cose antipatiche, le grane e i bocconetti che non ha voglia di mandar giù. Quindi si assuma una buona volta le sue responsabilità e se davvero le preme di andare fino in fondo nella faccenda e ritiene che Giordani sia solo un capro espiatorio, apra quella porta e vada dal dottor Castelli. Ah, si ricordi che è sabato e sono quasi le sei. Quindi il vice questore è già in modalità WEEKEND. Uomo avvisato…» Solari apre la scatola delle caramelle, se ne infila in bocca tre e con calcolata ostentazione inizia un corposo risucchio.

Non c'è più rispetto per l'autorità, a cosa serve beccarsi tutte le responsabilità dell'essere un superiore, se poi non puoi prenderti qualche piccola compensazione?, medita Rosset torvo, incassando il collo nelle spalle.

E la giornata non è ancora finita.

44

E non è ancora finita.

Adele sospira. I vestiti umidi sono abbandonati accanto alla poltrona e hanno bagnato tutto il bracciolo. Vedrai che rimarrà l'alone, pensa, il velluto è terribile. Stranamente non le interessa più di tanto: si sente circonfusa da una sorta di fatalismo, un non so che di ineluttabile che la fa sentire leggera. Muove le braccia come a volare e l'amata Limoges del tavolino accanto oscilla paurosamente prima di frantumarsi sul pavimento. Sbatte le palpebre fissando il disastro. Non le importa nulla. Stupendo.

Dovrebbe raccogliere i cocci, si righerà il marmo, ma non le interessa.

Lo farà Alma dopodomani. Un giorno sì e un giorno no Alma viene a rassettare e pulire una casa già perfettamente rassettata e pulita. Chissà cosa penserà Alma di tutto questo disastro, ridacchia Adele.

Già. Cosa pensa Alma?

Alma passa la mano sul velluto che in alcuni punti ha dei piccoli aloni più chiari. Adele non l'ha macchiato con gli abiti, ma con qualcos'altro di sottile. I capelli, ragiona Alma, Adele aveva i capelli bagnati. Ma invece che correre in bagno ad asciugarsi, si siede.

In salotto.

Sulla Frau di velluto azzurro polvere.

E sgocciola, sgocciola, sgocciola.

Non esiste, scuote la testa Alma, non può essere.

Eppure è andata così, come è andata in frantumi l'amata Limoges con i cocci rimasti sul marmo, solo per mezza giornata però, dato che si son viste ieri invece che oggi.

Una ribellione?

E contro chi? Alla casa perfetta e in ordine ci teneva Adele, il Modesti veleggiava tra lo studio e il salotto avvolto nel suo glorioso universo, figurarsi se scalfiva la sua aura con tali quisquilie. E comunque Modesti non c'era.

Cosa è successo giovedì sera? Un'Adele che va a teatro e torna a casa inzuppata di pioggia e pervasa da una noncurante lievità, simpatica eh, ma che non le appartiene.

Alma entra in camera da letto e apre l'armadio, contempla impotente le grucce girate al contrario e i pantaloni di gabardine scivolati giù dagli attaccapanni, che giacciono ammucchiati e scomposti sul ripiano. Vorrebbe sistemarli con cura, come faceva Adele, ma si trattiene. Bah, in realtà non sa se serve, ma nel dubbio preferisce non contaminare quella che (ne è certa!) è la scena di un delitto.

Alma chiude l'anta e ci appoggia la fronte.

Ma forse Adele non è stata uccisa, magari questa sua svaporatezza l'ha portata a fuggire, a ricominciare una vita nuova di zecca. Potrebbe essere, no? Ragiona Alma, in fondo perché deve essere per forza accaduto qualcosa di brutto, per quale motivo si è lasciata risucchiare subito nel vortice del dramma? Adele ha fatto i bagagli in un modo che non rispecchia i parametri della vecchia Adele, magari non secondo quella nuova.

Alma stacca la fronte dall'anta e scuote la testa: e lascia tutti i suoi prodotti per il viso, il suo imprescindibile fard pesca, il suo collirio qui?

Perché no, la nuova Adele si ricompra tutto. Tutto nuovo per la nuova Adele.

Ma chi vuole sparire non manda un messaggio alla colf per dirle esattamente quando parte e dove va. E per logica non lo comunica neppure al marito, no? Invece Adele non solo glielo dice, ma addirittura medita di farsi accompagnare da lui alla stazione. Non contenta, avvisa pure la signora Stoppani di Mondovì, perché le accenda il riscaldamento e le rinfreschi la biancheria del letto. Be', per una che vuole sparire, diciamo che Adele ha lasciato più tracce di Pollicino.

A meno che non si tratti di una sua sapiente tattica di depistaggio.

Ma cosa diavolo sto farneticando, sbuffa Alma, tattica di depistaggio. Adele? Ma andiamo!

Deve ricominciare.

Niente congetture. Solo fatti. Uno alla volta.

Primo: giovedì sera Adele va a teatro a Genova. Ci va davvero?

Appurare i fatti.

Quindi Alma entra in cucina e apre l'anta di fianco al lavello, dove in bell'ordine ci sono il contenitore per l'immondizia di plastica, il grande sacco per la carta e quello scuro dell'indifferenziata. Sa che Adele abitualmente svuota borsa e portafoglio dagli scontrini, dai biglietti del treno e da altra roba inutile. Alma allarga il sacchetto grigio che di norma ritirano il sabato sera, per cui contiene tutto ciò che Adele ha gettato in questa settimana. Alma spiana pallottole di ricevute e scontrini, li scrolla dalla polvere e li dispone sul pavimento. Piegato in due, rigido e riconoscibilissimo, ecco il cartoncino quadrato del Teatro della Corte: *Enrico IV* di Luigi Pirandello; di e con Franco Branciaroli. Obliterato. Quindi Adele a teatro c'è stata davvero. Se lo spettacolo è iniziato alle 20.30, mettiamo due ore abbondanti per la rappresentazione, insomma prima delle 23.30 a casa Adele non è tornata. Il teatro ha il posto auto coperto e i Modesti hanno il garage; come mai allora Adele si è inzuppata così tanto?

E questo spinge immediatamente al secondo fatto: Adele per qualche motivo ha dovuto camminare sotto la pioggia.

Per sicurezza Alma apre l'ampia scarpiera e le vede immediatamente: sono le scarpe alte di Adele, ancora umide e deformate dall'acqua. Adele non le ha neppure messe con la punta all'insù e tanto meno le ha foderate di carta di giornale come avrebbe fatto di solito.

Terzo: ragionevolmente ad Adele accade qualcosa. Un evento che la fa deragliare. Dove? A teatro? Nel tragitto di ritorno?

Alma raccoglie tutti gli scontrini, li ributta nel sacco e resta lì, appoggiata al lavello della cucina, cercando di riflettere.

E se Adele fosse stata aggredita, o se avesse avuto un incidente…

Ma ad Alma la signora Modesti non era parsa particolarmente turbata, anzi, se deve essere sincera pur nella sua poca esperienza in proposito, Adele sembrava pervasa da quell'ebete leggerezza che. Alma torna in camera più per scrupolo di sondare i fatti che per la speranza reale di trovare qualcosa. Apre, fruga e setaccia. Va anche in bagno, poi ancora in cucina, nei cassetti del comò e ovunque possa celarsi qualcosa che si vorrebbe tener nascosta. Nulla. E la presenza di una canna l'avrebbe preferita a chiarire e giustificare il tutto. Purtroppo no, Adele non era sotto effetto di roba e fumi.

Alma afferra le chiavi, socchiude delicatamente la porta e scende rapida e silenziosa per le scale fino al garage. La piccola utilitaria color panna di Adele è ancora lì, perfettamente integra e senza un graffio. Nessun incidente. Alma apre la portiera e sfiora il sedile. Umido. Adele Modesti si è bagnata prima di salire in macchina. O si è fermata, è scesa, e poi è risalita, ed è stata sotto l'acqua per un tempo utile a inzupparla tanto da bagnare il sedile e ancora sgocciolare sulla poltrona di casa. Dove è stata Adele? Perché è scesa, sola di notte, sotto la pioggia torrenziale?

Cosa ha fatto o cosa ha visto?

Il nodo è qui.

Alma torna su in casa, afferra il cellulare e chiama la signora Stoppani, a quest'ora il treno è bello che arrivato a Mondovì, vedi mai che la nuova Adele senza bagaglio, dato che è rimasto tutto sull'interregionale per Torino, sia effettivamente dove ha detto che andava.

Macché, la signora Stoppani non l'ha vista e la signora Adele in casa non è mai arrivata.

Ma perché non è mai partita, che diamine! Sbuffa Alma.

No.

Fatti, solo fatti, non deve farsi fuorviare da altro.

Dunque, consideriamo come un fatto che Adele abbia deciso di partire. Prepara i bagagli come sappiamo non farebbe mai (ma per ora diamoli per buoni), e va a dormire. Alma torna in camera da letto. Allunga la mano ma resta lì, con il braccio sospeso e le dita protese, come a preservare per un poco la speranza che tutto possa ancora cambiare, essere diverso da come teme.

Poi chiude gli occhi e alza il cuscino.

Tiprego-tiprego-tiprego, ora li riapro e nulla è come sembra e tutto si aggiusta, si trova a pensare trattenendo il fiato come quando era bambina.

Alma riapre gli occhi.

Il pigiama di Adele è lì, ben piegato.

Il respiro le esce di botto, e Alma si sente di colpo sgonfia, come se tutte le forze e le energie fossero uscite con lui.

Perché il sabato mattina in casa Modesti si cambia la biancheria del letto, ci pensa sempre Alma, ma Adele lascia già il suo pigiama nella cesta del bucato da lavare.

E il fatto che invece sia ancora sotto il cuscino significa solo una cosa: Adele Modesti non ha dormito nel suo letto.

Adele non ha dormito a casa, non era stamattina in auto con il marito, però il suo bagaglio era sull'interregionale per Torino. E lì resta, nessuno si preoccupa di tirarlo giù dalla griglia prima di salire sul locale che va a Mondovì. Semplicemente perché Adele non era su quel treno. E non era sul treno, non era in auto con il marito e non ha dormito nel suo letto perché qualcuno l'ha fatta sparire prima.

Inutile starsela a raccontare, se ha proiettato verso il dramma c'è un motivo, anzi più di uno. Alma sospira e sfiora il cappottino beige di Adele, che oscilla dolcemente in un delicato profumo di tuberose.

Dove può essere finita? Perché non è che uno può sparire così, come una bolla di sapone. Ora, non per farsi condizionare dai vari telefilm con il luminol e rilevamenti ematici del caso, ma se Adele fosse morta qui di morte violenta ci sarebbe qualche traccia, no? Invece, a parte questo ordinato disordine, Alma non ha trovato nulla.

* * *

«Potrebbe averla strangolata» sibila l'Alfonsina. «Non lascia tracce in giro ed è comunque letale.»

«Potrebbe chi?» sospira Alma, già pentita di aver dato voce alle sue perplessità. Ha chiamato solo per dire che tarda un po', ma l'Alfonsina è partita in quarta con l'Inquisizione e come un rullo compressore tritura imperterrita tutte le sue reticenze.

«Ma come *chi*, l'omicida no?» s'indispettisce la suocera.

«Omicida in quanto entità astratta quindi, non si è fatta un'idea precisa.» Si rilassa Alma.

«Astratta un tubo. La fisiognomica parla chiaro, io un'idea ce l'ho e ben chiara in testa, ma ti lagni sempre che son tutte sciocchezze e quindi me lo tengo per me» sputa tagliente e polemica l'Alfonsina.

«Ecco, brava, se lo tenga per lei ché qui son già abbastanza confusa di mio. Ci vediamo tra una ventina di minuti. Chiudo tutto e arrivo.» Alma spegne il cellulare e si siede sulla cassapanca dell'ingresso. Le pare che le manchi tanto così, un'unghia, per capire cosa diavolo è successo. Pensa al kimono di Cesare Modesti nell'armadio di Fabrizia Recanati, pensa a loro due amanti, pensa a Adele che conosceva Fabrizia e che probabilmente sapeva. Pensa a una notte di pioggia in cui Fabrizia Recanati viene uccisa, con l'investigatore ingaggiato da Adele colpito in testa e Adele che torna a casa bagnata come un pulcino. E sente che tutto è fatalmente legato a quella notte di diluvio.

«E da domani pioverà di nuovo» mormora Alma preoccupata, come se la presenza dell'acqua fosse necessaria a segnare il punto d'arrivo, la chiusura del cerchio.

Il diluvio che spazzerà via l'empio e il malvagio, le sale in gola dalle sue rimembranze bibliche.

Assurdo, riflette scrollando la testa.

Sbuffa.

Lo sapeva che venire qui non serviva a niente. Cosa ne è uscito? Solo la supposizione che Adele non abbia dormito a casa. Cioè, lei ne è certa, ma dubita che un pigiama nel luogo sbagliato possa essere messo agli atti come prova. Inutile, non ha niente in mano, solo congetture, sensazioni e timori.

Inutile, è stato tutto inutile. Ma cosa s'immaginava? Di venire qui e, come l'eroina di un telefilm, scovare indizi e scoprire come è andata veramente? Stupidastupidastupida. E pure piena di sé, sì, perché per un attimo ci ha creduto davvero. Tutto per. Alma sbuffa ancora. Già, le pesa ammetterlo, ma è vero: si è sentita lusingata, apprezzata, importante. Unica. Quel rude, antipatico, molesto ispettore l'ha fatta sentire speciale e indispensabile. L'ha scrollata dalla sua quotidiana apatia e per due giorni le ha sconquassato l'esistenza costringendola a tirarsi fuori dal buco, dove si era rintanata per non essere trovata dalla vita. Per paura di cosa? È sopravvissuta al terremoto della fuga di Enrico, alla deflagrazione del suo mondo di prima, a quattro figli e una suocera da mantenere e ha paura di cosa potrebbe succedere adesso? Ma guarda te se ci voleva uno sconosciuto a sbatterle davanti al naso l'evidenza: lei non è solo una moglie abbandonata, una madre trafelata, una nuora esasperata e una colf invisibile infagottata in maglioni larghi e giacconi informi per l'assurda convinzione che fuggire agli sguardi è uguale a non esistere. Lei è Alma Boero Kouyatè. Una donna di quarant'anni con un buon cervello, un aspetto decoroso e a Dio piacendo ancora mezza vita davanti. Fa un piccolo sospiro, è l'aver scoperto di esser viva grazie a una morta che le dà fastidio.

E comunque qui non saprebbe cos'altro fare.

Non può confermare nulla delle sue intuizioni: né che Cesare Modesti sia stato l'amante di Fabrizia Recanati, né che Adele sia scomparsa e che fosse diversa, niente. Niente di niente.

Niente di più di quanto potrebbe fare la polizia.

Alma si alza dalla cassapanca e il morbido cappottino di Adele la sfiora. Come d'abitudine passa una mano a spolverarne le spalle e toglie un capello biondo di Adele rimasto agganciato al colletto.

E no.

Non è vero.

Lei è avvantaggiata rispetto alla polizia, che la mette in una condizione particolare.

Apre il cassetto della cucina e afferra un sacchetto da congelatore, torna in camera, apre l'armadio grande delle giacche, sposta con cura le grucce e scruta con attenzione fino a che non trova ciò che cerca. Poi, come ha visto mille volte fare nei film, mette tutto nel sacchetto, lo chiude e se lo infila in tasca.

Resta immobile.

Ha riconosciuto il tonfo secco del portone e solo una persona ha la pessima abitudine di non accompagnarne il movimento.

Spegne le luci. Meno male che la camera dà sul retro, riflette veloce, ché altrimenti si sarebbe vista la luce dalla strada, però ora non può accendere quella dell'ingresso. Pazienza, farà a memoria.

Alma agguanta la borsa e infila veloce la giacca, farà le scale perché l'ultima cosa che vuole è incontrar Modesti e lui prende rigorosamente e sempre il lucido ascensore. Una volta fuori avviserà l'ispettore Rosset che Cesare Modesti è a casa, se la vedrà lui e.

Un dolore micidiale.

Nel buio non si è accorta della borsa di Adele che sporge tra la cassapanca e la porta e l'ha presa secca nel malleolo. Deve essere quella che Adele aveva la sera in cui si è bagnata, è ancora leggermente umida. Pure pesante. Cosa diavolo ci tiene Adele qui dentro?, si domanda Alma spostandola con il piede. Ma ora non c'è tempo, il rumore dell'ascensore le dice che Modesti è quasi al piano. Chiude la porta, dà due mandate e infila la rampa appena in tempo.

Le vibra il cellulare nella tasca.

«Volevo sapere com'eri messa dai Modesti» latra Rosset con tempistica eccezionale.

«Sto scendendo le scale cercando di non farmi vedere né sentire» sussurra Alma con la bocca attaccata al microfono. «Se non è di vitale importanza gradirei interrompere qui la nostra conversazione e proseguire nell'ombra, come mi ero prefissata di fare.»

«Ah. Ok. Richiamo tra poco» chiude brusco Rosset, leggermente offeso.

Alma zoppica fuori dal portone, attraversa veloce piazza Madonna Dell'Orto, infila via Bancalari e finalmente respira.

Ok. Ora vediamo di capire, riflette Alma massaggiandosi il malleolo dolorante, sono le sette di sera e Modesti rientra a casa, per quanto ne sa lui la moglie è a Mondovì. Ma il telefono di Adele è staccato, vuoi che non gli sia venuto in mente di sentire se è arrivata, se il viaggio è andato bene, se c'è la neve, se... Mah, forse in realtà Cesare Modesti non è il tipo da preoccuparsi per gli altri. Ma un minimo sindacale di buona cortesia, persino un egocentrico come lui, no?

Afferra il cellulare.

«Rosset? Sono Alma. Modesti è entrato in casa ora. No che non mi sono fatta vedere, scusa, a che pro? Ma dove vuoi che vada a quest'ora, se è appena arrivato, dai. Vi ha per caso contattati per comunicare la scomparsa di Adele? No, per dire che non ti pare strano non si sinceri che la moglie sia arrivata? E se ha provato a telefonarle, si sarà reso conto pure lui del cellulare staccato? E la Stoppani che non l'ha vista, no? Lo so, ho capito che deve passare un tot di ore, ma se mi perdessi l'Alfonsina non aspetterei due giorni per venirtelo a dire, scusa. Mah, secondo me non vuole andare a grattare il sedere alla cicala. Come? No, lascia perdere, è un modo di dire nostro, insomma, per intendere che forse non vuole andare a solleticare la vostra attenzione in proposito. Sinceramente non so proprio che scusa potresti trovare per andare da lui. Se vuoi, però, posso coadiuvarti con un pretesto forse più lento ma ufficiale, ce l'ho qui in tasca.»

Spegne e respira a fondo.

C'è nell'aria un profumo buono, che sa di caldarroste, pini e biscotti, una sorta di natalizio, tiepido languore, come una spensierata fragranza d'altri tempi. Le fa venir voglia di mangiare cose sfiziose, diverse, festaiole. Potrebbe fare un salto in rosticceria, quella buona con tutte quelle cosine (care come il sangue, eh!), ma per una volta che sarà mai, un *carpe diem* in tutta questa incertezza. Il polpo con le patate per Luca, le *empadas* che piacciono tanto a Paolo, una vaschetta di cappon magro per la gioia dell'Alfonsina, due quadratini di *baciocca* per le gemelle e farinata per tutti. Dovrà fare un prelievo al bancomat, non sa mica se le bastano i soldi che ha nel portafoglio.

Pensava peggio, se avessimo preso le pizze avremmo speso di più, calcola sistemando i pacchettini nel sacchetto per tenere dritto il vassoio con la farinata.

Ora però vuol solo tornare a casa.

Le vibra il cellulare tra le mani.

«Mamma?» le urla Marta nelle orecchie, convinta che il cellulare, naturalmente privo di filo, richieda una potenza vocale tale da compensarne la mancanza. «Mentre torni a casa ci puoi comprare dieci protocolli a quadretti di cinque millimetri senza margine? No, perché ci siamo accorte che per lunedì abbiamo anche da fare due esperimenti per scienze e scrivere la relazione.»

Alma sospira, due esperimenti con relative due relazioni, che poi sarebbero quattro, dato che deve sempre moltiplicar tutto per due, una roba che in quel momento le pare insormontabile. Taglia per via Mongiardini e si avvia lentamente verso la cartoleria, forse non ha poi così fretta di tornare.

45

Ha fretta di tornare a casa, ha fretta di sapere cosa ha trovato Alma, ha fretta di beccar Modesti. Avrebbe anche fretta di trovare l'omicida della Recanati e capire cosa diavolo c'entri in tutta questa faccenda l'investigatore Agostino Ferro, come di risolvere le cose con la sua ex moglie o\e trascorrere una notte di sesso sfrenato con l'anatomopatologa Elsa Guerini, ma sarebbe come a dire che vorrebbe la pace nel mondo e da mangiare per tutti, quindi le accantona fra le cose altamente improbabili pressoché impossibili e si concentra sulle prime tre. Per cui imbocca corso Millo per intercettare Alma prima che arrivi a casa e intanto digita il numero che si è scritto sul taccuino.

«Buonasera, signor Modesti, sono l'ispettore capo Rosset della polizia di Chiavari. Scusi l'ora, ma in casa non c'è mai nessuno. Ah, capisco, le domandavo se era possibile vederci in Commissariato, diciamo lunedì mattina per le nove? No, no, nulla di grave, non si preoccupi, solo una formalità. No, non posso dirle di che cosa si tratta, mi dispiace (col cavolo che ti do modo di organizzarti, caro mio) è solo per ascoltarla come persona informata sui fatti, nulla di più. Alle nove. Lunedì mattina. La saluto.» E questa è fatta. In più quella che sta arrivando carica di pacchetti gli pare proprio Alma. Perfetto, si compiace Rosset.

«Cosa ci fai qui?» lo spegne subito Alma. «Son due giorni che da ogni parte mi giro spunti tu a darmi il tormento.»

«Certo che dicono tanto a me sul mio carattere, ma anche tu quando ti ci metti non scherzi mica, eh» s'incupisce Rosset che ci è rimasto male. «E comunque ti sono venuto incontro proprio per non importunarti a casa.»

«E perché dovevi venire a casa mia, scusa? Ci sei stato tutta la mattina!»

«Ma se sei tu che mi hai detto di avere una roba per me, una prova ufficiale, hai detto, capisci bene che visto come siamo messi, mi attacco a tutto. Quindi… cos'è che mi hai portato?» Allunga il collo Rosset.

«Tieni qui che lo prendo» sbuffa Alma dandogli da tenere i pacchetti. «Ma in realtà non so se puoi servirtene, a pensarci bene tu non avresti avuto alcun modo lecito per procurartelo.» Alma gli dà il sacchetto da congelatore che aveva in tasca.

«Sarebbe?» s'informa Rosset scrutandolo alla luce di un lampione.

«DNA. Di Cesare Modesti.»

Rosset la fissa a occhi stretti.

«Tu hai tra le mani un omicidio. In casa della vittima hai trovato un kimono maschile e io ti dico che è di Modesti, ma lo dico solo in base alla memoria e all'olfatto, come prova vale meno di zero. Non credo proprio che Modesti sia schedato, quindi se anche risalite al DNA del proprietario del kimono, la cosa non vi porterebbe a nulla. Ma comparando i due reperti hai in mano una certezza, no?»

«Due domande.» Rosset si gratta pensieroso il mento. «Prima, perché ti preme incastrare il Modesti, poi, come faccio a servirmi di questo DNA? Cioè, mi spiego, perché mi dovrebbe venire in mente di associare il kimono a Modesti e quindi comparare i due DNA? Non fare quella faccia, lo so che me lo hai detto tu che la vestaglia è sua, ma giuridicamente tu non esisti, capisci? Come faccio a giustificare il mio operato?»

«Questo è un problema tuo. Pensavo di farti un piacere, ma a quanto pare…» Alma scrolla le spalle e riprende a camminare.

«Ma non te la prendere subito, pensiamoci insieme, no? Che forse… E comunque non hai risposto alla prima domanda: perché ti sei impegnata a trovare le prove per inchiodare il Modesti come proprietario del kimono trovato dalla Recanati, con ragionevole supposizione che ne fosse anche l'amante? Perché questa faccenda non lo metterebbe in una buona posizione, ne sei consapevole anche tu, vero?»

«Non so, mi dà fastidio che non si preoccupi per Adele, che non la cerchi. E poi…» Alma trattiene il fiato, incerta se parlare o meno. «Insomma, non sono del tutto convinta che non sappia cosa le è successo.»

«Intendi dire che l'ha fatta sparire lui?»

«Non ho detto questo. So solo che Adele non ha dormito a casa. E se è scomparsa da ieri mi domando perché lui non ha ancora detto nulla.»

«Adele non ha dormito a casa? Ne sei sicura?»

«Non posso provarlo ma ne sono certa.» Alma scuote la testa. «Senti, Jules, non c'è nulla di concreto in questa faccenda. Cos'hai in mano? Io che ti dico che da casa della Recanati è scomparso un pesante oggetto di legno. Come lo so? Da una traccia unta e dall'odore di cera. Non una prova concreta, quindi. Hai un kimono che io riconosco di nuovo a naso, per il profumo che adopera Modesti. Non è una prova concreta. Ti dico che Adele non ha dormito in casa, e sai perché? Per il suo pigiama, che è ancora sotto il cuscino invece che dentro la cesta della biancheria da lavare, come ogni sabato che Dio manda in terra. Una prova tangibile e inconfutabile, vero? Ma andiamo, chi vuoi che ci prenda sul serio? Ti sei incaponito con me, ma io sono solo una donna delle pulizie, chiaro? Bon, sono semplicemente un…»

«Un genio!» la interrompe Rosset. «Sei semplicemente un genio.»

«Ma cosa dici? Ma se…»

«*Se* niente, Alma. Una donna delle pulizie ha accesso tranquillamente alla casa, agli abiti, alla spazzatura…»

«Non capisco dove vuoi arrivare»

«Quand'è che devi tornare in casa Modesti?»

«Lunedì, ma se non c'è ancora Adele non credo che…»

«Perfetto, tu lunedì andrai come di consueto a pulire dai Modesti, tutto deve continuare come sempre. E intanto ti dico cosa devi fare.»

«Ti anticipo già che non mi piace per niente.» Alma allunga il passo e lo lascia indietro.

«Ma se non sai neppure cosa devi fare!» Sbuffa risentito Rosset raggiungendola. «Vedrai che non te ne pentirai. Dammi che ti aiuto a portare tutta 'sta roba.» Le prende i sacchetti e l'affianca. «Ma cos'è che tieni lì nel vassoio? Devo ammettere che ha un profumino...» sniffa Rosset con un discreto risucchio gastrico.

«Farinata. Una roba bassa di farina di ceci e, ma cosa fai? Non aprire ché si versa tutto. Con chi mangi stasera?»

«Mah» prende tempo Rosset dondolandosi sulle gambe ossute. «Da solo, come sempre. O con il Professor Moriarty, se decido di perdonarlo.»

«Il Professor Moriarty?» domanda Alma perplessa.

«È il mio gatto.»

«Tu? Un gatto?» ridacchia Alma.

«Be', ti pare così strano? Veramente sarebbe il gatto di Agostino Ferro, ma dato che lui è in coma in ospedale il gatto è rimasto solo e...»

«Ah, perché con te sarebbe meno solo!» Alza scettica il sopracciglio Alma.

«In effetti oggi me l'ero completamente dimenticato» ammette a malincuore Rosset. «Ma per me è una cosa nuova, cioè, non ci sono abituato. Però posso migliorare, lo sento. E comunque il felino me l'ha fatta pagare cara.»

«Rappresaglia?»

«"Rappresaglia" è un eufemismo. Però la sua vendetta è stata talmente accurata, precisa e perfetta che son quasi più ammirato che furioso. Cioè, mi ha fatto una cosa veramente tremenda, eh, che solo a pensarci mi sale il magone, però lo stimo. Bah, penso che tutto sommato cenerò con lui, anche se non è che offra poi tutta questa conversazione. Trovo che i felini siano creature estremamente affascinanti ma piuttosto altere, insomma, non è che diano tutta 'sta confidenza. A parte la notte» ricorda con un brivido Rosset, «lì sono di un'invadenza che rasenta la sfacciataggine.»

«E a proposito di sfacciataggine, ma com'è che di cognome fai Boero e non...»

«È una storia lunga, che ha a che fare con la stupidità dell'uomo e la follia della guerra» sospira Alma per nulla imbarazzata. «Mio padre, Moso Kouyaté, era un giovane medico angolano che non ha resistito al richiamo di dolore della sua terra, devastata dalla guerra civile. Mia madre sapeva di non poterlo trattenere qui, lo amava troppo per non capire, e il suo atto d'amore più grande è stato lasciarlo partire. Era il novembre 1977, lei era ostetrica e avrebbe voluto raggiungerlo da lì a poco come personale medico di un'associazione umanitaria, ma scoprì di aspettare un bambino e sette mesi dopo sono nata io. Pochi giorni prima della mia nascita mio padre risultò tra i dispersi durante l'invasione dello Shaba del maggio 1978. In realtà avrebbe dovuto trovarsi con dei medici europei su un aereo diretto in Belgio, ma non c'è mai salito e di lui non se n'è saputo più nulla. I miei non erano sposati, se ancora adesso la faccenda delle "coppie di fatto" è roba spinosa, figurati allora. Mio nonno mi ha registrata con il cognome di famiglia e bon. Nina Boero è rimasta per sempre una "ragazza madre", e madre di una creatura nera, ti lascio immaginare!» ridacchia Alma con un velo di malinconia.

«Ah...» sfiata stupidamente Rosset, senza sapere cos'altro dire.

«Ok, io sono arrivata. Volevo invitarti a cenare con noi, ma dato che hai optato per un *tête-à-tête* con il Professor Moriarty... il riferimento letterario del nome ritengo sia imputabile ai recenti avvenimenti, giusto?»

«No, cioè sì per il nome e no per voler cenare assolutamente con lui, nel senso che se mi si presenta un'alternativa più stimolante... Insomma, se non l'hai detto per dire o perché ti faccio pena, a cena da voi ci vengo molto volentieri» s'affretta a dire Rosset, prima che Alma ci ripensi.

Alma in effetti si è già pentita, pensa all'Alfonsina e alle sue bramosie fisiognomico-indagatrici, pensa alle gemelle che scrutano l'intruso con i loro larghi occhi colmi di curiosità e diffidenza, a Paolo e ai suoi malumori. Ma soprattutto pensa a Luca e all'angoscia che oggi traboccava insieme ai suoi singhiozzi, impregnandole di inquietudine e preoccupazione ogni molecola, anfratto e recesso del corpo e della mente. Ma in questi due giorni densi e impastati di dramma, in lei si è incrinato qualcosa. Lo strano è che l'immagine di una crepa l'ha sempre portata a pensare al disfacimento, alla rovina, all'abbandono. Invece no, come cantava Cohen, uno spacco, una fessura, una screpolatura, a volte sono l'unico modo per far entrare la luce. E Alma si è finalmente resa conto del buio totale in cui si era sigillata negli ultimi anni.

«No, non ci ho ripensato» afferma quindi, ingoiando un sospiro. «Ma il clima non sarà dei migliori, temo, perciò non ti aspettare un'atmosfera conviviale da Mulino Bianco: verrai quasi certamente incastrato in macchinosi esperimenti scientifici, subirai pesanti tentativi di corruzione per compilare una relazione in proposito e con ogni probabilità dovrai sottostare a un invasivo terzo grado da parte di vecchia e pedante signora che è vissuta a pane e Lombroso. Forse i gemelli ti lasceranno in pace, ma riguardo a loro è possibile che ti tedi io. Insomma: uomo avvisato, sai come si dice, no?» Alma resta in attesa, con la chiave stretta in pugno, senza saper bene cosa augurarsi.

«Perfetto» sorride soddisfatto Rosset, srotolando la sciarpa e sbottonando il giaccone. «Proprio quello che mi aspettavo.»

Un pazzo. Quest'uomo è un pazzo, sospira Alma aprendo la porta.

46

La porta si chiude con un rumore antico di chiavistelli e legno. Anche il profumo è impregnato di altri tempi, di suoni dimenticati e rintocchi lontani, e Rosset si sente invadere da un nostalgico bolo di commozione.

«Tutto bene, ispettore?» gli domanda don Andrea Bacigalupo.

A Rosset pare di cogliere un che di consapevole nel tono cordiale e lievemente preoccupato del don, come se lui conoscesse perfettamente il terremoto emotivo che gli sconquassa le viscere.

«Benissimo, grazie» risponde secco e scocciato Rosset, che di farsi leggere come una lastra di plexiglass da un prete che avrà visto sì e no tre volte, non ha proprio voglia.

«Una piovosa mattina di novembre, una vecchia chiesa di paese, il tremolar delle candele, il sagrestano che sistema le panche. Pare di esser tornati indietro nel tempo, vero?»

Rosset non risponde e lo guarda torvo. Perché è proprio questo che gli ha creato lo smottamento emotivo. Gli pare di essere tornato a quelle mattine della novena dei morti, in cui sua nonna lo portava alla messa delle sei e mezza. Il buio della strada, quel freddo silenzioso, teso e spigoloso del mattino, diverso da quello avvolgente della sera. Quando, non ancora del tutto sveglio, era tirato giù dal letto due ore prima, la bocca colma solo del sapore del sonno, ché la colazione era interdetta sino all'uscita della messa, altrimenti non poteva fare la Comunione. Che poi a Gesù del fatto che lui si facesse una tazza di caffellatte con il pane rotto dentro prima di inglobarsi l'ostia sicuramente non importava, figurarsi se, di fronte al fatto che 'sta povera creatura di sei, sette anni, si alzasse all'alba per andare a messa con la nonna, Gesù andava a cavillare sulla colazione. Ma niente da fare, sua nonna era irremovibile. Gli toccava pure fare il chierichetto, che a volte si intronava a fissare le candele e perdeva il filo, finiva che si scordava dov'era, cosa doveva portare o versare e il sagrestano gli faceva gli occhiacci. Così, tra la fame e la paura di addormentarsi, gli saliva una tensione che per due volte gli era venuto uno svarione che tra un po' picchiava secco sulle tavole di legno del pavimento. Finita la messa, la nonna lo portava da Pierret a mangiare il *mecoulin* ancora tiepido di forno e poi a scuola, con calma, tanto erano in anticipo. Ma in quel tepore della chiesetta di Gimillan, con quel profumo di freddo attaccato alla giacca e ai capelli, con l'odore delle candele, del legno vecchio, della cera che davano sulle panche, con le bacche rosse del *gratacul* che rilucevano nel vasetto sull'altare, al piccolo Jules pareva già Natale e tutto sommato gli piaceva, infatti a questa cosa della novena dei morti alla nonna non diceva mai di no. Aveva appena compiuto dieci anni che al nonno era venuto un ictus, la nonna non lo lasciava più solo, che su da loro, ai tempi, di badanti non se ne parlava, quindi basta messe mattutine, e poi diceva che lei ormai era come se fosse morta, quindi la novena, se mai, dovevano farla gli altri a lei. Così di punto in bianco non ci era più andato. E neppure ci aveva più pensato. Fino a ora. Anzi no, in effetti un piccolo rigurgito c'era stato leggendo *L'affare Saint-Fiacre* di Simenon, con quel folgorante crescendo del capitolo iniziale, dove la contessa di Saint-Fiacre viene uccisa in chiesa proprio in una mattina così. Ma son comunque passati anni, un conto è leggerlo, un conto invece è trovarcisi infilati dentro come in un risucchio spazio-temporale: stessi profumi, stessa luce, stessa atmosfera. E stessa fame, Rosset stamattina si è reso conto che avrebbe fatto meglio ad accettare le due fette di castagnaccio che gli aveva offerto Alma la sera prima, perché in casa non aveva neppure un pacchetto di cracker, a meno di non sgranocchiare le crocchette del Professor Moriarty, ammesso che accettasse di condividerle con lui (la sua dispensa offriva solo tonno, un pacco aperto di fusilli e mezza scatola di bicarbonato). Senza contare la notte insonne con il suddetto felino capace di egemonizzare letto e piumone.

«A cosa devo l'onore, ispettore? Visita di cortesia, lavoro o semplicemente desiderio di un *tête-à-tête* con l'Altissimo?» don Andrea allunga le gambe e si mette comodo appoggiandosi allo schienale della panca.

«Bah, sarei orientato sulle prime due, per la terza sono perennemente costernato dal dubbio.» Scrolla la testa Rosset. «Non la prenda come un fatto personale, don Bacigalupo, ma mi lasci dire che la faccenda il più delle volte risulta piuttosto ambigua e io, forse per deformazione professionale o forse per indole, dell'atto di fede non me ne sto.»

«E me ne compiaccio, ispettore.» Sorride sornione don Andrea. «Credere e dubitare sono facce della stessa medaglia. Solo l'indifferenza è atea.»

«Mmh, sarà. Comunque volevo chiederle se le va di fare due passi. Ma ora mi rendo conto che è domenica, che hanno dato l'allerta e che forse ha messe da fare, cerimonie, cose da prete insomma.»

«Le mie "cose da prete", come le chiama lei, son finite dieci minuti fa e ricominciano alle dieci. Se vuole ho un'ora buona da dedicarle ben volentieri, unendola a una passeggiata. Pioviggina» guarda fuori dalla finestra e sbircia sino al mare, «e secondo me peggiorerà, ma verso il tardo pomeriggio. Un giro fino al Curlo forse riusciamo a farlo senza bagnarci troppo. A scarpe vedo che è messo bene, se vuole partiamo subito. Ha fatto colazione?»

«No, anzi comincio ad avere una discreta fame» ammette Rosset grattandosi il mento.

«Ho la moca sul fuoco e sulla strada incontriamo un panificio per della focaccia o un paio di brioche.» Don Andrea tira fuori due tazzine e un barattolo colmo di zucchero bruno.

«Perfetto direi.» Si sfrega le mani ossute Rosset. Camminata, compagnia interessante, caffè caldo e focaccia, sinceramente in questa uggiosa domenica di novembre non si aspettava una manna così.

* * *

«Ho conosciuto Romeo Giordani» racconta Rosset respirando l'aria umida di muschio e pioggia. Stanno camminando da una ventina di minuti, inerpicati su un sentiero che inspiegabilmente si nasconde in pieno centro, dietro all'antico castello di Chiavari. In un amen sono saliti parecchio e il panorama, pur con i contorni sfocati dalla pioggerellina sottile e insistente, è mozzafiato: la linea viola del mare separa due promontori che si allungano scuri come dinosauri addormentati sul pelo dell'acqua. I tetti rilucenti di pioggia, gli ulivi che fremono con uno strano effetto brizzolato di foglie scure e argentee, i rami scuri e spogli, i castagni arancioni e gialli, le pietre dei terrazzamenti (fasce, gli ha detto che si chiamano don Andrea) che tagliano grigie il verde dell'erba con il rosso delle reti che i contadini tendono per salvare le olive che cadono. Uno spettacolo. A Rosset pare che gli si riaccendano le sinapsi, e tutta quella lastra immobile color ardesia del mare gli fa lo stesso effetto delle pareti cangianti delle sue montagne.

Non che si senta proprio a casa, ma poco ci manca.

Vorrebbe portarci suo figlio Alberto qui, una bella camminata a rinsaldare sintonie e sicurezze. Ah, deve anche pensare a cosa preparargli stasera per cena, vorrebbe stupirlo con qualcosa che non sia la solita fonduta in scatola o pasta aglio, olio e salsiccia, insomma vorrebbe che stasera fosse una cosa un poco speciale. Sarà stato aver visto Luca e Paolo, i gemelli di Alma, ma gli è montata una nostalgia di suo figlio che non vede l'ora che sia stasera.

«Come le è parso Romeo Giordani?» domanda con noncuranza don Andrea, mentre con il piede scalza un pezzo di muschio che porta alla luce una decina di piccoli finferli gialli-arancio.

Potrebbe fare un risottino!, s'illumina Rosset ancora preso nell'organizzazione della cena.

«Gliel'avevo detto che era un tipo interessante» continua don Andrea infilando delicatamente i funghi in un piccolo sacchetto di tela che teneva in tasca.

«Già, interessante davvero. Mi è piaciuto da subito. Anche se...» L'ispettore si domanda quanto sarebbe etico andare avanti, ma al punto in cui si trova tutti sono diventati potenziali testimoni o comunque persone informate sui fatti, come da procedura, perciò continua: «Anche se mi domandavo: Giordani le ha mai raccontato nulla del manoscritto che Adele gli avrebbe perso anni fa, quando prestava servizio in carcere?».

Don Bacigalupo arriccia le folte sopracciglia come a frugare nei ricordi. Poi scuote la testa.

«Le direi di no. Ultimamente sì, mi ha fatto leggere una cosa sua, un racconto lungo. Intenso, una prosa scarna ma potente. Non tanto il mio genere ma a mio parere un buon lavoro, così gli ho suggerito di pubblicarlo, magari con una casa editrice locale o chissà, poteva provare a spedirlo anche alle grandi. Ma poi ha optato per una di quelle cose che si fanno su Internet, non so perché, forse siamo noi vecchi che restiamo ancora così legati al libro, alla carta e al dito a tenere il segno tra le pagine. Romeo ha detto che pubblicarlo online costa meno, la gente lo compra, il libro gira più velocemente. Be', comunque lo ha fatto, mi pareva contento. Perché me lo chiede?»

«Mah, un'idea che mi sono fatto, costruita su semplici sensazioni. Una storia fatta di vincitori e perdenti, glorie costruite sul lavoro di altri e vendette sopite. Vede, don Andrea, il mio lavoro è una continua ricerca della verità, ma in fondo cos'è la verità? C'è la tua, c'è la mia e c'è quella di tutti gli altri. Esistono tante verità quanti sono gli occhi che hanno visto e le bocche che l'hanno raccontata.» Rosset scuote la testa e si ferma a fissare il mare. «La verità non è mai una, mai. Per questo non esiste.»

«Be', per uno che fa il suo mestiere dire che la verità non esiste è una dichiarazione impegnativa, non le pare, ispettore?»

«Ne sono pienamente consapevole, ma sono altrettanto consapevole del fatto che la verità non è mai vera, o almeno non fino in fondo. E credo che lei lo sappia meglio di me don Andrea, no?»

Don Bacigalupo fa uno dei suoi sorrisi da stregatto.

«*Quid est veritas?* Cos'è la verità? Mi cade sull'eterno quesito, ispettore, sollevato a suo tempo da un funzionario perspicace e acuto qual era Ponzio Pilato. Uomo di grande intelligenza e umanità, è ingiustamente passato alla storia solo per quella stupida faccenda delle mani lavate, un gran peccato. Vede, ispettore, credo che in fondo Aulo Gellio avesse ragione: la verità è figlia del tempo. Per cui non esiste una verità assoluta. C'è solo la verità di ogni singolo momento.» Don Andrea allunga una mano a raccogliere un corbezzolo e se lo infila in bocca. «E poi c'è la Verità, con la V maiuscola, la Verità che rende liberi. Ma questa è un'altra storia.»

Rosset sbatte gli scarponi uno contro l'altro per staccare un po' di fango impastato con le foglie secche e riprende a camminare, un passo dopo l'altro, srotolando un pensiero dopo l'altro. È che lui in 'sta faccenda non ha in mano niente, niente. Dal computer della Recanati ha trovato solo l'aggancio con Giordani, dal suo cellulare nulla; di quella sera risulta solo una chiamata che la Recanati stessa ha fatto a sua sorella poco prima delle 18. Possibile? Eppure i tabulati parlano chiaro. Sul pavimento un sacco di impronte pasticciate e non riconoscibili, a parte una accanto alla porta d'ingresso, inequivocabilmente da uomo (di Giordani, forse?), per il resto un cicche ciacche bagnato senza costrutto a confermare il via vai raccontato dalla signora Parodi del piano di sotto. Potrebbero ancora trivellare le lucciole della via che, essendo stanziali, sicuramente sanno distinguere gli inquilini dai forestieri. Ma dubita che ne venga fuori qualcosa, e poi la serata in questione era davvero da tregenda, le ragazze stavano rintanate sotto gli ombrelli e sotto i terrazzi, insomma, le condizioni climatiche non erano favorevoli alle indagini.

Incredibile, ma se non c'è un testimone è come se il fatto non fosse successo realmente. Hanno il cadavere, sì, ma paradossalmente non basta. Se nessuno ha visto, come se ne esce? Chi ne può parlare? Per assurdo si potrebbe perfino dire che il fatto in sé non è nulla e che il testimone è l'unica cosa che conta. Questo per dire che è abbastanza nella merda, insomma. Rosset sbuffa. Che con il vice questore se l'è cavata solo perché era sabato sera e Carlo Maria Castelli era già proiettato nel party che lo attendeva a Villa Durazzo. Una roba sbrigativa quindi, dove Rosset si è arrampicato in uno stridere di unghie sul vetro per giustificare pensieri, opere e, ahimè, pochi fatti. Ma domani sarà un banale lunedì, il vice questore sarà tornato il tremebondo rompicoglioni di sempre e Rosset ha deliberatamente omesso di comunicargli la sua iniziativa nei confronti di Modesti, il cui interrogatorio non appare affatto necessario, o per lo meno non in modo cristallino. E data la posizione sociale del Modesti, il vice questore Carlo Maria Castelli andrà su tutte le furie. Fosse per Castelli, il caso si chiuderebbe subito, con gran lustro per la sua persona e senza colpo ferire, con un colpevole servito sul piatto d'argento: Romeo Giordani, omicida ex detenuto, in contatto con la vittima e\o ultima persona a vederla viva. Capro espiatorio perfetto, senza ripercussioni sociali. Anzi, plauso per aver ripulito la città.

E lunedì è domani, porca vacca, domani! Per cui ha solo ventiquattr'ore per verificare se il sacrificabile Giordani è colpevole o innocente fino a prova contraria.

«Ma secondo lei, don Andrea, Giordani mi lascerebbe entrare a casa sua? Nel senso che d'autorità dovrei aspettare un mandato, in realtà avrei un po' fretta.»

«Be', glielo chieda, no?» risponde con disarmante semplicità don Bacigalupo, allungandogli il cellulare.

***

«Disponibilissimo e sereno, mi aspetta alle undici a casa sua.» Respira Rosset restituendo il cellulare.

«Come uno che non ha nulla da nascondere intende?» lascia cadere don Andrea infilando il telefono nella tasca del giaccone.

«Già» ammette Rosset. «O come uno che non ha nulla da perdere.» Sospira dubbioso.

«Mi pare di capire che si augura la prima ipotesi.»

«Sinceramente, sì» conferma Rosset, che ormai ha rinunciato a prendersela: 'sto prete lo legge come un libro aperto, ne deve prendere atto e bon. «Ma non posso lasciarmi guidare da simpatie e sentimento. Devo provarlo, Giordani in questo senso è borderline e il suo passato non aiuta.»

«Capisco» annuisce don Bacigalupo fermandosi. «Siamo arrivati. Questo è il Curlo di Leivi, la collina che sovrasta Chiavari. Qui trova olio buono e una comunità attiva e fiera protettrice delle tradizioni. Ora però bisogna che torniamo, ché altrimenti mi sgridano.»

«Non credo che il buon Dio avrebbe da ridire se tarda per quest'opera buona, non sa che regalo mi ha fatto, don Andrea.»

«Ah, ma infatti Lui apprezza senz'altro. È la perpetua, piuttosto, che mi preoccupa, in questi frangenti preferirei giustificarmi col buon Dio anziché dare spiegazioni alla Fernanda, mi creda.»

«Le credo, eccome!» Sospira Rosset, che per esperienza sa per certo che qualsiasi cosa è preferibile al doversi giustificare con una donna: moglie, collega, figlia o perpetua che sia.

E infatti sua moglie lo ha lasciato.

47

Ha lasciato che dormisse, andando solo a scrutare ogni tanto per vedere se stava bene. Alma deglutisce un sospiro strozzato.

Non è vero.

Per tutta la notte non ha fatto altro che entrare e uscire dalla stanza di Luca e posargli una mano tra le scapole. Per sentire se respirava. Per sincerarsi che fosse ancora vivo.

Ha paura. Alma ha una paura maledetta.

A volte non conoscere, non leggere, non sapere è una salvezza.

Invece lei conosce, legge e sa. Sa che a volte è solo questione di attimi. Perché tutto precipiti.

A Luca sta succedendo qualcosa. Non lo pensa solo per il singhiozzare disperato di ieri, quello è un bene, qualcosa che trabocca, esce. Lei ha paura di ciò che resta dentro a pesare sul fondo. Sedici anni sono fragili per dare il giusto peso ai pesi. I pesi a sedici anni ti schiacciano. Ti seppelliscono, le sale in gola prima che il suo istinto di sopravvivenza lo ributti indietro per non ascoltarlo. Perché è inutile che se la racconti, che cerchi di scantonare, come se non dirlo o non pensarlo lo renda meno possibile o vero: lei ha paura che Luca muoia. Ecco, lo sta facendo di nuovo. Non dà alla sua paura il nome vero. Perché la verità è un'altra, lei ha il timore, l'angoscia, il terrore che Luca s'ammazzi.

Appoggia la fronte al vetro della finestra e resta lì, con la speranza che il freddo le congeli i pensieri.

È una paura che le sale come un'onda, a volte scende, le pare di esagerare e di travisare con la sua costante sensazione di essere in difetto, di esser sola, di lavorare troppo, di voler tenere tutto sotto controllo. Altre volte il cavallone la travolge e tutto pare sfuggirle in un turbinio di schiuma e rabbia. Ora è sommersa in un maroso che la sbatte di qua e di là. E da qualsiasi parte si giri le pare di non venirne fuori.

«Ma'?» Luca appare in cucina e la guarda.

Alma si asciuga gli occhi e si stacca veloce dal vetro.

«Hai dormito?»

«*Mgrfh*. Insomma» bofonchia lui con quel suo sguardo smarrito che le attanaglia il cuore.

«Avrai fame.» (Mangiare, dormire, cose fisiche, bisogni primari, ancestrali. Semplici.) Cerca di rassicurare e rassicurarsi Alma. «Ieri sera hai mangiato pochissimo. Vieni che ti scaldo il pane.»

«Non ne ho tanta voglia. C'è ancora del castagnaccio?»

Alma fa di sì con la testa (il suo dolce preferito, una voglia normale, del Luca di sempre).

Sente premere il desiderio di abbracciarlo, ma non vuole far vedere che è preoccupata (rassicurare, tutto come sempre, non c'è nulla da temere, tu stai bene, sei felice), quindi fa due passi verso la credenza e resta lì con il braccio alzato, in una frazione di secondo si è voltata e lo sta stringendo al petto, percependo tra le dita i suoi muscoli, le sue vertebre, il calore vivo del suo corpo, il suo respiro.

Luca non si ritrae ma resta lì, abbandonato e pesante, come se volesse rimaner così per sempre.

Alma se lo stringe, senza dire nulla, ma felice di sentirselo lì tra le braccia, tiepido e sano. Poi alza lo sguardo e le manca il fiato: incorniciato dalla ghisa, il vetro del forno riflette loro due, con la tensione e il drammatico abbandono di una pietà rinascimentale.

Stupidastupidastupida, scrolla la testa stringendo gli occhi, mentre il maroso risale impetuoso e la fa affogare nella paura.

48

«Nella paura di sbagliare finisce che alla fine sbaglio davvero.» Rosset incastra il cellulare tra la spalla e l'orecchio e apre l'ombrello. «No, Clelia, era per dire che…» *Uff*, niente da fare, con la sua ex moglie sbaglia comunque e quantunque, a prescindere, qualsiasi cosa faccia, pensi o dica. Inutile prendersela o tentare di spiegare. La resa totale è la soluzione più rapida e indolore. Salvo poi sentirsi dare del coniglio pusillanime, ma anche questo sbaglio rientra nell'*a prescindere* sopra citato. Ora gli preme solo avere suo figlio Alberto a cena, solo che Clelia è preoccupata per la faccenda delle allerte e non vuole farlo uscire, dice che a Rapallo piove a secchiate e che se persino chi dovrebbe tutelare l'ordine (quindi lui, sì, Jules) non rispetta le ordinanze, è inutile poi lamentarci se i giovani prendono sotto gamba l'ordine costituito, quando proprio chi deve dare l'esempio fa i comodi suoi e dà un calcio alla credibilità del… Rosset smette di ascoltarla e maledice allerte, pioggia, ex mogli, diluvi biblici e non. Perché ormai ha già capito, i finferli che gli ha regalato don Andrea non finiranno nel risottino che si proponeva di fare questa sera per Alberto, bensì periranno di inedia nel vuoto triste e desolato del suo frigo.

«Va bene, Clelia, nel caso le previsioni concedessero una tregua teniamo aperta la possibilità di risentirci nel pomeriggio e valutare la trasferta di Alberto fino a Chiavari. No, Clelia, non era affatto un tono sarcastico il mio, se il termine trasferta riferito ai sei chilometri che separano Chiavari da Rapallo ti pare esagerato ti domando perdono e scelgo una definizione più consona a… Clelia? Clelia ci sei?» *Porca vacca, ha messo giù.* Ma davvero lui non voleva essere polemico né tantomeno sarcastico, forse gli è uscito un tono un po' così perché con lei non è mai rilassato, ma porca-di-quella-vacca mai, ma dico mai che ne faccia una giusta.

Rosset sbatte il cellulare dentro la tasca, chiude l'ombrello e suona al citofono di Romeo Giordani.

«Mi dispiace disturbarla di domenica.» Rosset lascia l'ombrello sul pianerottolo e resta piantato in mezzo alla stanza, guardandosi intorno imbarazzato, con i rivoli di pioggia che scivolano lungo il suo giaccone fino al legno consumato del pavimento. L'appartamento di Giordani è strepitoso. Cioè, strepitoso secondo i particolari canoni estetici del suo gusto personale. Innanzi tutto è scarno ed essenziale, corredato in pratica solo dei beni primari: libri e dischi. Pareti bianche, scaffali industriali, ordinati e suddivisi per genere. Una favolosa collezione di LP (solo quei due tre titoli che è riuscito a sbirciare lo hanno illuminato di immenso), due splendidi diffusori *Focal Aria* (e qui ha avuto un cedimento al ricordo delle sue defunte *Bose* da soffitto) un comodo divano di cuoio, una vecchia sella come tavolino, attrezzi da falegnameria appesi come se fosse un'installazione, sopra un banco da lavoro che probabilmente funge anche da tavolo da pranzo. E il pavimento. Indescrivibile.

«L'ho preso in un rudere abbandonato della Val Graveglia. Ripulito, bonificato dai tarli e sistemato qui, su misura» racconta Giordani seguendo il suo sguardo. «Un tavolato d'ulivo, resistente e consumato da mille passi e mille vite. Come piace a me.»

«Pure a me piace tantissimo.» Rosset si china a sfiorare la superficie setosa e irregolare. «Le posso dare la giacca? Sto gocciolando dappertutto. Mi sa che le previsioni questa volta ci hanno preso.»

«Vuole un caffè?» domanda Romeo Giordani appendendo il giaccone dell'ispettore a una grossa valvola (forse appartenuta al motore di una nave? Questa casa è piena di sorprese, constata ammirato Rosset) che funge da attaccapanni.

«Volentieri, grazie, posso nel frattempo dare un'occhiata alla sua fantastica collezione?» chiede Rosset allungando il collo verso lo scaffale degli LP in vinile.

«Certo, che domande, può anche ascoltarli se vuole.» Giordani sparisce dietro quello che presumibilmente corrisponde all'angolo cottura.

Rosset pilucca tra i dischi, poi controlla di non esser visto e plana veloce dove gli preme. Lo trova subito, lo sfila dal ripiano e lo apre. Giordani lo ha letto e ha pure sottolineato alcune parti segnando accanto un punto esclamativo. Quindi Giordani sapeva, lo sapeva eccome, e Rosset scuote la testa avvilito.

«Vedo che lo ha trovato.» Lo coglie sul fatto Romeo Giordani posando due tazzine spaiate sul bancone. «D'altronde l'avevo intuito subito che lei è uno che non lascia facilmente la presa. Da cosa lo ha capito?»

«A dir la verità non ne ero sicuro, ma ora...» Mostra il tascabile del romanzo di Cesare Modesti che tiene tra le mani. «Si tratta del suo manoscritto scomparso, vero?»

Romeo Giordani si siede sul divano e mescola con calma il suo caffè.

«Non è così semplice da spiegare, ispettore. O forse no, è talmente semplice che risulta molto complicato.»

«Non ho nessuna fretta, signor Giordani, sono qui apposta per sapere e capire, si prenda tutto il tempo che serve.» Rosset posa il libro sulle ginocchia e sorseggia placido il suo caffè.

«Ero uscito di prigione da nemmeno due settimane» comincia Giordani con tono pacato. «In un autogrill della Serravalle compro un Bufalino e alla cassa mi dicono che quel giorno con il panino posso scegliere tra dolce e bevanda a scelta o uno dei tascabili della griglia girevole lì accanto. In auto avevo una bottiglia appena aperta di chinotto Lurisia e non amo particolarmente i dolci della Bindi, quindi ho optato per il tascabile. In carcere mi era capitato di sentir parlare in TV del romanzo di Cesare Modesti, ma non mi è mai arrivato tra le mani né in biblioteca né allo spaccio. Così quando l'ho notato sulla griglia, tra due libri della Frilli che avevo già letto, mi son detto "toh guarda, 'sto romanzo è ancora sulla breccia", prendendolo in mano più per curiosità che per reale interesse. Poi ho letto la quarta di copertina. E lì ho capito.»

Romeo Giordani posa la tazzina e lo guarda quasi divertito.

«Una strana combinazione di eventi come può notare, ispettore, perché non credo che sarei andato di proposito a cercare quel romanzo in libreria, le rare volte che ho avuto occasione di ascoltarlo in TV o scorrendo le interviste, Modesti mi pareva un tipo molto lontano da me, insomma non lo ascoltavo volentieri e quindi era ragionevole pensare che non mi piacesse neppure ciò che scriveva. Per cui, insomma, anche se pare strano da credere, in tutti questi anni non mi sono accorto che il best seller di Cesare Modesti era in realtà il mio manoscritto. Buffo, vero?»

«Mah, buffo mica tanto» pondera Rosset provando a immedesimarsi. «Qui ci sarebbe un movente con i fiocchi e contro fiocchi, le va bene che Modesti è ancora vivo. Ma Adele risulta scomparsa da...» Guarda l'orologio. «Da almeno tre ore e un giorno. Cioè, nessuno ne ha ancora denunciato ufficialmente la scomparsa, ma noi riteniamo che...» Fa un gesto vago con la mano ossuta, ché forse ha già detto troppo.

«Adele? Mi dispiace, davvero. Come mai crede che sia scomparsa?»

«Fonti attendibili, mi creda. Ma torniamo a noi. Lei esce di prigione in aprile, scopre il misfatto quasi subito, una cosa che manderebbe fuori di testa chiunque, e in questi sei mesi cosa fa? Prende provvedimenti? Medita una vendetta? Costruisce un ricatto? Perché il fatto di ingoiare e stare zitto e buono come se nulla fosse, non la prenda come un fatto personale, Giordani, ma pare poco credibile.»

«Per questo le dico che non è semplice da spiegare, ispettore, e ancora più complicato da capire, credo.» Romeo Giordani si guarda le mani e scuote la testa. «Lo so che ho fatto una cosa tremenda e nulla vale la giustificazione che se non reagivo, probabilmente sarei finito io come cadavere nel bagagliaio di Beppe Impacciatore. Me l'ero cercata, ero un criminale ed è giusto aver pagato. Ero giovane e senza appigli morali, tiravo a sfangare con il minimo sforzo per la massima resa. In carcere pensavo che sarei morto, dalla disperazione, dalla rabbia, dallo sconforto: avrei trascorso i migliori anni della vita, la mia giovinezza lì dentro. Vent'anni, ispettore, avevo vent'anni! Entravo da ragazzino e ne sarei uscito uomo fatto. Credevo di impazzire. Ma a volte capitano piccole fortune, incontri che ti aprono squarci. La mia fortuna è stata una persona, senza di lui non ce l'avrei mai fatta. Grazie a lui ho trascorso vent'anni in carcere da uomo libero, libero dentro. Questa persona mi ha dato le ali.»

«Si riferisce a don Bacigalupo, vero?»

«Sì. Questo per spiegarle che non m'importava del libro né di Modesti né di riprendermi il suo successo. Stavo bene così. Davvero, lo so che è difficile da credere, ma chi non ha mai vissuto l'esperienza della cella, di lavarsi tutte le mattine la faccia con le stesse mani che hanno tolto una vita, no, ispettore, non si può capire se non ci sei infilato dentro. Mi ero appena ripreso la mia vita, ispettore, e non l'avrei certo persa di nuovo solo per strappare la gloria a uno come Cesare Modesti.»

Rosset tamburella con le dita sulla copertina del romanzo. È dibattuto.

«Secondo lei Adele sapeva? Era cosciente che il marito cavalcasse il successo di un romanzo non suo? O addirittura era stata lei a notare la potenza del suo scritto e ha deliberatamente scelto di fingere di smarrirlo per consegnarlo al marito?»

«Adele mi pareva sinceramente dispiaciuta, ma sono passati dieci anni, posso anche ricordare male.»

«Però mi raccontava che quando vi incontravate, Adele era a disagio. E dieci anni mi sembrano un po' tanti per provare ancora imbarazzo per un fatto che può far dispiacere, sì, ma insomma, non è poi una roba così drammatica» ragiona Rosset con le sinapsi a pieno regime, la passeggiata lo ha fatto carburare, gli dispiace solo di dover aspettare ancora un giorno intero prima di masticarsi un po' il Modesti. *Mannaggia, 'sta domenica di mezzo proprio non ci voleva.* «Insomma, per dire che se anche allora non sapeva, chissà, forse in questi anni alla signora Adele qualche dubbio in proposito è venuto. E a lei, Giordani, la signora Modesti non ha mai detto nulla, neppure un debole accenno in proposito?»

Romeo Giordani scrolla la testa e allarga le braccia.

«E infine la contatta Fabrizia Recanati, editor di una nota casa editrice, diversa da quella che ha pubblicato il romanzo di Modesti. La cerca per questo suo racconto, autopubblicato solo in versione digitale, racconto che pare interessarle molto, o sbaglio?»

«Sì, ma non è una cosa tanto strana, mi spiegavano che ora quasi tutte le case editrici lo fanno, tengono d'occhio anche le autopubblicazioni per farsi un'idea del mercato e soprattutto del gusto dei lettori. Il mio racconto ha avuto un buon riscontro ed è scattato il loro interesse.»

«Certo, ma non è tutto qui. Ha idea a cosa si riferisse la Recanati quando parlava di "bomba" riguardo a lei, Giordani, e al suo racconto?»

«Sinceramente no. Ma Fabrizia Recanati pareva molto sicura di sé. Sicuramente ciò che aveva in mente avrebbe favorito sia me che lei, questo è chiaro. Ma di cosa si trattasse esattamente non lo so.»

«Io invece un'idea me la sono fatta. Mi dica se sbaglio, signor Giordani. Dunque, Fabrizia Recanati legge il suo racconto attirata dal successo che ha online, fin qui nulla di strano, come dice lei è una prassi abbastanza consolidata. Ma leggendo la Recanati, che sprovveduta non è, nota una somiglianza sconvolgente con un altro libro, un manoscritto per la precisione, che le capitò tra le mani giusto una decina di anni prima, guarda caso un manoscritto che poco dopo divenne un best seller di grande successo. Già, ha ragione, quando mi raspa in testa una cosa sono come un molosso, non mollo la presa. Così mi sono informato, Fabrizia Recanati dieci anni fa era stagista presso la casa editrice che poi ha pubblicato il romanzo di Modesti. Manoscritto che è stato rimaneggiato, limato, editato da altri più qualificati di una semplice stagista al suo primo incarico.

«Ma la Recanati è una in gamba e ambiziosa, in poco tempo si afferma come editor, ma non le basta, è alla ricerca del salto di qualità che la porti ai vertici. Cerca, fruga, tenta probabilmente di soffiare anche il Modesti alla concorrenza e una vecchia email scovata dal nostro tecnico nel suo computer ce lo farebbe supporre con un buon margine di sicurezza. Ma il Modesti pare aver perso lo smalto e i suoi nuovi lavori non sono assolutamente all'altezza della prorompente potenza che ha decretato il successo di *Le ali e la rosa*. Fabrizia non si dà per vinta e la sua costanza è premiata: nel racconto di un perfetto sconosciuto ritrova la scrittura acerba e impetuosa di quel famoso manoscritto. Per un attimo, forse, pensa che sia un vecchio lavoro di Modesti, pubblicato con uno pseudonimo, invece trova Romeo Giordani e in un attimo intuisce la potenza atomica di ciò che ha tra le mani: la "bomba".»

Giordani lo fissa attento e concentrato.

«Già, una bomba che farà deflagrare con gran rumore e spettacolarità: il vero autore del best seller non è Cesare Modesti, bensì Romeo Giordani (perché lei sicuramente ne aveva le prove, non si era fermata alla semplice supposizione), nientepopodimenoché un ex detenuto con un passato burrascoso, il fascino del torbido che ha rapito generazioni di lettori da Heathcliff, a Long John Silver e Hannibal Lecter, passando per quello spostato di Holden e l'elenco sarebbe infinito. Ma quel che più conta è che Romeo Giordani l'ha scovato lei ed è suo, come sue son tutte le cose che scriverà in futuro, o sbaglio?»

«Ho firmato un contratto che mi vincola alla casa editrice per i prossimi dieci anni» ammette Giordani.

«E con la bomba siamo a posto.» Sospira Rosset, ora resta da capire chi ha ucciso Fabrizia Recanati. E al momento solo uno aveva tanto da perdere da tutta 'sta faccenda, ragiona abbassando gli occhi sull'immagine in bianco e nero, piena di *pathos* e pervasa dallo *charme* dell'osannato scrittore Cesare Modesti.

49

Cesare Modesti che non si preoccupa se la moglie non risponde, Cesare Modesti che sparisce per un giorno e mezzo e non avverte, Cesare Modesti che lascia un compromettente capo d'abbigliamento in casa dell'ex amante, che viene uccisa e non si preoccupa di recuperarlo. Alma mescola distratta il suo caffè (che poi non mette lo zucchero, cosa lo mescola a fare?) e continua a rimuginare. Sono le sei del mattino, ha dormito poco e male, è permeata da un sottofondo molesto di emicrania e ha la fastidiosa sensazione di lasciarsi sfuggire qualcosa di importante.

Beve un sorso di caffè e posa la tazza, restando ferma a fissare la superficie scura che riflette la luce della lampada.

C'è qualcosa che non le torna.

Metti che Modesti fosse sicuro di non poter essere collegato alla Recanati, ci sta, in fondo se non era per il Carlino della Guastelli che le è toccato rincorrere, Alma non avrebbe scoperto il cadavere, conosciuto Rosset e scovato il kimono arrivando così a lui. A ben vedere la concatenazione degli eventi a volte ha un che di irriverente fatalità.

Ma questo Cesare Modesti non lo sa, lui si sente al sicuro. Però subito dopo l'omicidio della Recanati scompare, che se uno è colpevole non è una mossa tanto intelligente, pare quasi un'ammissione di colpa, e poi inaspettatamente ricompare. Dove è stato? Comunque torna lui e sparisce l'Adele. Adele che non è più lei da quella famosa sera in cui viene uccisa la Recanati, accoppato Agostino Ferro e dove forse scompare pure il Modesti.

Dove è stata quella sera Adele? A teatro, d'accordo ma cosa può aver visto di. Alma si blocca, vuoi vedere che. Si alza facendo oscillare il tavolo e il caffè trabocca sul marmo. Fa niente. Va alla libreria e cerca. Ma dove accidenti l'ha messo? Ah, è vero, Luca e Paolo dovevano scrivere una relazione su Pirandello, sarà in camera loro. S'intrufola nella stanza, come ha fatto per tutta la notte del resto per sfiorare Luca, trova il libretto ed esce chiudendo la porta. Oggi i ragazzi vanno a scuola, l'allerta termina tra mezz'ora. Luca però se lo tiene a casa, "Per precauzione, che poi se ti viene la tonsillite" gli ha detto per giustificare la sua decisione. In realtà sta prendendo tempo, aspetta Rosset. Sospira. Apre il libretto dell'*Enrico IV* di Pirandello, lo stesso spettacolo che davano alla Corte la sera che Adele è andata a teatro. Magari è solo un'idea stupida, figuriamoci, Adele sicuramente lo conosceva a memoria, però in certi momenti una frase un riferimento una battuta, ti aprono voragini inaspettate. Scorre veloce, saltella con lo sguardo tra le battute di Belcredi, Frida, il dottore, Enrico IV. Poi torna indietro e si ferma. *La finzione di una finzione, per questo appare così autentica*, Alma la rilegge e la rilegge ancora, perché ha come la sensazione che le smuova quello che sa che c'è ma che non riesce a trovare. Una sensazione che ha a che fare con Fabrizia Recanati, con Adele e con Cesare Modesti. Chi è che finge? Perché l'unico sotto i riflettori è lui, Cesare Modesti. Finzione, realtà; realtà, finzione... Alma allunga una mano per prendere il tubetto di crema all'arnica e si massaggia delicatamente il malleolo, quello che ha picchiato contro la borsa pesante di Adele, l'altro ieri quando era di fretta e non voleva incontrare Modesti. Guarda che livido che è venuto, si è pure gonfiata la caviglia, ma cosa accidenti ci tiene Adele dentro la borsa, uno spigolo duro che levati, un'arma impropria, che se per sbaglio dà una borsata a qualcuno lo stend...

Alma sbatte appena gli occhi, come presa alla sprovvista da ciò che le ha folgorato il pensiero.

Che però non le lascia il tempo di afferrarlo.

Era legato all'immagine dell'appartamento di Adele Modesti.

Era importante, ne è sicura ma cosa, cosa.

Deve andare a vedere, subito.

Cioè no, subito non può, deve svegliare i ragazzi, organizzare la colazione, sistemare l'Alfonsina, arrivare in tempo al pulmino per la scuola. E poi deve aspettar le nove, non può mica piombar in casa di Modesti con il Modesti medesimo in notturno *déshabillé*, perché lei fa dalle 9 alle 12 il lunedì, il mercoledì e il sabato, da dieci anni a 'sta parte, quindi deve aver pazienza e aspettare.

È che non ce l'ha per niente la pazienza, sbuffa lavando la sua tazza e preparando la tavola con i cereali, il Nesquik, l'orzo, la marmellata di arance, il grosso barattolo di Nutella, sarà che sono tre notti che non chiude occhio, sarà tutta la preoccupazione per Luca che la tende come una balestra, sarà tutta questa rivoluzione emotiva che le ha smottato Rosset, mettendole addosso un'energia arretrata quasi da stupefacenti, ma si sente impaziente e infrenata come non mai. Vorrebbe fare, controllare, sapere, aggiustare. Invece può solo aspettare, sospira infilando il pane nel forno.

"Chi non attende non intende", le direbbe l'Alfonsina, ma teme proprio di aver inteso qualcosa che avrebbe preferito non intendere mai, considera Alma massaggiandosi il malleolo pensierosa.

50

«Pensierosa?» domanda Rosset sedendosi alla scrivania.

L'agente scelto Sara Fabiani lo guarda con sospetto, l'ispettore capo Jules Rosset in tutti questi mesi non ha dato segno di aver mai notato altro che non fosse legato al lavoro o a lui, se stesso medesimo. Quindi come mai ora s'improvvisa attento e quasi premuroso? Vuoi vedere che il gatto che si è portato in casa gli sta scalfendo davvero gli egoismi? Mah.

«Pensierosa, sì» risponde tenendosi sul chi va là. «E anche furiosa. Anzi, soprattutto furiosa.»

Rosset la osserva titubante, la Fabiani è sempre con la miccia innescata, deve muoversi con cautela.

«Vita privata o lavoro?» sonda quindi per saggiare il percorso.

«Ma le pare che le sto a raccontare la mia vita, ispettore? Ma certo che sto parlando di lavoro e di una cosa che mi ha domandato di fare lei, tra l'altro» puntualizza affilata la Fabiani.

Rosset fa finta di non accorgersi del tono tagliente e tira un sospiro di sollievo, felice che si tratti di sano e lineare lavoro e di non essersi impelagato in robe private, rogne macchinose e infide.

«Si tratta di Luca Poli, il figlio di Alma Boero Poli» lo delucida precisa e puntuale la Fabiani. «Con i dati che ci ha fornito siamo risaliti ai suoi profili sui social e al traffico del suo cellulare tramite WhatsApp.» Sara alza lo sguardo e lo fissa. «Questo ragazzo da sei mesi a questa parte è vittima di quello che a me pare in tutto e per tutto un chiaro esempio di bullismo psicologico: vanno a colpire la sua identità sessuale, la sua autostima, le sue amicizie e anche la sua famiglia. Gli stanno sgretolando lentamente tutto il mondo intorno, Rosset, tutto.»

«Ne ero certo, avrei preferito sbagliarmi, ma… Scusa, continua.» Rosset si abbassa per guardare le immagini che Sara Fabiani sta facendo scorrere sul computer.

Sara fa un grosso respiro e prosegue. «Leggendo i vari messaggi si nota che Luca è vittima di un elemento (o di un gruppo) che ha un notevole ascendente sugli altri. E questo elemento deve anche avere delle ottime conoscenze informatiche, Ratto non è ancora riuscito a risalire a lui ma ci riuscirà, eh, Ratto è un mago, ma ci vorrà ancora un pochino di tempo e per ora non abbiamo ancora un nome.»

«Un nome, dici?» Rosset sfrega meditabondo il mento. «Provate con Contini, Jacopo Contini» suggerisce perseguendo la sua idea iniziale, perché secondo lui Paolo, quel mattino dai lavatoi, stava marcando il territorio per difendere il fratello.

«Ma non è finita qui. Luca ha avuto l'accortezza, anche se mi verrebbe da chiamarlo più spirito di sopravvivenza, di togliersi da tutti i social, forse nella speranza di far finire tutto. Ma venerdì è comparso improvvisamente un suo nuovo profilo su WhatsApp. Con questo.» Sara digita veloce con aria torva e clicca invio.

L'immagine si apre sgranata e inequivocabile.

«Porca vacca, ma è lui!» esala Rosset incredulo e destabilizzato, perché Luca è lì, con le braghe calate che bacia un…un… un… Osantamadonna.

«Lo supponevo che fosse lui. Infatti l'ho spedita subito a quelli del laboratorio.» Sara Fabiani ha il tono piatto e monocorde di quando è fuori dalla grazia di Dio. «Si tratta di un fotomontaggio, anche piuttosto abile. Vede qui, qui e qui?» Sara indica con la penna alcuni punti dello schermo, dove le due figure si sovrappongono. «Con lo sfondo è più semplice, ma laddove si incontrano due corpi o per esempio qui, dal piede, vede?»

«Dici quella specie di effetto rilievo?»

«Esatto, e anche qui, vede? Aspetti, che ingrandendo ancora si capisce meglio, in questo punto si nota chiaramente che la giacca di Luca non è veramente appoggiata su queste gambe. In pratica hanno preso una foto (che so, da un sito pornografico o altro) e ci hanno appiccicato sopra il busto di Luca con la cura di ritagliare e appiccicare pure le All Stars. Magari gliel'hanno scattata mentre era chinato a fare qualcosa, mi son fatta l'idea che stesse bevendo a una fontanella, vede qui che è leggermente sfocato? Come se avessero cancellato il rivolo d'acqua che scende quando bevi a canna. E comunque andiamo, bastava solo ragionarci un po': chi è che si terrebbe intabarrato nel piumino rosso e felpa del Surf California mentre con il pisello al vento bacia il sedere di un omaccione in canottiera e pantaloni di pelle, per favore, su, non ha senso.»

«Brava, Sara, bravissima davvero!» esclama sinceramente ammirato Rosset. «Però resta il fatto che da venerdì 'sta cosa è lì, sotto gli occhi di tutti e come se ce l'avesse messa lui.»

«Esatto, e ci saranno almeno una sessantina di commenti di cui sicuramente immaginerà il tenore» conclude Sara sbattendo il mouse sulla scrivania.

«*Merde de la vache putain*» ringhia tutto d'un fiato Rosset.

«Infatti» concorda Sara con un sospiro.

51

Un sospiro di vento appiccica una larga foglia di platano al vetro. Per il resto piove. Una pioggia così compatta e molesta che per uscire non basta un motivo, serve un movente. Rosset si stacca dalla finestra e torna alla scrivania. Non sa se raccontare tutto ad Alma o aspettare che la cosa prenda giuridicamente corpo. Anche se d'indole preferirebbe velocizzare la faccenda a modo suo, poi anche procedere con tutti i crismi, per carità, ma nel frattempo.

«Sara, mi puoi mandare Canessa?» Perché Canessa ha quel che si dice *le physique du rôle*, un metro e sessantacinque di asfittica solerzia corredata da un muso stretto e infido da faina, buono come il pane, ma chissà come gli viene benissimo la parte del poliziotto carogna. Potrebbe anche affiancargli per contrasto il bel Pisu, così da enfatizzare il tutto, ma vediamo. Perché quello che vuole lui è far prendere ai cyberbulletti una sonora strizza, che fa più di mille provvedimenti e mille parole. Insomma, Contini & Co. devono, come volgarmente si suol dire, cagarsi in mano.

Guarda per l'ennesima volta l'ora. Sono le nove e venti e Modesti non si è ancora visto.

Forse ha sbagliato a telefonargli, doveva piombar da lui e bon, un pretesto poi se lo sarebbe inventato. Invece, ora, se lui non si fa vivo? Per una convocazione ufficiale deve passare attraverso il vice questore che per esperienza sa che mai e poi mai farebbe abuso d'ufficio per un pezzo da novanta come il Modesti, a meno che Rosset non riesca a dimostrare al di là di ogni ragionevole dubbio e anche oltre lo scibile umano che Cesare Modesti è il colpevole. Allora risonanza e lustro a secchiate, ché il famoso che si macchia di efferato crimine fa audience più di un disgraziato qualunque. Ma Rosset non ha nulla in mano, figurarsi prove oltre il ragionevole dubbio, quindi è mezz'ora che aspetta e non può far altro che aspettare ancora.

A meno che. Afferra il telefono.

«Alma? Dove sei? Lo so che ti dovevo chiamare appena Modesti arrivava qui, ma ancora non si è visto e quindi niente, vai là come se nulla fosse, d'altronde Adele ti ha lasciato le chiavi e tu come ogni lunedì vai lì a pulire alle nove. Anzi, in teoria sei pure in ritardo... Uuuh, non ti arrabbiare subito e ascolta: ti mando Pisu, uno dei miei agenti migliori, bello come un dio greco. Lui resta lì nei paraggi e se... insomma, se hai bisogno è lì... Ma no che non penso che tu troverai un altro cadavere, così, per dire che non ti lascio sola. E poi mi cerchi anche quelle cose che ti ho chiesto... Che carattere che hai, faccio finta di non aver sentito. A dopo.»

Perché se Alma trovasse tra le carte di Modesti un appiglio, qualcosa che lo possa inquadrare esattamente nel ruolo dello scippatore di romanzi, be', allora sì che il vice questore mollerebbe l'osso rosicchiato di Giordani per gettarsi a capofitto in quello più succulento di Modesti. Anche se qualcosa non gli quadra, pur avendo un movente grosso così, l'avrà uccisa davvero lui la Recanati? Perché non è poi così sicuro che Cesare Modesti sapesse che lei sapeva. D'altronde, se la Recanati era furba (e lo era), faceva meglio a tenersi tutto per sé perché la deflagrazione fosse davvero spettacolare. Quindi Modesti non sapeva per quale motivo ucciderla? Magari c'entra Agostino Ferro in tutto questo, forse lui lo ha scoperto, lo ha detto a Adele che lo ha riferito al marito e. E accoppano sia la Recanati che Ferro, ma con Ferro gli va male e sopravvive. Ma poi perché scompare Adele?

Deve riuscire a parlare con Agostino Ferro.

«Solari?» Bercia affacciandosi nell'altro ufficio. «Sappiamo niente di Ferro?»

«Segnali di ripresa, forse tempo due giorni e lo svegliano dal coma farmacologico, domani sciolgono la prognosi.»

Due giorni sono troppi per tenere a bada Carlo Maria Castelli, deve inventarsi un diversivo.

Tipo per esempio la questione delle chiamate alla Recanati: quella famosa sera il nulla. E pure a detta dei vicini, i signori Parodi, c'era stato un discreto via vai, confermato dalla miriade di impronte. Possibile che tutti piombassero lì senza avvertire?

A meno che.

A meno che Fabrizia Recanati non possedesse un secondo cellulare non registrato a suo nome. Vuoi vedere che per eccesso di prudenza le chiamate compromettenti di amanti o inerenti alla sua "bomba" le riceveva lì? Eh, come arrivarci, però.

Mah, un tentativo andrebbe fatto, considera Rosset.

«Mi scusi, signor Giordani, se la importuno ancora, sono l'ispettore Rosset, lei ha per caso il numero del cellulare della Recanati? Sì? Perfetto, le dispiace dettarmelo? Grazie mille, a posto così la ringrazio.»

Et voilà, sorride compiaciuto Rosset, i due numeri non corrispondono per niente, ci ha preso quindi: la Recanati aveva due cellulari. Ora bisogna risalire all'intestatario, scaricare i tabulati e… e speriamo di cavarci qualche prova un tantino più concreta di una semplice supposizione.

Perché qui è tutto montato su fragili e fantasiose supposizioni.

E sono quasi le dieci e Cesare Modesti non si vede.

Quindi è tutto nelle sapienti mani di Alma.

52

Alma si ferma davanti alla porta, si guarda in giro e poi appoggia l'orecchio. Niente, nessun suono. Le persiane sono aperte, quindi Modesti si è svegliato, ma al di là della porta tutto tace. Come mai non si è presentato in Commissariato? Dimenticanza o fuga?

Suona.

Suona ancora.

Suona a lungo.

Nulla.

Che fare? Apre?

Appoggia ancora l'orecchio.

Silenzio.

Alma infila la chiave e apre tre dita di fessura.

«Permesso. Signor Modesti? Sono Alma, Alma Boero, la donna delle pulizie. Posso entrare?»

Silenzio.

Alma entra e chiude. Resta per un attimo nell'ingresso ad ascoltare il silenzio. Un silenzio denso, quasi irreale.

Fa tre passi e si affaccia nel salotto.

Del Modesti nemmeno l'ombra.

C'è però la sua cartella di cuoio fiorentino con il portatile e il flacone opalino del suo profumo di via Gambaro. Quindi tornerà, ragiona veloce Alma.

Va nello studio e affronta la superficie della scrivania, sposta fogli, scorre plichi, leggiucchia qua e là senza troppo costrutto, per ora nulla che possa essere d'aiuto a Rosset. E quindi deve fare una cosa che mai e poi mai avrebbe pensato di fare. Alma stringe le mani una contro l'altra torturandosi i polpastrelli, poi sfila dalla tasca un paio di guanti di lattice azzurro che gli ha dato Jules, fa un grosso sospiro e apre il primo cassetto.

Niente.

Fruga con attenzione e metodo, cercando di non pensare che sta facendo una cosa bieca e scorrettissima, apre così anche gli altri tre cassetti, lo sportello laterale e il piccolo schedario metallico di fianco alla libreria.

Ancora niente.

Va in bagno e apre gli sportelli del mobile, qui a volte Modesti si porta dietro delle cose da leggere e studiare mentre è occupato in funzioni più prosaiche. Ma nulla, solo le cose di Adele, quelle che avrebbe dovuto portare con sé e che invece sono rimaste qui, e poco altro.

Be', se Rosset pensava di contare su di lei allora sta fresco.

Alma torna nello studio, cerca ancora, si china, sposta, alza. Nulla. Si piazza sbuffando di fronte alla grande libreria in noce e osserva i volumi senza troppa convinzione.

E invece.

Finalmente trova.

Trova conferma a quel barlume che si era acceso con la faccenda dei bagagli abbandonati sul treno. Perché era una roba già sentita, più precisamente già letta. E l'aveva letta proprio in questo libro qui, che lei stessa aveva regalato a Adele qualche anno fa. Un tascabile che Adele teneva nella libreria del soggiorno. E che ora invece è nello studio di Cesare Modesti, posato di sbieco sopra gli altri, come se il lettore avesse ritenuto di doverlo prendere in mano ancora, senza la fatica di andarlo a cercare.

Ciò rafforza le sue supposizioni, sì, ma non si può certo considerarla una prova.

E a proposito di supposizioni, cosa la porta a ipotizzare questa scoperta?

Perché nel romanzo l'epilogo conduce a un coniuge colpevole. Anche se il vero artefice in realtà è il vento, un vento che scombina le carte e rimescola i destini.

Ed ecco che si riaffaccia l'idea della pioggia, un diluvio che devia fatalmente il corso degli eventi.

Sciocchezze, scrolla le spalle Alma.

In pratica cos'ha in mano? Un libro e un grumo di congetture assurde. E poi questa folgorazione di stamattina che latita nel cervello e non riesce ad agguantarla.

Alma torna nell'ingresso, perché le pare di ricordare che con la mente fosse proprio lì stamattina, quando. Alma chiude gli occhi e si concentra. Dunque, stava bevendo il caffè e meditando sull'*Enrico IV* di Pirandello, sulla finzione e sulla realtà. Poi... poi ha preso la pomata all'arnica per il malleolo e.

Oddio.

Alma allarga gli occhi, perché di colpo tutto si spiana davanti a lei con la scarna eloquenza di un vecchio film muto.

Si lascia cadere sfranta sulla cassapanca dell'ingresso, con la bocca asciutta e il cuore che le percuote le tempie. Perché ora deve solo chinarsi a guardare. Ma in cuor suo lo sa, lo sa che è così.

Allunga il braccio e solleva la pesante borsa di Adele, la stessa che portava quella maledetta notte di pioggia.

È la borsa di tessuto pesante leggermente cangiante dell'*Alfana*, un laboratorio chiavarese, Adele ne ha di tutte le dimensioni e colori, sono sempre state le sue preferite: belle, leggere e resistenti. Le maniglie di cuoio nero sono ancora umide, ma l'elegante tessuto è ormai asciutto. Se la posa sulle ginocchia, è ancora chiusa, ma attraverso il tessuto si intuiscono già gli spigoli e la forma di ciò che contiene.

Alma apre lentamente la cerniera.

Sospira.

Infatti.

È un grosso libro aperto scolpito nel legno.

53

«È un grosso libro aperto scolpito nel legno. Era dentro la borsa che Adele aveva quella sera. Giovedì, insomma, quando è morta la Recanati ed è stato tramortito l'investigatore.» Alma sente ancora la bocca asciutta e una strana vaghezza alle rotule, pure un discreto senso di nausea, se scovar indizi fa sempre questo effetto allora non le piace per niente, proprio per niente.

«E quando dici libro di legno intendi *quel* libro di legno?» scandisce Rosset al telefono, mentre infila veloce il giaccone.

«Ma che ne so, Jules, non sono mica una maga. Però quante possibilità ci sono secondo te che ci sia in giro un altro libro di legno delle stesse dimensioni di quello scomparso dal tavolo della Recanati e lucidato con lo stesso tipo di cera che utilizzava la sua colf?» sbuffa Alma massaggiandosi le palle degli occhi, con il mal di testa che cavalca a pieno regime.

«Ma cosa diavolo ci fa l'arma del delitto nella borsa di Adele?»

«...»

«Alma? Ci sei?»

«Sì che ci sono, dove vuoi che sia?» Sospira Alma che vorrebbe invece essere ovunque tranne che lì. «Senti, Jules, ti dico tutto quando arrivi. Ora ho bisogno di prendere un po' d'aria.»

* * *

«Dunque fammi capire, Adele va a teatro a sentire, coso lì, Pirandello. E poi?»

«Sì, va sicuramente a teatro, ecco il biglietto obliterato, l'ho trovato nella spazzatura. È che in questo modo non può essere tornata prima delle undici e mezza, capisci?»

«Be', l'anatomopatologa ha messo come *range* dalle undici alle tre, quindi se è questo che ti preoccupa...» Rosset fa uno dei suoi gesti vaghi con la mano ossuta.

«Ma se tu fossi la Recanati, no dico, apriresti alla moglie del tuo ex amante alle undici e mezza di sera? Non so, mi pare così strano.»

«Una banale storia di gelosia quindi, Adele Roversi in Modesti che va dall'amante del marito (magari non sa ancora che ormai trattasi di ex) e la uccide. Tutto qui.»

«No. Se Adele avesse dovuto eliminare tutte le amanti del Modesti avresti cadaveri da riempir Staglieno.»

«E quindi tu che idea ti sei fatta?»

«Mi son fatta l'idea che Adele il marito lo amasse davvero. Che lo amasse a tal punto da far di tutto per proteggerlo. Se tu la guardi attraverso quest'angolazione ogni elemento prende una collocazione diversa. Innanzi tutto la faccenda che mi dicevi del manoscritto di Giordani, pensaci, Giordani esce di prigione, Adele lo incontra e di punto in bianco gli mette alle calcagna un investigatore privato, il signor Agostino Ferro. Secondo te perché?»

Rosset allarga gli occhi colto da fulminea intuizione.

«Già, vedi che ora pare chiaro pure a te, Adele aveva intuito (sapeva, sospettava?) che il best seller del marito fosse in realtà il manoscritto di Romeo Giordani. Non credo proprio che l'avesse capito subito, ci è voluto un po', ma poi ci è arrivata da sola. Insomma, quando Giordani esce a lei viene una gran paura, paura che la faccenda del manoscritto venga fuori e che si smascheri suo marito, quindi assume Ferro per conoscere le intenzioni di Giordani. Quando Ferro le comunica degli incontri di Giordani con la Recanati che lei conosce, non tanto come amante del marito (forse neppure lo sapeva, in fondo non era che una delle tante) ma come editor di un'importante casa editrice, ha la conferma delle sue paure. La fotografia che hai fatto vedere all'Alfonsina, quella che ritrae Cesare Modesti con la Recanati, ha immortalato anche Adele, per cui sicuramente era a conoscenza di che lavoro facesse Fabrizia Recanati. Adele non è stupida e il due più due le ha dato la certezza che la carriera del Modesti stava per ricevere una definitiva sterzata verso il tracollo. E ora invento, quindi se vuoi mi fermo qui.» Alma lo guarda e aspetta.

«Ma cosa fai, continua, scherzi! Vai-vai-vai!» la incita Rosset impaziente.

«Adele torna da teatro, piove, ed è ancora turbata dallo spettacolo e il suo ossessivo e perfetto vortice di realtà e finzione. Perché son dieci anni che il marito vive nella finzione, tanto nella parte da esserne convinto, da aver rimosso di non essere davvero lui l'osannato esecutore di quel fortunato romanzo. È certa che lui nell'oblio, senza riflettori e l'aura di Scrittore maiuscolo non potrebbe vivere. E secondo me dovrebbe passare per via Trieste, sotto il palazzo di Fabrizia Recanati, ma qui mi areno, Jules, perché il casello di Chiavari è dalla parte opposta e non può essere passata di lì. Per cui fine del film.» Allarga le braccia Alma.

«E invece ti sbagli!» Si esalta Rosset scattando in piedi per enfasi. «Perché quella sera a causa della forte pioggia hanno chiuso il casello di Chiavari dalle ventuno e trenta sino alle sei del mattino e tornando da Genova Adele è dovuta per forza uscire a Lavagna e quindi attraversare via Trieste per tornare a casa. Per cui vai-vai-vai!» Sventola la mano Rosset.

«Bene. Adele passa di lì e vede Giordani uscire dal palazzo della Recanati e, vuoi per colpa di Pirandello vuoi per l'impulso del momento, decide di salire dalla Recanati. Son convinta che volesse solo parlarle, persuaderla a lasciare a Modesti la sua gloria, magari offrendole pure del denaro. Ma Fabrizia Recanati non ci pensava neanche, forse l'ha pure derisa per la sua ostinazione a proteggere un uomo vuoto che non ci pensa due volte a tradirla con chiunque, persino con lei. E Adele si sente persa, annaspa in giro e...» Alma si ferma, con le parole che si raggrumano in gola.

«E afferra la prima cosa che le capita sottomano» continua Rosset che ha pietà di lei. «Nella fattispecie, un grosso volume di legno, posato lì accanto, sul tavolo di cristallo. La Recanati era già girata di spalle, probabilmente per condurla alla porta. Adele colpisce per la disperazione, per fermare quello schiacciasassi dai capelli rossi e lo sguardo volitivo, ma la colpisce senza la volontà necessaria a uccidere, la colpisce solo per far tacere quella sua risata di scherno, per non ascoltare tutte le verità sulla pusillanimità del marito. Se fossimo stati io o te a esser colpiti da quel tomo, probabilmente ce la saremo cavata con un bernoccolo e un gran mal di testa, ma Fabrizia Recanati era affetta da osteogenesi imperfetta e le sue ossa erano fragili come il cristallo, quindi il colpo le ha sgretolato il cranio, lo zigomo e... Per dire che certe volte è solo... Niente, poco cambia, Fabrizia Recanati muore. Adele è sconvolta, infila il libro di legno nella borsa e scende, ma fuori sotto l'acqua trova Agostino Ferro, che era lì appostato a seguir Giordani. Forse ha visto salire lei, o magari nella violenza del nubifragio si è perso l'uscita di Giordani e quindi è rimasto lì, fatto sta che Adele lo colpisce con una borsata (non dimentichiamo che dentro c'era il libro di legno), lo atterra e se ne va. Ma anche qui non è spinta dalla volontà di uccidere, non si accanisce, lo colpisce come per scacciare un insetto molesto, infatti Ferro è solo svenuto, sono il freddo e la pioggia ad aver fatto il resto.»

«Ma ora dov'è Adele?» domanda con tono piatto Alma.

«E dov'è Cesare Modesti» sbuffa Rosset. «Che non si è fatto vivo in Commissariato e non se ne sa nulla. Riassumiamo, qualcuno ha caricato i bagagli sull'interregionale per Torino, come se effettivamente Adele fosse partita per Mondovì come ti aveva detto. Ma tu di solito le chiavi di casa Modesti non le hai? Cioè, Adele ti doveva avvisare per forza?»

«Preferisco non avere le chiavi di nessuno a parte quelle degli uffici, lì andandoci di sera tardi, per forza di cose non posso farne a meno» spiega Alma. «Con Adele è capitato che per non costringere il marito a dipendere dai miei orari, le lasciasse alla signora del piano di sotto, che tra l'altro si starà domandando come mai non gliele ho ancora restituite.»

«Non riesco a capire la faccenda dei bagagli, perché erano su quel diavolo di treno se Adele, come dici tu, non è mai partita.» Rosset con grandi passi percorre avanti e indietro il salotto dei Modesti.

«Leggi qui, Modesti se l'era portato nel suo studio» sospira Alma allungandogli il tascabile di *Enigma in luogo di mare*, aperto sulla pagina giusta.

«Apperò!» Arriccia le sopracciglia Rosset ingoiando una pagina dopo l'altra. «Quindi secondo quanto è scritto qui uno prima la uccide, poi fa tutta la pantomima del biglietto, bagagli e treno per creare l'illusione della partenza e di una fantomatica sparizione nel nulla. Geniale, davvero geniale!» Scuote la testa ammirato, non fosse per la gravità del contesto sarebbe quasi divertito. «Perciò Modesti scopre che la moglie ha ucciso la Recanati magari, pensa, per gelosia, e in un impeto di rabbia la ammazza con…» Rosset si guarda in giro alla ricerca della possibile arma.

«La strozza. Secondo l'Alfonsina la strangola» lo previene Alma sempre con il suo tono piatto e stanco. «Dice che è l'unico modo pulito, dato che non ho trovato tracce di sangue o tentativi di pulizia. Poi ne trae conferma da altre sue teorie che ti risparmio.»

«Già. La strangola. Avvalorando l'omicidio per impeto di rabbia, lo strangolamento è presente nell'ottantacinque per cento dei casi. Però…» Rosset la guarda di sbieco. «Non sei convinta.»

«Mah, non so. Forse sono solo svuotata da tutto il resto. Non ce lo vedo il Modesti a strangolare l'Adele per vendicare la morte della Recanati, tutto qui. Ma anche *Enrico IV* si fa prendere dall'impeto, come lo chiami tu, e infilza Belcredi. Quindi forse hai ragione. Realtà-finzione-follia. Pirandelliani fino in fondo, perché no?» Alma si alza e va alla finestra. Piove.

Piove come Dio la manda.

Ma il cerchio non si è ancora chiuso.

Perché mancano dei pezzi.

«Ma se è andata così, dov'è ora Modesti? E come mai non è venuto da te stamattina? Perché non è così tattico non presentarsi a una convocazione della polizia se hai qualche cosa da nascondere, tipo il cadavere di tua moglie.» Alma sente le lacrime pungere sotto le palpebre. Adele, la cara Adele che. Niente. Non sa neppure lei cosa augurarsi.

«Dobbiamo cercarlo, alla luce dei fatti pure il vice questore dovrà prendere atto che...» Rosset sospira. «Ci sguazzerà come un rospo nello stagno, altro che. Dai vieni, che ti accompagno a casa. Intanto ho qualche notizia su Luca... Non fare quella faccia, stai tranquilla, è come pensavo, quindi ci stiamo muovendo per risolvere tutto. Tu stagli vicina e non lo forzare.»

Che a forzare ci ha già pensato lui, visto che da circa mezz'ora Canessa e Pisu sono al liceo classico Delpino a parlare delle conseguenze giuridiche del bullismo e della facilità con cui la polizia informatica arriva ai cyberbulli, con schermate esplicative prese, guarda caso, dal profilo (esposto con le dovute cautele della privacy) di Luca Poli.

Schermate che non passeranno inosservate a chi ha di che preoccuparsi. E si preoccuperà davvero tanto, perché Canessa sa essere davvero convincente.

54

Non molto convincente tutta questa storia del Modesti che fa sparire Adele in un impeto di rabbia, non si dà pace Alma, perché a ben vedere la moglie ha agito solo per proteggerlo, difenderlo dalla realtà e continuare la finzione. Quindi, per quale motivo andar tanto fuori dalla grazia di Dio e strozzarla addirittura. E la convince ancor meno l'ipotesi di Rosset, che il Modesti fosse ancora perdutamente innamorato di Fabrizia Recanati, che non sospettasse assolutamente che la giovane editor ordiva trame contro di lui, né tantomeno che qualcuno fosse a conoscenza del suo segreto e quindi furioso con la moglie, colpevole di aver eliminato una rivale d'amore ma, ahimè, l'unica che lui abbia veramente amato.

Alma alza scettica il sopracciglio, Modesti che ama così follemente da uccidere per disperazione chi gli ha tolto l'unico amore della sua vita? Ma andiamo, non ci crederebbe neppure se lui lo confessasse tra le lacrime. Cesare Modesti non ha mai amato veramente nessuno che non fosse lui stesso.

Alma afferra un'arancia e inizia a sbucciarla incidendo la cupola con l'unghia del pollice.

Potrebbe invece essere andata in modo leggermente diverso, cioè con un'Adele che confessa tutto e che vuole confessare tutto anche alla polizia. E con *tutto* si intende quindi anche la faccenda di dieci anni prima riguardante il furto del manoscritto, compreso il fatto che lui ha vissuto per dieci anni sulla gloria di qualcun altro. E allora qui sì che ce lo vede, il Modesti, a strangolare la moglie per impedirle di parlare e mettere ogni cosa a tacere. Ma perché la cosa passi davvero inosservata, Adele deve sparire in modo elegante e totale. Sparire nel nulla. Come in quel romanzo che ha letto anni fa. O forse non l'ha nemmeno letto, ma gliene aveva parlato Adele e bon. Se lo ripesca, se lo studia e vede che è proprio la storia che fa al caso suo. Privo di fantasia propria pure in questo caso, nota con rabbia Alma, tanto che si deve affidare all'immaginazione altrui per incollare alla bell'e meglio un delitto perfetto. Compra il biglietto online così da essere facilmente verificabile, raffazzona un finto bagaglio della moglie, il mattino dopo carica tutto in auto, va alla stazione di Porta Principe, sale sul vagone giusto e ripone i bagagli sulla griglia, ha pure la finezza di posare le riviste sul sedile, ma non è farina del suo sacco, ci avevano già pensato Fruttero e Lucentini nel loro *Enigma*. E scende. Il resto è storia.

C'è però il corpo della moglie da far sparire. Non ha a disposizione il luogo descritto dal romanzo, o meglio ci sarebbe e quasi uguale, ma le condizioni ambientali non sono altrettanto favorevoli. Cosa ne fa, quindi? Ma soprattutto, dove è finito lui? Perché non può pensare che la vicenda del romanzo si sia ripetuta pari pari anche in questo frangente. Alma butta le bucce dell'arancia nella spazzatura e riflette. Perché tutta la faccenda ruota intorno all'amore secondo lei, al desiderio di Adele di proteggere il marito, di proteggerlo. Basta guardare tutto da un'angolazione diversa. E perciò… Alma lentamente vede muoversi le immagini, spostarsi e incastrarsi in soluzioni diverse, poi una in particolare le provoca uno scossone tirandosi appresso tutte le altre. Fino a che.

Un rumore la distrae, Alma sposta appena di lato la testa e lo vede. Ancora con quel maledetto cellulare in mano, se lo porta ovunque, anche in bagno, lo apre febbrile, con gli occhi larghi di sgomento. Ma cosa accidenti c'è in quel diabolico aggeggio che ha la capacità di sconvolgere e fagocitare Luca in una voragine di pensieri. *CosaCosaCosa?* Alma si alza silenziosa e veloce, spalanca la porta e glielo strappa di mano.

«No, ma', no, no...» esala lui sgomento cercando di riprenderselo.

Alma chiude le spalle a guscio, piegata sul cellulare. E legge.

E vorrebbe morire.

Non è possibile.

Ma cosa...

Si volta verso Luca che la guarda con gli occhi larghi come due pozzanghere e profondi come pozzi, le braccia abbandonate lungo i fianchi e una disperazione immensa, assoluta, definitiva.

«Luca, senti...» si affretta a dire Alma, ma lui fa uno scarto di lato, corre verso l'ingresso e così com'è, con le Crocs ai piedi senza giacca, sbatte la porta e si precipita giù per le scale.

Alma ha le gambe di colpo pesanti e rigide, che non la seguono nella rotazione, frana in terra come un sacco di farina, si rialza, fa cadere una sedia, perde attimi preziosi.

E con loro perde tutto.

Quando riesce ad arrivare in strada, di Luca non c'è nemmeno l'ombra, solo la pioggia. Spessa, corposa, totale.

E basta.

Alma inizia a correre, con i rivoli di pioggia che le si infilano ovunque, non ci vede, le lacrime che escono e la pioggia che entra, ha gli occhi annegati nell'acqua. Lo chiama, urla, urla e urla ancora.

Urla fino a che non ha più voce, ma la pioggia si ingoia tutto, tutto tranne la sua angoscia.

«Ti prego, trovamelo, Jules, trovamelo, ti prego, ti prego!» raspa Alma al telefono, non piange nemmeno più. Si è messa al riparo sotto un terrazzo, per riuscire a chiamare, anche se l'acqua arriva comunque, è fradicia ma non se ne accorge, non sente freddo. In realtà non sente nulla. Ha solo paura. Non le basta neppure che Rosset le dica: «Stai calma, arrivo subito».

Nulla. Soltanto paura.

Poi qualcosa emerge da quel nulla ovattato e tremendo.

«Ma'?, Mammaaa, dove cazzo seiiii?»

«Luca? Luca sei tu?» Alma corre verso la voce, inciampa, si rialza e riprende a correre.

«No, ma', no. Sono Paolo. Ti ho portato l'incerata, ma sei scema a uscire così, come pensi di trovarlo se giri l'occhio? Ho preso anche una pila, dobbiamo stare lontano dal fiume, hai capito ma'? Hanno detto che è pericoloso, maaa', hai capito?! E allora levati di qui, cazzo!» La strattona Paolo trascinandola via.

Alma trema dalla testa ai piedi, vedersi qui Paolo che prende in mano la situazione mentre lei è in balia del nulla, le ha fatto crollare tutto ciò che le dava la forza di resistere. Ora vorrebbe solo sedersi in un angolo e restare lì.

«Cazzo, ma', hai capito che ci dobbiamo spostare di qui?» le urla davanti alla faccia Paolo. «Se vuoi che troviamo Luca devi fare come dico io, quindi via di qui. Ecchecazzo!»

«Piantala di dire *cazzo* che ti arriva un ceffone!» sbraita Alma.

«Era per vedere se ti resettavi. Finalmente sei connessa» sospira Paolo sollevato. «Ho chiamato anche Filippo, Ruben e Michele. Lo stanno cercando anche loro.»

Alma si guarda in giro preoccupata. Il Rupinaro romba gonfio e marrone alla loro sinistra, la pioggia ha diminuito l'intensità, ma non accenna a smettere, i tombini non smaltiscono l'acqua della strada, anzi la vomitano fuori dai buchi e l'asfalto è un torrente che le sfiora le caviglie.

«Digli che tornino subito a casa!»

«Cosa? Ma perché? Guarda che…»

«Che niente. Fai come ti dico. È troppo pericoloso. Qui sta per uscire tutto. Vai a casa pure tu. E subito, capito, S U B I T O.»

«No, ma', io non me ne vado, no.» Paolo le si pianta davanti per guardarla in faccia. «Non puoi chiedermi questo, non adesso.»

«Tu lo sapevi, vero? E non mi hai detto niente. Perché Paolo, perché accidenti, perché?»

«Non voleva, ma'. E poi mi ha tenuto nascosto che era ricominciata. Sapevo di prima, e l'ho aiutato a togliersi da tutto. Pensavo fosse finita.

Poi poco fa ho visto il suo cellulare sul tavolo della cucina. E...» Si passa la mano sulla faccia a togliere pioggia e lacrime. «Sotto sotto temevo che invece... Insomma, non era finita per niente.» Paolo fende l'acqua a testa bassa come se volesse sfondare il mondo intero.

«C'entra Jacopo Contini, vero?» Lo tira per un braccio Alma.

Paolo si ferma di botto e si volta.

«E tu come lo sai di Contini?»

«So, so. So che siamo una famiglia. E una famiglia si aiuta, condivide, è forte. Ma è forte se sta unita. Da soli non si va da nessuna parte. E questo ne è la dimostrazione.»

«Stai dicendo che è colpa mia, vero? Lo so, lo so che è colpa mia, che non l'ho aiutato, non gli ho più chiesto, mi facevo bastare il suo "tutto bene" anche se lo vedevo che non stava bene per niente» urla Paolo tra le lacrime, scagliandole addosso tutto il senso di colpa che gli covava dentro.

«No, no che non è colpa tua, ma cosa dici? Tu sei l'unico che ha fatto qualcosa. Ti ho visto l'altra mattina con Contini, sai?» Lo stringe Alma accarezzandogli il cappuccio dell'incerata. «Ora smettila di dire scemenze e pensa invece, pensa a dove potrebbe essere andato, pensa Paolo, pensa.»

«Alma? Alma, sei tu?» Una Citroën bianca li affianca con il finestrino abbassato. «Salite, forza!» Rosset spalanca la portiera sventolando la mano ossuta.

«Siamo fradici, ti inzuppiamo tutti i sedili...» prova a dire Alma guardandosi il cardigan di lana che le pende addosso come uno spinacio bollito.

«Non dire stupidaggini e sali, oh, ci sei pure tu, Paolo. Bene. Ora tenete gli occhi aperti e giù i finestrini. Io guardo avanti, tu, Alma, scandagli tutto il lato sinistro, e tu, Paolo, il destro. Avete idea di dove potrebbe essere andato, un suo rifugio, un luogo dove ama stare?»

Alma fa di no con la testa a labbra strette.

«Non fare quella faccia, ora lo troviamo. Raccontami cos'è successo.»

* * *

«Ma perché, perché non mi ha detto nulla, perché si è tenuto dentro...» Alma ha i pugni stretti e gli occhi fissi a scrutare ogni anfratto e ogni ombra della via che Rosset percorre a passo d'uomo. «Dovevi vedere come mi ha guardata quando ho visto quelle cose sul suo cellulare, quello era odio, Jules, rabbia e odio.» Ad Alma trema il mento, ma non piange.

«È proprio così che succede, Luca è rabbioso perché si sente incapace di reagire e paradossalmente la sua rabbia si riversa sulle persone care. Si vergogna per quello che è successo, è convinto che tutti credano a ciò che si dice di lui e pensa che nessuno possa volere o desiderare di essere suo amico.»

«Ma non mi ha detto nulla, perché?» Non si dà pace Alma.

«Aveva timore di deluderti, che pensassi in fondo che fosse colpa sua. E un poco forse ne è convinto pure lui, che sia colpa sua, intendo. Magari per queste sue passioni sane, mi viene in mente la canoa, l'intaglio, il desiderio di silenzio, ma così diverse dalla maggior parte dei suoi coetanei e...»

«Il mare!» esclama Paolo che non aveva mai smesso di pensare, sporgendo la testa fra i due sedili. «Luca è sicuramente al mare.»

«Ma c'è una mareggiata che si è ingoiata tutta la spiaggia, le onde stanno bloccando la foce dell'Entella e anche del Rupinaro. Insomma, per dire: al mare dove?» lo sbircia Rosset dallo specchietto.

«Vada verso il mare, sono sicuro. Là, ecco, imbocchi a destra che facciamo il soprapasso della ferrovia, quello che porta alla Fara, i sottopassi saranno già tutti allagati. Perfetto, ora di nuovo a destra così prendiamo corso Buenos Aires, in fondo saliamo e sbuchiamo alla Pro Scogli, dove Luca tiene la canoa.»

«Porca di quella vacca!» prorompe Rosset sterzando bruscamente verso il ciglio della strada. La collina delle Grazie sta rigurgitando un torrente di acqua, pietre e fango giù per la discesa del soprapasso e, lungo corso Buenos Aires, un gruppo di persone armate di scope cerca di tenerla lontana dal portone di un palazzo. Un piccolo cantiere che si trova alla base della discesa, nella larga curva dove svoltano gli autobus, spara un robusto getto continuo di acqua dai fori della saracinesca chiusa. Impressionante.

«Eccolo, eccolo.» Alma vorrebbe gridarlo ma le esce solo una specie di crepito.

«Cosa-come-chehaidetto?» domanda Jules, poi si volta, la guarda e capisce. «Dove?» Rosset avvicina il naso al parabrezza, perché lui non vede niente, solo tergicristalli, acqua, luci spezzate.

«Lì, dove c'è il fico, addossato alla scala che sale sopra il tunnel della ferrovia!» Alma apre la portiera e si getta fuori ancora prima che Rosset sia riuscito a capire, vedere e fermarsi. Scende anche Paolo che però indugia accanto all'auto, senza sapere bene che fare e soprattutto che dire. Rosset si mette accanto a lui, con il bavero del giaccone fin sotto il naso e insieme aspettano. Alma ha raggiunto Luca, lo ha avvolto nell'incerata che si è tolta e lo stringe dondolando avanti e indietro. Restano lì per un tempo che a Rosset pare eterno, poi Alma lo solleva piano da terra, lo accompagna dentro la macchina e senza smettere di tenerlo stretto si siede accanto a lui. Nessuno fiata per tutto il tragitto, Rosset è costretto a cambiare strada più di una volta, con l'acqua dei tombini che trasforma le strade in fiumi.

* * *

Finalmente salgono a casa, Alma lo spoglia, lo infila sotto la doccia calda, lo avvolge nel piumone e se lo porta in cucina per fargli bere il brodo caldo che l'Alfonsina, a labbra strette e silenziosa in modo inaudito, ha preparato nell'attesa, un brodo profumato e ricco, condito di giaculatorie e fioretti, come solo un'Alfonsina impotente e pregna di preoccupazione sa fare.

«Devo andare» le sussurra Rosset stringendole il braccio. «Sono appena esondati sia l'Entella sia il Campodonico sia il Rupinaro, è crollato il ponticello di via Castagnola. Viale Millo, Caruggio Dritto, via dei Botto, viale Arata… Insomma, quasi tutta Chiavari è sommersa da più di un metro di acqua. Mi dispiace, ma non posso restare.»

«Grazie, Jules, grazie davvero, io...» Alma non sbatte le palpebre, per esser sicura di tenere tutte le lacrime attaccate alle ciglia. «Se non fosse stato per te. Veramente, io...»

«Non dirlo Alma, era il minimo. Quanto a te, ragazzo mio...» Posa la mano sulla spalla di Luca. «Sappi che la polizia municipale ha appena rispedito a casa un gruppo nutrito di ragazzi che vagava per la città cercando un certo Luca Poli in ogni dove. Cercavano proprio te, Luca, sì, i tuoi compagni di classe e persino qualcuno del liceo classico, un nome tra questi mi è rimasto impresso perché mi ricorda un noto scultore, aspetta, un certo Jacopo...»

Luca ha un lieve sussulto.

«Cazzo, Contini?!» Salta su Paolo.

«Smettila di dire *cazzo* perché ti *derfo*!» Alma gli dà una spinta.

«Era il più accanito di tutti a cercare tuo fratello» conferma Rosset, molto soddisfatto del lavoro dell'agente Canessa. «Riguardo all'altra faccenda...»

Luca alza appena la testa e lo fissa con quei suoi occhi larghi, che ora sembrano enormi in quel viso smunto e stanco.

«Il mio agente scelto se l'è presa molto a cuore, Sara Fabiani sa essere uno schiacciasassi quando vuole, ed è brava, maledettamente brava. Questo per dirti che su quel falso profilo compare la denuncia della polizia informatica a notificare che si tratta di immagini contraffatte atte a diffamarti. Non sarà molto ma è già qualcosa. Quanto al resto...» Rosset si china e gli appoggia fronte sulla fronte. «Sei in gamba, Luca, non cambiare mai. Mai. Promettimelo.»

Luca fa un sorrisino storto, senza pronunciarsi.

«Lo prendo come un sì.» Rosset sventola un piccolo cenno con la lunga mano ossuta e va verso la porta.

«Aspetta!» lo raggiunge Alma. «Ti devo parlare di Adele.»

55

Adele guarda fuori. Piove. Piove come Dio la manda. Chissà poi perché si dice così, forse ha a che vedere con il Diluvio, sì. Anche se nella *Bibbia* la cosa prende una piega ben più drammatica: *Io manderò il diluvio sulla terra per distruggere sotto il cielo ogni carne in cui è alito di vita; quanto è sulla terra perirà.* Insomma, per dire che Dio ci era andato giù pesante. Le suore marcelline avevano scritto questa frase della *Genesi* su delle pergamene, insieme ad altre citazioni di questo tenore e ne avevano tappezzato tutte le aule a perenne memento della punizione divina contro l'empio e il peccatore. Adele sporge la testa a sbirciare le cataratte del cielo e le sorgenti del grande abisso che stavano riversandosi lì intorno. Mah, forse suor Clotilde non aveva tutti i torti, ridacchia annodandosi meglio la sciarpina leggera, perché a ben vedere Adele, alla luce dei recenti accadimenti, è tutto sommato alquanto empia e anche ragionevolmente peccatrice. Ma lei potrebbe dire a sua difesa che in realtà è stata spinta da una forza più grande di lei, insomma da secoli e millenni l'amore è la forza che fa girare il mondo. Lo scriveva anche Pellico che *l'amore è di misfatti fabbro*. Anzi no, forse la frase corretta è di *sospetti fabbro*. Va be', poco importa, è per dire che lei, Adele, ha sbagliato sì, ma non si sente del tutto responsabile, ecco. Con Romeo Giordani, dieci anni fa, è stata davvero stupida, lo ammette. Perché a un certo punto le è serpeggiato il sospetto che questa strana combinazione (scompare il testo di Romeo e compare un singolare manoscritto tra le mani dell'osannato marito) potesse anche non essere una mera casualità. Ma non ha voluto vederlo, questa è la sua vera colpa in realtà. Se lei non avesse fatto lo struzzo, nulla sarebbe accaduto e tante vite sarebbero ancora… Adele sospira e scuote la testa. È così dispiaciuta così, rammaricata, così. No, non esiste un termine capace di racchiudere lo sgomento di togliere il respiro a una vita. Ma non c'è altro modo, no, davvero. Ci ha pensato e ripensato, Pirandello le ha smosso la corda dell'ineluttabilità: una vita di finzione alla fine diventa reale e il reale non è più accettabile, diventa follia. Quel giovedì sera è stato davvero un caso, Adele non doveva passare di lì, figurarsi, l'uscita del casello di Chiavari è tutta dall'altra parte, ma pioveva e per un problema che non ricorda il casello era chiuso e le è toccato uscire a Lavagna. Poco male, ha pensato, in fondo lo spettacolo era stato più breve del solito, non erano neppure le 11 e si trattava di perdere solo pochi minuti. Ma in via Trieste lo ha visto. Era Romeo Giordani che usciva dal palazzo di quella editor e non ci voleva la palla di cristallo per intuire il perché. Adele è rimasta a fissare il portone illuminato, con la pioggia che colava ignara sul parabrezza. Come stasera.

Non sa per quanto è restata lì. A pensare. A riflettere sull'osannato marito che non sarebbe più stato osannato, proprio no. E lui non avrebbe saputo vivere senza la sua aura splendente di fama e celebrità, figurarsi trafitto dall'onta e gettato nel fango. Mai, no. Ne sarebbe morto. E lei non poteva permetterlo. Quindi che fare?

È scesa dall'auto senza un vero perché, ha suonato il campanello domandandosi cosa rispondere al citofono a quell'ora tarda di una notte di tempesta: salve sono la moglie dello scrittore che lei vorrebbe rovinare o sono la donna che ama suo marito e lo vuole salvare?

Una ragazza slava poco vestita si è avvicinata e le ha detto qualcosa, ma Adele non ha capito cosa volesse, tutta presa com'era a cercare una risposta consona a quell'atto così poco consono. Ma Fabrizia Recanati ha aperto, senza domandar nulla, come se aspettasse qualcuno.

Adele era titubante, per tre volte è stata sul punto di fermare l'ascensore e tornare indietro. Poi, sull'ultima esitazione, le porte si sono aperte e lei si è trovata nel salotto della Recanati, alla luce incerta di un abat-jour, a cercare di spiegare a una giovane ragazza dai capelli rossi che non poteva far questo a suo marito. L'editor è rimasta interdetta per un attimo, presa alla sprovvista da questa signora bionda non più giovane, sobriamente elegante e poco appariscente, con le mani strette sulla borsa di un bel colore cangiante e le frasi smozzicate su Cesare Modesti, finzione e follia. Ma in un attimo ha ripreso le redini della conversazione, decisa per la sua strada, impastata di velate minacce e infarcita di derisione e scherno. Nel mentre, Adele ha ragionato che la giovane ragazza era in vestaglia e in chiara attesa di qualcun altro. Infatti l'ospite atteso si è palesato nell'ingresso, dicendo che il portone era rimasto aperto e che lui era entrato e che. Ma Adele non ricorda il resto, distratta subito da quella voce che ha riconosciuto al primo colpo, senza il bisogno di voltarsi. E son rimasti lì, moglie e marito a guardarsi muti nel salotto di un'estranea in una notte di tempesta. Già, perché l'ospite atteso dalla Recanati altri non era che Cesare Modesti, vai a capire il destino. Quante probabilità c'erano che proprio quella notte Adele fosse costretta a passar per quella via, in quella determinata ora, che vedesse Giordani, che le partisse l'uzzolo inaudito di piombare in casa di una quasi sconosciuta in tarda notte e che la suddetta quasi sconosciuta aspettasse in vestaglia, proprio quella sera, proprio a quell'ora, l'osannato marito? Ecco, appunto, scrolla la testa Adele, per questo secondo lei il caso non esiste.

Adele sospira e guarda le colate d'acqua che le scivolano a torrentelli sul parabrezza.

Acqua che passa

e piova o non piova.

Le si affaccia alla memoria la voce rasposa e piena di Ligabue, perché è vero, poi non fa più male.

Ma quella sera Cesare non capiva, non capiva mica, lui pensava che Adele fosse lì per le sue storie di letto. Ma figuriamoci! Adele aveva imparato a conviverci da secoli con queste faccende fedifraghe, sono cose che quando impari a ingoiarle alla fine le butti giù quasi senza accorgertene, invece l'osannato marito farneticava una roba che doveva portar via e di questa moglie inopportuna capitata a far che, con la giovane editor che zampettava per il salotto spazientita. E Adele in un attimo ha compreso. Ha compreso che l'osannato marito era oramai un tutt'uno con il suo personaggio, talmente incastonato nella sua finzione da aver obliato di non essere lui l'artefice del suo successo. La realtà nella finzione. Così, appena si è resa conto che Fabrizia Recanati stava tracimando tutte le sue verità, Adele si è voltata rapida verso il marito.

Troppo tardi.

Lui aveva preso il grosso soprammobile di legno dal tavolo di cristallo per scaraventarlo sulla nuca stizzita della giovane editor. Adele lo ha tirato per l'impermeabile e lui ha perso l'equilibrio colpendo la ragazza solo di striscio.

Ma Fabrizia Recanati ha fatto un suono strano, uno scricchiolio come neve ghiacciata sotto gli scarponi, prima di scivolare a terra con grazia lieve.

Tutto è rimasto lì, come cristallizzato in quell'attimo.

Poi una pozza scura ha iniziato ad allargarsi tra i capelli rossi sparsi sul pavimento.

E l'attimo si è frantumato.

Adele ha afferrato il libro e lo ha infilato nella sua borsa dell'*Alfana*, poi ha sollevato quasi di peso l'osannato marito, lo ha infilato nell'ascensore accompagnandolo con un "vai via che qui faccio io" e lo ha visto scomparire dietro le porte metalliche.

Ma una volta chiuse le porte lei ha cancellato. Tutto.

Si è trovata a sbatter gli occhi su quel pianerottolo come appena risvegliata da un sonno ipnotico, senza ricordare nulla, neppure cosa diavolo facesse lì. La sua memoria si fermava alla luce lampeggiante sull'autostrada che l'avvisava di uscire al casello di Lavagna. Stop.

È scesa in strada stringendo al petto la sua borsa pesante come il macigno che sentiva stranamente gravare sul cuore. Pioveva e lei aveva lasciato l'ombrello chissà dove. Un passo dopo l'altro si è avvicinata alla sua auto, l'acqua cancellava i contorni e ingoiava i rumori, così solo all'ultimo momento ha scorto un'ombra scura china accanto la portiera. Spinta da un istinto che non pensava neppure di possedere ha ruotato appena il busto calando la borsa sulla nuca di quell'ombra infagottata in un parka verde scuro. L'ombra è rimasta stesa sul marciapiede dello stretto vicolo, Adele l'ha osservata immobile per un lunghissimo attimo, poi è salita in macchina e sgommando appena ha svoltato per piazza Roma, ha imboccato via Entella sbucando in piazza delle Carrozze, da corso Garibaldi ha tagliato per via Vinelli e schiaffeggiata dal pronao candido di Nostra Signora dell'Orto si è trovata davanti a casa.

Di quelle ore le è rimasta solo una sensazione di ineluttabilità e noncurante abbandono. Un inconsueto *non importa.*

Ma come ha fatto a scordare tutto così?

Perché la colpa di ciò che è accaduto quella sera è sua, soltanto sua. Se invece di salire se ne fosse tornata a casa, il Modesti avrebbe preso quello che doveva prendere (un kimono, le par di ricordare. Kimono? Mah, che cosa strana, forse si sbaglia) e la questione sarebbe finita lì.

Per il momento almeno, dato che l'eclissi avrebbe comunque avuto inizio a breve.

Però quando l'osannato marito è tornato a casa, dopo quel giorno e mezzo di latitanza, a lei è ritornato tutto in mente con la violenza e la crudezza di un elettrochoc.

E la rarefatta lievità che l'aveva pervasa l'ha abbandonata per lasciare il posto a un caos inaudito.

Tutto si affastellava alla rinfusa.

L'idea di partire, il rendersi conto che le tracce lasciate sul luogo del delitto avrebbero potuto inchiodarli da un momento all'altro, la scelta di addossarsi la colpa e scomparire nel nulla. Proprio come in quel bel romanzo letto anni prima: inscenare una partenza e sparire senza lasciare traccia. Ha lasciato l'incombenza al Modesti (non una bella pensata, riflettendoci) e lei si è nascosta nel ripostiglio del sottotetto, quei nove metri quadri di ordinato squallore dove si era aperta una rete pieghevole, lì dai tempi dimenticati in cui ancora ospitavano amici. Per aspettare. Cosa non sapeva. Di capire che fare, forse. E infatti in quel buco costipato di ricordi le si è chiarita la nebulosa.

Perché c'era solo una cosa da fare, una sola. L'unica.

Per questo è qui.

Adele si volta verso l'osannato marito che russa fioco, con il sonno corposo di tre Tavor occultati in un caffè corretto alla Sambuca e la tempia appoggiata al finestrino, poi torna a posare gli occhi sulla pioggia che riga il parabrezza.

Acqua che passa ignara di tutto, senza guardar nulla, solo presa dal suo andare e scorrere via.

Già, in fondo è stata tutta colpa dell'acqua: perché l'acqua non aspetta mai, l'acqua passa e non ha memoria, va dove vuole andare e se trova un ostacolo non si ferma, semplicemente gli gira intorno. O se lo ingoia.

È lì che ha capito, capito che l'acqua aveva scritto il corso degli eventi quel giovedì e solo l'acqua li avrebbe cancellati.

Acqua per cancellare le sue colpe e ingoiare l'osannato marito, prima di farlo ingoiare dall'oblio.

Adele finalmente la sente arrivare, un rumore gonfio come un risucchio da lavello intasato, controlla di aver disattivato l'airbag, ingrana la prima e pigia l'acceleratore. Per andare.

Andare incontro alla piena.

Chissà come sarà, si domanda Adele trattenendo il respiro e le mani strette al volante.

Ma è solo un attimo.

Perché l'acqua non aspetta.

L'acqua passa e non ha memoria.

Corre, cancella e porta via.

E tutto diventa acqua.

Acqua passata.

56

«Passata da casa, dici?» Corruga le sopracciglia biondastre Rosset. «Ma se hai detto che era sparita, scusa?»

«Infatti» sospira Alma stringendosi addosso il pesante golf di lana che non riesce ancora a toglierle il gelo accumulato in questa notte di angoscia. «Ma quando sono tornata lì stamattina per cercare un qualcosa che collegasse il Modesti alla Recanati, come mi hai chiesto tu, e al manoscritto rubato, ho sbirciato nuovamente in bagno, dove stavano le cose di Adele, quelle che avrebbe dovuto portar via.»

«Mi ricordo benissimo: collirio, crema, fard albicocca...» Sventola la mano ossuta Rosset a comprendere il vario ed eventuale.

«Pesca, non albicocca» puntualizza Alma senza un vero perché. «Ma non me ne sono resa conto subito. Solo stasera, in un secondo momento, mentre ripercorrevo i frammenti di questi giorni, *bam!* Mi son ricordata. E allora tutto ha preso una collocazione diversa.»

«Cioè?»

«Dall'armadietto son scomparsi collirio e fard.»

«E quindi?» Scrolla la testa Rosset con tono impaziente.

«Ma non capisci, Jules? Adele non è mai andata via. Si è nascosta da qualche parte ed è ritornata a prendersi quelle due cose di cui non riesce a fare a meno. Ma torna e non fa sparire l'oggetto che potrebbe incriminarla. Anzi, lo lascia lì già da prima e mi chiede di andare a pulire. Capisci, Jules?»

Rosset la fissa a occhi stretti.

«Intendi dire che *voleva* che tu trovassi l'arma, il libro di legno? Cioè, voleva che la scoprissimo?»

Alma fa di sì con la testa.

«Ma perché, santiddio, non ha senso, scusa!»

«Ce l'ha se tu lo guardi da un'altra prospettiva» sorride triste Alma. «Dal punto di vista di una moglie che ama suo marito. Pensa a quella sera, Jules, come mai la Recanati fa salire Adele? Ha senso secondo te che Fabrizia accetti di parlare (e non dimentichiamoci che siamo a tarda notte) con la moglie dell'ex amante che si sta preparando a rovinare per sempre? Ecco, appunto, no. E infatti abbiamo ipotizzato che la Recanati in realtà aspettasse qualcun altro.»

«E Giordani era appena andato via» ragiona Rosset. «Quindi tu dici che...» L'ispettore alza lo sguardo con la luce febbrile di chi comincia a capire.

«Proviamo a ipotizzare che Fabrizia aspettasse Cesare Modesti» prosegue Alma, «apre la porta e invece si trova davanti Adele. Discutono. Nel frattempo però sopraggiunge Modesti. L'editor si lascia sfuggire qualcosa riguardo alla sua idea di spodestare Modesti? Forse. Ora non so se sia stato lui a colpire la Recanati o Adele proprio per impedirle di proseguire, ma di una cosa sono certa: Adele vuole far ricadere la colpa solo su di lei, infila l'arma del delitto nella sua borsa non per disfarsene, bada bene, ma per portarsela a casa come prova che la inchiodi. Si allontanano separati, in fondo erano arrivati con due auto, ma Adele si trova davanti Ferro e, forse per mettere a tacere pure lui, lo stende con una borsata. Ma vuoi per lo spavento, vuoi per lo choc, Adele scorda tutto. Fino a che non torna Modesti, allora lì ogni cosa risale a galla e Adele decide di sparire, lasciando la traccia inconfutabile dell'arma del delitto, certa che l'avrei trovata e che non avrei mancato di avvisarti. Dove si sia nascosta nel frattempo Adele non lo so, non nell'appartamento, ma neppure troppo distante. I Modesti hanno una stanza del sottotetto come gli altri condomini, lì c'è anche un bugigattolo fornito di wc e lavandino, forse dai tempi in cui ci abitava la servitù. Può essere che si sia rifugiata lì, magari per decidere il da farsi.»

«E perché il marito non è venuto in Commissariato stamattina?»

Alma stringe ancora di più il maglione, ma il freddo resta.

«Credo che Adele abbia deciso di salvare il marito dall'enorme onta della disfatta, dalla tortura di assistere allo sgretolamento della sua gloriosa e dorata finzione.»

«E quindi… aspetta, mi stanno chiamando e…» Rosset si appiccica il cellulare all'orecchio e stringe le sopracciglia in una linea spessa. «Sicuro, Solari? Ok. Ora arrivo.»

«Abbiamo scoperto che la Recanati aveva un secondo cellulare» spiega Rosset infilando il telefono nella tasca del giaccone. «Grazie a Giordani siamo risaliti al numero. Era intestato alla madre della Recanati, per questo non ci risultava. Alle ventitré e dodici di giovedì sera Fabrizia ha ricevuto un messaggio da un numero che corrisponde a quello di Cesare Modesti. Questo per dirti che la tua nuova prospettiva forse ci è andata davvero molto vicina, alla verità, intendo. Ora devo andare, Chiavari è…» Rosset fa un grosso sospiro. «Insomma, un disastro. Devo almeno salvarla dagli sciacalli.»

Alma lancia uno sguardo triste oltre la finestra e appoggia la fronte allo stipite.

«E secondo te dove sono finiti?» le domanda Rosset con un passo già sulle scale.

«Non lo so, Jules, ma in questa notte nulla potrebbe ancora stupirmi.»

«Neppure a me» sospira Rosset fermo sull'asfalto, con lo sguardo immerso nel turbinio di acqua e fango.

57

COMUNICATO STAMPA

Acqua e fango: alluvione a Chiavari – 10 novembre 2014

Una pesantissima alluvione ha colpito nella serata odierna l'area del Tigullio, con i comuni di Chiavari e Lavagna che sono finiti sott'acqua. Particolarmente critica la situazione a Chiavari, dove sono esondati i due corsi d'acqua che attraversano il centro cittadino della provincia orientale di Genova: Campodonico e Rupinaro. Esondazioni che hanno provocato l'allagamento esteso della città, in particolare nell'area del centro storico. In alcuni punti l'acqua ha raggiunto il metro e mezzo. Molte le vetture sommerse dall'acqua, così come i piani terra di molti edifici. Il sindaco di Chiavari ha dichiarato poco fa: «Abbiamo salvato persone che erano rimaste intrappolate in auto e sfollato case. Purtroppo vari testimoni hanno notato una 500 di colore chiaro, al suo interno due persone, travolta e trasportata lontano dalla forza dirompente dell'acqua. Secondo la polizia potrebbe trattarsi del noto scrittore Cesare Modesti e di sua moglie Adele Roversi, ma la notizia non è ancora confermata. Attualmente l'auto e i due passeggeri risultano dispersi».

58

Dispersi.

Cesare Modesti e Adele Roversi risultano dispersi. E che fossero sulla 500 di Adele avvalora l'ipotesi di Alma, dato che lei quella stessa 500 l'aveva vista e toccata sabato mattina nel loro garage, quando Adele era già sparita.

Rosset tamburella le dita sulla sedia di formica del solito verde zolfo scelto (non si sa bene seguendo quale parametro di gusto) dalla stragrande maggioranza degli enti pubblici. Si abbina forse con il verde linoleum dei pavimenti della rianimazione e di tutto l'ospedale di Lavagna, valuta con disgusto.

Fosse almeno l'ospedale di Sestri Levante avrebbe una minima possibilità di incontrare Elsa Guerini, splendida regina dei morti. Invece. E comunque l'anatomopatologa non si è ancora decisa ad accettare un suo invito a cena, peraltro lasciato sempre cadere con pessimo *savoir-faire* e inefficace *nonchalance*, quindi non è che si stupisca troppo del suo diniego.

Rosset sbuffa piano e si alza a misurare con i suoi lunghi passi lo stretto corridoio.

Ha le scarpe e il bordo dei calzoni sporchi di fango, Chiavari è un monocromo grigio di sacchi di sabbia, esercito, rottami. Rosset non riesce a levarsi dagli occhi l'immagine delle auto ribaltate che hanno sfondato muri per atterrare tra le altalene rosse e gialle di un parco giochi. Eppure non ha incontrato uno sguardo perso o spento, magari lampi di rabbia e dispiacere, ma con la luce della determinazione.

Liguri e valdostani in fondo si somigliano davvero, si trova a pensare Rosset, silenziosi e chiusi, ma caparbi e forti.

Come Adele.

Quindi Adele non è affatto sparita ma, come dice Alma, ha solo finto. Come ha finto di essere ciò che non era per ben dieci anni Cesare Modesti, scrittore mediocre che ha scalato le classifiche galoppando sul lavoro di un altro, Romeo Giordani, l'unico forse che in tutta questa storia ha detto di essere ciò che realmente era. Ora resta solo da ascoltare Agostino Ferro, risvegliatosi dal coma farmacologico questa mattina, ancora debole ma abbastanza in forze da rispondere ad alcune domande. E se conferma ciò che Rosset e Alma hanno masticato e rimasticato in questi tre giorni (eterni come tempi biblici) e cioè che lui era lì per seguire Romeo Giordani come da incarico di Adele Roversi in Modesti, che è stato colpito mentre era sceso dall'auto per capire cosa diavolo ci facesse lì Adele, confermando che Adele e Modesti fossero lì come potenziali materiali esecutori dell'omicidio Recanati, be', allora il caso potrebbe definirsi chiuso. Anche se Giordani continua a non voler sporgere denuncia per il furto del suo manoscritto da parte di Modesti dieci anni fa.

«Io sto bene così, davvero», gli ha detto poco fa Giordani. «Per quanto mi riguarda può lasciare a Modesti tutta la sua fama pregressa e se è morto lo lasci seppellire in gloria, insomma, lascio decidere a lei, ispettore.»

E porca vacca, no. Sbuffa Rosset. Son cose che non si fanno. Perché in fondo è vero, potrebbe lasciar tutto come se fosse solo una faccenda di mogli-mariti-amanti, una triste vicenda di omicidio passionale. E poi non ha prove riguardo al resto, non ne ha una che sia una, solo congetture, ipotesi e illazioni. Ma gli scoccia, gli scoccia un sacco impalmare con l'aureola del santo martire quel buffone di Modesti e relegare nel girone delle mogli tradite, rose dalla gelosia un'Adele che... *Uff. No, porca vacca, no.*

E poi un'altra cosa gli pesa sul cuore e gli ribalta la giornata: ma Ferro, una volta dimesso, vorrà riprendersi il suo gatto?

Mah.

59

Mah, in fondo cos'è che le manca?

Alma versa il latte sui cereali di Marta e Maria che covano con gli occhi il fratellone reduce da un'avventura grossa che non hanno capito bene, ma è sicuramente una roba fantasmagoricamente incredibile. Poi Maria si alza, senza dire nulla si arrampica lungo il braccio di Luca e gli schiocca sulla tempia un bacio umido di Choco Pops al cacao, poi scende e con disinvoltura addenta un frollino.

Paolo ridacchia.

Luca fa un piccolo sorriso sbieco e osserva di sottecchi Alma.

Ma Alma sta bene. Si sente colma di tutto. Abbraccia con lo sguardo l'ampio tavolo di marmo con i suoi quattro figli e l'Alfonsina intenta a sgretolare il pan biscotto nel caffellatte.

È come se l'acqua, passando, si fosse portata via tutto.

Pensa a Adele, alla Recanati e a come la vita scorra in gorghi, ruscelli e cascate e, proprio come l'acqua, non puoi fermarli; forse puoi modificarne il corso, ma solo quel tanto che decide lei.

In fondo la vita, come diceva qualcuno, è un posto dove ci piove dentro.

Alma scrolla le spalle e si siede a tavola.

Già.

Resta sempre e comunque un bel posto dove vivere.

60

Vivere di nuovo quando pensi di esser morto è una di quelle sensazioni che lasciano il segno. Bello o brutto non sa, gli ci vuole ancora un po' per capirlo.

Agostino Ferro passa la manona irsuta a spianare il lenzuolo con la scritta blu ASL 4. Gli hanno detto che stanotte è piovuto tanto e che sono usciti fiumi, rigagnoli e torrenti, un diluvio con tutti i crismi. Peggio che giovedì scorso. Che pure veniva giù come Dio la manda, se ricorda bene.

Agostino Ferro alza la manona e sfiora la benda che gli fascia la testa. Mah, non sente dolore. È che lui in realtà non ricorda mica tanto di quella sera ma quell'ispettore valdostano, lì, il Rosset, gli pareva un tantino sulle sue e distratto come se avesse la testa altrove, insomma ad Agostino scocciava ammettere che quella fatidica sera si era mezzo abbioccato con un buco temporale di circa mezz'ora. Per dire che Giordani l'aveva visto entrare, sì, ma secondo lui mica era uscito. Poi era entrata la Modesti e poi il Modesti… e lì si ricorda di aver meditato che la miscela si faceva discretamente esplosiva, insomma, una roba da tenere gli occhi bene aperti. Ma non scendevano mai. Ecco, vuoi vedere che è successo un patatrac?, aveva pensato, così era uscito dalla sua auto.

Pioveva a secchiate.

Persino le battone erano sparite.

Si era avvicinato alla 500 chiara della Modesti, gli pareva che ci fosse dentro qualcuno, un'ombra, non so. Vuoi vedere che è scesa e non me ne sono accorto?, si è detto. Ma non ha avuto il tempo di pensare o fare altro.

Da lì buio.

Solo buio.

Fino a stamattina.

Quattro giorni si è ingoiato quel buio.

Non che la sua vita sia imperdibile, eh, quattro giorni in più o in meno non è che fanno una gran differenza, è che pensa al suo gatto: da solo per quattro lunghi giorni. L'ha detto anche a quell'ossuto ispettore che si è alzato come se l'avesse morso una murena e con uno sbrigativo "Sì, va bene, ora vediamo", pure un filino brusco a dirla tutta, lo ha piantato qui.

Agostino Ferro lancia uno sguardo alla finestra.

Mah, i gatti sono in gamba, sanno sempre come cavarsela, sono meglio degli uomini, senz'altro. Guarda lui, messo a tappeto da chissà chi e finito mezzo assiderato solo per colpa della pioggia.

È proprio vero che l'acqua scende sempre verso il basso, ad annegare noi miseri mortali. Si fa gli affari propri senza riflettere, senza accorgersi che può cambiare il corso di una vita e ribaltar destini.

Macché.

Lei passa e via.

Agostino Ferro fa un grosso respiro con un leggero magone in agguato.

Già, tutta colpa dell'acqua.

L'acqua, poi, sa davvero ciò che fa?

L'acqua passa e se ne va, senza memoria di ciò che combina.

Già.

Questione di un attimo.

E così tutto diventa acqua passata.

Printed in Great Britain
by Amazon

40674991R00199